Julio Cortázar
62/Modellbaukasten

Roman

Aus dem Spanischen von
Rudolf Wittkopf

Suhrkamp Verlag

Die Originalausgabe erschien 1968
unter dem Titel 62/Modelo para armar
© Julio Cortázar 1968

Erste Auflage 1993
© der deutschen Ausgabe
Suhrkamp Verlag Frankfurt am Main 1993
Alle Rechte vorbehalten
Druck: Wagner GmbH, Nördlingen
Printed in Germany

62/Modellbaukasten

Mancher Leser wird hier verschiedene Überschreitungen, oder Transgressionen, der literarischen Konvention feststellen. Um nur einige Beispiele zu nennen: ein Londoner beginnt nach ersten Französischstunden diese Sprache erstaunlich geläufig zu sprechen, kaum daß er den Ärmelkanal überquert hat; auch sind die Geographien, die Aufeinanderfolge der Metrostationen, die Freiheit, die Psychologie, die Puppen und die Zeit offensichtlich nicht mehr das, was sie unter der Herrschaft von Cynara waren.

Jene, die das verblüfft, möchte ich darauf hinweisen, daß auf der Ebene, wo diese Erzählung spielt, die Transgression keine solche mehr ist; die Vorsilbe gesellt sich zu mehreren anderen, die um die Wurzel *gressio* kreisen: Aggression, Regression und Progression entsprechen ebenfalls den einst in den letzten Absätzen des Kapitels 62 von *Rayuela* entworfenen Absichten, die den Titel dieses Buches erklären und hier vielleicht verwirklicht werden.

Der Untertitel »Modellbaukasten« könnte vermuten lassen, daß die verschiedenen Teile der Erzählung, durch Zwischenräume getrennt, sich als austauschbare Stücke darbieten. Einige mögen das tatsächlich sein, doch ist das zu erstellende Modell, auf das angespielt wird, anderer Art; ersichtlich ist dies bereits auf der Schreibebene, wo Rekurrenzen und Verschiebungen die Erzählung von aller kausalen Starrheit zu befreien suchen, doch vor allem auf der Sinnebene, die nachdrücklicher und unabweislicher zur Kombinatorik einlädt. Die Option des Lesers, seine persönliche Montage der Elemente der Erzählung, wird in jedem Fall das Buch sein, das zu lesen er gewählt hat.

»Ich möchte ein blutiges Schloß«, hatte der dicke Gast gesagt.

Warum bin ich ins *Polidor* gegangen? Und warum habe ich, wo ich schon mal angefangen habe, mir solche Fragen zu stellen, ein Buch gekauft, das ich wahrscheinlich nie lesen werde? (Dieses Adverb ist bereits ein Strategem, denn schon öfter ist es vorgekommen, daß ich mir Bücher gekauft habe in der insgeheimen Gewißheit, daß sie in meiner Bibliothek für immer verstauben werden, und trotzdem habe ich sie gekauft; das Rätsel liegt in ihrem Kauf, darin, was mich zu diesem unnötigen Erwerb hat veranlassen können.) Und weiter in der Kette von Fragen: Warum habe ich mich, nachdem ich das Restaurant betreten hatte, an den hintersten Tisch gesetzt, gegenüber dem großen Spiegel, der die verblichene Trostlosigkeit des Raums mißlicherweise verdoppelte? Und noch ein Glied der Kette gilt es zu untersuchen: Warum habe ich eine Flasche Silvaner bestellt?
(Aber diese letzte Frage vorerst zurückstellen; die Flasche Silvaner war vielleicht eine der falschen Resonanzen in dem möglichen Akkord, wofern der Akkord nicht ein anderer war und auch die Flasche Silvaner einschloß, so wie er die Gräfin, das Buch und das mit einschloß, was der dicke Gast soeben bestellt hatte.)

Je voudrais un château saignant, hatte der dicke Gast gesagt.
Dem Spiegel zufolge saß der Gast am zweiten Tisch hinter dem von Juan, und deshalb hatten dessen Bild und dessen Stimme entgegengesetzte und konvergente Wege nehmen müssen, um jähe Aufmerksamkeit zu erheischen. (Geradeso

wie das Buch im Schaufenster auf dem Boulevard Saint-Germain: der weiße NRF-Einband springt einen plötzlich an, drängt sich Juan auf wie vorher das Bild von Hélène und jetzt die Worte des dicken Gastes, der soeben ein blutiges Schloß bestellte; wie auch die Tatsache, daß er sich folgsam an diesen absurden Tisch im *Polidor* gesetzt hatte, allen den Rücken zukehrend.)

Allerdings mußte Juan der einzige Gast sein, für den die Bestellung des dicken Mannes eine doppelte Bedeutung hatte; als guter Dolmetscher, der gewohnt war, augenblicks jedes Übersetzungsproblem zu lösen in diesem Kampf gegen die Zeit und das Schweigen, der eine Dolmetscherkabine ist, hatte er automatisch, ironisch gemogelt, wenn man bei dieser (ironischen, automatischen) Billigung von Mogelei sprechen kann, hatte *saignant* mit *sanglant* gleichgesetzt und den dicken Gast somit ein blutiges Schloß bestellen lassen, ohne sich jedoch im geringsten bewußt zu sein, daß die Sinnverschiebung in diesem Satz plötzlich andere, schon vergangene oder gegenwärtige Dinge dieses Abends zum Gerinnen bringen sollte, das Buch, die Gräfin, das Bild von Hélène, die Einwilligung, sich mit dem Rücken zum Raum an einen der hintersten Tische im Restaurant *Polidor* zu setzen, und daß er eine Flasche Silvaner bestellt hatte und das erste Glas des kühlen Weines in dem Augenblick trank, da das Bild des dicken Gastes im Spiegel und dessen Stimme hinter seinem Rücken zu etwas wurden, das Juan nicht zu benennen wußte, denn Verkettung oder Koagulat waren nur ein Versuch, etwas auf die Ebene der Sprache zu bringen, das ein momentaner Widerspruch zu sein schien, das gerann und sich zugleich verflüchtigte und das dann in keine artikulierte Sprache mehr Eingang fand, nicht einmal in die eines erfahrenen Dolmetschers wie Juan.

Jedenfalls gab es keinen Grund, die Dinge zu komplizieren. Der dicke Gast hatte ein blutiges Schloß bestellt, seine Stimme hatte anderes evoziert, vor allem das Buch und die

Gräfin, weniger das Bild von Hélène (vielleicht weil es näher war, nicht vertrauter, aber doch enger verbunden mit dem Alltagsleben, wohingegen das Buch etwas Neues war und die Gräfin eine Erinnerung, eine merkwürdige Erinnerung übrigens, denn es handelte sich weniger um die Gräfin als um Frau Marta und um das, was sich in Wien im Hotel *König von Ungarn* abgespielt hatte, aber alles war letztlich die Gräfin, am Ende war das dominierende Bild die Gräfin gewesen, so sicher wie das Buch oder der Satz des dicken Gastes oder das Bukett des Weines).

›Man muß zugeben, daß ich ein besonderes Talent habe, Weihnachten zu feiern‹, dachte Juan, als er sich in Erwartung des Horsd'œuvre das zweite Glas einschenkte. Eigentlich aber war es wohl eher die Tür des Restaurants *Polidor* gewesen, die ihm zu dem, was ihm gerade widerfahren war, Zugang verschafft hatte; er hatte sich plötzlich entschlossen, wiewohl er wußte, daß es idiotisch war, diese Tür aufzustoßen und in diesem tristen Ambiente zu Abend zu essen. Warum bin ich ins *Polidor* gegangen, warum habe ich dieses Buch gekauft und es aufs Geratewohl aufgeschlagen und ebenso aufs Geratewohl einen Satz darin gelesen, kaum eine Sekunde bevor der dicke Gast ein fast rohes Beefsteak bestellte? Wenn ich versuche, all das zu analysieren, werde ich es nur in die bewußte Schublade stecken und heillos verfälschen. Ich kann höchstens versuchen, im Geiste zu rekapitulieren, was in einem anderen Bereich geschehen ist, indem ich mich bemühe zu unterscheiden zwischen dem, was an diesem jähen Konglomerat von sich aus teilhatte, und dem, was andere Assoziationen ihm parasitärerweise hinzugefügt haben könnten. Aber *im Grunde* weiß ich, daß all das falsch ist, daß ich schon fern von dem bin, was mir soeben passiert ist und was, wie so oft, zu diesem unnötigen Wunsch führt zu verstehen und dabei vielleicht den Anruf oder das dunkle Zeichen der Sache selbst außer acht läßt, die innere Unruhe, in die ich versetzt werde, die flüchtige Vision einer anderen Ordnung, in welche

Erinnerungen, Mächte und Zeichen eindringen und eine funkelnde Einheit bilden, die in eben dem Augenblick zerbricht, da sie auf mich einstürmt und mich aus mir selbst herausreißt. Und jetzt ist mir von alldem nur die Neugier geblieben, der alte menschliche Automatismus: dechiffrieren. Und noch etwas: dieses leichte Kribbeln im Magen, die dunkle Gewißheit, daß da, und nicht durch diese dialektische Vereinfachung, ein Weg beginnt und weiterführt.

Natürlich genügt das nicht, schließlich muß man auch denken, und damit kommt die Analyse, das Unterscheiden zwischen dem, was diesen Augenblick außerhalb der Zeit wirklich ausmacht, und dem, was die Assoziationen hinzufügen, um ihn attraktiver, dir vertrauter zu machen, ihn mehr auf diese Seite zu bringen. Und das Schlimmste wird sein, wenn du es anderen zu erzählen versuchst, denn irgendwann kommt der Augenblick, da man es einem Freund erzählen will, sagen wir Polanco oder Calac oder allen zugleich am Tisch im *Cluny*, vielleicht in der vagen Hoffnung, daß das Erzählen erneut zu dem Koagulat führen und ihm schließlich einen Sinn geben wird. Alle werden sie da sein, auch Hélène, sie werden dir zuhören und dir Fragen stellen, werden dir helfen wollen, dich zu erinnern, als könnte die Erinnerung zu etwas nutze sein ohne diese andere Kraft, die im *Polidor* imstande war, sie als Vergangenheit aufzuheben, sie als etwas Lebendiges und Bedrohliches zu zeigen, als eine Erinnerung, die sich der Schlinge der Zeit entzogen hat, um in ebendem Moment ihres erneuten Verschwindens eine andere Lebensform zu sein, eine Gegenwart, doch in einer anderen Dimension, eine Macht, die aus einem anderen Schußwinkel wirkt. Aber es gab keine Worte, denn es gab keine Möglichkeit, diese Kraft zu denken, die imstande ist, Erinnerungsfetzen, vereinzelte, nichtssagende Bilder in ein jähes, schwindelerregendes Ganzes zu verwandeln, in eine lebendige Konstellation, die in ebendem Augenblick, da sie aufschimmert, zunichte wird, ein Widerspruch, der Juan, während er sein zweites Glas Silvaner trank, das zu bieten und zugleich zu verweigern schien, was er später Calac, Tell und Hélène erzählen würde, wenn er sie im *Cluny* träfe, und das er jetzt irgendwie hätte im Griff haben müssen, als wenn der Versuch, diese Erinnerung zu fixieren, nicht schon gezeigt hätte, wie unnütz es war, und daß er dabei war, schaufelweise Schatten gegen die Dunkelheit zu werfen.

›Ja‹, dachte Juan, und sein Seufzen war das klare Eingeständnis, daß all das von einer anderen Seite kam, sich auf das Zwerchfell, auf die Lunge auswirkte, die lange brauchte, die Luft auszuatmen. Ja, aber er mußte das noch mal überdenken, denn letzten Endes war er all dies *und* sein Denken, er konnte es nicht bei einem Seufzer bewenden lassen, bei einer Kontraktion des Plexus, bei der vagen Besorgnis angesichts dessen, was er flüchtig hatte aufschimmern sehen. Zu denken war so unnütz wie verzweifelt zu versuchen, sich an einen Traum zu erinnern, von dem man, wenn man die Augen öffnet, nur die letzten Fasern erwischt; zu denken hieß womöglich, das Gespinst zerstören, das noch in so etwas wie der Kehrseite der Empfindung hing, ihrer vielleicht latenten Wiederholbarkeit. Die Augen schließen, sich gehenlassen, dahintreiben in völliger Bereitschaft, in friedlicher Erwartung. Unnütz, immer war es unnütz gewesen; aus diesen schimärischen Regionen kam man nur noch ärmer zurück, ferner seiner selbst. Aber wie ein Jäger denken ließe einen wenigstens auf diese Seite zurückkommen; der dicke Gast hatte also ein blutiges Schloß bestellt, und plötzlich waren da die Gräfin, der Grund, weshalb er gegenüber dem Spiegel im *Polidor* saß, das Buch, das er auf dem Boulevard Saint-Germain gekauft und irgendwo aufgeschlagen hatte, war da das jähe Koagulat (und auch Hélène, natürlich), das sich in seiner Verdichtung augenblicks leugnet durch seinen unbegreiflichen Willen, sich in seiner Bejahung zu verneinen, sich im Augenblick der Gerinnung zu verflüssigen, das sich jeder Bedeutung entledigt, nachdem es tödlich verletzt hat, nachdem es insinuiert hat, daß es ohne Bedeutung sei, ein bloßes Spiel von Assoziationen, ein Spiel und eine Erinnerung und noch eine Erinnerung, ein unbedeutender Luxus der schweifenden Phantasie. ›Ah, so kommst du mir nicht davon‹, dachte Juan, ›es soll mir nicht noch einmal passieren, daß ich das Zentrum dessen bin, das von woanders herkommt, und ich zugleich aus dem Innern meiner selbst wie ausgestoßen bin. Du kommst mir so leicht nicht davon, etwas mußt du mir in Händen lassen, einen kleinen Basilisken, irgendeines der Bilder, die an dieser stillen Explosion womöglich teilhatten...‹ Und er konnte nicht umhin zu lächeln, als er als sardonischer Zeuge sah, wie sein Denken ihm mit dem kleinen Basilisken aus der Klemme half, eine verständliche Assoziation, denn sie kam vom *Basiliskenhaus* in Wien, und dort hatte die Gräfin... Alles übrige überfiel ihn, ohne daß er Widerstand leistete, er konnte sich sogar auf die zentrale Leere berufen, auf das, was momentane Fülle gewesen war, zugleich verborgener und negierter Beweis, um all das jetzt mit einem kommoden System analogischer Bilder auszurüsten, die sich aus geschichtlichen oder sentimentalen Gründen mit der Leere verbinden. An den Basilisken denken hieß, gleichzeitig an Hélène und an die Gräfin denken, aber an die Gräfin denken hieß, auch an Frau Marta denken, an Schreie, denn die kleinen Zofen der Gräfin mußten in den Kellergewölben der Blutgasse geschrien haben, und der Gräfin mußte es gefallen haben, daß sie schrien, denn hätten sie nicht geschrien, hätte dem Blut dieser Duft nach Heliotrop und Marschland gefehlt.

Juan schenkte sich ein weiteres Glas Silvaner ein und blickte zum Spiegel auf. Der dicke Gast hatte *France Soir* aufgeschlagen, und die Schlagzeilen auf jeder Seite boten das falsche russische Alphabet der Spiegel. Mühsam entzifferte er einige Worte, wobei er vage hoffte, durch solch falsche Konzentration, die zugleich willentliche Ablenkung, ein Versuch war, die anfängliche Leere, durch die der Stern mit unendlichen Zakken geglitten war, wiedererstehen zu lassen, durch die Konzentration auf irgendeinen Blödsinn wie den, die Schlagzeilen von *France Soir* im Spiegel zu entziffern und sich gleichzeitig von dem abzulenken, worauf es wirklich ankam; vielleicht würde die Konstellation dann aus der noch vorhandenen Aura unversehrt wieder auftauchen, würde ihren Niederschlag finden in einem Bereich jenseits oder diesseits der Sprache oder der Bilder, würde ihre transparenten Radien zeichnen, die feine Spur eines Gesichts, das zugleich eine Brosche in Form eines kleinen Basilisken wäre, die auch eine zerbrochene Puppe in einem Schrank wäre, die eine verzweifelte Klage wäre und ein von unzähligen Straßenbahnen befahrener Platz und Frau Marta an Deck eines Schleppkahns. Vielleicht würde es ihm jetzt, indem er die Augen halb schloß, gelingen, das Bild des Spiegels zu substituieren, dieses Territorium, das vermittelt zwischen dem Trugbild des Restaurants *Polidor* und dem anderen Trugbild, das noch im Echo seiner Auflösung vibriert; vielleicht könnte er jetzt von dem russischen Alphabet im Spiegel zu der anderen Sprache übergehen, die an der Grenze seiner Wahrnehmung aufgetaucht war, ein herabgestürzter, fluchtbesessener Vogel, der mit den Flügeln gegen das Netz schlägt und ihm seine Form gibt, eine Synthese aus Netz und Vogel, wo es nur Flucht oder Netzform oder Vogelschatten gibt, die Flucht selbst für einen Augenblick gefangen im reinen Paradox, aus dem Netz zu fliehen, das sie in den feinsten Maschen seiner eigenen Auflösung festhält: die Gräfin, ein Buch, jemand, der ein blutiges Schloß bestellt hat, ein Schleppkahn in der Morgendämmerung, eine Puppe, die auf den Boden fällt und zerbricht.

Das russische Alphabet ist immer noch da, es zittert in den Händen des dicken Gastes, berichtet von den Neuigkeiten des Tages, so wie man etwas später in der Zone (das *Cluny*, irgendeine Straßenecke, der Kanal Saint-Martin sind immer die Zone) zu erzählen anfangen, etwas wird sagen müssen, denn alle warten darauf, daß du zu erzählen beginnst, die Clique, die immer unruhig und etwas feindselig ist am Anfang einer Geschichte, irgendwie warten alle nur darauf, daß du in der Zone zu erzählen beginnst, an irgendeinem Ort der Zone, wo auch immer, denn es gibt so viele Orte, so viele Nächte, so viele Freunde, Tell und Austin, Hélène und Polanco und Celia und Calac und Nicole, so wie ein andermal einer von ihnen mit Neuigkeiten aus der STADT in die Zone kommt, und dann bist du ein Mitglied der Gruppe, das darauf brennt, daß dieser andere zu erzählen beginnt, denn in der Zone gibt es ein halb freundschaftliches, halb aggressives Bedürfnis, Kontakt zu halten, zu erfahren, was es Neues gibt, da es ja fast immer etwas Neues gibt, das uns alle angeht, ob man nun geträumt hat oder Neuigkeiten aus der STADT berichtet oder von einer Reise zurückkehrt und wieder in die Zone kommt (abends ist es fast immer das *Cluny*, das gemeinsame Territorium eines Cafétisches, aber es ist auch ein Bett oder ein Schlafwagen oder ein Auto, das von Venedig nach Mantua fährt, die zugleich allgegenwärtige und begrenzte Zone, die geradeso wie sie alle ist, wie Marrast und Nicole, Celia und Monsieur Ochs und Frau Marta, die Zone, die zugleich an der STADT und an sich selbst teilhat, ein Gebilde aus Worten, wo alles mit der gleichen Intensität geschieht wie außerhalb der Zone im Leben eines jeden von ihnen. Und deshalb gibt es so etwas wie eine beklemmende Gegenwart, auch wenn keiner von ihnen zur Zeit in der Nähe desjenigen ist, der im Restaurant *Polidor* an sie denkt, es gibt Ekelhaftes, Denkmalenthüllungen, Blumenzüchter, immer sind da Hélène, Marrast und Polanco, die Zone ist innere Unruhe, die zäh sich einschleicht, sich projiziert, es gibt Telefonnummern, die jemand später vor dem Schlafengehen wählen wird, gewisse Zimmer, wo man über all das sprechen wird, da ist Nicole, die sich abmüht, einen Koffer zu schließen, da ist ein Streichholz, das zwischen zwei Fingern niederbrennt, ein Bild in einem englischen Museum, eine Zigarette, die gegen das Päckchen geklopft wird, ein Schiffbruch vor einer Insel, da sind Calac und Austin, Uhus und Jalousien und Straßenbahnen, all das, was in demjenigen auftaucht, der ironisch daran denkt, daß er bald zu erzählen beginnen muß und daß Hélène vielleicht nicht in der Zone sein wird und nicht zuhören wird, obgleich im Grunde alles, was er sagt, immer Hélène ist. Gut möglich, daß er in der Zone nicht nur allein sein wird, wie jetzt im Restaurant *Polidor*, wo die anderen, der dicke Gast eingeschlossen, nicht zählen, sondern daß all das zu erzählen vielleicht auch bedeutet, noch mehr allein zu sein in einem Zimmer mit einer Katze und einer Schreibmaschine, oder vielleicht jemand zu sein, der auf einem Bahnsteig die Augenblickskombinationen der unter einer Lampe herumschwirrenden Insekten betrachtet. Aber es kann auch sein, daß die anderen dort in der Zone sind, wie so oft, daß das Leben sie umgibt und daß man einen Museumswärter husten hört, während eine Hand langsam nach einer Gurgel tastet und jemand von einem Strand in Jugoslawien träumt, während Tell und Nicole einen Koffer mit einem Wust von Sachen vollpacken und Hélène lange Celia ansieht, die zu weinen begonnen hat, das Gesicht zur Wand, so wie brave kleine Mädchen eben weinen.

Seinen Gedanken nachhängend, während er darauf wartete, daß man ihm das Horsd'œuvre bringe, fiel es Juan nicht besonders schwer, sich noch einmal den Weg, den er an diesem

Abend zurückgelegt hat, zu vergegenwärtigen. Zuerst war da vielleicht das Buch von Michel Butor, das er auf dem Boulevard Saint-Germain gekauft hatte; vorher war er lustlos im Nieselregen durch die Straßen des Quartier Latin geschlendert, hatte fast widerwillig die Leere des Heiligabends in Paris empfunden, wenn alle nach Hause gegangen sind und sich auf der Straße nur noch Leute befinden, die unschlüssig dreinblicken und sich irgendwie komplizenhaft gebaren, die sich an der Theke eines Cafés oder an einer Straßenecke verstohlen aus den Augenwinkeln ansehen, fast alles Männer, aber hin und wieder auch eine Frau, die ein Paket trägt, vielleicht als Rechtfertigung, an einem 24. Dezember um halb elf Uhr abends noch auf der Straße zu sein, und Juan hätte sich gern einer dieser Frauen genähert, die weder jung noch hübsch, aber alle einsam und wie Ausnahmewesen waren, um sie zu fragen, ob wirklich etwas in dem Paket sei oder ob es nur ein Bündel Lumpen oder ein Packen sorgfältig verschnürter Zeitungen sei, eine Vorspiegelung, die ihnen ein wenig Schutz bot, während sie so allein durch die Straßen liefen, wo alle um diese Zeit zu Hause waren.

Und dann war da die Gräfin, das Gefühl der Gegenwart der Gräfin, das ihn überkommen hatte an der Ecke Rue Monsieur-le-Prince/Rue de Vaugirard, nicht weil es an dieser Ecke etwas gegeben hätte, das ihn an die Gräfin erinnern konnte, es sei denn vielleicht ein Stückchen rötlicher Himmel, ein Geruch nach Feuchtigkeit, der aus einem Hoftor drang, und beides hatte auf einmal ein Terrain geschaffen, das das Erscheinen der Gräfin begünstigte, so wie das Basiliskenhaus in Wien ihm seinerzeit Zutritt zu dem Bereich verschafft hatte, wo die Gräfin wartete. Oder es war eher die Sphäre des Blasphemischen, einer ständigen Überschreitung, in der die Gräfin sich hatte bewegen müssen (wenn man der Version der Legende, der mittelmäßigen Chronik Glauben schenkt, die Juan Jahre zuvor gelesen hatte, lange vor Hélène und Frau Marta und dem Basiliskenhaus in Wien), und dann mußten sich die Straßenecke mit dem rötlichen Himmel darüber und das dumpfige Hoftor mit dem unvermeidlichen Bewußtsein, daß Heiligabend ist, verbunden haben, und das hatte womöglich das Auftauchen der Gräfin begünstigt, andernfalls wäre Juans Gefühl ihrer Gegenwart unerklärlich, denn der Gedanke war nicht abzuweisen, daß die Gräfin in einer Nacht wie dieser das Blut besonders geliebt haben mußte, bei Glockengeläut und Christmette den Geschmack des Blutes eines Mädchens, das, an Händen und Füßen gefesselt, sich krümmte und wand, so nah den Hirten und der Krippe und einem Lamm, das die Sünden der Welt wusch. Also, das einen Augenblick zuvor gekaufte Buch, das Erscheinen der Gräfin und dann, ohne Übergang, die unverfängliche, kläglich beleuchtete Tür des Restaurants *Polidor*, die Vorstellung von einem fast leeren Speisesaal, in ein Licht getaucht, das die Ironie und die schlechte Laune nur als leichenblaß bezeichnen konnten, darin ein paar mit Brille und Serviette bewehrte Frauen, das leichte Kribbeln im Magen, das Widerstreben, hineinzugehen, da es keinen Grund gab, ein solches Lokal zu betreten, der bei dieser Heimsuchung von der eigenen Perversität übliche schnelle und wütige Dialog: Ja / Nein / Warum nicht / Hast recht, warum auch nicht / Geh nur rein, je grauslicher, desto verdienter / Völlig schwachsinnig, natürlich / *Unto us a boy is born, glory hallelujah* / Sieht aus wie das Leichenschauhaus / Ist das Leichenschauhaus, geh rein / Aber das Essen hier muß abscheulich sein / Du hast ja keinen Hunger / Stimmt, aber ich muß schließlich etwas bestellen / Bestell irgendwas und trink was / Eine gute Idee / Einen kühlen Wein, ganz kühl / Also los, geh rein. Aber wenn ich nur etwas trinken wollte, warum bin ich dann ins *Polidor*, in ein Restaurant gegangen? Ich kannte so viele nette kleine Bars auf der Rive droite in der Nähe der Rue Caumartin, wo zudem immer die Aussicht bestünde, Weihnachten vor dem Altarbild einer Blondine zu feiern, die mir irgendein Weihnachtslied aus der Saintonge oder der Camargue vorsänge, und wir uns sehr vergnügen würden. Deshalb war, wenn ich's recht bedenke, am unverständlichsten der Grund, weshalb ich nach diesem Zwiegespräch ins *Polidor* gegangen bin, der Tür einen fast beethovianischen Stoß gab und das Restaurant betrat, wo schon eine Bebrillte mit einer Serviette über dem Arm entschlossen auf mich zukam, um mich an den schlechtesten Tisch zu führen, den Tisch, wo man mit dem Gesicht zur Wand saß, aber einer als Spiegel verkleideten Wand, wie so viele andere Dinge an diesem Abend und an allen anderen Abenden, und vor allem Hélène; mit dem Gesicht zur Wand, denn auf der anderen Tischseite, wo unter normalen Umständen sich jeder Gast mit dem Gesicht zum Raum hätte hinsetzen können, hatte die achtbare Direktion des Restaurants *Polidor* eine riesige Plastikgirlande mit bunten Lämpchen angebracht, um zu demonstrieren, wie sehr ihr die christlichen Gefühle ihrer werten Gäste am Herzen lagen. Unmöglich, sich alldem mit Macht zu entziehen: immerhin hatte ich eingewilligt, mich an einen Tisch mit dem Rücken zum Speisesaal zu setzen, dem Spiegel gegenüber, der mir außer der scheußlichen Weihnachtsgirlande auch noch seine Täuschungen bot *(Les autres tables sont reservées, monsieur / Ça ira comme ça, madame / Merci, monsieur)*, aber etwas, das mir unbegreiflich war, das jedoch tief in mir selbst sein mußte, hatte mich genötigt, das Restaurant zu betreten und diese Flasche Silvaner zu bestellen, wo es doch so leicht und so schön gewesen wäre, sie anderswo zu bestellen, bei anderer Beleuchtung und anderen Gesichtern.

Einmal angenommen, daß derjenige, der erzählt, auf seine Weise erzählt, das heißt, daß er vieles stillschweigend übergeht, was denen in der Zone schon bekannt ist (Tell, die alles ohne Worte versteht, Hélène, der nichts an dem liegt, worauf es dir ankommt), oder daß auf einem Blatt Papier, einer Schallplatte, einem Tonband, aus einem Buch, aus dem Bauch einer Puppe Dinge zum Vorschein kommen von etwas, das nicht das wäre, was erwartet wird; angenommen, das zu Erzählende interessiert Calac oder Austin nicht im geringsten, schlägt dagegen Marrast oder Nicole völlig in Bann, vor allem Nicole, die hoffnungslos in dich verliebt ist; angenommen, du beginnst ein langes Gedicht herzusagen, das von der STADT handelt, die auch sie kennen und fürchten und manchmal durchwandern, und du zögest dir im gleichen Augenblick, oder als Ersatz für irgend etwas, deine Krawatte aus und neigtest dich vor, um sie, zuvor sorgfältig aufgerollt, Polanco zu reichen, der sie verdutzt betrachtet und sie schließlich an Calac weitergibt, der sie nicht nehmen will und indigniert Tell zu Rate zieht, die das ausnutzt, um beim Poker zu schummeln und ihm den Einsatz abzunehmen; angenommen, in der Zone und in diesem Augenblick könnten derlei absurde Dinge geschehen, müßte man sich fragen, ob es Sinn hat, daß sie alle da sind und darauf warten, daß du zu erzählen beginnst oder irgendeiner zu erzählen beginnt, und ob der Bananenkrapfen, an den Feuille Morte gerade denkt, nicht ein tausendmal besserer Ersatz wäre für diese vage Erwartung derjenigen, die in der Zone um dich herum sind, gleichmütig und hartnäckig zugleich, fordernd und spöttisch wie du selbst ihnen gegenüber, wenn es an dir ist, ihnen zuzuhören oder sie leben zu sehen, wohl wissend, daß all das anderswoher kommt oder wer weiß wohin zurückkehrt, und fast alle dem gerade deshalb soviel Bedeutung beimessen.

Und du, Hélène, wirst du mich auch so anblicken? Ich werde Marrast, Nicole und Austin weggehen sehen, die sich mit einer knappen Geste, einem Schulterzucken gleich, verabschieden, oder die miteinander reden, denn auch sie haben etwas zu erzählen, sie haben Neuigkeiten aus der STADT mitgebracht, oder sie sind im Begriff, einen Zug oder ein Flugzeug zu nehmen. Ich werde Tell sehen, Juan sehen (denn es ist gut möglich, daß auch ich Juan in diesem Augenblick in der Zone sehe), ich werde Feuille Morte und Harold Haroldson sehen, und ich werde die Gräfin oder Frau Marta sehen, wenn ich in der Zone oder in der STADT bin, ich werde sehen, wie sie weggehen und mich dabei ansehen. Aber du, Hélène, wirst du auch mit ihnen weggehen, oder wirst du langsam auf mich zukommen, die Fingernägel schmutzig vor Verachtung? Warst du in der Zone, oder habe ich dich geträumt? Meine Freunde gehen lachend davon, wir werden uns wiedersehen und von London, von Boniface Perteuil, von der STADT sprechen. Aber du, Hélène, wirst du einmal mehr ein Name gewesen sein, den ich dem Nichts entgegenhalte, das Trugbild, das ich mir mit Worten erfinde, während Frau Marta, während die Gräfin sich nähern und mich anblicken?

»Ich möchte ein blutiges Schloß«, hatte der dicke Gast gesagt.
Alles war nur hypothetisch, doch war anzunehmen, daß, hätte Juan nicht, kurz bevor der Gast seine Bestellung aufgab, gedankenverloren das Buch von Michel Butor aufgeschlagen, die Komponenten dessen, was ihm auf den Magen drückte, ohne Bezug zueinander geblieben wären. Juan aber hatte mit dem ersten Schluck des kühlen Weins, als er darauf wartete, daß man ihm seine Coquille Saint-Jacques bringe, die zu essen er keinen Appetit hatte, das Buch aufgeschlagen und ohne großes Interesse gelesen, daß der Autor von *Atala* und *René* 1791 geruht hatte, sich die Niagarafälle anzusehen, von denen er eine illustre Beschreibung hinterlassen sollte. In diesem Augenblick (er schloß das Buch wieder, weil er keine Lust zu lesen hatte und das Licht sehr schlecht war) hörte er ganz deutlich die Bestellung des dicken Gastes, und als er aufsah

und vor sich im Spiegel das Bild dieses Gastes entdeckte, dessen Stimme er hinter sich gehört hatte, koagulierte alles. Unmöglich, die verschiedenen Elemente voneinander zu trennen, den fragmentarischen Eindruck des Buches, die Gräfin, das Restaurant *Polidor*, das blutige Schloß und vielleicht auch die Flasche Silvaner: das Koagulat blieb außerhalb der Zeit, war der besondere, unerträgliche und köstliche Schauder der Konstellation, der Ansatz zu einem Sprung, den er tun mußte, aber nicht tun würde, weil es kein Sprung in etwas Bestimmtes war und nicht einmal ein Sprung. Es war eher umgekehrt, denn in dieser schwindelerregenden Leere sprangen die Metaphern ihn an wie Spinnen, wie Euphemismen oder Füllwerg der unfaßlichen Manifestation (eine weitere Metapher), und zudem setzte ihm die Alte mit der Brille gerade seine Coquille Saint-Jacques vor, und dafür mußte man in einem französischen Restaurant immer ein paar Worte des Dankes sagen, oder aber es begann alles schlimmer zu werden, bis zum Käse und zum Kaffee.

Von der STADT, die fortan nicht länger in Majuskeln geschrieben werden soll, da es keinen Grund gibt, sie zu verherrlichen — insofern man ihr gegenüber gewöhnlichen Städten größere Bedeutung beimißt —, von dieser Stadt sollten wir jetzt sprechen, denn alle waren wir uns darin einig, daß jeder Ort und jede Sache mit der Stadt in enge Verbindung gebracht werden konnte, und so hielt es Juan durchaus für möglich, daß das, was ihm gerade passiert war, irgendwie mit der Stadt zusammenhing, daß es eine ihrer Invasionen war oder einer ihrer geheimen Zugänge, der sich an diesem Abend in Paris zeigte, wie er sich in jeder Stadt, in die ihn sein Beruf als Dolmetscher führte, hätte zeigen können. In dieser Stadt waren wir alle umhergewandert, immer ohne es zu wollen, und nach der Rückkehr, zur Stunde des *Cluny*, sprachen wir dann von ihr, verglichen Straßen und Strände. Die Stadt konnte in Paris sein, sie konnte für Tell oder Calac in einem Bierlokal in Oslo sein, einer von uns war einmal von der Stadt in ein Bett in Barcelona hinübergewechselt, falls es nicht umgekehrt gewesen war. Die Stadt war nicht erklärbar, sie war; irgendwann einmal war sie aus den Unterhaltungen in der Zone aufgetaucht, und obgleich mein Pareder als erster von ihr berichtet hatte, wurde in der Stadt zu sein oder nicht dort zu sein für uns alle fast zur Routine, außer für Feuille Morte. Und da ich schon davon spreche, das Wort Routine hätte man ebensogut auf meinen Pareder anwenden können, denn es gab immer jemanden unter uns, den wir mein Pareder nannten, eine Bezeichnung, die Calac eingeführt hatte und die wir ohne die geringste Spottlust gebrauchten, da der Begriff Pareder bekanntlich auf eine assoziierte Wesenheit anspielte, auf eine Art Gevatter oder Stellvertreter oder Babysitter des Außergewöhnlichen und, im weiteren Sinne, auf ein Delegieren unserer selbst an diese momentane fremde Dignität, ohne im Grunde etwas von uns selbst aufzugeben, geradeso wie irgendein Bild von den Orten, wo wir gewesen sind, ein Delegieren der Stadt bedeuten konnte, wofern die Stadt nicht ihrerseits etwas von sich (den Platz der Straßenbahnen, die Arkaden mit den Fischhändlerinnen, den Kanal im Norden) an einen der Orte delegierte, wo wir zu dieser Zeit lebten und umherwanderten.

Es war nicht allzu schwer, eine Erklärung dafür zu finden, warum er eine Flasche Silvaner bestellt hatte, auch wenn er in dem Augenblick, als er sich dazu entschloß, nicht an die Gräfin gedacht hatte, denn das Restaurant *Polidor* war ihm mit der ebenso unheimlichen wie ironischen Entdeckung des Spiegels dazwischengekommen und hatte seine Aufmerksamkeit abgelenkt. Aber Juan entging nicht, daß die Gräfin irgendwie gegenwärtig gewesen war bei seinem anscheinend spontanen Entschluß, einen kühlen Silvaner jedem der anderen Weine, die der ganze Stolz des *Polidor* waren, vorzuziehen, so wie sie einst bei allem Argwohn und Schrecken hatte gegenwärtig sein müssen, indem sie auf ihre Komplizen und selbst auf ihre Opfer eine unwiderstehliche Macht ausübte, die vielleicht von ihrer Art zu lächeln herrührte und davon, wie sie den Kopf neigte, oder, wahrscheinlicher noch, vom Klang ihrer Stimme oder dem Duft ihrer Haut, jedenfalls war es ein schleichender Einfluß, der keiner aktiven Gegenwart bedurfte, der immer untergründig wirkte; und spontan eine Flasche Silvaner zu bestellen, deren Anfangssilben wie in einer Scharade die zentralen Silben des Wortes enthielten, in dem seinerseits das geographische Zentrum eines dunklen, uralten Schreckens bebte, war schließlich nur eine mittelmäßige phonetische Assoziation. Indes war jetzt der Wein da, funkelnd und duftend, dieser Wein, der sich am Rande von etwas anderem, dem ephemeren Koagulat, objektiviert hatte, und Juan konnte nicht umhin, während er seinen Wein trank und ihn in lachhaft natürlicher Weise genoß, dies als ironischen Spott zu empfinden, wohl wissend, daß er lediglich dem nachhing, was er wirklich gern zu fassen gekriegt hätte und das schon so fern war. Dagegen hatte die Bestellung des dicken Gastes eine andere Bedeutung, er mußte sich also fragen, ob die Tatsache, daß er, eine Sekunde bevor er die Stimme hörte, die ein blutiges Schloß bestellte, gedankenverloren in das Buch von Michel Butor geschaut hatte, einen akzeptablen Kausalzusammenhang hergestellt hatte oder ob, hätte er das Buch nicht aufgeschlagen und wäre er nicht auf den Namen des Autors von *Atala* gestoßen, die Bestellung des dicken Gastes in der Stille des Restaurants *Polidor* ertönt war, um die einzelnen oder sukzessiven Elemente zu agglutinieren, anstatt sich bei der Duselei des Mannes, der seinen Silvaner trank, mit den vielen anderen Stimmen und Geräuschen nichtssagend zu vermischen. Denn Juan vermochte jetzt den Augenblick zu rekonstruieren, da er die Bestellung gehört hatte, und er war sicher, daß sich die Stimme des dikken Gastes genau in der plötzlichen Stille, in einer dieser Lükken hatte vernehmen lassen, die sich bei jedem Gemurmel ergeben und die die landläufige Vorstellung, nicht ohne eine gewisse Beklommenheit, einer entsakralisierten, auf einen artigen Scherz reduzierten Intervention zuschreibt: Ein Engel geht durchs Zimmer. Doch nicht immer machen sich die Engel allen Anwesenden bemerkbar, und so kommt es vor, daß jemand in eben diesem Moment etwas sagt, sein blutiges Schloß genau in diese Stille hinein bestellt, in diese Lücke, die der Engel in dem Stimmengewirr geöffnet hat, und diese Worte bekommen eine Aureole und erlangen eine fast unerträgliche Resonanz, die man sofort ersticken muß mit Gelächter, abgedroschenen Phrasen und einem neuen Stimmenkonzert, abgesehen von der anderen Möglichkeit, die Juan sofort bemerkt hatte, nämlich daß sich diese Lücke im Stimmengewirr nur für ihn geöffnet hatte, da es die Gäste im Restaurant *Polidor* wenig interessieren konnte, daß jemand ein blutiges Schloß bestellte, zumal es für sie nur eines der Gerichte auf der Speisekarte bedeutete. Hätte er eine Sekunde vorher nicht in dem Buch von Michel Butor geblättert, hätten auch dann die Unterhaltungen aufgehört, wäre auch dann die Stimme des dicken Gastes derart deutlich zu ihm gedrungen? Wahrscheinlich ja, ganz bestimmt sogar, denn die Wahl der Flasche Silvaner zeugte bei aller Gedankenverlorenheit von einer Persistenz, die Ecke der Rue de Vaugirard blieb im Speisesaal des Restaurants *Polidor* präsent, nichts vermochte dagegen der Spiegel mit seinen neuen Bildern, die Erkundung der Speisekarte und das Lachen, das angesichts der Girlande mit ihren kleinen Lichtern läuternd sein wollte; du warst da, Hélène, alles war noch immer eine Brosche in Form eines Basilisken, ein Platz mit Straßenbahnen, die Gräfin, die all dies gewissermaßen resümierte. Und ich hatte zu viele dieser Aggressionen, dieser Ausbrüche einer von mir selbst ausgehenden und gegen mich selbst gerichteten Macht erlebt, um nicht zu wissen – auch wenn sie manchmal nichts als Blitze waren, die verschwanden, ohne mehr zu hinterlassen als ein Gefühl von Frustration (die monotonen *déjà-vus*, die bedeutsamen Assoziationen, die sich jedoch in den Schwanz bissen) –, daß zu anderen Zeiten, wie eben jetzt, bei dem, was mir gerade passiert war, etwas in einem tieferen Bereich sich regte, mich verletzte wie ein ironischer Prankenhieb, wie der heftige Schlag einer Tür mitten ins Gesicht. Alles, was ich während dieser letzten halben Stunde getan habe, erschien in einer Perspektive, der ein Sinn nur zukommen konnte durch das, was mir im Restaurant *Polidor* passiert war und das jeden gewöhnlichen Kausalzusammenhang jäh aufhob. Die bloße Tatsache, daß ich das Buch aufgeschlagen und geistesabwesend den Namen des Vicomte de Chateaubriand gelesen hatte, diese einfache Geste, die einen chronischen Leser dazu treibt, auf jede gedruckte Seite, die ihm vor Augen kommt, einen Blick zu werfen, hatte also das, was unvermeidlich kommen mußte, gleichsam potenziert, und die Stimme des dicken Gastes, den Namen des Autors von *Atala*, wie das in Paris üblich ist, verstümmelnd, war durch die im Gemurmel des Restaurants entstandene Lücke deutlich zu mir gedrungen, und wäre mir der vollständige Name nicht auf einer Seite des Buches begegnet, hätte das bei mir nichts ausgelöst. Es war notwendig gewesen, daß ich vage eine Seite des Buches betrachtete (und das Buch eine halbe Stunde vorher kaufte, ohne recht zu wissen warum), damit diese geradezu entsetzliche Deutlichkeit der Bestellung des dicken Gastes in dem plötzlichen Schweigen im Restaurant *Polidor* den Prankenhieb auslöste, der eine unendlich verheerendere Wucht hatte als alles konkret Faßbare, das mich in diesem Raum umgab. Aber da meine Reflexion verbaler Art war (gedrucktes Wort und Bestellung eines Gerichts, Silvaner und blutiges Schloß), war es unsinnig zu denken, daß das Le-

sen des Namens des Autors von *Atala* der auslösende Faktor
hatte sein können, da dieser Name seinerseits der Bestellung
des dicken Gastes bedurft hatte (und umgekehrt), der damit
unwissentlich eins der Elemente verdoppelte, die das Ganze
augenblicks ausbrüten sollten.

›Ja‹, sagte sich Juan, der seine Coquille Saint-Jacques zu Ende
aß, ›aber ich habe auch das Recht zu denken, hätte ich nicht
einen Augenblick vorher das Buch aufgeschlagen, dann wäre
die Stimme des dicken Gastes in dem Gemurmel im Speisesaal
vielleicht untergegangen.‹ Jetzt, wo sich der dicke Gast gerade angeregt mit seiner Frau unterhielt und Fragmente des
russischen Alphabets von *France Soir* kommentierte, kam es
Juan, so genau er auch hinhörte, nicht so vor, daß dessen
Stimme die seiner Frau und der anderen Gäste übertönte.
Wenn er gehört hatte (wenn er zu hören geglaubt hatte, wenn
er zu hören imstande gewesen war, wenn er hatte hören müssen), daß der dicke Gast ein blutiges Schloß wollte, dann
mußte das Buch von Michel Butor diese Lücke im Gemurmel
verursacht haben. Er hatte das Buch aber gekauft, bevor er
zur Ecke der Rue de Vaugirard kam, und erst dort hatte er die
Gegenwart der Gräfin gespürt, hatte sich an Frau Marta und
an das Basiliskenhaus erinnert und all das in dem Bild von
Hélène vereint. Wenn er das Buch gekauft hatte, ohne daß er
es brauchte oder es ihn danach verlangte, und es trotzdem
gekauft hatte, weil das Buch ihm zwanzig Minuten später ein
Loch in der Luft schaffen sollte, durch das ihm der Prankenhieb versetzt werden würde, dann schien jegliche Anordnung
der Elemente undenkbar, und das, so sagte sich Juan, während er sein drittes Glas Silvaner trank, war im Grunde das
sozusagen brauchbarste Resümee dessen, was ihm passiert
war: eine Lektion, ein Erweis dafür, daß ihm einmal mehr das
Vorher und das Nachher in den Händen zerbröselten, ihm
nur einen feinen unnützen Regen toter Motten bescherte.

Von der Stadt wird zu gegebener Zeit geradeso die Rede sein (es gibt sogar ein Gedicht, das zitiert oder auch nicht zitiert wird) wie von meinem Pareder, von dem jeder von uns sprechen kann und der seinerseits von mir oder von den anderen sprechen kann; es wurde schon gesagt, daß die Verleihung der Würde des Pareders fluktuierte und abhängig war von der momentanen Entscheidung eines jeden, keiner konnte mit Sicherheit wissen, wann er in der Zone der Pareder der anderen Anwesenden oder Abwesenden war oder nicht, oder ob er es gewesen war und plötzlich nicht mehr war. Das Wesen des Pareders schien vor allem darin zu bestehen, daß gewisse Dinge, die wir taten oder sagten, immer von meinem Pareder getan oder gesagt wurden, nicht so sehr, um sich der Verantwortung zu entziehen, sondern eher aus einer Art Schamhaftigkeit. Und das galt vor allem für Nicole, Calac oder Marrast, aber außerdem war mein Pareder gleichsam ein stillschweigender Beweis für die Stadt, ihrer Permanenz in uns, für diese Stadt, die wir von dem Abend an akzeptiert hatten, als zum ersten Mal von ihr gesprochen wurde, als wir die ersten Zugänge zu ihr kennenlernten, die Hotels mit ihren tropischen Veranden, die überdachten Straßen, den Platz mit den Straßenbahnen; niemand wäre auf die Idee gekommen, daß es Marrast, Polanco, Tell oder Juan war, der als erster von der Stadt gesprochen hatte, denn das war Sache meines Pareders, und wenn man meinem Pareder irgendein Vorhaben oder dessen Ausführung zuschrieb, so hatte das immer eine der Stadt zugewandte Facette. Wir waren tiefernst, wenn es um meinen Pareder oder um die Stadt ging, und niemand von uns hätte es abgelehnt, Pareder zu sein, wenn ein anderer ihn einfach dadurch dazu nötigte, daß er ihm diesen Namen gab. Natürlich (das bleibt zu klären) konnten auch die Frauen mein Pareder sein, ausgenommen Feuille Morte; jeder konnte der Pareder eines anderen oder aller sein, und die Tatsache, es zu sein, verlieh ihm etwa die Bedeutung des Jokers im Kartenspiel, eine allgegenwärtige und etwas beunruhigende Trumpfkarte, die wir gern in Händen hielten und bei passender Gelegenheit ausspielten. Es gab auch Zeiten, da spürten wir, daß wir wir waren *und* er, so wie die Städte, in denen wir lebten, immer die Städte waren *und* die Stadt; indem wir ihm das Wort erteilten, ihn in unseren Briefen und bei unseren Zusammenkünften erwähnten, ihn in unser Leben integrierten, handelten wir schließlich so, als wäre er nicht nacheinander ein jeder von uns, sondern als agiere er in besonderen Augenblicken selbständig und betrachte uns von außen. Dann beeilten wir uns in der Zone, meinen Pareder in der Person des einen oder anderen von uns wieder einzusetzen, uns als der Pareder des anderen oder der anderen zu wissen, wir rückten am Tisch im *Cluny* dichter zusammen, wir lachten über unsere Illusionen; doch allmählich kam wieder der Augenblick, da wir, fast ohne es zu merken, rückfällig wurden, und durch Postkarten von Tell oder Nachrichten von Calac, durch das Gespinst von Telefonanrufen und Mitteilungen erstand erneut ein Bild von meinem Pareder, das nicht mehr das von uns, von keinem von uns war; vieles über die Stadt mußte von ihm stammen, denn niemand konnte sich erinnern, daß ein anderer dergleichen gesagt hatte, und es fügte sich in das ein, was wir von der Stadt schon wußten und in ihr erlebt hatten, wir akzeptierten all das ohne Widerspruch, obgleich wir nicht in Erfahrung bringen konnten, wer uns zuerst damit gekommen war; gleichviel, alles stammte von meinem Pareder, für alles bürgte mein Pareder.

Das Essen war schlecht, aber es war immerhin da, auch wie das vierte Glas des kühlen Weins und die Zigarette zwischen den Fingern; alles übrige, die Stimmen und das, was sich im Restaurant *Polidor* tat, erreichte ihn auf dem Umweg des Spiegels, und vielleicht deshalb oder weil er schon bei der zweiten Hälfte der Flasche Silvaner angelangt war, vermutete Juan, daß die Zerrüttung der Zeit, die durch den Kauf des Buches, die Bestellung des dicken Gastes und den schwachen Schatten der Gräfin an der Ecke der Rue de Vaugirard offen zutage getreten war, im Spiegel eine merkwürdige Entsprechung fand. Der jähe Bruch, durch den die Bestellung des dicken Gastes isoliert worden war und dem er vergebens mit intelligiblen Begriffen wie vorher und nachher hatte beikommen wollen, reimte sich in gewisser Weise auf diese andere, rein optische Auflösung, für die der Spiegel die Begriffe vorne und hinten anbot. So war die Stimme, die das blutige Schloß bestellt hatte, von hinten gekommen, aber der Mund, der die Worte sagte, war dort vor ihm im Spiegel. Juan erinnerte sich genau, daß er von dem Buch von Michel Butor aufgesehen und den dicken Gast in eben dem Moment erblickt hatte, da der seine Bestellung aufgab. Natürlich war ihm klar, daß das, was er sah, nur das Spiegelbild des dicken Gastes war, aber immerhin befand sich das Bild direkt vor ihm; und da entstand das Loch in der Luft, ging der Engel durchs Zimmer, die Stimme drang von hinten zu ihm, Bild und Stimme des dicken Gastes kamen aus entgegengesetzten Richtungen, um sich in Juans plötzlich geweckter Aufmerksamkeit zu zentrieren. Und eben weil das Bild direkt vor ihm war, schien die Stimme von viel weiter her zu kommen, aus einer Ferne, die weder zu tun hatte mit dem Restaurant *Polidor* noch mit Paris, noch mit diesem verdammten Heiligabend; und all das reimte sich sozusagen mit den Vorher und den Nachher, in die ich vergebens die Elemente dessen hatte unterbringen wollen, was sternförmig in meinem Magen gerann. Nur einer Sache konnte ich mir sicher sein: diese Lücke im gastronomischen Stimmengewirr des Restaurants *Polidor*, wo ein Spiegel des Raums und ein Spiegel der Zeit in einem Punkt unerträglicher und überaus flüchtiger Wirklichkeit koinzidierten, bevor sie mich wieder allein ließen mit all meiner Intelligenz, mit soviel vorher und hinten und vorne und nachher.

Später, mit dem Nachgeschmack eines schlechten Kaffees, ging er im Sprühregen bis zum Panthéon, stellte sich in einem Portal unter und rauchte, trunken von Silvaner und Müdigkeit, immer noch dunkel bemüht, diese Sache wiederzubeleben, die immer mehr Sprache wurde, Kombinationskunst von Erinnerungen und Umständen, obgleich er wußte, daß alles, was er in dieser Nacht oder am nächsten Tag in der Zone erzählen würde, unweigerlich falsch wäre, da in eine Ordnung gebracht, aufgetischt als Stammtischrätsel, eine Scharade unter Freunden, die Schildkröte, die man aus der Tasche holt, so wie mein Pareder manchmal die Schnecke Oswald aus seiner Tasche holte, zur großen Freude von Feuille Morte und Tell: die idiotischen Spielchen, das Leben.
Und von alldem sollte allein Hélène präsent bleiben, ihr wie immer kühler Schatten unter dem Portal, wo ich vor dem Nieselregen Schutz gesucht hatte, um zu rauchen. Ihr kühler, reservierter, unvermeidlicher, feindseliger Schatten. Noch einmal und immer: kalt, reserviert, unvermeidlich, feindselig. Was wolltest du hier? Du hattest kein Recht, dich unter die Karten dieser Sequenz zu mischen, nicht du warst es, die an der Ecke der Rue de Vaugirard auf mich wartete. Warum wolltest du unbedingt mit von der Partie sein, warum sollte ich einmal mehr deine Stimme hören, die mir von einem toten Jungen auf einem Operationstisch, von einer Puppe in einem Schrank spricht? Warum weintest du wieder, wo du mich doch haßtest?
Ich ging allein weiter, ich weiß, daß ich mich aus reiner Nostalgie bis zum Kanal Saint-Martin treiben ließ, ich spürte, daß dein schwacher Schatten dort weniger feindselig wäre, vielleicht weil du einmal eingewilligt hattest, mit mir am Ka-

nal entlangzuschlendern, wobei ich unter jeder trüben Straßenlaterne zwischen deinen Brüsten für einen Augenblick diese Brosche in Form eines kleinen Basilisken schimmern sah. Besiegt von der Nacht, vom Restaurant *Polidor*, wich das Gefühl, das der Prankenhieb mir mitten in den Bauch versetzt hatte, der Trägheit: am Morgen würde man wieder zu leben beginnen, *glory hallelujah*. Da war es, glaube ich, als mir bei all der Müdigkeit langsam klar wurde, was ich mit untauglichen Waffen vor dem Spiegel des *Polidor* gesucht hatte, und ich begriff, warum dein Schatten die ganze Zeit über dort gewesen war, immer rundherum gehend wie Larven um den Zauberkreis, um sich in die Sequenz einzufügen, um jede Kralle des Prankenhiebs zu sein. Vielleicht war es in diesem Augenblick, am Ende eines endlosen Umherwanderns, als ich die Silhouette von Frau Marta auf dem Schleppkahn erblickte, der auf einem Wasser wie Quecksilber lautlos dahinglitt; und obgleich das in der Stadt gewesen war, am Ende einer endlosen Verfolgung, hielt ich es trotzdem nicht für ausgeschlossen, Frau Marta an diesem Heiligabend in Paris zu sehen, auf diesem Kanal, der nicht der Kanal der Stadt war. Ich erwachte (wie es anders nennen, Hélène?) auf einer Bank im Morgengrauen; all das führte mich einmal mehr zu einer plausiblen Erklärung: der Traum, in dem die Zeiten sich vermengen, in welchem du, die du in diesem Augenblick sicherlich allein in deinem Appartement in der Rue de la Clef schläfst, bei mir warst und ich in die Zone zurückgekehrt bin, um all das den Freunden zu erzählen, und in dem ich lange Zeit vorher zu Abend gegessen hatte wie bei einem Leichenmahl, bei Girlanden, russischen Alphabeten und Vampiren.

Des Nachts betrete ich meine Stadt, gehe hinunter in meine
    Stadt,
wo man mich erwartet oder mir ausweicht, wo ich mich
    hüten muß

vor einer gräßlichen Verabredung, vor etwas, das keinen
Namen mehr hat,
eine Verabredung mit Fingern, mit Fleischstücken in einem
Schrank,
mit einer Dusche, die ich nicht finde, in meiner Stadt gibt es
Duschen,
es gibt einen Kanal, der meine Stadt mitten durchschneidet,
und riesige Schiffe ohne Masten fahren in unerträglicher
Stille
zu einem Bestimmungsort, den ich kenne, doch bei meiner
Rückkehr vergesse,
zu einem Bestimmungsort, der meine Stadt leugnet,
wo niemand sich einschifft, wo man lebt, um zu bleiben,
obgleich Schiffe hindurchfahren und jemand vom flachen
Deck aus meine Stadt betrachtet.

Ich betrete meine Stadt, ich weiß nicht wie, und in mancher
Nacht
gelange ich in Straßen oder in Häuser und weiß, es ist nicht
meine Stadt,
ich erkenne meine Stadt an einer lauernden Erwartung,
an etwas, das noch nicht die Angst ist, doch deren Gestalt hat
und deren HUND, und wenn es meine Stadt ist,
weiß ich, da gibt es zuerst den Markt unter Arkaden mit
Obstständen,
die glänzenden Schienen einer Straßenbahn, die entschwindet
in die Richtung eines Viertels,
wo ich jung war, aber nicht in meiner Stadt, ein Viertel wie El
Once in Buenos Aires, ein Geruch nach Schule,
friedliche hohe Mauern und ein weißes Zenotaph, die Calle
24 de Noviembre
vielleicht, wo es keine Zenotaphe gibt, doch die gibt's in meiner Stadt, wenn ihre Stunde und ihre Nacht kommt.

Ich betrete meine Stadt über den Markt, wo sich die Dumpf-
heit einer Vorbedeutung verdichtet,
noch indifferent, eine wohlwollende Drohung, dort sehen
mich die Obsthändlerinnen an
und laden mich vor, pflanzen mir das Verlangen ein, dorthin
zu gehen, wohin man muß, und Fäulnis,
Unflat ist der geheime Schlüssel meiner Stadt, eine Fäkal-
industrie von wächsernem Jasmin,
die sich schlängelnde Straße, die mich zur Begegnung mit ich
weiß nicht was führt,
die Gesichter der Fischhändlerinnen, ihre Augen, die nicht
sehen, und das ist die Vorladung,
und dann das Hotel, das für diese Nacht, denn morgen oder
irgendwann wird es ein anderes sein,
meine Stadt, das sind endlose Hotels und immer dasselbe,
tropische Veranden mit Bambusrouleaus, Moskitonetz-
schleiern und einem Duft nach Zimt und Safran,
Zimmerfluchten mit hellen Tapeten und Korbstühlen
und mit Ventilatoren unter der rosa Decke, mit Türen, die
nirgendwohin führen,
die nur in andere Zimmer führen, mit Ventilatoren und weiteren Türen,
geheime Verbindungstüren zu der Verabredung, und man muß
hineingehen, muß weitergehen durch das verlassene Hotel,
und manchmal ist da ein Aufzug, es gibt viele Aufzüge in meiner Stadt, und es gibt fast immer einen,
wo die Angst zu gerinnen beginnt, aber oft ist er leer,
und wenn er leer ist, ist es schlimmer, und ich muß endlos
aufwärts fahren,
bis er schließlich innehält und horizontal dahingleitet, in
meiner Stadt
sind die Aufzüge wie Glaskästen, die im Zickzack fahren,
überdachte Brücken zwischen zwei Gebäuden überqueren,
und darunter klafft die Stadt, und das Schwindelgefühl
nimmt zu,

denn noch einmal werde ich in das Hotel gehen oder durch
die leeren Flure eines Ortes,
der nicht mehr das Hotel ist, das endlose große Haus,
wohin alle Aufzüge und Türen, alle Flure führen,
und man muß den Aufzug verlassen und eine Dusche oder ein
Klosett suchen,
ohne besonderen Grund, denn die Verabredung ist eine
Dusche oder ein Klosett und keine Verabredung,
in Unterhosen die Dusche suchen, mit einem Stück Seife und
einem Kamm,
aber immer ohne Handtuch, man muß das Handtuch und das
Klosett finden,
meine Stadt, das sind unzählige Klosetts, schmutzig und mit
einem Guckloch in der Tür,
ohne Riegel, stinkend nach Ammoniak, und die Duschen
sind alle in einem einzigen riesigen Raum mit schmierigem
Boden,
wo Leute umhergehen, die kein Gesicht haben, und doch sind
sie dort
unter den Duschen, besetzen die Klosetts, wo auch die
Duschen sind,
wo ich mich waschen muß, aber es gibt keine Handtücher,
und es gibt nichts,
wo ich Kamm und Seife ablegen, wo ich die Kleider aufhängen kann, denn manchmal
bin ich angezogen in meiner Stadt, und nach dem Duschen
werde ich zur Verabredung gehen,
ich werde durch die Straßen mit den hohen Trottoirs gehen,
eine Straße, die es in meiner Stadt gibt
und die ins Land hinaus führt, mich vom Kanal und den Straßenbahnen fortführt,
auf ihren holprigen Trottoirs mit ausgetretenen Backsteinen,
entlang ihren Zäunen,
ihren feindlichen Begegnungen, ihren Geisterpferden und
ihrem Geruch nach Unglück.

36

Dann werde ich durch meine Stadt gehen und das Hotel
betreten,
oder ich werde vom Hotel in die Zone der von Urin und Kot
verjauchten Klosetts gehen,
oder ich werde bei dir sein, meine Liebe, denn mit dir bin ich
manchmal in meine Stadt hinuntergegangen,
und in einer Straßenbahn voller fremder gesichtsloser Fahrgäste ist mir klargeworden,
daß das Grauen nahte, daß der HUND sich einstellen würde,
und ich habe
dich an mich drücken, dich vor dem Schrecken bewahren
wollen,
doch es trennten uns so viele Körper, und als sie dich nötigten
auszusteigen in dem großen Gedränge,
habe ich dir nicht folgen können, ich habe gegen die Zä-
higkeit von Rockaufschlägen und Gesichtern angekämpft,
gegen einen unzugänglichen Schaffner, gegen die Geschwindigkeit und das Abklingeln,
bis ich an einer Straßenecke schließlich abspringen konnte
und allein war auf einem Platz der Abenddämme-
rung
und wußte, daß du schriest und schriest, verloren in meiner
Stadt, so nah und nicht zu finden,
für immer verloren in meiner Stadt, und das war der HUND,
das war die Verabredung,
war unwiderruflich die Verabredung, für immer voneinander
getrennt in meiner Stadt,
wo es keine Hotels für dich geben wird, weder Aufzüge noch
Duschen, nur den Schauder, allein zu sein, während
jemand
sich dir nähern wird, ohne etwas zu sagen, um dir einen
bleichen Finger auf den Mund zu legen.

Oder die Variante, meine Stadt betrachten von Bord aus
dieses Schiffes ohne Masten, das durch den Kanal fährt, eine
Stille von Spinnen
und ein schwebendes Gleiten diesem Fahrtziel entgegen, das
wir nicht erreichen werden,
denn plötzlich ist da kein Schiff mehr, alles ist Bahnsteig und
falsche Züge,
verlorene Koffer und unzählige Gleise
und stehende Züge, die plötzlich abfahren, und schon ist es
nicht mehr der Bahnsteig,
man muß die Gleise überqueren, um den Zug zu finden, und
die Koffer sind verlorengegangen,
und niemand weiß etwas, alles riecht nach Teer und nach Uni-
formen unzugänglicher Schaffner,
schließlich in diesen abfahrenden Wagen klettern und durch
einen nicht enden wollenden Zug laufen,
wo die Leute zusammengepfercht in Zimmern schlafen mit
müden Möbeln,
dunklen Vorhängen und bei einer mit Staub und Bierdunst
geschwängerten Luft,
und man wird bis zum Ende des Zuges gehen müssen, weil
man sich irgendwo treffen muß,
ohne zu wissen mit wem, die Verabredung war mit jemandem, von dem man nichts weiß, und die Koffer sind verlorengegangen,
und du bist zuweilen auch auf dem Bahnhof, doch dein Zug
ist ein anderer Zug, dein HUND ist ein anderer HUND, wir
werden uns nicht finden, meine Liebe,
ich werde dich erneut verlieren in der Straßenbahn oder im
Zug, in Unterhosen
werde ich mich durch die Leute hindurchzwängen, die in den
Abteilen schlafen, wo ein violettes Licht
die staubigen Behänge blind macht, diese Vorhänge, die
meine Stadt verbergen.

Hélène, wenn ich ihnen sagen würde, daß all das, worauf sie warten (denn sie sind da und warten, daß jemand zu erzählen beginnt, Ordnung in etwas bringt), wenn ich ihnen sagen würde, daß alles darauf hinausläuft, daß es auf dem Kaminsims in meiner Pariser Wohnung zwischen einer kleinen Skulptur von Marrast und einem Aschenbecher diese Lücke gibt, die ich immer für deinen Brief freigelassen habe, den du mir nie geschrieben hast. Wenn ich ihnen von der Ecke der Rue de l'Estrapade erzählen würde, an der ich dich um Mitternacht im Sprühregen erwartet habe und eine Kippe nach der anderen in die schmutzige Pfütze schnippte, wo ein Stern aus Speichel dümpelte. Aber erzählen, du weißt, hieße Ordnung in etwas bringen, hieße Vögel präparieren, und auch in der Zone wissen sie das, und der erste, der darüber lächeln würde, wäre mein Pareder, der erste, der zu gähnen begänne, wäre Polanco, und auch du, Hélène, wenn ich, anstatt deinen Namen auszusprechen, Rauchkringel oder rhetorische Figuren fabrizieren würde. Bis zuletzt werde ich mich dagegen sträuben, daß es so sein mußte, bis zuletzt werde ich lieber von Frau Marta sprechen, die mich an der Hand durch die Blutgasse führt, wo sich in seinem schimmligen Nebel immer noch der Palast der Gräfin abzeichnet, ich werde nicht aufhören, ein Mädchen in Paris durch eines in London zu ersetzen, ein Gesicht durch ein anderes, und sollte ich fühlen, daß ich auf die Klippe deines unumgänglichen Namens zutreibe (denn immer wirst du da sein, um mich zu nötigen, ihn auszusprechen, um dich an mir zu rächen und dich gleichzeitig durch mich zu strafen), wird mir immer noch der Ausweg bleiben, wieder mit Tell zu spielen, mir zwischen zwei Slibowitz einzubilden, daß all das außerhalb der Zone passiert ist, in der Stadt, wenn du willst (doch dort kann es schlimmer sein, dort könnte man dich töten), zudem werden die Freunde da sein, Calac und Polanco werden da sein und sich mit Kanus und Lautenspielern vergnügen, es wird die gemeinsame Nacht geben, die diesseitige Nacht, die Beschützerin mit ihren Zeitungen und Tell und der Greenwichzeit.

Hélène, gestern erhielt ich aus Italien eine der üblichen Postkarten mit einer farbigen Ansicht von Bari. Als ich sie verkehrt herum hielt und mit halb geschlossenen Augen betrachtete, eine Honigwabe mit unzähligen funkelnden Zellen und einem marineblauen Saum ganz oben, verschwamm alles zu einer Abstraktion von größter Zartheit. Da habe ich ein Stück herausgeschnitten, auf dem keine eindrucksvollen Gebäude oder Avenuen von illustrer Breite waren; hier ist es, es lehnt an dem Tontopf, wo ich meine Pfeifen und Bleistifte aufbewahre. Ich betrachte es, es ist keine italienische Stadt; ein minuziöses Raster aus winzigen rosa und grünen, weißen und himmelblauen Feldern schafft eine inständige Gegenwart reiner Schönheit. Du siehst, Hélène, so könnte ich von meinem Bari erzählen, auf den Kopf gestellt und ausgeschnitten, in anderem Maßstab, von einer anderen Warte aus gesehen, und dann da dieser grüne Punkt, der den ganzen oberen Teil meines am Topf lehnenden Kleinods aus Karton erst zur Geltung bringt, dieser grüne Punkt, der (man könnte das in zwei Flugstunden und mit einem Taxi verifizieren) das Haus Nummer soundsoviel der Soundsostraße sein muß, wo Männer und Frauen wohnen, die so und so heißen, dieser grüne Punkt bedeutet noch anderes, und ich kann, sehe ich von dem Haus und seinen Bewohnern ab, von dem sprechen, was er für mich bedeutet. Und wenn ich mich mit dir messe, Hélène, glaube ich, daß du seit jeher dieser kleine grüne Punkt auf meinem Postkartenausschnitt bist, ich kann ihn Nicole oder Celia oder Marrast zeigen, ich kann ihn dir zeigen, wenn wir uns an einem Tisch im *Cluny* gegenübersitzen und von der Stadt sprechen, von den Reisen, zwischen Scherzen und Anekdoten, während die Schnecke Oswald gemächlich in der Hand von Feuille Morte Zuflucht sucht. Und hinter alldem die Angst, nicht wahrhaben zu wollen, was mir an diesem Abend ein Spiegel, ein dicker Gast, ein zufällig aufgeschlagenes Buch, der Modergeruch eines Portals zugemutet haben. Aber hör mir jetzt zu, auch wenn du allein in deinem Appartement in der Rue de la Clef schläfst: auch das Schweigen ist Verrat. Bis zuletzt werde ich denken, daß ich mich vielleicht getäuscht habe, daß die Fakten, die dich in meinen Augen beflecken, die mich jeden Morgen in ein Leben ausspeien, das ich nicht mehr mag, vielleicht daher rühren, daß ich die wahre Ordnung nicht habe finden können und daß du selbst nie begriffen hast, was da geschah, Hélène, du hast den Tod des Jungen in der Klinik nie begriffen, nicht die Puppe von Monsieur Ochs, nicht Celias Tränen, du hast die Karten schlecht ausgelegt, du hast ein großes Spiel erfunden, das dir wahrsagte, was du nicht warst und, wie ich immer noch fest glaube, auch nicht bist. Und schwiege ich, würde ich Verrat begehen, denn die Karten sind da, so wie die Puppe in deinem Schrank oder der Abdruck meines Körpers in deinem Bett, und ich werde die Karten von neuem auslegen, auf meine Art, immer wieder, bis ich mich von einem unvermeidlichen Schicksal überzeugt habe oder dich schließlich so finde, wie ich dich in der Stadt oder in der Zone gern gefunden hätte (deine weit geöffneten Augen in diesem Zimmer der Stadt, deine ganz weit geöffneten Augen, die mich nicht ansehen); zu schweigen wäre da gemein, du und ich wissen nur zu gut von etwas, das nicht wir ist und das dieses Spiel spielt, in dem wir Pikas oder Herzdame sind, doch nicht die Hände, die die Karten mischen und zusammenstellen, ein atemberaubendes Spiel, bei dem wir gerade nur die Schicksalsfäden erkennen können, die bei jedem Austeilen geflochten und entflochten werden, die Figur, die uns vorangeht oder uns folgt, die Sequenz, mit der die Hand uns den Gegenspieler zuweist, die Schlacht einander ausschließender Zufälle, die über Einsatz und Verzicht entscheidet. Verzeih mir diese Sprache, die einzig mögliche. Wenn du mich in diesem Augenblick hörtest, würdest du zustimmen, mit dieser ernsten Miene, die dich der Frivolität des Erzählers manchmal etwas näher bringt. Ah, sich diesem schwankenden System von Augenblicksnetzen überlassen, sich in dem Kartenspiel akzeptieren, in das einwilligen, was uns mischt und austeilt, welche Versuchung, Hélène, welch sanftes Dahintreiben auf einem ruhigen Meer. Sieh dir Celia, sieh dir Austin an, diese in der Konformität badenden Eisvögel. Sieh dir Nicole an, die arme, wie sie mit gefalteten Händen meinem Schatten folgt. Aber ich weiß nur zu gut, daß Leben für dich Konfrontation bedeutet, daß du nie eine Autorität anerkannt hast; und wäre es nur deshalb, ganz zu schweigen von mir oder von so vielen anderen, die auch das Spiel gespielt haben, verpflichte ich mich, all das zu sein, was du dir nicht anhören willst oder nur mit Ironie anhören wirst, womit du mir letztlich den Grund dafür gibst, daß ich es sage. Du siehst, ich spreche nicht für die anderen, obgleich es die anderen sind, die zuhören: sag mir, ob du willst, daß ich weiter mit Worten spiele, daß auch ich sie mische und ausspiele. Herzdame, lach einmal mehr über mich. Sag es nur: er konnte nicht anders, er war kitschig wie ein gesticktes Herz. Ich werde weiter den Zugang suchen, Hélène, an jeder Straßenecke werde ich mich fragen, welchen Weg ich einschlagen soll, alles wird ins Spiel kommen, der Platz mit den Straßenbahnen, Nicole, die Brosche, die du an jenem Abend am Kanal Saint-Martin trugst, die Puppen von Monsieur Ochs, der Schatten von Frau Marta in der Blutgasse, das Wichtige und das Bedeutungslose, all diese Karten werde ich erneut mischen, um dich so zu finden, wie ich dich will, ein aufs Geratewohl gekauftes Buch, eine Lichtergirlande und selbst den Wachsstein, den Marrast im Norden Englands gesucht hat, den Wachsstein, um die Statue des Vercingetorix zu schaffen, in Auftrag gegeben und schon halb bezahlt vom Magistrat von Arcueil, zur Verblüffung der rechtschaffenen Bürger.

›Noch ein Glück‹, dachte mein Pareder, ›noch ein Glück, daß er dem Dithyrambus und der Mantik für einen Augenblick entsagt und sich an Dinge wie den Wachsstein erinnert. Er ist noch nicht völlig verloren, wenn er sich noch an den Wachsstein erinnern kann.‹

»Heh, wir warten«, sagte mein Pareder. »Wir wissen jetzt, was im Restaurant passiert ist, falls überhaupt etwas passiert ist. Und was dann?«

»Sicher hat es genieselt«, sagte Polanco. »Das ist immer so, wenn man . . .«

»Wenn man was?« fragte Celia.

Polanco blickte Celia an und schüttelte traurig den Kopf.

»Allen passiert so was«, sagte Celia mit Nachdruck, »eine Art von Paramnesie, das kennt man ja.«

»Bisbis bisbis«, sagte Feuille Morte, die wissenschaftliche Begriffe immer sehr erregten.

»Sei still, Mädchen«, sagte Polanco zu Celia. »Hör auf, die Flaschen zu verkorken, der Durst kommt vor der Sättigung und ist viel schöner. Aber eigentlich hast du recht, denn wenn der uns mit seinem Koagulum oder was weiß ich kommt, wird's einem ehrlich gesagt.«

Hélène sagte nichts, sie rauchte gemächlich eine blonde Zigarette, war aufmerksam und unbeteiligt zugleich, wie immer, wenn ich redete. Nicht ein einziges Mal hatte ich ihren Namen ausgesprochen (was habe ich ihnen eigentlich erzählt, was für ein seltsames Sammelsurium von Spiegeln und Silvaner, um ihnen den Heiligabend zu verschönern?), und trotzdem war es, als fühlte sie sich angesprochen, sie nahm Zuflucht zu ihrer Zigarette, zu irgendeiner Bemerkung gegenüber Tell oder Marrast und hörte höflich weiter meinem Bericht zu. Wären wir beide allein gewesen, hätte sie mir wahrscheinlich gesagt: »Ich bin für das Bild, das du mit dir herumträgst, nicht verantwortlich«, und sie hätte es mir ohne zu lächeln, aber beinahe liebenswürdig gesagt. »Sollte ich von dir träumen, wärest du dafür nicht verantwortlich«, hätte sie mir auch sagen können. »Aber das war kein Traum«, hätte ich ihr geantwortet, »und ich weiß nicht einmal genau, ob du mit alldem etwas zu tun hattest oder ob ich dich aus Routine, aus dummer Gewohnheit mit einbezogen habe.« Es war nicht schwer, sich das Gespräch vorzustellen, aber wäre ich mit Hélène allein gewesen, hätte sie mir das nicht gesagt, wahrscheinlich hätte sie mir gar nichts gesagt, wäre aufmerksam und unbeteiligt gewesen; einmal mehr schloß ich sie, ohne ein Recht dazu zu haben, in meine Vorstellung mit ein, so als wollte ich mich über soviel Distanziertheit und Schweigen hinwegtrösten. Wir hatten uns nichts mehr zu sagen, Hélène und ich, wir, die wir uns so wenig gesagt hatten. Durch irgend etwas, das uns beiden unerklärlich war, das aber in dem, was an diesem Abend im Restaurant *Polidor* geschehen war, vielleicht seine Erklärung fand, trafen wir einander in der Zone oder in der Stadt nicht mehr, auch wenn wir uns an einem Tisch im *Cluny* und mit den Freunden trafen, manchmal auch kurz miteinander redeten. Nur ich hörte noch nicht auf zu hoffen; Hélène aber war weiter da, aufmerksam und unbeteiligt. Wenn aber, um mit mir selbst ganz ehrlich zu sein, sie und die Gräfin und Frau Marta sich in ein und demselben abscheulichen Bild zusammenfanden? Und hatte Hélène mir nicht einmal gesagt – oder würde es mir später sagen, als wenn ich es nicht schon immer gewußt hätte –, daß das einzige Bild, das sie von mir behalten konnte, das eines toten jungen Mannes in einer Klinik war? Wir tauschten untereinander Visionen, Metaphern oder Träume aus; vorher und hinterher waren wir allein, sahen uns viele Abende lang über die Kaffeetassen hinweg an.

Und da wir gerade von Träumen sprechen: wenn die Tataren darauf verfallen, Kollektivträume zu haben – ein Thema ähnlich dem der Stadt, doch sorgsam abgegrenzt, da es niemandem einfallen würde, die Stadt mit den Träumen zu vermengen, was hieße, das Leben mit dem Spiel –, dann werden sie derart kindisch, daß sich seriöse Leute abgestoßen fühlen.

Fast immer ist es Polanco, der anfängt: Hör mal, ich hab geträumt, daß ich auf einem Platz war und dort ein Herz fand. Ich hob es auf, und es pochte, es war ein menschliches Herz, das pochte, da bin ich zu einem Brunnen gelaufen und hab es so gut es ging gewaschen, denn es war von Laub und Staub ganz schmutzig, und dann hab ich's aufs Polizeirevier in der Rue de l'Abbay gebracht. Völlig falsch, sagt Marrast. Du hast es gewaschen, das ja, aber dann hast du es respektlos in eine alte Zeitung gewickelt und es dir in die Jackentasche gesteckt. Aber wie soll er es sich in die Jackentasche gesteckt haben, wo er doch in Hemdsärmeln war, sagt Juan. Ich war korrekt gekleidet, sagt Polanco, und ich hab das Herz aufs Polizeirevier gebracht, man hat mir eine Quittung darüber gegeben, das war das Ungewöhnlichste an dem Traum. Du hast es nicht hingebracht, sagt Tell, wir haben gesehen, wie du nach Hause gegangen bist und das Herz in einem Schrank versteckt hast, in dem mit dem goldenen Vorhängeschloß. Haha, Polanco und ein goldenes Vorhängeschloß, spottet Calac. Ich hab das Herz aufs Revier gebracht, insistiert Polanco. Gut, wenn du darauf bestehst, sagt Nicole, aber dann war es das zweite, denn wir alle wissen, daß du mindestens zwei gefunden hast. Bisbis bisbis, sagt Feuille Morte. Ja, richtig, sagt Polanco, wenn ich zurückdenke, habe ich an die zwanzig gefunden. Großer Gott, die zweite Hälfte des Traums hatte ich ganz vergessen. Du hast sie auf der Place Maubert unter einem Haufen Abfall gefunden, sagt mein Pareder, ich habe dich vom Café *Les Matelots* aus beobachtet. Und alle pochten, sagt Polanco begeistert. Ich habe zwanzig Herzen gefunden, einundzwanzig mit dem, das ich aufs Polizeirevier gebracht hatte, und alle pochten sie wie verrückt. Du hast es nicht der Polizei gebracht, sagt Tell, ich hab gesehen, wie du es im Schrank versteckt hast. Auf jeden Fall pochte es, räumt mein Pareder ein. Kann sein, sagt Tell, das ist mir ganz egal. So sind die Frauen, sagt Marrast, ob ein Herz schlägt oder nicht, ist ihnen schnurz, das einzige, was sie sehen, ist ein goldenes Vorhängeschloß. Werd nicht misogyn, sagt mein Pareder. Die ganze Stadt war übersät mit Herzen, sagt Polanco, ich erinnere mich genau, es war höchst seltsam. Und dabei habe ich mich zuerst nur an ein einziges Herz erinnert. Alles hat einen Anfang, sagt Juan. Und alle pochten, sagt Polanco. Was nützt ihnen das schon, sagt Tell.

Warum hielt der Doctor Daniel Lysons, D.C.L., M.D., den Stengel eines *hermodactylus tuberosus* in der Hand? Marrast, der nicht umsonst Franzose war, machte sich sofort daran, die Oberfläche des Bildes (in schlechten Zeiten von Tilly Kettle gemalt) zu untersuchen, um eine wissenschaftliche, kryptische oder wenigstens freimaurerische Erklärung zu finden; danach zog er den Katalog des Courtauld Institute zu Rate, in dem boshafterweise nur der Name der Pflanze angegegeben war. Möglicherweise rechtfertigten zu Zeiten Doctor Lysons' die erweichenden oder ableitenden Wirkstoffe des *hermodactylus tuberosus*, daß diese Pflanze sich in den Händen eines D.C.L., M.D. befand, aber dafür gab es keinen Beweis, und deshalb ließ die Sache, in Ermanglung eines besseren Zeitvertreibs, Marrast keine Ruhe.
Was ihn außerdem beschäftigte in diesen Tagen, war eine Anzeige im *New Statesman*, die, mikroskopisch und eingekästelt, lautete: *Are you sensitive, intelligent, anxious or a little lonely? Neurotics Anonymous are a lively, mixed group who believe that the individual is unique. Details s.a.e., Box 8662.* Marrast hatte im Halbdunkel des Zimmers im *Gresham Hotel* über diese Anzeige nachzudenken begonnen; am Fenster, das nur einen Spaltbreit geöffnet war, um nicht die scheußlichen Fassaden der Gebäude der anderen Seite der

Bedford Avenue sehen zu müssen und vor allem nicht den Lärm der Autobusse 52, 52A, 895 und 678 hereinzulassen, malte Nicole fleißig Gnome auf Cansonpapier und blies von Zeit zu Zeit auf ihren kleinen Pinsel.

»Ich geb's auf«, hatte Marrast nach dem Studium der Anzeige gesagt. »Wie sie halte ich mich für sensibel, ängstlich und ein wenig einsam, aber ich bin nun eben mal nicht intelligent, da ich nicht den Zusammenhang zwischen diesen Eigenschaften und der Bemerkung verstehe, daß die Anonymen Neurotiker an die Individualität als etwas Einzigartiges glauben.«

»Hm«, machte Nicole, die nicht genau zugehört zu haben schien. »Tell meint, daß viele dieser Anzeigen verschlüsselt sind.«

»Glaubst du, ich wäre ein guter Anonymer Neurotiker?«

»Ja, Mar«, sagte Nicole, wobei sie ihn wie von fern anlächelte und den Pinsel in die Farbe stippte, die sie für die Zipfelmütze des zweiten Gnoms von links brauchte.

Marrast wußte nicht recht, ob er die Zeitung wegwerfen oder die in der Anzeige offerierten ausführlichen Informationen anfordern sollte, doch dann entschied er, daß das Problem des *hermodactylus tuberosus* interessanter sei, und kombinierte beides, indem er an das Postfach 8662 schrieb und den Anonymen Neurotikern unverblümt sagte, daß sie der Gesellschaft, und zumal sich selber, von weit größerem Nutzen wären, wenn sie sich um ihre einzigartigen Individualitäten keine Sorgen machten und sich besser in den Saal II des (es folgten die näheren Angaben) begäben, um zu versuchen, das Rätsel des Pflanzenstengels zu lösen. Er schickte den Brief anonym, was ihm überaus logisch erschien, wiewohl Calac und Polanco nicht versäumten, ihn darauf hinzuweisen, daß sein Name weit jenseits der white cliffs of Dover seine Wurzeln hatte, weshalb ihm die sensiblen und ängstlichen Neurotiker keine besondere Aufmerksamkeit schenken würden. Die Tage in London gingen mit dieser Art von Beschäftigungen dahin, denn Marrast hatte nach ersten verdrießlichen Bemühungen keine Lust, sich weiter um den Wachsstein zu kümmern, und das, obgleich er sich sofort nach seiner Rückkehr in Frankreich daran machen müßte, das imaginäre Bildnis von Vercingetorix zu schaffen, das er an den Magistrat von Arcueil schon halb verkauft hatte, doch mit dem er mangels eines guten Wachssteins noch nicht hatte beginnen können. All das blieb mehr und mehr einer Zukunft vorbehalten, die ihn nicht besonders interessierte; lieber durchstreifte er London, fast immer allein, aber manchmal auch mit Nicole, und dann schlenderten sie schweigend durch West End, machten nur hin und wieder eine höfliche Bemerkung, oder nahmen einen Bus, ohne auf die Nummer zu achten, und fuhren bis zur Endstation. Es waren für Marrast Tage der Stagnation, es fiel ihm schwer, sich von den Dingen zu lösen, von einem Tisch im Café aufzustehen oder sich von einem Bild im Museum abzuwenden, und wenn er ins Hotel zurückkehrte und Nicole vorfand, die für ein Kinderbuch unablässig Gnome malte und nicht ausgehen wollte oder nur ihm zu Gefallen mitging, dann spürte er, wie die tägliche Wiederholung immer derselben vorhersehbaren Floskeln, das immer gleiche Lächeln in immer den gleichen Windungen der Unterhaltung, all dieses ebenso kitschige wie beklemmende Inventar, aus dem ihre Sprache von damals bestand, ihn in dunkle Panik versetzte. Er suchte dann die beiden Argentinier auf, die in einem Hotel in der Nähe logierten, oder er verbrachte die Nachmittage in einem Museum oder setzte sich in einen Park und las Zeitung, schnitt Anzeigen aus, nur um etwas zu tun, um sich langsam daran zu gewöhnen, daß Nicole ihn nicht mehr fragte, wo er gewesen sei, daß sie von ihren Gnomen nur kurz aufsah und ihm zulächelte mit dem Lächeln von früher, und weiter nichts, das leere Lächeln, die Gewohnheit eines Lächelns, in dem vielleicht Mitleid lag.

Er ließ vier oder fünf Tage verstreichen und ging dann eines Morgens erneut ins Courtauld Institute, wo man ihn lange für einen Verrückten gehalten haben mußte, weil er sich stundenlang vor dem Porträt des Doctor Daniel Lysons aufhielt und das *Te rerioa* von Gauguin kaum eines Blickes würdigte. Wie nebenbei fragte er den sich am wenigsten zeremoniös gebarenden Wärter, ob das Bild von Tilly Kettle einen Berühmtheitswert besitze, von dem er, ein armer ignoranter Franzose, wiewohl Bildhauer, nichts wisse. Der Wärter sah ihn leicht überrascht an und ließ sich herab, ihm zu berichten, daß in diesen Tagen, wie merkwürdig, wo er jetzt daran denke, eine ganze Menge Leute rein darauf versessen waren, gerade dieses Bild aufmerksam zu studieren, wenngleich, ihren Mienen und Kommentaren nach zu schließen, ohne nennenswerte Resultate. Am hartnäckigsten sei eine Dame gewesen, die mit einem dicken Lehrbuch der Botanik erschienen war, um die Richtigkeit der botanischen Zuordnung zu verifizieren, und bei deren Zungenschnalzern mehrere Betrachter anderer Bilder im Saal erschreckt zusammenzuckten. Die Wärter beunruhigte dieses unerklärliche Interesse an einem Gemälde, das bis dahin kaum Beachtung gefunden hatte, und sie hatten es schon dem Direktor gemeldet, eine Nachricht, die bei Marrast eine schlecht verhohlene Freude auslöste; man erwarte in diesen Tagen den Besuch eines Inspektors der städtischen Museen und führe dieserhalb über die Besucher diskret Buch. Darüber hinaus erfuhr Marrast, und er nahm es mit perverser Gleichgültigkeit auf, daß das Porträt des Doctor Lysons in dieser Woche mehr Publikum angezogen hatte als die *Bar des Folies-Bergères* von Manet, die gleichsam die Gioconda des Instituts war. Ganz ohne Zweifel hatten sich die Anonymen Neurotiker in ihrer Sensibilität, ihrer Intelligenz, ihrer Ängstlichkeit und ihrer (little) Einsamkeit zutiefst getroffen gefühlt, und der energische postalische Peitschenhieb hatte sie von ihrem nur zu offenkundigen Selbstmitleid abgebracht und in eine Aktivität gestürzt, von deren Sinn und Zweck niemand, angefangen beim Anstifter, die geringste Ahnung hatte.

Das stimmte nicht ganz, denn Marrast gehörte zu denen, die eher dadurch verstehen, daß sie komplizieren (seiner Meinung nach, daß sie provozieren), oder dadurch komplizieren, daß sie verstehen (seiner Meinung nach und vielleicht auch der anderer, denn jedes Verstehen *vervielfacht*), und diese typisch französische Neigung war ein immer wiederkehrendes Thema ihrer Diskussionen im Café, zwischen Juan oder Calac oder meinem Pareder, jenen Freunden, mit denen er in Paris zusammenkam, wo sie mit einer Leidenschaft diskutierten, welche von dieser Art eines diplomatischen Privilegs, eines intellektuellen und moralischen Freibriefs entfesselt wird, die in der Atmosphäre der Cafés herrscht. Bereits in diesen Londoner Tagen hatten Calac und Polanco die Ergiebigkeit der von Marrast ausgelösten Interferenzen in Zweifel gezogen, und sie sollten nicht ganz unrecht haben, die beiden Wilden aus der Pampa, da ja der Stengel des *hermodactylus tuberosus* noch genauso rätselhaft war wie zu Anfang. Aber die Pflanze war nur ein Vorwand gewesen, aus diesem öden Kreis, wo Nicole Gnome malte oder mit ihm durch die Straßen schlenderte, auszubrechen, wiewohl er wußte, daß es am Ende, das nicht einmal ein Ende wäre, noch mehr Gnome geben würde und noch mehr Schweigen, gerade nur unterbrochen von höflichen und neutralen Bemerkungen, zu denen ein Schaufenster oder ein Film Anlaß geben konnten. Marrast fand keinen Trost darin, daß die Anonymen Neurotiker ein Motiv gefunden hatten, für den Augenblick aus ihren eigenen Kreisen auszubrechen, doch daß er eine solche Aktivität ausgelöst hatte, kam für ihn einer Kompensation gleich, er fühlte sich in seinem eigenen Kreis weniger eingeschlossen. ›Machtrausch‹, sagte er sich, als er einen letzten Blick auf das Porträt des Doctor Lysons warf. ›Stets ein Trost für Idioten.‹ Derweil war sein Gespräch mit dem Wärter ein Musterbeispiel stereotyper Wendungen, deren man sich bedienen konnte, ohne den Gang seiner Gedanken zu unterbrechen. Immerhin ist es seltsam / Ja, Sir, vorher hat es niemand beachtet / Und jetzt auf einmal ... / Vor drei Tagen hat das angefangen, und es geht weiter / Aber ich sehe niemanden, der besonderes Interesse zeigt / Es ist noch früh, Sir, die Leute kommen erst ab drei / Ich finde nichts Besonderes an dem Bild / Ich auch nicht, Sir, aber es ist ein Museumsstück / Ah, das ja / Ein Porträt aus dem 18. Jahrhundert / (Aus dem 19.) Ah, natürlich / Ja, Sir / Nun, ich muß jetzt gehen / Sehr wohl, Sir / Ein paar Varianten zwischen Dienstag und Samstag.

Da es erst elf Uhr morgens war und Nicole ihn gebeten hatte, vor dem Mittagessen eine der Bildtafeln zu Ende malen zu dürfen, blieb Marrast Zeit, Mr. Whitlow, der in der Portobello Road ein Farbengeschäft hatte, aufzusuchen, um sich zu erkundigen, ob man ihm nicht einen Wachsstein von hundertfünfzig Kubikmeter nach Frankreich schicken könnte. Mr. Whitlow meinte, im Prinzip sei das möglich, wofern Marrast ihm genauer erkläre, was das für ein Stein sei, da es kein Mineral zu sein schien, das in den Steinbrüchen von Sussex gerade häufig vorkommt, und wer und wann und wie man ihn bezahlen wolle. Marrast merkte sehr bald, daß der Magistrat von Arcueil für Mr. Whitlow kein Begriff war, trotz der ästhetischen Konnotationen, die es für einen Farbenhändler eigentlich hätte geben müssen, und er argwöhnte, daß sich hinter soviel Ignoranz ein typisch britisches Ressentiment gegen das Desinteresse verbarg, das Frankreich für Leben und Werk von Turner oder Sickert zeigte.

»Es wäre vielleicht ganz gut, Sie sähen sich selbst einmal in Northumberland um«, riet Mr. Whitlow mit der Miene desjenigen, der eine Fliege vom Ärmel verscheucht, ohne dem Insekt gegenüber unhöflich sein zu wollen.

»Ich würde den Stein lieber in London kaufen«, sagte Marrast, der ländliche Gegenden mit ihren Bienen haßte.

»Diese Art Steine findet man noch am ehesten in Northumberland. Ich kann Ihnen ein Empfehlungsschreiben an einen Kollegen mitgeben, der bereits Rohmaterial an Archipenko und Sir Jacob Epstein verkauft hat.«

»Ich kann London jetzt nicht verlassen«, sagte Marrast. »Es gibt da ein Problem mit einem Museum. Aber warum schreiben Sie nicht an Ihren Kollegen und fragen ihn, ob er Wachssteine hat und einen nach Arcueil schicken kann?«

»Gewiß doch«, sagte Mr. Whitlow, der das Gegenteil zu denken schien.

»Ich komme nächste Woche wieder vorbei. Ah, apropos, kennen Sie den Direktor des Courtauld Institute?«

»Aber ja doch«, sagte Mr. Whitlow, »er ist sogar ein entfernter Verwandter meiner Frau. (›Wie klein die Welt doch ist‹, dachte Marrast mehr erfreut als überrascht.) Harold Haroldson, ein Ex-Maler von Stilleben, Skandinavier väterlicherseits. Im ersten Weltkrieg hat er einen Arm verloren, ein großartiger Mensch. Er hat sich nie angewöhnen können, mit der linken Hand zu malen. Merkwürdig, daß ein Mensch für manche Dinge nur seine rechte Hand sein kann, nicht wahr? Im Grunde, glaube ich, hat er einen trefflichen Vorwand gefunden, die Palette an den Nagel zu hängen; ohnehin hat niemand allzu große Stücke auf ihn gehalten. Er hatte die Manie, haufenweise Kürbisse zu malen; nicht gerade ein Motiv, das die Leute besonders anspricht. Da hat Sir Winston ihn zum Direktor ernannt, und er versteht es ganz prächtig, die Malerei der anderen in Szene zu setzen. Finden Sie nicht auch, daß wir in Wirklichkeit zwei sind, eine linke und eine rechte Hand? Die eine nützlich und die andere untauglich?«

»Eine subtile Frage«, meinte Marrast, »man müßte die Idee des Menschen als Mikrokosmos genauer untersuchen. Aber ich mit diesem Problem des Wachssteins...«

»Jedenfalls ist er der Direktor«, sagte Mr. Whitlow. »Doch sollten Sie ihn wegen des Steins sprechen wollen, muß ich Sie darauf aufmerksam machen, daß zu seinen Aufgaben nicht die des...«

»Auf keinen Fall«, sagte Marrast. »Das Problem mit dem Stein werden Sie mir mit Ihrem Kollegen aus den Bergen lösen, dessen bin ich sicher. Ich bin nur froh, daß mir eingefallen ist, Sie nach dem Direktor zu fragen. Daß er ein Verwandter von Ihnen ist, erleichtert mir meine Aufgabe. Sagen Sie ihm«, fügte Marrast mit Nachdruck hinzu, »er soll sich vorsehen.«

»Sich vorsehen?« sagte Mr. Whitlow, dessen Stimme zum ersten Mal einen gewissen menschlichen Ton annahm.

Von dem, was folgte, sind nur die Worte Marrasts von Interesse: Es ist nur eine Vermutung / . . . / Ich bin nur vorübergehend in London und halte mich nicht für besonders geeignet, um / . . . / Ein Gespräch, das ich zufällig in einem Pub mitangehört habe / . . . / Sie sprachen italienisch, das ist alles, was ich sagen kann / . . . / Ich möchte nicht, daß Sie meinen Namen erwähnen, Sie können es ihm von sich aus sagen, als Verwandter / . . . / Aber ich bitte Sie, das ist doch selbstverständlich.

Später, nach einem endlosen Bummel auf der Strand, der auf der überschlägigen Berechnung der Anzahl Gnome, die Nicole noch zu malen hatte, basierte, erlaubte er sich den Luxus, mit der Genugtuung eines Elektrikers anzunehmen, die unvermutete Verwandtschaft Mr. Whitlows mit Harold Haroldson könnte einen der Kontakte des Stromkreises geschlossen haben. Die ersten Lötungen hatten dem Anschein nach keine Verbindung untereinander hergestellt, so wie man Teile eines Baukastens zusammenfügt, ohne einen bestimmten Bau errichten zu wollen, und plötzlich – aber wenn man's recht bedachte, passierte uns das öfters – führte der Wachsstein zu Mr. Whitlow und dieser zu Harold Haroldson, durch den sich seinerseits eine Verbindung zu dem Porträt des Doctor Lysons und den Anonymen Neurotikern ergab. Mein Pareder hätte dergleichen ganz natürlich gefunden, und wahrscheinlich auch Juan, der dazu neigte, alles wie in einem Spiegelkabinett zu sehen, und der zudem schon gemerkt haben mußte, daß Nicole und ich seit einem gewissen Nachmittag auf einer Landstraße in Italien zu diesem Kaleidoskop gehörten, das zu fixieren und zu beschreiben er seine ganze Zeit zubrachte. In Wien (falls er in Wien war, doch er mußte dort sein, denn Nicole hatte vor drei Tagen eine Postkarte von Tell bekommen, er war in Wien und geriet wie immer in absurde Geschichten, obgleich ich kein Recht habe, das von Juan zu sagen, kaum eine halbe Stunde nach meinem Gespräch mit Mr. Whitlow und nachdem ich gehört hatte, daß eine in Botanik versierte Dame ihre Nachmittage damit zubringt, den Stengel des *hermodactylus tuberosus* zu studieren), in Wien dürfte Juan Zeit genug haben, an uns zu denken, an Nicole, die in etwas abgedriftet war, das nicht einmal Verlassenheit war, denn niemand hatte sie verlassen, und an mich, der ich gerade dieses laue Bier trinke und mich frage, was ich tun soll, was mir zu tun bleibt.

Mit seinem einzigen freien Finger, denn die anderen hielten das Glas und die Zigarette, malte Marrast mit Bierschaum eine Art Maulwurf auf das gelbe Plastiktischtuch und sah zu, wie der sich langsam auflöste. ›Es wäre so einfach, wenn er sie liebte‹, dachte er, während er den Bauch des Maulwurfs restaurierte. Auch Juan mochte gerade so etwas denken, die Rosette des Kaleidoskops wäre in aller Anmut mit ihrer monotonen unvermeidlichen Symmetrie stehengeblieben, doch niemand konnte ein blauer Glassplitter oder eine purpurne Perle sein und diese zugleich verschwinden lassen; wenn man das Rohr drehte und die Figur sich von selbst ergab, konnte man nicht die Hand und die Figur zugleich sein. Vielleicht, dachte Marrast, der einen weiteren Maulwurf zu malen begann, könnte man noch auf eine Intervention von außen bauen, auf etwas an der Peripherie der Gefühle und des Willens, jedenfalls würde ihm jetzt niemand das sardonische Vergnügen nehmen, sich das Gesicht von Harold Haroldson vorzustellen, wenn der, was ziemlich sicher, ja geradezu unausbleiblich war, den Telefonanruf von Mr. Whitlow erhalten würde. ›Bleiben wir in Bewegung‹, dachte Marrast, auf die Uhr sehend, die anzeigte, daß Nicole im *Gresham Hotel* den letzten Gnom malte, ›machen wir's nicht wie sie, die da unbeweglich auf ihrem Stuhl sitzt und geschehen läßt, was mit ihr geschieht, ein blauer Glassplitter in Juans Rosette. Leider wird nur allzubald einer von den dreien der Konvention verfallen, wird sagen, was zu sagen sich gehört, wird die verordnete Albernheit begehen, wird weggehen oder zurückkommen oder sich irren oder weinen oder sich umbringen oder sich opfern oder sich beherrschen oder sich in einen anderen verlieben oder ein Guggenheim-Stipendium erhalten, gleich welche Falte im Faltenwurf der großen Routine, und wir werden aufhören zu sein, was wir waren, werden die rechtschaffene und recht handelnde Masse. Besser in Bewegung bleiben, Bruder, durch Spiele, die der Muße des Künstlers würdiger sind, man braucht sich nur Harold Haroldsons Gesicht in eben diesem Augenblick vorzustellen, man wird die Überwachung verstärken, Sie verlassen unter keinen Umständen den Saal II, wir werden photoelektrische Zellen anbringen, man muß eben Kredite aufnehmen, ich werde mit Scotland Yard sprechen, es wird mich noch der Schlag rühren, Doctor Smith muß mir den Blutdruck messen, ab sofort keinen Zucker mehr in den Kaffee, es wird besser sein, Schatz, wir verzichten auf die Ferien auf dem Kontinent, ein kritischer Augenblick für das Institut, meine Pflichten, du verstehst. Achselzuckend gab Marrast es auf, sich die endlose Reihe möglicher Auswirkungen vorzustellen (es war schon so weit gekommen, daß Harold Haroldsons Frau den extra für ihre Reise nach Cannes gekauften Satz Koffer zurückgab, mein Mann sieht sich genötigt, auf seine Ferien zu verzichten, ja, sehr bedauerlich, aber die Umstände) und ging in Richtung Hotel, er wollte Calac und Polanco abholen, um gemeinsam mit ihnen und Nicole zu Mittag zu essen, das notwendige Werg, das Gespräch als Füllsel, die Erleichterung, nicht Nicoles Augen begegnen zu müssen, denn Nicole würde die Freunde ansehen und über die Neuigkeiten und abenteuerlichen Geschichten lachen, über Harold Haroldson und den Wachsstein, wieder in der Zone sein, zusammen mit den beiden argentinischen

Tataren, in der Zone, wo es noch möglich war, offen und ehrlich miteinander zu verkehren, ohne diese Atmosphäre des Zimmers im *Gresham Hotel*, dieses Schweigen, wenn er es betrat, oder die höflich erklärenden Bemerkungen, die Gnome fertig gemalt und schon trocken, der Kuß, den er Nicole aufs Haar drücken würde, Nicoles gütiges Lächeln.

Ich kann mich nicht mehr genau erinnern, wie ich bis zum Kanal Saint-Martin gelangt bin. Im Taxi, wahrscheinlich, ja, ich weiß noch, daß ich irgendwann ein Taxi genommen und den Chauffeur gebeten habe, mich zur Bastille zu fahren; von dort konnte ich zu Fuß bis zur République gehen, jedenfalls erinnere ich mich, daß ich eine Weile im Sprühregen dahinging, daß das Buch von Butor immer nasser wurde und ich es vor einer Haustür liegen ließ, dann aber hat der Regen aufgehört und ich habe mich auf eine der Bänke hinter den Gittern und Zäunen der Schleusentore gesetzt.

Da wurde mir mit bitterer Klarheit der Fehler des Heiligabends bewußt, daß ich gleichsam im Innern der Zeit etwas erwartet hatte, das im Restaurant *Polidor* über mich gekommen war, aber sogleich zerbröselte, wie beleidigt durch meine Unwürdigkeit, meine Unfähigkeit, mich für den Sinn dieser Zeichen offenzuhalten. Ich hatte mich zusammengenommen, anstatt gelöst zu sein, was eine Möglichkeit gewesen wäre, das stumpfsinnige Gebiet der Erwartung zu verlassen, wo es nichts mehr zu erwarten gab. Dann aber, vielleicht weil ich so müde und naß und Silvaner und Heiligabend war, hörte ich auf, etwas zu erwarten, und für einen Augenblick spürte ich, daß der Sinn dieser Zeichen im Grunde keiner war, daß er kein Schlüssel sein konnte; eher ein blindlings aufgezwungenes Verhalten, eine unbekannte Größe, die plötzlich auf etwas hindeutete oder es beleuchtete, vielleicht einen tiefen Sturz. Ja, ich spürte, daß es ein Sturz sein konnte, aber ich wäre nicht mehr fähig gewesen, diese Empfindung zu verstehen, daß etwas sanft endete, sozusagen fortging. »Hélène«, sagte Juan wieder, in das träge Wasser sehend, wo sich langsam das Licht einer Laterne kräuselte. »Muß ich es hinnehmen, muß ich hier auf immer in das einwilligen, was uns in der Stadt passiert ist? Jene Frau, die allein in ihrer Wohnung in der Rue de la Clef schläft, ist sie dieselbe, die in die Straßenbahn stieg und die ich bis tief in die Nacht hinein verfolgte? Bist du es, was bis in die tiefste Tiefe dessen trudelt, das ich bin, während ich an dich denke? Hélène, werde ich schließlich wirklich dieser tote junge Mann sein, den du ohne Tränen beweint hast, den du mir mitsamt der zerbrochenen Puppe sozusagen ins Gesicht geworfen hast?«

Nun aber mußten sie ins Courtauld Institute gehen, damit Nicole endlich mit dem Porträt von Doctor Lysons Bekanntschaft machte, doch da es noch nicht drei war, blieben sie noch ein Weilchen im Hotel, und Marrast erzählte, daß er an diesem Vormittag wegen Calac und Polanco zu spät zur Französischstunde gekommen war, abgesehen davon, daß sein Schüler, der Lautenspieler, die Verben auf -er nicht gelernt hatte, dafür aber hatten sie beide beim Mittagessen in Soho viel über die Poesie von Laurie Lee gesprochen. Nicole ihrerseits konnte verkünden, daß sie den letzten Gnom der Serie (59 insgesamt) fertig gemalt hatte und daß der Verleger sie am Mittag aus Paris angerufen und ihr angeboten hatte, ein enzyklopädisches Wörterbuch für Kinder zu illustrieren, er gäbe ihr dafür ein Jahr Zeit, und er sagte ihr einen ordentlichen Vorschuß und viel künstlerische Freiheit zu. Um ihr zu gratulieren, besonders zur Beendigung des 59. Gnoms, küßte Marrast sie auf die Nasenspitze, und Nicole wollte wissen, ob er und Austin der Lautenspieler gut zu Mittag gegessen hätten oder nur wieder wie immer steak and kidney pie, worauf Marrast, dieser Tropf, wie fixiert zu sein schien. Alles hatte wie immer den Anstrich einer vorher festgesetzten Zeremonie, einer programmierten Ersatzhandlung. Als er sie noch einmal küßte, nun ihre Lippen suchend, erwiderte Nicole flüchtig den Kuß und warf sich in dem alten Sessel, der dicht am Fenster stand, zurück. Ohne etwas zu sagen, wandte Marrast sich von ihr ab, zündete sich eine Zigarette an und ging in dem schmalen und langen Zimmer auf und ab. Es blieb ihm nichts anderes übrig, als weiter von den Tagesereignissen zu reden, sich zu fragen, was Hélène oder mein Pareder wohl gerade machten, wo Juan und Tell sein mochten, und so fort bis zwanzig vor drei, um nicht zu früh ins Museum zu kommen. Er hörte auf, das Zimmer der Länge nach zu durchmessen, und ging mehrmals in dessen Breite hin und her, obgleich wenig Platz war, sich in dieser Richtung zu bewegen, und erzählte Nicole von Mr. Whitlow und Harold Haroldson und wie sich herausgestellt hatte, daß Harold Haroldson ein Verwandter von Mr. Whitlow war, und daß der Wachsstein durch Mr. Whitlow in Zusammenhang kam mit dem starken Zustrom der Anonymen Neurotiker im Saal II des Museums. Überdies (denn von irgend etwas mußte er noch sprechen, bis es zwanzig vor drei wäre) sagte Marrast, werde es langsam Zeit, daran zu denken, sich an die Statue zu machen, er habe bereits eine ziemlich genaue Vorstellung davon, wie das imaginäre Bildnis des Vercingetorix aussehen sollte, als erstes würde er die Ordnung Piedestal–Statue verkehren, etwa so wie in der Bauart des Dogenpalastes in Venedig, sie, Nicole erinnere sich sicher, da sie Venedig gegen Ende des Frühlings zusammen besucht hatten und Nicole ganz glücklich gewesen zu sein schien, bis zu diesem Nachmittag auf der Landstraße von Venedig nach Mantua, in der Nähe einiger roter Häuser, als sie plötzlich traurig geworden war, so als enthielte die Postkarte, die Juan und Tell ihnen aus irgendeiner Stadt, wo sie gerade arbeiteten, geschickt hatten, aus Prag oder Genf, eine Ansichtskarte mit Bären und Wappen und wie immer ein paar herzlichen Worten, so als enthielte sie eine geheime Botschaft, die sie bestimmt nicht enthielt, doch die Nicole da hineingelegt hatte, wie man das öfters tut, und die roten Häuser neben der Landstraße waren in Marrasts Erinnerung geblieben als Bezugspunkt für diesen Augenblick, da alles wie zur Sättigung gekommen war, nicht daß man vorher bei Nicole keine Traurigkeit oder Beunruhigung hatte feststellen können, doch bisher hatte ihre Generosität sie nicht daran gehindert, zu reden und sich abends gemeinsam mit ihm in vielen Städten viele Dinge anzusehen, um die Wette über Brücken zu laufen und in den Parks Kaffee zu trinken. Wie dem auch sei, zurück zu Vercingetorix, die Statue sollte die traditionellen Elemente von Grund auf verkehren, und diese unleugbare bildnerische und visuelle Innovation würde, dessen war Marrast sich sicher, die ganze Dynamik des gallischen Helden zum Ausdruck bringen, wie ein Stamm würde er aus der Erde wachsen, mitten auf dem Platz von Arcueil, und mit seinen beiden Armen würde er nicht Schwert und Schild halten, was äußerst stupide wäre und nur den Tauben Vorschub leisten würde, sondern den voluminöseren Teil des Wachssteins stemmen, womit nebenbei, in plastischer Hinsicht, das übliche Mißverhältnis zwischen dem sichtbaren und dem verborgenen Teil eines Eisbergs, das Marrast immer als ein Symbol der schlimmsten Arglist der Natur erschienen war, auf den Kopf gestellt würde, so daß, wiewohl ein Eisberg und der Held von Alesia wenig gemein haben mögen, das kollektive Unbewußte sicherlich unterschwellig einen Schock bekommen würde, während man auf der ästhetischen Ebene zur willkommenen Überraschung mit ansähe, wie eine Statue das Plumpeste und Langweiligste ihrer selbst, die alltägliche Materie der Existenz, gen Himmel reckt und so, in einer genuin heroischen Transmutation, die Kot- und Tränenbasis in die azurne Bläue projiziert. Natürlich wäre all das völlig abstrakt, doch der Magistrat würde nicht versäumen, mittels einer angemessenen Plakette den Einwohnern von Arcueil die Identität der gefeierten Persönlichkeit zu verraten.

»Calac und Polanco waren wie gewöhnlich dabei, lebhaft zu diskutieren«, sage ich zu Nicole, »neu war nur, daß sie es diesmal auf englisch taten und mitten in der U-Bahn. Ihr Thema: die Schwalben, wahrscheinlich, um sich ein wenig in der Sprache zu üben.«

»War etwas zu verstehen?« fragt Nicole.

»Nun, sie sprechen schon ganz leidlich Englisch, so daß mehrere Fahrgäste ihnen verblüfft zuhörten. Da war eine Dame in pink, of course, die in alle Richtungen blickte, so als würde sie mitten in der Station Leicester Square, die sicher an die dreißig Yards unter der Erde liegt, einen Schwarm Schwalben sichten.«

»Aber was konnten sie über die Schwalben groß diskutieren?« sagt Nicole, während sie einen kleinen Pinsel reinigt.

»Ihre Verhaltensweisen, ob sie ihren Kopf unter die Flügel stecken, ob sie dumm sind, ob sie Säugetiere sind und dergleichen mehr.«

»Wie reizend sie sind, wenn sie diskutieren«, sagt Nicole.

»Vor allem auf spanisch, man merkt, daß sie's tun, um sich zu amüsieren. Sprechen sie auch auf spanisch von Schwalben? Vielleicht gibt es in Argentinien besonders viele Schwalben und sie sind ein allgemeines Gesprächsthema, man müßte meinen Pareder fragen.«

»Frag meinen Pareder oder Juan«, sage ich ihr. »Dieses südliche Land ist unter uns bestens repräsentiert.«

Nicole sagt nichts dazu, sie senkt den Blick und macht sich wieder an die Reinigung des Pinsels; es wird von Mal zu Mal schlimmer, wir nähern uns immer mehr diesem Punkt, wo man vorsichtig um einen Namen herumtanzen und darauf achten muß, ihn nicht auszusprechen, man muß mit Anspielungen operieren oder den Namen in Verbindung mit anderen erwähnen, nie direkt. Und als sie »mein Pareder« gesagt hat, wen mochte sie damit wohl meinen? Warum mußte ich diesen anderen Namen sagen? Aber wenn wir ihn nicht mehr sagen, was soll bei diesem tiefen Loch, diesem schwarzen Trichter, aus uns werden? Bisher haben uns Höflichkeit und Zuneigung gerettet. Und jetzt, von nun an nichts weiter als Schwalben?

Natürlich geht es bei den Diskussionen überhaupt nicht um Schwalben, was jeder, der das Idiom der beiden Tataren versteht, bestätigen kann.

»Von allen, die ich kenne, sind Sie der größte Plotzbrokken«, sagt Calac.

»Und Sie der mickrigste Kondomikus«, sagt Polanco.

»Sie nennen mich einen Plotzbrocken, aber jeder sieht, daß Sie Ihr Gesicht noch nie in einem Spiegel benäselt haben.«

»Der Herr wollen sich nur mit mir anlegen«, sagt Calac. Die beiden benäseln sich mit einer fürchterlichen Grimasse. Dann holt Polanco ein Stück Kreide hervor und zeichnet einen Doofkopp auf den Boden.

»Sie sind der größte Plotzbrocken«, sagt Calac.

»Und Sie der mickrigste Kondomikus«, sagt Polanco.

Calac zerschlurrt den Doofkopp mit der Schuhsohle. Es sieht so aus, als würden sie sich gleich was wummen.

»Sie sind der größte Plotzbrocken«, sagt Calac.

»Und Sie der mickrigste Kondomikus«, sagt Polanco.

»Sie wollen sich nur mit mir anlegen«, sagt Calac.

»Sie haben mir den Doofkopp zerschlurrt«, sagt Polanco.

»Ich habe ihn zerschlurrt, weil Sie mich einen mickrigen Kondomikus tituliert haben.«

»Und ich tituliere Sie wieder, wenn's sein muß.«

»Weil Sie ein Plotzbrocken sind«, sagt Calac.

»Ein Plotzbrocken ist immer noch besser als ein mickriger Kondomikus«, sagt Polanco.

Polanco zückt einen Ripper und stichelt Calac, der sich nicht rippelt.

»Jetzt vertickern Sie mir noch mal das mit dem Plotzbrocken«, sagt Polanco.

»Ich vertickere Ihnen egal was und zerschlurre Ihnen jeden Doofkopp«, sagt Calac.

»Dann wumme ich Ihnen diesen Ripper in die Wamme.«

»Trotzdem bleiben Sie ein Plotzbrocken.«

»Und Sie ein mickriger Kondomikus.«

»Und einem Plotzbrocken, wie Sie einer sind, zerschlurrt man alle Doofköppe, auch wenn er einen Sechs-Sterne-Ripper zieht.«

»Ich wumme Ihnen diesen Ripper«, sagt Polanco, der ihn aus nächster Nähe benäselt. »Mir zerschlurrt niemand den Doofkopp, noch lasse ich mich einen Plotzbrocken titulirieren.«

»An allem, was geschieht, sind Sie schuld, der mich zuerst tituliriert hat«, sagt Calac.

»Sie haben mich zuerst tituliriert«, sagt Polanco. »Ich habe Sie dann contratituliriert, wie es sich gehört, und Sie haben mir den Doofkopp zerschlurrt und haben mir vertickert, daß ich ein Plotzbrocken sei.«

»Das habe ich Ihnen vertickert, weil Sie mich zuerst benäselt haben.«

»Und warum haben Sie mir den Doofkopp zerschlurrt?«

»Den habe ich Ihnen zerschlurrt, weil Sie mich fies benäselt haben, und mich benäselt kein mickriger Kondomikus, auch wenn er einen Ripper zückt.«

»Schluß jetzt, es reicht«, sagt Juan. »Das geht ja zu wie auf der Abrüstungskonferenz in Genf, ich weiß das aus erster Quelle.«

»Und hast du ihm diesen Ripper noch nie gewummt?« fragt mein Pareder, der immer so tut, als wüßte er Bescheid.

»Aber hör mal«, sagt Polanco. »Stell dir vor, hinterher rostet er mir noch, wo ich doch soviel Mühe habe, ihn in Form zu halten. Waffen sind nämlich delikat, Mann.«

»Meine Brust wäre die silberne Scheide, die solch einen Schrott nicht verdient«, sagt Calac. »Los, steck ihn wieder in die Tasche, denn am liebsten sind ihm immer noch die Flusen.«

Mein Beruf verurteilte mich zu einem Leben in Hotels, was nicht besonders angenehm war, wenn ich an meine Wohnung in Paris dachte, in fünfzehn Jahren eingerichtet mit den Vorlieben und Manien eines Junggesellen, den Neigungen der linken Hand oder der fünf Sinne, Schallplatten, Bücher und Flaschen, alles brav an seinem Platz, geräuschlose Wartung durch Madame Germaine mit ihrem Staubwedel am Mittwoch und Samstag, ein Leben ohne pekuniäre Probleme, der Jardin du Luxembourg unter den Fenstern; aber um all das zu verteidigen, mußte ich, ein sardonisches Paradox, alle drei Wochen zu Konferenzen fliegen, auf denen die Baumwolle, die friedliche Koexistenz, die technische Hilfe und die UNICEF ihre Probleme in verschiedenen Sprachen diskutierten, die auf elektronischem Wege in die Dolmetscherkabinen gelangten und sich, eine neue *Alchimie du Verbe*, in 60 Dollar pro Tag verwandelten. Worüber konnte ich mich beschweren? Die Hotels gefielen mir und stießen mich zugleich ab, neutrale Orte, von wo aus es immer leichter schien, zur Stadt Zugang zu finden, und wo ich jederzeit ihren durchlässigen Antagonismus spürte. Ich entdeckte schließlich, wenn ich in einem dieser Hotels logierte, daß ich häufiger das Hotel der Stadt betrat, um immer wieder endlos durch seine Zimmer mit den hellen Tapeten zu laufen, auf der Suche nach jemandem, den ich in dem Augenblick nicht hätte beim Namen nennen können; mit der Zeit spürte ich, daß die Hotels, in denen ich in diesen Jahren wohnte, so etwas wie Vermittler waren, jedenfalls genügte es, mich in einem neuen Hotel zu installieren, wie jetzt im *Capri-*

corno in Wien, daß mich ein Gefühl physischer Abneigung gegen neue Wasserhähne, Lichtschalter, Kleiderbügel und Kopfkissen aus der Pariser Routine herausriß und mich sozusagen vor die Tore der Stadt brachte, einmal mehr an den Rand dessen, was in den überdachten Straßen begann, zum Platz der Straßenbahnen sich weitete und, wie mein Pareder das gesehen hatte, an den kristallinen Türmen und am Nordkanal endete, auf dem die Schleppkähne dahinglitten.

Alles war immer verwickelter geworden in diesen Herbsttagen in Wien, teils wegen der Geschichte mit Frau Marta und der jungen Engländerin, vor allem aber wegen der Puppe von Monsieur Ochs und Tells Begabung, kleine Westentaschenstürme zu entfesseln, was die Tataren bisher immer sehr amüsiert hatte, wenn nach der Rückkehr von Reisen und Abenteuern in der Zone davon gesprochen wurde. Das erste Alarmsignal gab diese verrückte Dänin, die, obgleich sie selten auf eigene Faust in die Stadt ging, Juan in Erstaunen setzte mit einem Bericht über Straßen mit hohen Trottoirs und mit einer vertrauten, unverwechselbaren Topographie, deren genaue Schilderung Tell an irgendeinem der Abende im *Cluny* plötzlich über die spöttischen Lippen kam und die Nicole oder meinen Pareder hätte erbleichen lassen, wenn sie sie gehört hätten. Tell war sicher, von ferne Nicole und vielleicht auch Marrast gesehen zu haben, wie sie durch das Marktviertel schlenderten, und es habe so ausgesehen, als suchte Nicole (und fand sie nicht, was sehr traurig war) diese Halsketten mit großen blauen Steinen, die es in den Straßen von Teheran zu kaufen gab. Als Tell ihm dies im Bett erzählte, wobei sie höchst aufmerksam ihre Zehen betrachtete, und alles vermengte mit dem Inhalt einer Postkarte von Polanco aus London, wo von völlig unbegreiflichen Aktivitäten Marrasts betreffend einen Stein und ein Gemälde die Rede war, da erinnerte sich Juan – aber sich erinnern hieß, augenblicklich von dort zurückzukehren, sollte es sich um die Stadt handeln –, daß auch er einmal in diesem Marktviertel gewesen war und beim Überqueren des Platzes der Straßenbahnen in der Ferne die Silhouette Hélènes zu erkennen geglaubt hatte. Er erzählte das Tell, denn er hatte ihr immer alles erzählt, was Hélène betraf, und Tell küßte ihn neckisch und tröstete ihn spöttisch, indem sie von Frau Marta und von der Unterhaltung sprach, die sie beim Frühstück zufällig mit angehört hatte. So kam es, daß sich alles von Anfang an vermengte, die Puppe und das Basiliskenhaus, Frau Marta und der Platz der Straßenbahnen, und Tell, bisher nur die liebenswürdige Zeugin der Spiele, gehörte auf einmal und für immer zur Straße der hohen Trottoirs, auch deshalb, weil sie mit ihrem sanften Zynismus die Unterhaltung zwischen Frau Marta und der jungen Engländerin im Frühstücksraum des *Capricorno* mit angehört hatte.

An einem dieser Tage, mit meinen Gedanken nicht ganz bei der Arbeit, mußte ich an diese unbekümmerte Einmischung Tells denken, und ich stellte zu meinem Leidwesen fest, daß sie mich beunruhigte, daß die so aktive Intervention Tells in Dingen der Stadt sowie das, was sie zufällig über Frau Marta gehört hatte, dieses Gefühl von Eskapismus und Ruhe beeinträchtigen konnten, das sie mir, seit wir uns kennen und miteinander schlafen, stets zu geben gewußt hat. Ohne Emphase, mit der Freiheit einer Katze, wofür ich ihr immer dankbar war, wußte Tell sich meinen Arbeitsreisen und den Hotels in schöner Weise beizugesellen und entband mich so vorübergehend von Paris, von allem, was Paris damals für mich bedeutete (von allem, was Paris damals nicht für mich bedeutete), ermöglichte mir dieses neutrale Interregnum, in dem man leben, trinken und lieben konnte, als erfreute man sich eines Dispenses, ohne eine geschworene Treue zu brechen, ich, der keinerlei Treue geschworen hatte. Zwei oder drei Wochen in einem Niemandsland, wobei man ins Blaue hinein arbeitete und herumtändelte, war das nicht die Lücke, in die so schön Tells schlanke Taille paßte? Eine Freundin von Bars und Grenzübertritten, von technischen Zwischenlandungen im Morgengrauen, von Betten, wo die Erinnerungen mit dem traurigen Geruch nach Zeit sich nicht festsetzen würden, war Tell Rom gewesen, Lugano, Viña del Mar, Teheran, London und Tokio, und warum jetzt nicht auch Wien mit seinen liebenswerten Kaffeehäusern, seinen dreiundzwanzig Breughels, seinen Streichquartetten und dem Wind an den Straßenecken? Alles hätte einmal mehr wie immer sein müssen, die Postkarten mit Neuigkeiten von Nicole, die Tells Schützling war, und jene der Tataren, über die sie sich vor Lachen auf dem Bett wälzte; nun aber war auch sie in der Stadt gewesen, hatte zum ersten Mal die Straße mit den hohen Trottoirs gesehen, und fast zur gleichen Zeit hatte sie in Wien Frau Marta und die junge Engländerin kennengelernt. Sie konnte nicht ahnen, daß sie dadurch irgendwie auf meine Seite gekommen war, sich jetzt mitten in dem befand, was sie mich bisher mit ihrer unbefangenen Liebe zu ertragen geholfen hatte; sie war jetzt wie eine Komplizin, und ich fühlte, ich würde ihr von Hélène nicht mehr sprechen können wie bisher, ihr nicht mehr freundschaftlich meinen Kummer wegen Hélène anvertrauen können. Ich sagte ihr das, während ich mich am Fenster rasierte, und sie sah mich vom Bett aus an, nackt und schön wie nur Tell um neun Uhr morgens.

»Ich weiß, Juan, aber das macht nichts. Ich glaube, du hast dich in die Wange geschnitten. Die Stadt gehört allen, nicht wahr? Auch ich sollte sie einmal auf andere Weise kennenlernen als durch deine Erzählungen, die Berichte meines Pareders oder irgendeinen dubiosen Spaziergang. Ich sehe nicht, warum sich dadurch zwischen uns etwas ändern soll. Immer wirst du deiner stürmischen Nordländerin von Hélène sprechen können, you know?«

»Ja, aber du bist was anderes, eine Art Zuflucht oder kleiner Verbandskasten für die Erste Hilfe, wenn du mir diesen Vergleich gestattest (›Er entzückt mich‹, sagte Tell), und auf einmal bist du so nah, bist in der Stadt umhergelaufen zur gleichen Zeit wie ich, und obgleich das absurd scheint, entfernt dich das von mir, macht dich zum aktiven Part, du bist jetzt auf der Seite der Verletzung, nicht mehr auf der des Verbandes.«

»Es tut mir leid«, sagte Tell, »aber die Stadt ist nun mal so, man betritt sie und verläßt sie, ohne um Erlaubnis zu fragen und ohne danach gefragt zu werden. Es war immer so, scheint mir. Und das Verbandskästchen brauchst du nun wirklich, du wirst dir deinen Pyjama beflecken.«

»Ja, Schatz. Aber sieh doch, ich suchte Hélène, und du hast Nicole gesehen.«

»Ah«, sagte Tell. »Und du meinst, ich habe Nicole nur gesehen, weil es mir lieber wäre, du suchtest sie und nicht Hélène.«

»Um Himmels willen, nein«, sagte Juan, der sich das Gesicht trocknete und mit Watte und Alkohol hantierte. »Aber du siehst, du selber spürst den Unterschied, du mißt unserem gleichzeitigen Spaziergang in der Stadt sozusagen einen moralischen Wert bei, du stellst Präferenzen auf. Du und ich befanden uns bisher auf einer anderen Ebene, dieser hier.«

Die Bewegung mit der ausgestreckten Hand umfaßte das Bett, das Zimmer, das Fenster, den Tag, Neu-Delhi, Buenos Aires, Genf.

Tell stand auf, ging auf Juan zu. Er berührte mit seiner noch ausgestreckten Hand sanft ihre Brüste, folgte der Linie ihrer Hüfte mit einer langen Liebkosung bis zum Knie und glitt langsam die Innenseite des Schenkels wieder hinauf. Tell drückte sich an ihn und küßte ihn aufs Haar.

»Es könnte durchaus sein, daß ich ihr einmal in der Stadt begegne«, sagte sie. »Du weißt, wenn es mir möglich ist, bringe ich sie dir, du Narr.«

»Oh«, sagte Juan, die Watte ablösend, »du wirst sehen, das ist unmöglich. Aber ich möchte gern wissen, wie du dorthin gekommen bist, wie du gemerkt hast, daß du in der Stadt warst. Vorher hast du nur vage Geschichten erzählt, die bloße Träume sein konnten oder eine unbewußte Imitation der Berichte meines Pareders. Aber jetzt offensichtlich nicht. Erzähl, Tell.«

Was uns alle rettet, ist ein stilles Leben, das wenig zu tun hat mit dem Alltäglichen oder dem Astronomischen, eine massive Gewalt, die gegen die bequeme Verzettelung an einen Konformismus oder eine mehr oder weniger herdenmäßige Rebellion ankämpft, ein Katarakt von Schildkröten, der nie aufhört, Grund zu berühren, weil er stark verlangsamt herabstürzt, was in keinem Verhältnis steht zu unserer Photoidentität im Dreiviertelprofil vor weißem Hintergrund und dem Abdruck des rechten Daumens, das Leben als etwas Fremdes, für das man aber trotzdem sorgen muß, das Kind, das einem anvertraut wird, während die Mutter eine Besorgung macht, die Begonie, die zweimal die Woche gegossen werden muß, aber bitte nicht mehr als ein Kännchen Wasser, denn die Arme geht mir sonst ein. Es gibt Augenblicke, da Marrast oder Calac mich ansehen, als wollten sie mich fragen, was ich hier eigentlich mache, anstatt den Raum, den ich in der Luft einnehme, freizulassen; manchmal bin ich es, der sie so anblickt, manchmal ist es Tell oder Juan, fast nie Hélène, aber zuweilen auch Hélène, und dann erwidern wir, die so Angeblickten, einzeln oder gemeinsam diesen Blick, als wollten wir mal sehen, wie lange sie uns wohl so anblicken würden, und dann sind wir natürlich sehr dankbar, daß Feuille Morte, nie so angeblickt, geschweige denn einen so anblickend, uns in ihrer Einfalt da heraushilft, den Weg bereitet zu Entspannung und Spiel.

»Bisbis bisbis«, sagt Feuille Morte, überglücklich, endlich etwas sagen zu können.

Leuten wie Madame Cinamomo ist es unmöglich, die Séancen des Infantilismus zu verstehen, die diese Blicke für gewöhnlich zur Folge haben. Fast immer ist es mein Pareder, der nach Feuille Morte loslegt. »Guti guti guti«, sagt mein Pareder. »Sakra sakra benedi«, sagt Tell. Polanco dreht immer am mächtigsten auf. »Poschos toketoke unkeli«, sagt Polanco. Da sich dies für gewöhnlich an einem Tisch im *Cluny* abspielt, fehlt es nicht an Gästen, die sichtlich erschrecken. Marrast ärgert es, daß die Leute so wenig formbar sind, und er erhebt sofort die Stimme. »Fetate tefate Zwirbelwirbel«, sagt er mit mahnend erhobenem Zeigefinger. »Bisbis bisbis«, sagt Feuille Morte. »Guti guti«, sagt mein Pareder. »Ptak«, sagt Calac. »Poschos toketoke«, sagt Polanco. »Ptak«, insistiert Calac. »Pete sofo«, sagt Nicole. »Guti guti«, sagt mein Pareder. »Honk honk honk«, sagt Marrast begeistert. »Bisbis bisbis«, sagte Feuille Morte. »Honk honk«, insistiert Marrast, der uns immer zu übertönen versucht. »Guti guti«, sagt mein Pareder. »Sakra benedi«, sagt Tell. »Ptak«, sagt Calac. »Honk honk«, sagt Marrast. »Pete sofo«, sagt Nicole.

Ist der Kulminationspunkt erreicht, zieht mein Pareder nicht selten den Käfig mit der Schnecke Oswald aus der Tasche, eine Inkorporierung des Weltlichen, was mit Freudengeschrei begrüßt wird. Man braucht nur das Fallgatter aus Weidengeflecht hochzuziehen, und schon erscheint Oswald in all seiner feuchten Unschuld und beginnt über die Croissants und die Stücke Zucker, die auf dem Tisch liegen, zu kriechen. »Guti guti«, sagt mein Pareder zu ihm und tippt ihm auf die Fühler, was Oswald ganz und gar nicht mag. »Bisbis bisbis!« protestiert Feuille Morte, für die Oswald wie ein Sohn ist. »Ompi ompi ompi«, sagt Tell, die immer alles tut, damit Oswald zu ihr komme.

»Bisbis bisbis!« zischt Feuille Morte, die solche Günstlingswirtschaft nicht duldet.

Da die Bewegungen der Schnecke Oswald bei weitem nicht denen eines Leoparden gleichen, verlieren mein Pareder und die anderen schnell das Interesse und widmen sich ernsteren Dingen, während Tell und Feuille Morte mit leiser Stimme ihren Versuch der Hypnotisierung und Kolonisierung fortsetzen. »Vosches muni«, sagt Polanco. »Muni feta«, antwortet Calac schlagfertig wie immer. »Mickriger Kondomikus«, brummelt Polanco. »Von allen, die ich kenne, sind Sie der größte Plotzbrocken«, sagt Calac.

Mein Pareder beeilt sich dann, die Schnecke Oswald zu schützen, denn jede Spannung in der Gruppe stimmt sie traurig, und außerdem ist Curro schon zweimal an ihren Tisch gekommen, um ihnen zu raten, diese nackige Schnecke sofort verschwinden zu lassen, andernfalls er die Polizei rufen werde, ein Detail, dem eine gewisse Bedeutsamkeit nicht abzusprechen ist.

»Hör mal, Curro«, sagt mein Pareder, »du wärest besser in deinem Astorga geblieben, hier in Paris wirkst du nur störend, Bübchen. Du bist tatsächlich der garstige Gallego, von dem Fray Luis de Léon spricht, auch wenn einige behaupten, daß er den Nordwestwind meinte.«

»Sie packen das Schleimtier weg oder ich rufe einen Flic«, sagt Curro, knipst uns ein Auge, erhebt aber zugleich die Stimme, um Madame Cinamomo zufriedenzustellen, die sich am vierten Tisch links, auf der Seite des Boulevard Saint-Germain breitmacht.

»Schon gut«, sagt Juan, »Sie können wieder gehen.«

»Bisbis bisbis«, sagt Feuille Morte.

All das findet Madame Cinamomo natürlich höchst albern, zumal es, offen gesagt, so aussieht, als könne eine Dame nicht mehr in Ruhe eine Tasse Kaffee trinken. Ich hab's dir gesagt, Lila, du wirst sehen, die enden noch im Gefängnis, man möchte meinen, es sind Verrückte, verbringen ihre Zeit damit, die unglaublichsten Dinge aus der Tasche zu ziehen und nichts als Blödsinn zu reden.

»Grämen Sie sich nicht, Tante«, sagt Lila zu mir.

»Wie soll ich mich nicht grämen«, antworte ich ihr. »Ich bekomme da Deprimenzen, wirklich.«

»Sie meinen Depressionen«, will Lila mich korrigieren.

»Keineswegs, mein Kind. Die Depression ist etwas, das dich immer tiefer niederdrückt, und am Ende bist du platter als eine Flunder. Du erinnerst dich an dieses Tier im Aquarium. Die Deprimenz dagegen bewirkt, daß alles um dich herum immer höher wird, du sträubst dich dagegen, aber vergebens, und am Ende liegst du dann auch platt am Boden wie ein Blatt.«

»Ah«, sagt Lila, die sehr taktvoll ist.

»Ich ging durch eine Straße mit ganz hohen Trottoirs«, sagte Tell. »Es ist schwer zu erklären, die Fahrbahn lag wie in einem tiefen Graben, sah aus wie ein ausgetrocknetes Bachbett, und die Leute gingen auf den beiden Trottoirs, mehrere Meter weiter oben. Eigentlich gab es gar keine Leute, bloß einen Hund und eine alte Frau, und was die Alte betrifft, muß ich dir später noch was sehr Merkwürdiges erzählen, und am Ende der Straße kam man auf die Felder, glaub ich, es gab keine Häuser mehr, es war die Stadtgrenze.«

»Oh, die Stadtgrenze«, sagte Juan. »Keiner kennt die.«

»Jedenfalls war mir die Straße vertraut, weil schon andere sie gegangen sind. Hast nicht du mir von dieser Straße erzählt? Nein? Dann war es Calac, ihm ist in dieser Straße mit den hohen Trottoirs irgend etwas passiert. Das ist eine Gegend, die dir das Herz zusammenschnürt, dich grundlos traurig macht, einfach nur weil man dort ist und auf diesen hohen Trottoirs geht, die eigentlich keine Trottoirs sind, sondern unbefestigte Wege mit Grasbüscheln und Fußspuren. Nun, wenn es dir lieber ist, daß ich nach Paris zurückgehe, du weißt, es gibt täglich zwei Züge und außerdem Flugzeuge, diese schönen Caravellen.«

»Sei nicht albern«, sagte Juan. »Wenn ich dir gesagt habe, was ich empfinde, so gerade deshalb, damit du bleibst. Du weißt sehr gut, alles, was uns trennt, ist im Grunde das, was uns ermöglicht, so gut zusammenzuleben. Fingen wir an, nicht mehr zu sagen, was wir empfinden, würden wir beide unsere Freiheit verlieren.«

»Einfachheit ist nicht gerade deine Stärke«, spottete Tell.

»Ich fürchte nein, aber du verstehst mich. Natürlich, wenn du lieber gehen möchtest...«

»Ich fühle mich hier sehr wohl. Es kam mir nur so vor, daß alles sich ändern könnte, und wenn wir anfingen, Überlegungen anzustellen wie du eben...«

»Das hatte doch nichts mit dir zu tun, es hat mich beunruhigt, daß wir beide in der Stadt gewesen sind, und ich habe gedacht, daß wir uns dort einmal begegnen könnten, du verstehst, in einem dieser Zimmer oder auf der Straße mit den hohen Trottoirs, uns verstricken in diesen zahllosen verfehlten Begegnungen. Du bist hier, du gehörst ganz dem Tag. Es beunruhigt mich zu denken, daß du fortan wie Nicole oder Hélène...«

»Oh, nein«, sagte Tell, ließ sich rücklings aufs Bett fallen, zog die Beine an und pedalte ein unsichtbares Fahrrad. »Nein, Juan, dort werden wir uns nicht begegnen, Schatz, das ist undenkbar, eine quadratische Seifenblase.«

»Eine kubische, Dummerchen«, sagte Juan, setzte sich auf die Bettkante und betrachtete kritisch Tells Gymnastik. »Du bist wunderbar, meine verrückte Dänin. Schamlos, mit all deinen Geheimnissen in der Luft, athletisch, nordisch bis zum unerträglichen Bergmanismus, ganz ohne Schatten, ganz massive Bronze. Manchmal, weißt du, frage ich mich, wenn ich mich im Spiegel betrachte, wenn ich dir von Hélène erzähle und dabei immer alles beschmutze, ich frage mich, warum du...«

»Scht, fische nicht in diesen Wassern, ich hab dir immer gesagt, daß auch ich meine Freiheit auf meine Weise verstehe. Glaubst du wirklich, daß ich dich nach deiner Meinung fragen würde, wenn ich plötzlich Lust hätte, nach Paris oder Kopenhagen zurückzukehren, wo verzweifelte Mutter letzte Hoffnung hegt auf Heimkehr törichter Tochter?«

»Nein, ich hoffe, daß du mich nicht fragst«, sagte Juan. »Du siehst, daß ich gut daran tue, dir zu erzählen, was mit mir los ist.«

»Eigentlich sollte ich beleidigt sein«, meinte Tell nachdenklich, hörte mit dem Radfahren auf, rollte sich zusammen und legte einen Fuß auf Juans Magen. »Wenn ich nur wüßte, wo der Knoten sitzt. Es muß ihn geben, ich habe ihn nur noch nicht gefunden. Sei nicht traurig, deine verrückte Dänin wird dich weiterhin auf ihre Weise lieben. Du wirst sehen, wir werden uns in der Stadt nie begegnen.«

»Ich bin mir dessen nicht mehr so sicher«, murmelte Juan. »Aber du hast recht, begehen wir nicht die alte Dummheit, die Zukunft mit einer Hypothek zu belasten, ich habe schon genug verpfuschte Zukunft in der Stadt und außerhalb der Stadt und in jeder Pore. Weißt du, du bescherst mir eine Art funktionelles Glück, vernünftige tägliche Menschlichkeit, und das ist viel, und nur dir verdanke ich das, du bist wie ein duftendes Pferdchen. Aber es gibt Augenblicke, da finde ich mich zynisch, da zwicken mich die Tabus der Menschen; dann denke ich, daß ich unrecht tue, daß ich dich versachliche, wenn du mir das Wort erlaubst, daß ich deine Freude mißbrauche, ich hole dich her und schicke dich weg, ich decke dich zu und decke dich auf, ich nehme dich mit mir und lasse dich fallen, wenn die Stunde gekommen ist, traurig zu sein oder allein zu sein. Du hingegen hast nie eine Sache aus mir gemacht, es sei denn, daß du mich im Grunde bemitleidest und mich als deine tägliche gute Tat betrachtest, dein Verdienst als girl-scout oder sowas.«

»Hach, der Stolz des Macho«, sagte Tell und streckte ihren Fuß Juan ins Gesicht. »›Laßt mich allein!‹ schrie der Torero. Erinnerst du dich, damals in Arles? Man hat ihn allein gelassen und, mein Gott, wenn ich daran denke, was dann passierte... Aber ich hab kein Mitleid mit dir, mein Sohn, eine Sache kann kein Mitleid mit einem Menschen haben.«

»Du bist keine Sache, das wollte ich nicht sagen, Tell.«

»Du wolltest es nicht sagen, aber du hast es gesagt.«

»Jedenfalls hab ich's wie einen Vorwurf gesagt, habe mich angeklagt.«

»Ach, du armes, armes Kind«, spottete Tell und fuhr mit ihrem Fuß sanft über sein Gesicht. »Aber Vorsicht, so nicht, ich weiß genau, was geschehen wird, wenn wir weiter darüber reden, nimm die Pfote da weg, ich glaube mich zu erinnern, daß du um halb elf eine Sitzung hast.«

»Verdammt, ja, und es ist schon zwanzig vor zehn.«

»Ah, die Alte!« rief Tell und richtete sich in ihrer ganzen goldenen Walkürenpracht auf. »Ich erzähl's dir, während du dich fertigmachst, es ist wirklich aufregend.«

Besonders aufregend war es nicht, wenigstens nicht am Anfang, als Juan nicht aus dem Bett kam und Tell, ganz Würde, wenn auch verstimmt, allein zum Frühstück in den orangefarbenen Salon des Hotels *Capricorno* hinuntergegangen war, wo sie, ohne es zu wollen, das Gespräch zwischen der alten Frau und der jungen Engländerin mit angehört hatte; die Alte hatte zuerst an einem hinteren Tisch gesessen und von dort aus in Basic English ein Gespräch mit der jungen Touristin angefangen und diese schließlich gefragt, ob sie ihr nicht Gesellschaft leisten dürfe, worauf das Mädchen gesagt hatte, aber gern ma'am, und von meinem Platz aus, fast verborgen hinter einem riesigen Glas Grapefruitsaft, sah ich, wie die Alte sich am Tisch des Mädchens niederließ, was ihr nicht wenig Mühe machte, da bei ihr der Vorgang des Platznehmens darin bestand, erst den Stuhl zu erklimmen und sich dann hineingleiten zu lassen, oh, danke, ma'am, eine vorhersehbare Unterhaltung über das Woher, die Reiseroute, die Eindrücke, den Zoll und das Klima, oh ja, ma'am, oh nein, ma'am. Juan sollte nie begreifen, und Tell noch weniger, warum es so notwendig gewesen war, diesem Gespräch mit wachsender Aufmerksamkeit zuzuhören, und warum Tell dabei zu der Überzeugung gekommen war, weiter zuhören zu müssen, weshalb es unumgänglich war, sofort das Hotel zu wechseln, und noch am selben Tag zogen sie um in den *König von Ungarn*, ein Hotel, alt und heruntergekommen, das jedoch ganz nahe der Blutgasse im aschgrauen barocken Labyrinth der Wiener Altstadt lag. In der Nähe der Blutgasse zu wohnen war das einzige, was Juan darüber hinwegtrösten konnte, daß er dem Komfort, der Sauberkeit und der Bar des *Capricorno* entsagt hatte, aber es gab keine andere Möglichkeit, wollte man Frau Marta weiterhin beim Frühstück zuhören, wenn die junge Engländerin, ganz oh ja, vielen Dank, ma'am, daß Sie mir dieses Hotel, das viel preiswerter und so typisch ist, empfohlen haben, sich an deren Tisch setzte und von ihren Ausflügen am Abend zuvor erzählte mit viel Schönbrunn und viel Schuberthaus, was jedoch irgendwie klang, als wäre es ein und derselbe Ausflug und alle Ausflüge, der Reiseführer von Nagel mit seinem knallroten Umschlag und in der englischen Ausgabe, oh ja, ma'am.

Nicole hatte alle ihre Pinsel gereinigt und schloß nun sorgfältig den Malkasten; ein feucht glänzender Gnom trocknete am Rande des Tisches, geschützt durch einen Wall aus Büchern und Zeitschriften.

»Es riecht hier nach eingeschlossen«, hatte Marrast gesagt, der noch immer im Zimmer hin und her lief. »Warum gehen wir nicht raus, anstatt weiter über Leute zu reden? Wir sind wie Phantome, die von anderen Phantomen sprechen; das ist ungesund.«

»Ja, Mar«, sagte Nicole. Sie wollte ihm nicht vorhalten, daß er es gewesen war, der angefangen hatte, Namen fallenzulassen, zuerst den Juans, dann den Hélènes, während er von Schwalben berichtete, Anekdoten über Austin erzählte und eine endlose U-Bahn-Fahrt mit Calac und Polanco schilderte. Sicher hatte Marrast es nicht absichtlich getan, aber er war es, der zuerst und wie beiläufig Juan erwähnt hatte, und dann, gleich dem Rest Asche, den man von der Zigarette fallen läßt,

Hélène, womit das Bild sich abrundete. All das konnte man ohne Groll und Vorwurf hinnehmen, es wäre nicht richtig gewesen, Marrast deswegen Vorhaltungen zu machen, dem guten, geduldigen, betrübten Mar, der wie ein großer Bär rauchend im Zimmer auf und ab ging; es war nur logisch, daß Marrast in dem Augenblick, da ihm das Werg der Füllworte ausging, schließlich seine Zuflucht zu dem einzigen nahm, das einer ganz nahen, aber schon ganz anderen Zeit angehörte, doch das sie noch einander näher bringen konnte, so daß mitten in einem Satz Juans Name auftauchte, da es keinen Grund gab, ihn nicht zusammen mit denen der anderen Freunde zu nennen, und daß er sich fast sofort erinnerte, daß er diese Nacht von Hélène geträumt hatte, und das hatte er Nicole gesagt, während er weiter rauchend im Zimmer hin und her lief. Ihn verstohlen ansehend, denn sie scheute sich mehr und mehr davor, seinem Blick zu begegnen, dachte Nicole an den Marrast von früher, den tapferen Streiter, den Reisigen der Bildhauerei als einer ständigen Provokation, so fern diesem Bären, der sanft und schüchtern wurde, wenn er zu ihr trat, um die Gnome zu betrachten oder Nicole zu küssen, die seinen Kuß nur flüchtig erwiderte, und beide von kleinen Ereignissen des Tages sprachen wie soeben, als der eine von Schwalben und der andere von Enzyklopädien gesprochen hatte, bis mit der Erwähnung der Namen von Juan und Hélène alles plötzlich wie paralysiert war, doch sie mußte Marrast verzeihen, und es war so leicht, ihm zu verzeihen, wenn man seine traurigen Augen sah, es ging nicht mal darum, ihm zu verzeihen, denn es war nicht seine Schuld, es war niemandes Schuld, und somit die schwerste Schuld, die sich eingenistet hatte wie ein Eindringling, den man schließlich duldete.

Küßte er mich noch einmal, würde ich seinen Kuß ehrlich erwidern, um ihm wenigstens für einen Augenblick diese Betrübnis zu nehmen; aber er versucht es nicht mehr, er geht weiter rauchend im Zimmer auf und ab, redet wieder von dem Porträt des Doktor Lysons, noch nicht einmal die Uhrzeit kümmert ihn, wir werden zu spät ins Museum kommen, wie so oft werden wir vor verschlossener Tür stehen, und dann wird er leichthin Ersatzlösungen vorschlagen, als wäre all das völlig unwichtig, bis Charing Cross hinunterlaufen oder ins Kino gehen oder sich auf den Leicester Square setzen und den Tauben zusehen, bis es Zeit wäre, sich mit Calac und Polanco zu treffen, oder ins Hotel zurückkehren, um weiter Gnome zu malen oder Romane und Zeitungen zu lesen, den kleinen Transistor zwischen ihnen beiden als Verstärkung der Isolierung, die einem erlaubt, mit Worten zu sparen und nur die Blicke umherstreichen läßt, diese mageren Katzen, die sich verschämt an der Zimmerdecke begegnen, einander streifen und jäh sich trennen, die einander nach Möglichkeit ausweichen, bis es Zeit ist, schlafen zu gehen und das Licht zu löschen.

Gleich wird er sich eine weitere Zigarette anzünden, wird sich ans Fenster setzen und das mittelmäßige Schauspiel der Bedford Avenue betrachten mit den Büros gegenüber, den Bussen, die uns das erste Mal, als wir nach London kamen, so begeistert hatten, daß wir beschlossen, sie systematisch, Nummer um Nummer, zu benutzen, bis wir das ganze Verkehrsnetz abgefahren hätten (wir schafften es bis zum 75 A, dann ging uns das Geld aus, und wir mußten nach Paris zurückkehren, wo Mar Arbeit hatte). Es ist nicht schwer, vorauszusehen, was er als nächstes tun wird, die Traurigkeit macht ihn zum Gewohnheitsmenschen. Ich sehe mit an, wie er die Zigarette aus dem Päckchen zieht, wie er mit vier Schritten zum Korbsessel geht, wie sein Blick sich jenseits des Fensters verliert, zu meiner Erleichterung weit weg von mir und alldem, was uns umgibt. Er wird das Museum sicher vergessen haben, und daß es schon vier ist und wir zu spät kommen werden, sollten wir überhaupt noch hingehen. Da ist so was wie ein Loch, ein Vakuum. Warum reißt er sich nicht die Zigarette von den Lippen und drückt sie auf meiner Brust aus?

Warum kommt er nicht und schlägt mich, reißt mir die Kleider vom Leibe und vergewaltigt mich, ohne sich auch nur die Mühe zu machen, mich wie einen Lumpen aufs Bett zu werfen, auf dem schmutzigen Linoleumfußboden? All das sollte er tun, er ist fähig, es zu tun, er müßte es tun. Mar, wie sehr projiziere ich doch auf dich diese passive Routine, die mich erdrückt, wie dringend erwarte ich die Strafe, die ich nicht fähig bin, mir selber aufzuerlegen. Ich gebe dir das Diplom des Henkers in die Hand, aber so heimlich, daß du es nicht wissen kannst, während wir freundlich von Schwalben sprechen. Ich könnte mich jetzt nicht im Spiegel betrachten, ich sähe ein schwarzes Loch, einen Trichter, der mit ekelhaftem Gurgeln die Gegenwart schluckt. Und ich werde nicht fähig sein, mich umzubringen oder wegzulaufen, ich werde nicht fähig sein, ihn von seinem Kummer zu befreien, damit er noch einmal weggeht. Wenn du hier wärest, Tell, wenn du das sähest. Wie recht hattest du doch an dem Abend, als du mir sagtest, ich sei eine Haremsfrau, ich tauge nur zum Dienen. Du warst wütend, weil ich nicht mit dir kam, um irgend jemand in Südfrankreich zu besuchen, du hast mir vorgeworfen, ich sei nicht fähig, so wie du die Initiative zu ergreifen, selbst über mich zu bestimmen und eine mit Bleistift gekritzelte Nachricht zu hinterlassen oder mich telefonisch zu empfehlen. Du hattest recht, ich bin unfähig, mich zu etwas zu entschließen, und ich bin nachgerade dabei, Mar umzubringen, der mich anders gekannt hat, der zusammen mit mir einen Kampf um bedrohte Freiheiten gekämpft hat, der mich mit Gewalt genommen hat, seine Gewalt und die meine vereint in einem Verständnis, das sie versöhnte. Ich sollte es ihm sagen, sollte diesen zähen Knoten lösen, wir sollten ins Museum gehen, bevor es schließt, um das Porträt zu sehen.

»Die Schwalben, stell dir vor.«

»Ich kann mir das Gesicht der Dame in Pink in der U-Bahn gut vorstellen.«

»Es war nicht gerade eine Dame, eher eine Puddingform mit rosa Fransen ringsherum. In etwa wie Madame Cinamomo, du erinnerst dich an das erste Mal, als mein Pareder und Polanco Oswald aus dem Käfig geholt und ihn auf den Tisch gesetzt haben.«

»Natürlich erinnere ich mich«, sagte Nicole. »Aber am Ende wurden wir Freunde, Madame Cinamomo und wir, es war ein großer Triumph.«

»Dank ihrer Tochter, die sich unsterblich in Calac verliebt hat. Sie selbst hat ihm später gesagt, es sei eine Sternstunde gewesen, Calac hat uns den Ausdruck zum besten gegeben, und mein Pareder ist vor Lachen fast erstickt.«

»Es war herrlich«, sagte Nicole. »Hast du nicht Lust, mal wieder im *Cluny* zu sein? Ich weiß nicht, aber in Paris fühlt man sich vielen Dingen einfach näher.«

»Aber wenn man dann da ist«, sagte Marrast, »man kennt das ja, nach ein paar Wochen sehnt man sich nach Rom oder New York.«

»Sprich nicht so unpersönlich. Das ist auf mich gemünzt, und damit hast du recht, aber es trifft auch auf Juan und auf Calac zu.«

»Ach, bei Juan ist das reine Berufsblindheit, der polyglotte Beduine, der Wanderdolmetscher. Doch bei Calac und dir scheint es das Symptom für etwas anderes zu sein, eine Art *taedium vitae.*«

»Um diesen Überdruß zu bekämpfen«, sagte Nicole und erhob sich, »könntest du mir dieses Porträt zeigen, das dir seit Tagen so viel Vergnügen bereitet. Es ist fast Viertel nach vier.«

»Viertel nach vier«, wiederholte Marrast. »Wir werden bestimmt zu spät kommen. Besser, wir verschieben es auf morgen vormittag, ich denke, daß wir dort dann auch ein paar Anonyme Neurotiker antreffen werden, die dabei sind, den Pflanzenstengel zu studieren. Glaub mir, große Ereignisse kündigen sich an.«

»Die uns viel Spaß machen werden«, sagte Nicole.

»Ganz bestimmt. Habe ich dir schon von Harold Haroldson erzählt?«

»Nur kurz. Erzähl.«

»Besser morgen im Museum, vor der mysteriösen Pflanze.«

»Immer verschieben wir alles auf morgen, Mar«, sagte Nicole.

Marrast ging zu ihr, machte eine vage Handbewegung, die auf ein Streicheln ihres Haars hinauslief.

»Was können wir tun, Schatz? Ich zumindest bin immer noch so dumm zu glauben, daß morgen vielleicht alles anders sein wird. Daß wir anders aufwachen, daß wir überall rechtzeitig hinkommen werden. Ich habe dir gesagt, daß ich von Hélène geträumt habe, nicht wahr? Ich weiß nicht, aber es gab mehr Wahrheit in diesem Traum als an diesem ganzen Nachmittag.«

»Ich weiß, Mar«, sagte Nicole, als wäre sie weit weg.

»Und paß auf, in dem Moment, als ich aus diesem Traum erwachte, sah ich alles ganz klar; dieses Schwimmen unter Wasser, während man hier, mitten im Bauch, die Wahrheit spürt, diese Wahrheit, die wir uns, sobald wir die Augen geöffnet haben, verhehlen. Ich habe dir in dem Augenblick einen Beinamen gegeben, einen Namen, der sehr gut zu dir paßt und der der Wahrheit entspricht: die Malcontenta.«

Zuerst hat Nicole mich angesehen, als verstünde sie nicht, sie wiederholte das Wort, mehr mit den Lippen als mit der Stimme, und machte eine abwehrende Handbewegung, verscheuchte einen Schatten; es kam mir so vor, als hätte ich sie, indem ich ihr diesen Namen gab, mit einem nassen Zweig geschlagen.

»Die Malcontenta«, wiederholte Nicole. »Ja, jetzt erinnere ich mich, der Canale Grande in Venedig, die Villen von Palladio. Die Geschichte von der Gefangenen, der Unzufriedenen in dieser Villa, die Freitreppen zwischen den Bäumen. Ja, Mar. Aber was kann ich da machen, Mar.«

Wenn sie mich Mar nennt, sind wir uns immer gleich näher, aber jetzt ist es wie eine unwillkürliche Bestechung, und das schmerzt mich. Ich kann nicht anders als eine ihrer Hände

80

nehmen, sie an meine Wange legen und sie dann sanft hin und her führen, damit sie mein Gesicht streichle, eine dirigierte Liebkosung, eine Exkursion, in der alles einkalkuliert ist, Trinkgelder, Eintrittskarten, Mahlzeiten und Übernachtungen. Die Hand läßt sich führen, gleitet lau über meine Wange und fällt dann in Nicoles Schoß, ein welkes Blatt, eine tote Schwalbe.

»Das ist nur eine von vielen Erklärungen«, sage ich ihr, »das zufällige Zusammentreffen einer Villa von Palladio mit einer Frau, die plötzlich entdeckt, daß sie mich nicht liebt. Auf den ersten Blick scheint nur der berühmte Operationstisch zu fehlen, aber auch er ist da, wie du sehen wirst, und ob er da ist.«

»Nicht, Mar«, sagt Nicole. »Nicht, ich bitte dich, Mar.«

»Ich erinnere mich genau, plötzlich wurdest du traurig, am hellichten Tag, wir waren auf dem Weg nach Mantua, um uns die Giganten von Giulio Romano anzusehen, und ich merkte, wie du still vor dich hin weintest, ich bremste, ich erinnere mich an jeden Augenblick und an alles, links war eine Reihe roter Häuser, ich bremste, weil ich dein Gesicht sehen wollte, aber das war nicht nötig, denn alles war sonnenklar, obgleich wir nie darüber gesprochen hatten, und mir ging auf, daß wir lange Wochen zunehmender Täuschung gelebt hatten, die niemanden täuschte, und plötzlich konntest du nicht mehr und gestandest, daß du die Malcontenta, die Gefangene warst, ich weiß nicht mehr, ob ich etwas gesagt habe, doch ich weiß, daß wir weiterfuhren, bis Mantua, und daß wir die Kirche von Leo Battista Alberti und den Palazzo del Tè ganz bezaubernd fanden.«

Typisch für Nicole war diese Art, unvermittelt den Kopf zu heben und einem in die Augen zu blicken, als beseitige sie einen Zweig, ein Spinngewebe, um sich einen Weg zu bahnen.

»Aber ich, ich bin keine Gefangene, Mar. Du hältst mich nicht gefangen.«

»Doch, auf unsere Art. Ohne Vorhängeschloß freilich. Indem wir uns hin und wieder einen Kuß geben, indem wir ins Kino gehen.«

»Es ist nicht deine Schuld, Mar. Es sollte dich nicht so betrüben, das sollte es nicht mehr. Du kümmerst dich um mich, du bleibst hier bei mir, und die Tage vergehen.«

»Zweiundfünfzig Gnome.«

»Wenn ich die Malcontenta bin, so ist das nicht deine Schuld. Du hast das richtige Wort gefunden, aber nicht du bist es, der mich gefangenhält, der für diese Stagnation verantwortlich ist. Nur eins verstehe ich nicht, nämlich daß du immer noch hier, bei mir bist, Mar.«

»Sacher-Masoch«, sage ich und streichle ihr übers Haar.

»Aber du bist nicht so, Mar.«

»Das Dasein kommt vor dem Sosein, mein Schatz.«

»Nein, du bist nicht so, du bist nicht dafür geschaffen. Siehst du, ich müßte...«

»Scht! Sprich nicht von müssen. Ja, ich weiß, es wäre auch unnütz. Immer gibt es einen freien Platz im Flugzeug des Flüchtenden, einen Platz hinter ihm oder neben ihm, man kann immer der Schatten oder das Echo sein. Tu nicht, was du tun müßtest, denn ich werde dort sein, Malcontenta.«

Wie immer würde ich mir später diese sentimentale Sprache zwischen Erpressung und Scham, zumindest diese unnütze Quälerei, vorwerfen. Nicole mußte es so verstanden haben, denn sie senkte den Kopf und machte sich daran, ihre Zeichnungen zu ordnen, die Bleistifte zur Seite zu legen. Ich strich ihr erneut übers Haar und bat sie um Verzeihung, und sie sagte hastig: »Nein, nicht du bist es, der...« und hielt inne, und ohne zu wissen warum, lächelten wir zur gleichen Zeit und küßten uns lange; unsere Gesichter und unsere Münder bildeten diese Sanduhr, durch die einmal mehr der feine Strahl einer stummen und unnützen Zeit zu rieseln begann. Es war jetzt zu spät, um ins Museum zu gehen, das Licht bekam diesen welken Ton, der mit dem Geruch im Zimmer und den Geräuschen im Flur gut harmonierte. In dieser suspendierten Zeit, die wir schon oft erlebt hatten seit dem Nachmittag auf der Landstraße nach Mantua mit den roten Häusern zur Linken, begann ein Bereich der Riten und Spiele, uralter Zeremonien, welche zur Liebe der egoistischen Körper führten, die hartnäckig die andere Einsamkeit leugneten, die sie am Fußende des Bettes erwarten würde. Es war ein prekärer Friede, das Niemandsland, wo sie ineinander verschlungen hinsinken und sich unter Gestammel ausziehen sollten, wobei sich Hände und Kleider in der Gier nach der Wiederkehr einer falschen Ewigkeit verhedderten. Sie würden die Stichelnamen oder die Tierchen spielen, in einer bekannten, immer lustvollen Stufenfolge. Riesentolpatsch, würde Nicole sagen. Ich bin gar nicht tolpatschig, würde Marrast sagen. Sie sind ein großer Dummerjan und ein Bösewicht / Das bin ich wirklich nicht / Und ob Sie das sind / Nein / Doch / Nein / Doch / Dann werde ich eben Ihren Garten verwüsten / Mein Garten ist wunderschön, und Sie werden ihn mir nicht verwüsten / Doch, ich habe viele, viele Tierchen hingeschickt / Ist mir egal / Zuerst habe ich alle Maulwürfe hingeschickt / Ihre Maulwürfe sind dumm / Drei Murmeltiere / Ist mir auch egal / Mehrere Siebenschläfer / Sie sind ein ganz Schlimmer / Und alle Stachelschweine / Mein Garten gehört mir und niemand darf da hinein / Ihr Garten gehört Ihnen, aber ich schicke trotzdem die Tierchen hin / Mir sind Ihre Tierchen schnuppe, und mein Garten ist gut geschützt / Er ist überhaupt nicht geschützt, und meine Tierchen werden alle Blumen dort fressen / Das werden sie nicht / Die Maulwürfe werden alle Wurzeln abnagen / Ihre Maulwürfe sind böse und dumm / Und die Murmeltiere werden an die Rosenstöcke pinkeln / Ihre Murmeltiere sind stinkig und blöd / Sie reden schlecht über die drei Murmeltiere / Weil sie blöd sind / Dann werde ich Ihnen alle Murmeltiere schicken statt nur drei / Und alle werden sie blöd sein / Und alle Siebenschläfer / Ist mir piepegal / Dann gehen Sie doch mal in Ihren Garten, Sie werden schon sehen, was meine Tierchen angestellt haben / Sie sind dumm und böse / Bin ich wirklich dumm und böse? / Sie, Sie sind nicht böse, aber dumm / Dann ziehe ich drei Stachelschweine zurück / Meinetwegen / Bin ich immer noch dumm? / Nein, Sie sind nicht dumm / Dann ziehe ich alle Siebenschläfer und einen Maulwurf zurück / Es ist mir völlig egal, was Sie zurückziehen / Damit Sie sehen, wie gut ich bin, ziehe ich sämtliche Tierchen zurück / Sie sind böse / Ich bin also böse? / Sie sind böse und ein großer Dummerjan / Dann eben zwei Maulwürfe / Ist mir egal / Und alle Stachelschweine.

Porträt von Hélène, dunkelbraun, Seide, ein glatter Kiesel, der vorgibt, in der Hand warm zu werden, und sie derart eisig macht, daß sie brennt, Schleife des Möbius, wo die Worte und die Taten hinterlistig zirkulieren und auf einmal Kopf oder Zahl sind, jetzt oder nie; Hélène Arp, Hélène Brancusi und sehr oft Hélène Hajdu mit den Schneiden der Doppelaxt und einem Geschmack nach Feuerstein beim Küssen, Hélène der vom Pfeil getroffene Bogenschütze, die Büste des jugendlichen Commodus, Hélène die Dame von Elche, der Jüngling von Elche, kalte arglistige gleichgültige höfliche Grausamkeit einer Infantin unter Hofschranzen und Zwergen, Hélène *La mariée mise à nu par ses célibataires, même,* Hélène das Atmen des Marmors, der Seestern, der auf den schlafenden Mann klettert und sich für immer an seinem Herzen festsaugt, fern und kalt, höchst vollkommen. Hélène der Tiger, der eine Katze ist, die ein Wollknäuel ist. (Hélènes Schatten ist dichter als der anderer, und kälter; wer den Fuß auf ihre Algen setzt, spürt das Gift in sich aufsteigen, das ihn für immer in dem einzig notwendigen Delirium leben läßt.) Die Sintflut ist vor und nach Hélène; jedes Telefon, ein riesiger Skorpion, wartet auf Hélènes Weisung, das Kabel, das es an die Zeit bindet, zu zerreißen, um mit seinem glühenden Stachel den wahren Namen der Liebe in die Haut desjenigen zu ritzen, der immer noch hoffte, mit Hélène Tee zu trinken, von Hélène einen Anruf zu bekommen.

Es waren viele andere Dinge mit im Spiel, wie wir bald erfahren sollten, aber am Anfang waren es vor allem Frau Martas Hände und der Moosgeruch des Hotels *König von Ungarn*, eingezwängt in der Schulerstraße, unser Zimmerfenster, das auf die Domgasse hinausging, dieses Auge des Hotels, das in die Vergangenheit blickte (denn dort, ein paar Meter weiter, begann die Blutgasse mit ihrem eindeutigen Namen, wenn er auch nicht direkt auf den Palast der Gräfin anspielte, dort betrat man ein Terrain vermeintlicher Koinzidenzen, von Kräften, die der Gasse diesen Namen schließlich indirekt aufgenötigt hatten und ihn koinzidieren ließen mit dem, den das Volk in der Zeit voller Schrecken gemurmelt haben mußte), und der Geruch nach Schimmel und altem Leder, der uns merkwürdigerweise in dem Zimmer erwartete, das uns der Hoteldirektor persönlich zugewiesen hatte und das ein historisches Zimmer war, das *Ladislao-Boleslavski-Zimmer* mit seiner Inschrift in gotischen Lettern auf der Doppeltür und mit seinen dicken Wänden, die selbst den entsetzlichsten Schrei nicht durchgelassen hätten, so wie sie wahrscheinlich auch (denn wir wußten, an was die Wand grenzte, wo sich das Kopfende unseres knarrenden Bettes befand) Mozarts Stimme und sein Klavierspiel geschluckt hatten, als er im Haus nebenan *Figaros Hochzeit* komponierte, wie der Reiseführer von Nagel vermerkte und was die junge Engländerin am Frühstückstisch von Frau Marta begeistert kommentierte, denn niemand kam nach Wien, ohne mit Hilfe des Reiseführers von Nagel das *Figaro Haus* zu besuchen und sich zutiefst rühren zu lassen von neun bis zwölf und von vierzehn bis siebzehn Uhr, Eintritt fünf Schilling.
Weder Tell noch ich hätten genau sagen können, wann es zu den ersten Gedankenverbindungen kam, denn tatsächlich

war weder sie noch ich auf die Idee gekommen, die Alte könnte eine Wiederverkörperung der Gräfin sein, da wir beide immer der Meinung gewesen waren, daß es keine Reinkarnation gibt oder, sollte es sie doch geben, der Reinkarnierte sich seiner Reinkarnation nicht bewußt ist, womit die Sache jeden Interesses entbehrt. Es bedurfte erst der Atmosphäre dieses Hotels, oder des Ennui, der uns zuweilen überkam und den wir auf unsere Weise bekämpften, bis uns klar wurde, daß es da noch etwas anderes gab, daß es nicht eine bloße Laune von Müßiggängern war, die uns veranlaßt hatte, aus dem *Capricorno* auszuziehen und damit auf seine flauschigen Badetücher, auf seine Bar mit den tiefen Sesseln zu verzichten, und daß wir uns irgendwie verpflichtet fühlten, weiterzumachen, ironisch und ernüchtert, doch zugleich darauf erpicht, daß etwas Unvorhergesehenes geschehe.

Schon am Anfang waren uns Frau Martas Hände aufgefallen, und Tell hatte an jenem Morgen im *Capricorno* auch die spinnenhafte Art bemerkt, mit der Frau Marta die junge Engländerin umgarnte, um sich das Recht zu erwerben, sich an deren Tisch zu setzen. Diese Hände hatten uns schließlich ganz behext (ich übertreibe, aber jedesmal, wenn wir einander etwas erzählten, freuten wir uns im voraus auf die Indignation meines Pareders, der uns Hysteriker nannte), Hände, die fast immerzu in einer alten schwarzen Handtasche kramten, aus der Ausweispapiere, in Wachstuch eingeschlagene Notizbücher, mehrere Zettel, Geldstücke und Bleistiftstummel zum Vorschein kamen, wie auch ein durchsichtiges Plastiklineal, mit dem Frau Marta einige ihrer Notizen unterstrich, die die junge Engländerin auf ihren Spaziergängen durch Wien geleiten sollten, oh ja, ma'am, erfreut, doch auch etwas furchtsam, als sie sah, daß Frau Marta gleich einer ausgelassenen Schülerin mit zerknittertem Gesicht und vergilbtem Spitzenkrägelchen das Lineal zückte, um Namen und Adresse des Hotels *König von Ungarn* doppelt zu unterstreichen, wo sich die Informantin, nach all dem, was Tell mit angehört hatte, einer besonderen Wertschätzung und mäßiger Preise erfreute.

Calac hat wiederholt erklärt, meine Sensibilität für Hände sei krankhaft, und ein Psychoanalytiker et cetera. In der *Closerie des Lilas*, am Schluß einer seltenen Begegnung, bei der Hélène die Einladung zu einem Glas Weißwein angenommen und sich weniger distanziert gezeigt hatte als sonst, sagte sie mir, meine Hände seien leidgeprägt, allzu sensibel, sie enthielten gleichsam eine Botschaft, für die es keinen Empfänger mehr gibt, eine Botschaft, die weiterhin da war, auf den Tischen, in den Taschen, unter den Kopfkissen, auf der Haut einer Frau, beim Haarekämmen, beim Briefeschreiben, beim Öffnen der Türen der unzähligen Räume, in denen sich das Leben eines Dolmetschers abspielt. Was hätte es genützt, ihr zu antworten, daß die Empfängerin der Botschaft dort in Reichweite meiner Hände saß, aber ihr Haar, ihr Kopfkissen und ihre Haut sich weigerten, den Boten zu empfangen? Hélène hätte wie abwesend gelächelt, hätte etwas über die Beleuchtung in der *Closerie des Lilas* gesagt, die immer noch die mildeste von allen Pariser Restaurants ist. Tells Meinung nach hatten Frau Martas Hände etwas von Eulenfängen, von schwärzlichen Krallen; nachdem ich sie jeden Morgen von meinem Tisch aus betrachtet hatte, spürte ich – wie vielleicht auch Hélène an jenem Abend beim Betrachten meiner Hände – deren Ausstrahlung, eine unverständliche Sprache, ein fortwährendes Auftauchen und Verschwinden von Hieroglyphen an Frau Martas Frühstückstisch bei Brötchen und Marmeladeschälchen, eine mähliche Hypnose, bewirkt durch das transparente Lineal, das in Wachstuch eingeschlagene Notizbuch, die Eskamotagen in der schwarzen Handtasche, während die junge Engländerin von ihren Spaziergängen erzählte und sich anraten ließ, das Belvedere, die Kirche Maria am Gestade und die Schatzkammer in der Hofburg zu besichtigen.

Seltsamerweise (das irritierte mich etwas) war es Tell, die auf die Idee mit der Gräfin verfallen war, sie benutzte sie am Anfang als bloße Metapher, überzeugte mich aber sehr bald davon, daß wir in den *König von Ungarn* umziehen müßten. Als mich Frau Martas Hände zu beunruhigen begannen und das allmorgendliche Frühstück mit Marmelade und Brötchen in dem schäbigen Salon langsam zu einer subtilen Qual wurde, verquickt mit dem erbitterten Verlangen zu lauschen und zu verstehen, ohne gegen die Etikette und das morgendliche höfliche Lächeln zu verstoßen, sagte ich mir schließlich, daß die Evokation der Gräfin zumindest als Arbeitshypothese tauge, und da wir die Dinge so weit getrieben hatten, daß wir sogar das Hotel wechselten, sahen wir keine andere Möglichkeit, mit Anstand da herauszukommen, als Frau Marta bis zuletzt zu beschatten, um in Erfahrung zu bringen, welche Absichten sie eigentlich verfolgte. So erfuhr ich, wenn ich von den Sitzungen der UNO ins Hotel zurückkam, in allen Einzelheiten von den Nachforschungen Tells, der es riesigen Spaß machte, der jungen Engländerin oder Frau Marta nachzuspüren, wenn sie gerade nichts Besseres zu tun hatte, was offensichtlich der Fall war. Ich sagte es ihr nicht, aber mir machte dieser mentale Vampirismus, den die Gräfin durch mein Verschulden auf Tell ausübte, ein wenig Sorge; an den ersten Abenden in Wien, als ich Tell des langen von der Gräfin erzählt hatte und sie auch mitgenommen hatte, um ihr die Blutgasse zu zeigen, ahnte ich nicht, daß wir schon ein paar Tage später wenige Meter entfernt von deren aschgrauen Fassaden wohnen würden, wo unser Fenster über die stagnierende Luft der Altstadt auskragte. Nun war es Tell, die mich mit Neuigkeiten beunruhigte, bei denen Frau Marta in der Vorstellung dieser verrückten Dänin ein wenig die Stelle der Gräfin einnahm, aber ich war es gewesen, der, ohne es zu wollen, eine Atmosphäre und Bilder evoziert hatte, die schließlich unter Gelächter und Scherzen ganz von uns Besitz nahmen, wiewohl wir das, was irgend etwas in uns vielleicht von Anfang an akzeptiert hatte, nur halb glaubten. Das Spiel hatte für mich auf einmal mehr Karten als für Tell, denn in diesen Tagen kam die

Puppe von Monsieur Ochs, das Relief eines Basilisken reihte in den Wiener Reigen andere Gegenwarten ein, wie dann auch noch in Paris ein Buch von Michel Butor hinzukommen sollte und am Ende (aber dieses Ende war vielleicht der Anfang gewesen) das Bild eines toten jungen Mannes in einer Klinik. Tell, ganz Tagmensch und Wirbelwind, spielte mit einem Minimum an Karten: die Alte, die junge Engländerin, das Hotel, bewohnt von Schatten, die die Zeit zerfetzten, und schemenhaft die Gräfin, die ebensogut in dem Hotel hätte logieren können, vielleicht weil sie beschlossen hatte, ihren Palast streichen zu lassen – Tell war imstande, sich so etwas vorzustellen und sogar im Ernst zu sagen –, und es für bequemer hielt, solange im *König von Ungarn* zu wohnen. Mit diesen unschuldigen und zweideutigen Karten in der Hand trat Tell zu meiner geheimen Freude mit ins Spiel ein. Denn bis zu diesem Augenblick machten uns die Assimilationen und Nachforschungen viel Vergnügen, und jeden Abend, auch spät in der Nacht, wenn ich mit Hilfe von Whisky oder nach einem Beischlaf mit Tell im Zimmer von Ladislao Boleslavski die Arbeit des Tages vergessen hatte, gingen wir hinunter in die stillen Gassen, schlenderten durch das alte Viertel um die Jesuitenkirche und bogen dann in die Blutgasse ein in der skeptischen Erwartung, in jedem dunklen Winkel Frau Martas Silhouette zu erspähen, obgleich wir sehr wohl wußten, daß wir sie dort um diese Zeit nicht antreffen würden, wäre es auch nur deshalb, weil die Gräfin um andere Ruinen herumstreichen mußte, um den Turm des Schlosses, in dem sie vor Jahrhunderten vor Kälte und Einsamkeit gestorben war, wo man sie lebendig eingemauert hatte, damit sie nicht länger jungen Mädchen das Blut aussauge.

Lustlos rauchend schlenderte ich die Wardour Street hinunter, ließ mich führen vom sinkenden Abend und dem Gefälle der Straßen, kehrte der Themse den Rücken, ging in einen

Pub und begann zu trinken, wobei ich mir vage vorstellte, daß Nicole, ohne auf mich zu warten, zu Bett gegangen war, obgleich sie gesagt hatte, daß sie an diesem Abend erste Entwürfe für das enzyklopädische Wörterbuch machen wollte: Aal, Adam, Affe, Apfel, Auster. Warum hat man mich nicht beauftragt, die abstrakten Wörter zu illustrieren: Aberwitz, Abscheu, Alleinsein, Altruismus, Apathie, Armseligkeit? Es wäre so einfach gewesen, ich brauchte nur Gin zu trinken und die Augen zu schließen: alles war sofort da, allein und apathisch und armselig. Obgleich ich jetzt, wenn ich die Augen schloß, ein Bild der Stadt sah, eines von denen, die sich im Halbschlaf einstellen, in Augenblicken der Geistesabwesenheit oder wenn man sich auf anderes konzentriert, immer unerwartet, nie wunschgemäß oder es erwartend. Ich sah und spürte erneut, denn diese wiederkehrenden Bilder der Stadt hatten teil am Sehen und am Fühlen, sie waren ein Zustand, ein ephemeres Interregnum, ich sah und spürte erneut die Begegnung mit Juan auf der Straße mit den Arkaden (ein weiteres zu illustrierendes Wort, Nicole würde es mit feinem Strich und mit tiefer Perspektive zeichnen, und wahrscheinlich würde auch sie sich an die endlosen Bogengänge aus rötlichem Stein erinnern, sollte sie einmal durch dieses Viertel gegangen sein, sie würde die Arkaden für ihr enzyklopädisches Wörterbuch zeichnen, und niemand würde je erfahren, daß diese Arkadenstraße eine Straße der Stadt ist), als Juan und ich ohne ein Wort zu sagen nebeneinander dahingingen, jeder seinem Weg folgend, die einige hundert Meter parallel verliefen, bis sie sich unvermittelt trennten, Juan plötzlich in eine Straßenbahn, die über den großen Platz fuhr, sprang, so als hätte er einen der Fahrgäste erkannt, und ich links abbog, um ins Hotel mit den Veranden und Bambusrouleaus zu gehen und wie so oft ein Badezimmer zu suchen. Und jetzt in diesem Pub, wo das Licht allzusehr der Dunkelheit glich, hätte ich gern Juan getroffen, um ihm zu sagen, daß man in einem Londoner Hotel auf ihn warte, es ihm freundlich zu sagen, wie jemand, der sich daran macht, das Wort Aberwitz oder Altruismus zu illustrieren, die beide gleichermaßen unpassend sind. Es war vorherzusehen, daß Juan halb überrascht, halb abwesend (noch ein abstraktes Wort) die Augenbrauen hochgezogen hätte und seine herzliche und höfliche Freundschaft zu Nicole am nächsten Tag die runde oder längliche Form einer Pralinenschachtel angenommen hätte, falls es nicht, zu Nicoles Entzücken, eines dieser englischen Geduldsspiele wäre, gekauft auf einem der vielen Flughäfen, wo er sich immer herumtrieb, und dann wäre er wieder auf irgendeine internationale Konferenz gegangen und hätte, ohne sich große Sorgen zu machen, darauf vertraut, daß die Entfernung die Wunden schon heilen werde, wie Madame Cinamomo bestimmt gesagt haben würde, an die wir uns, Polanco, Calac, Nicole und ich, in diesen Tagen, wenn wir zum Spotten aufgelegt waren, oft erinnerten.

Natürlich war Juan, da ich gerade von Abstraktionen spreche, nicht in London, sondern in Wien, und ich hätte ihm auch nichts gesagt, wenn eine Änderung seiner Pläne, was unwahrscheinlich war, ihn nach London geführt hätte. Keiner von uns war wirklich ernsthaft (Hélène vielleicht, aber im Grunde wußten wir zuwenig von ihr), und was uns in der Stadt, in der Zone, im Leben zusammengeführt hatte, war die uns gemeinsame Neigung, die Gesetzestafeln fröhlich und trotzig mit Füßen zu treten. Die Vergangenheit hatte uns gelehrt, wie nutzlos es ist, ernst zu sein, in Augenblicken der Krise an Ernsthaftigkeit zu appellieren, sich am Riemen zu reißen und gutes Benehmen, Entscheidungen oder Verzicht zu fordern; nichts war folgerichtiger als diese stillschweigende Komplizenschaft, die uns rings um meinen Pareder vereint hatte, um die Existenz und die Gefühle auf eine andere Weise zu verstehen, um Wege zu gehen, die nicht immer die geeignetsten waren, und uns mitreißen zu lassen, auf eine Straßenbahn aufzuspringen, wie Juan das in der Stadt getan hatte, oder einfach im Bett zu bleiben, wie ich und Nicole das immer

noch taten, da wir uns ohne Vernunftgründe und großes Interesse sagten, daß all dies auf seine Weise das straffen oder
lockern werde, was auf der rationalen Ebene seinen Ausdruck gefunden hätte in Erklärungen, Briefen, unzähligen
Anrufen und vielleicht auch in Selbstmordversuchen oder
plötzlichen Reisen zu politischen Aktionen oder zu den Südsee-
inseln. Es war, glaube ich, mein Pareder, der einmal behauptet
hatte, daß wir viel mehr auf einem kleinsten gemeinsamen
Vielfachen basierten, als auf dem größten gemeinsamen Nen-
ner, obgleich nicht ganz klar ist, was er damit hatte sagen
wollen. Merkwürdig, trotz des fünften Gins, der diesen
Abend sonderbar nach Seife schmeckte, war hinter all dem,
was mir durch den Kopf ging, so etwas wie Ausgelassenheit
(noch ein zu illustrierendes Wort), ein Ausdruck (und noch
eines, man sollte mich wirklich unter Vertrag nehmen) fast
des Jubels darüber, daß die Malcontenta schließlich eine
Leere ausfüllte, die viel zu lange bestanden hatte, nicht gerade
sie selbst, vielmehr der Begriff Malcontenta, der Gehalt dieses
Wortes. Ich hatte sie an diesen Nachmittag die »Malcontenta« genannt, und sie hatte den Kopf gesenkt, um ihre kleinen Pinsel zu ordnen. In gewisser Weise haben wir die Leere
dieser letzten Monate nun beseitigt; der Zweifel eine Leere,
die Hoffnung eine noch größere Leere, der Groll die Leere
aller Leeren, alles Modalitäten der großen Leere, alles dessen,
gegen das ich mein Leben lang mit einem Hammer und einem
Meißel angekämpft habe, mit Tonnen vergeudeten Tons und
mit einigen Frauen. Jetzt blieb nichts mehr davon, das Terrain
war eingeebnet, und man konnte endlich festen Boden betreten nach Wochen und Wochen der Leere seit jenem Nachmittag auf der Landstraße von Venedig nach Mantua, als wir
angehalten hatten und ich begriff, daß Nicole traurig war,
zum ersten Mal das spürte, was jetzt die Malcontenta war.
Der Rest war eine minuziöse Erfindung von lauter Leere, zuerst die hoffnungsvolle Leugnung, das Es-ist-nicht-möglich,
das Laß-uns-noch-etwas-weitermachen, und dann die Versu-

che, Ersatz zu finden, um die Leere auszufüllen, zum Beispiel den *hermodactylus tuberosus* und die Anonymen Neurotiker. Warum waren wir nach London gekommen? Warum blieben wir zusammen? Von ihnen beiden konnte sich wenigstens Marrast einiges als Verdienst anrechnen (aber es war er, der so dachte), denn er hatte immerhin versucht, diese Leere auszufüllen, indem er sich eine Art parallele Tätigkeit erfand und immer wieder ins Courtauld Institute ging, um zu sehen, wie seine Intervention sich auswirkte, sowie die Reaktionen Harold Haroldsons zu beobachten, während Nicole weiterhin bloß über ihren Gnomen saß, hin und wieder den Transistor einschaltete und ohne Begeisterung noch Mißvergnügen in alles einwilligte, was Calac, Polanco und Marrast ihr vorschlugen, ins Kino oder in ein Musical zu gehen und die Neuigkeiten von Tell zu kommentieren, die in diesen Tagen die Geheimnisvolle spielte und Sheridan Le Fanu markierte. Oh ja, Marrast konnte sich einiges als Verdienst anrechnen, dachte Marrast, als er den sechsten Gin trank, der ihm mit zweifelnder Miene eingeschenkt worden war, obgleich das wahre Verdienst darin bestanden hätte, alles zum Teufel zu schicken und sich ausschließlich dem Wachsstein zu widmen; die verdammte Leere endgültig ausfüllen, den Wachsstein, nach dem Mr. Whitlow in den Steinbrüchen von Northumberland suchte, da hineinwerfen und sich mit Hammer und Meißel auf ihn stürzen wie Hamlet sich in die Leere, die Ophelia gewesen war, gestürzt hatte, die Gestalt des Vercingetorix aus eben der Masse der ehemaligen Leere heraushauen, sie negieren und vernichten mit Hammerschlägen und Arbeit und viel Schweiß und Rotwein, verdammt noch mal, eine Zeit beginnen ausschließlich aus Wachsstein und alten Helden, ohne rote Häuser noch Geduldsspiele der Höflichkeit, noch Gnome, die da auf dem Tisch zum Trocknen liegen. Und sie, *währenddessen?* Du würdest über mich weinen, sicher über mich und nicht über dich, du Arme, denn auch du haßt die Leere, und jedes Mitleid mit dir selbst hättest du als die ekligste Leere empfunden, und deine ganze Liebe zu Juan (der dir Pralinen und Geduldsspiele schenkte und dir den Rücken kehrte) war seit wer weiß wie langem wie betäubt gewesen aus Angst, mir weh zu tun, aus Angst, ich könnte sie entdecken, darüber verzweifeln und nicht einmal imstande sein, dich für immer hinter mir zu lassen wie eine vollendete Statue. Und ich verlängerte diese Qual, selber von der Hoffnung gequält, und einmal mehr war ich weggegangen, hatte die Tür hinter mir zugeschlagen (manchmal auch habe ich sie mit unendlicher Geduld geschlossen, um dich nicht zu wekken oder von der Arbeit abzulenken), verbrachte eine weitere Zeit mit Vagabundieren, Anonymen Neurotikern und Besäufnissen, anstatt mich ein für allemal auf den Wachsstein zu stürzen und die Malcontenta ihrer Enzyklopädie und künftigen Pralinenschachteln zu überlassen. ›Aber jetzt ist es anders‹, dachte er, ›jetzt gibt es keine Hoffnung mehr, wir haben uns die Worte des Exorzismus gesagt. Jetzt ist da die Malcontenta, und das ist das Wort, das die Leere der Hoffnung endgültig ausfüllt, das ist der wahre Wachsstein. Nur eins bleibt mir noch zu tun, und das ist wegzugehen, denn ich weiß, wenn ich zurückkomme, werden wir uns küssen, werden miteinander schlafen, es wird einen weiteren Aufschub geben, ein weiteres endloses Spannen des Bogens, einen weiteren blumigen Waffenstillstand mit Spaziergängen und Höflichkeiten und viel Zuneigung, mit Gnomen und Nachrichten und sogar Plänen, Fäulnis aller Fäulnis, seit all das ein Ende nahm durch meinen rechten Fuß, der an einem Dienstagnachmittag in der Nähe von roten Häusern auf die Bremse trat.‹ Als er den Pub verließ, kam es ihm vor, als stiegen die Straßen an, als wäre das Gehen beschwerlicher als vorher. Und natürlich stiegen sie an, denn einmal mehr führten sie ihn zurück ins Hotel.

Manchmal wird einem der Tag lang ohne Juan. Über was die wohl reden, diese Birmanen, diese Türken, all diese Leute, denen mein Dummerjan seine spanische Zunge leihen muß, wonach er total erschöpft und mißgelaunt ist? Hätte er nicht mich, die auf ihn wartet, ich sage das in aller Bescheidenheit, er würde sicher eine ganze Flasche Slibowitz trinken, mit dem Erfolg, daß am nächsten Tag seine Simultan- oder Konsekutivübersetzungen mit tödlicher Sicherheit eine neue Ära in den internationalen Beziehungen einleiten würden. Wenn man's genau nimmt, erfinde ich ihm seine Nacht, nicht nur im naheliegenden Sinne, worüber Polanco in schallendes Gelächter ausbrechen würde, nein, ich wasche ihm all die Worte ab, tröste ihn darüber hinweg, daß er sich seinen Lebensunterhalt verdienen muß, befreie ihn von dem Kummer, daß er es nicht fertigbringt, aufzugeben, was er nicht mag, und daß ich es bin, und nicht Hélène, die sich angesichts seines schmerzlichen Verlangens nach und nach ausziehen wird.

Es ist immer so, Tell, unnütz, daß du mich im Spiegel mit diesem Gesicht anblickst (ich sollte mir, das nebenbei, die Achselhöhlen enthaaren, ich hab noch Zeit, bis Juan kommt, er haßt den Geruch des Enthaarungsmittels, den emphatischen Versicherungen von Miss Elizabeth Arden zum Trotz). Mangels einer Zukunft, die sich lohnt, nämlich einer Zukunft mit Hélène, muß man eine für ihn ausdenken und sehen, was wird, muß Drachen für ihn steigen lassen, Wetterballons, ihm Brieftauben schicken, Laserstrahlen und Radarwellen, Briefe mit fragwürdiger Adresse. Als ob ich, nur um mich zu amüsieren, Hélène die Puppe schicken würde, die mein Dummerjan mir völlig absurderweise geschenkt hat. Mit dem zweiten Glas Campari (ich hab's wiederholt festgestellt, es ist wissenschaftlich erwiesen, Kindchen) kommt ein klein bißchen Hoffnung auf, es gibt da keinen Zweifel, der Alkohol *sends me*, wie Leroy sagte, er hilft mir, eine aufregendere Zukunft zu erfinden mit Frau Marta, jungen Touristinnen und diesem vermotteten, gespenstischen Hotel, wo sich, da bin ich mir ganz sicher, einiges abspielen wird. Yes, it sends me, wie oft hat Leroy mir das gesagt, wenn wir die ganze Nacht Platten hörten und rauchten und Reisen planten, die wir dann nie gemacht haben, armer Leroy, das Foto in der Zeitung von Cleveland, die Krankenbahre, auf der man ihn ins Hospital brachte, sein rotes Auto an einem Baum zerquetscht. Armer Leroy mit seiner monotonen Art, mich zu lieben, so ganz anders als Juan, der immer wie darauf zu warten scheint, daß ich ihm eine neue Art entdecke, seine Knie aufzustützen, mir die Hüften zu streicheln, mich zu ihm kommen zu lassen. Armer Leroy, es ist, als wäre ein toter Schwarzer doppelt tot. *Copenhagen Blues* war das, glaube ich. Noch einen Campari, denn letztlich hat das zweite Glas nichts Gutes gebracht, dänische Erinnerungen, die Vergangenheit, mit offenen Augen auf dem Rücken liegend, all diese Toten, die manchmal Ansichtskarten schicken oder sich an meinen Geburtstag erinnern, das liebe Muttchen, Papa, der Ingenieur, Brüder, die mir erbarmungslos jedes Jahr einen neuen Neffen aufhalsen, damn the dirty bunch. Besser, ja, viel besser, du Mädchen da im Spiegel (aber da sind ja immer noch Haare), sich eine idiotische, aber vergnügliche Zukunft mit meinem Dummerjan ausdenken, auf Kosten der armen Frau Marta mit ihren Plisseeröcken und ihrem Lineal mit Millimeterskala, die morgens aussieht wie eine schmutzige Ratte, so als hätte sie in ihren Kleidern geschlafen. Natürlich wird nichts Besonderes passieren, aber auch so ist es ganz gut, es gibt nichts Besseres, als das heraufzubeschwören, was wir entdecken möchten, auch wenn es uns im Grunde etwas Angst macht und ekelt (mich mehr als Juan, der egal was akzeptieren oder ersinnen würde, nur um nicht diese andere Zukunft ohne Hélène akzeptieren zu müssen), wie so oft, wenn sie mit einem pappigen Geschmack im Mund und voller vager nächtlicher Schrecken aus der Stadt zurückkommen und sich fragen, ob sich hinter diesen linkischen und schmutzigen Streifzügen nicht etwas anderes verbirgt, die Erfüllung einer ungeahnten Pflicht, und ob es nicht vielleicht in der Stadt ist, wo tatsächlich geschehen wird, was ihnen hier abscheulich erscheint oder unmöglich oder *nevermore*. Ganz recht, Gnädigste, würde Sigmund der Wiener sagen. Verrückte Dänin, würde Juan sagen. Ist es der dritte oder schon der vierte Campari? Bewahren wir uns einen halbwegs klaren Kopf für meinen Dummerjan, wenn er ganz besabbert von Worten und Statuten in vier Sprachen zurückkommt. Aber es ist wahr, es ist wirklich wahr, wenn wir, drei Schritte von der Blutgasse entfernt, wo sie die Mädchen, die ihre Komplizen ihr brachten, folterte und ihnen das Blut aussaugte, den Beginn einer Zeremonie sehen wollen, die ganz nach einer Wiederholung aussieht, dann kann es kein bloßes Spiel sein, man spürt, daß in unseren Erfindungen viel bereits Erfundenes steckt. Hélène die Puppe schicken? Was würde mein armer Schatz wohl für ein Gesicht machen, wenn er es erführe, es sei denn, daß es ihm im Grunde gar nicht mißfiele, bei ihm weiß man nie. Und Hélène natürlich ernst und distanziert wie immer, ich glaube sie vor mir zu sehen, damn it, Tell, du bist betrunken. Die Atmosphäre dieses Hotels, wenn man bedenkt, daß hier nebenan der arme Mozart… *Tiens,* jetzt erinnere ich mich, daß ich Juan gestern abend gefragt habe, ob wir nicht, ohne es zu wissen, Frau Martas Komplizen sind. Er hat mir nicht geantwortet, hatte zuviel gearbeitet und zuviel getrunken, er war düster, wie immer, wenn der Geist Hélènes ihn heimsucht. Ihn verläßt. Wenn das so weitergeht, werde ich mich noch langweilen, nicht einmal der Campari hilft mir mehr heute abend. Wenn wenigstens Nicole und Marrast hier wären, dann würde ich mich relativ munter fühlen (aber ich bin munter, es liegt an diesem verdammten vierten Glas, alle geraden Zahlen bringen mir Unglück, also noch zwei Fingerbreit und ich betrete das Feld des Glücks, easy does it; oder die beiden Argentinier, Engel meines Lebens in ihren taillierten Anzügen und mit ihrer Herzensgüte. Und Austin, Austin! Es ist geradezu unverschämt, wie sie alle von Austin schwärmen auf diesen Ansichtskarten mit dem Tower und dem Riesenpanda, die sie mir schicken, ich glaube, daß ich mich mit Austin mächtig vergnügen würde, obgleich ich zugeben muß, daß Austin mit seiner Laute in diesem vermotteten und düsteren Hotel eigentlich kaum vorstellbar ist. Denn wie Polanco andeutete, steckt viel von Parsifal in diesem kleinen Engländer, die Unschuld eines Laute spielenden Pagen, Austin *der Reine, der Tor,* aber ich habe wirklich nichts von Kundry, das ist sicher. Juan, findest du nicht, daß ich heute abend glänzend bin, daß ich die eines Dolmetschers der WHO, der IAO und der IAEA würdige Hure bin? Tell, verrückte Dänin, du bist betrunken, wenn dir die Sprachen nur so aus dem Munde sprudeln, dann bist du betrunken und drauf und dran, dir Austin im Bett vorzustellen, Austin noch etwas babyhaft mit seiner Laute und seiner kranken Mama (Polanco *dixit*). Komm, Austin, leg deine Hand hierhin, das heißt auf dänisch *kinni*, aber in allen Sprachen ist es dieselbe kleine Knospe, sie wird hart, oh, was für eine Überraschung für den kleinen Austin. Es würde mir Vergnügen machen, ihn einmal in der Stadt zu treffen; wenn die Tataren ihn infizieren, wird schließlich auch er dort auftauchen, doch ich muß schon sehr betrunken sein, wenn ich mir vorstelle, daß in der Stadt etwas Vergnügliches passieren könnte, aber warum eigentlich nicht, in einem dieser Zimmer mit Veranda, wo es heiß ist und es ganz natürlich wäre, sich auszuziehen. Kommen Sie mit, Ihre verrückte Dänin wird Sie lehren, nicht Pipi ins Bett zu machen. Beiß mich nicht, kleiner Engländer, du hast die Lehrbücher verwechselt, damn it, die Ausbildung der *marines* hat damit nichts zu tun. Und wo ich jetzt daran denke, denn beim fünften Campari beginne ich immer zu denken, obgleich mir das jetzt nicht mehr nützt, warum habe ich mich eine Hure genannt bei dieser leichten Träumerei vor dem Spiegel, wo ich offensichtlich immer noch allein bin und Juan nicht kommt und alles ganz *König von Ungarn* ist? Scheiße. Ich entspreche ganz und gar nicht der Definition dieses Worts, immerhin bin ich die große

Trösterin, diejenige, welche die Liebeswunden meines armen Dummerjans wäscht, der sich immer noch mit Rumänen und Kongolesen abplagen muß. Und wie ich gerade von meinem Dummerjan spreche, hallo, there you are. Aber was machst du für ein Gesicht, man sieht, daß du es bist, der die Wörterbücher der Welt wäscht. Ich will sofort telefonieren, damit man uns Eis und eine Flasche Apollinaris heraufbringt. On the rocks, my dear? Ich werde bei Campari bleiben, es tut nicht gut, Dinge durcheinanderzutrinken. Hier. A very long one. Gleich noch einer, hier. Good boy.

An diesem Morgen hatte er sich mit Calac und Polanco an der Charing Cross Station getroffen, und er hatte sie lange angesehen, diese komischen Käuze.

»Schon in Paris seid ihr für einen Franzosen ein ziemlich unerfreulicher Anblick in euren gestreiften und taillierten argentinischen Anzügen, ganz zu schweigen davon, wie ihr euch kämmt. Aber hier unter den Londonern ist es noch peinlicher.«

»Er ist Bildhauer«, belehrte Calac Polanco. »Das erklärt manches.«

»Sie sagen es, mein Freund«, pflichtete Polanco ihm bei. »Hör mal, Kleiner, schon zwanzig Greenwich-Minuten warten wir hier auf dich, und das, wo ich zur Klaustrophobie neige.«

»Los, wir springen in diesen Zug«, schlug Calac vor, und von Unzuverlässigkeit und taillierten Anzügen sprechend, mischten sie sich unter eine Art Brei von Engländern, der sich in den Süden Londons wälzte.

Zwei Stationen weiter begannen Polanco und Calac eine Diskussion über Schwalben, während Marrast sich, so gut es eben ging, an einem Ledergriff festklammerte und gleichmütig die ornithologische Erregung verfolgte, welche die beiden Männer aus der Pampa in einem beträchtlichen Teil des Wagens hervorriefen. Sie waren bereits acht Stationen gefahren, als ihnen einfiel, daß sie sich nicht vergewissert hatten, ob sie auch in die richtige Richtung fuhren. So mußten sie in Battersea aussteigen und durch unzählige Gänge trotten, bis sie die Linie Bakerloo fanden, die sie vermutlich in die City zurückbringen würde.

»Es sind Säugetiere«, versicherte Polanco, »ich weiß das aus sicherer Quelle. Che, was sagst du dazu? Sieh dir den da an, er pennt fast, die Wissenschaft interessiert ihn nicht. Wenn du dem nicht einen Stein und Hammer und Meißel gibst, bist du für ihn Luft, mein Lieber.«

»*Foutez-moi la paix*«, schlug Marrast vor, der auf seine Art an Schwalben dachte, die er schon eine ganze Weile über der Insel San Giorgio schnirpen hörte, auf die er sich oft hatte übersetzen lassen, um von der anderen Seite der Lagune Venedig in seinem abendlichen Goldstaub zu betrachten, wobei er Nicole vom Baron Corvo erzählte, vor allem aber von Turner, der in Frankreich nicht so unbekannt ist, wie Mr. Whitlow meinte. Und hat Nicole, so brav in ihrem Zimmer im *Gresham Hotel*, die Szene der Begegnung Merlins mit den *leprechauns* inzwischen fertiggemalt, und würde sie sich erinnern, daß er sie diesen Nachmittag in das Museum mitnehmen wollte, von dem in diesen Tagen Wunderdinge erzählt wurden? Wahrscheinlich nicht, ganz bestimmt nicht; die Insel San Giorgio gehörte sicher nicht zu den Bildern, die spontan in ihr auftauchten, die Nostalgien blieben ihm vorbehalten, während Nicole eine Traurigkeit ohne Zeit und Gegenstände für sich beanspruchte, eine ständige Trübe, die sie vor der Erinnerung und vielleicht auch vor der Hoffnung schützen sollte, auf jeden Fall vor den Schwalben.

»Da ist ein Sitzplatz«, sagte Calac, »die Dicke mit den Stirnfransen steigt gleich aus.«

»Wir auch«, sagte ich zu ihnen. »Wegen der verdammten Schwalben haben wir uns total verfahren. Hat denn keiner einen U-Bahn-Plan?«

Wir stiegen in Swiss Cottage in die Northern Line Richtung West End um. Wir wollten uns mit dem Lautenspieler, meinem Französischschüler, treffen, der mich erwartete, um die Verben auf -er zu konjugieren, und nebenbei zu Mittag essen (dé-jeu-ner), wie üblich steak and kidney pie, dabei über William Byrd sprechen, was Calac und Polanco nutzen würden, um englische Phonetik und Musikologie in sich aufzunehmen. Allem Anschein nach bereitete sich Polanco schon darauf vor, denn auf dieser Strecke hatte er begonnen, von Musik in Modalnotation zu sprechen, wovon er eine Menge zu verstehen schien, zumindest wenn Austin nicht dabei war, im anderen Fall ließ uns aufmerken, daß er in Dingen der Akustik klüglich schwieg.

»Bedenke, daß in *Le martyre de Saint-Sébastien* die Modalmusik in byzantinischem Geist dargeboten wird«, sagte Polanco.

»Es sind Säugetiere«, insistierte Calac, der sich im übrigen nicht wenig für eine mutmaßliche Stenotypistin mit kecken kleinen Brüsten interessierte.

Später würde ich Nicole erzählen, daß mir Polancos Rede auf einmal Hélène in Erinnerung gebracht hatte; ich, der selten an sie dachte, erinnerte mich, daß ich in der Nacht zuvor im Halbschlaf oder beim undeutlichen Gemurmel der schlafenden Nicole so etwas wie eine Vision von Hélène gehabt hatte, sie war an einen Baum gefesselt und von Pfeilen durchbohrt, ein zierlicher heiliger Sebastian mit braunem lockigem Haar, mit grausam scharf geschnittenem Mund, ein Mund, den Nicole nie haben würde und den sie doch so nötig gebraucht hätte im Leben und mir gegenüber, vor allem mir gegenüber. Als ich noch sehr jung war, habe ich ganze Partien dieses Werks auswendig gekonnt, vor allem die Stelle, wo alles sich zu verdichten und um den herrlichen Vers zu kreisen scheint, *j'ai trop d'amour sur les lèvres pour chanter,* der mir nun beim Traumbild der gemarterten Hélène wieder einfiel, das Konzil der falschen Götter, die Zeit, als Sebastian vor Cäsar tanzte und das Leben selbst ein endloser Tanz zu sein schien, bevor so viele Frauen und Statuen und Dichtungen für immer in der Vergangenheit erstarrten an jenem Nachmittag, als meine Blicke auf einer Straße in Passy denen Nicoles begegneten und ich spürte, daß diese Frau die erste war, die wirklich für mich tanzte, und ich für sie, und trotzdem hatte ich im Traum Hélène an einen Baum gefesselt gesehen, und nicht das Profil von Nicole, die neben mir schlief, mir so nah in ihrer endlosen Ferne. Das Bild war freilich sehr leicht zu erklären, ich hatte an Hélène statt an Juan gedacht, um Juan auszulöschen, eine törichte Zensur, wie übrigens alle, sobald man sie als solche erkannt und verachtet hat. Ich war wieder eingeschlafen mit der ironischen Idee (Nicoles Hand wanderte wie ein Farnwedel über das Kopfkissen), daß ich Juan die Bilder raubte, daß er es war, der in seinen schlaflosen Stunden Hélène so sehen mußte, so oder anders, von Pfeilen durchbohrt oder Pfeile abschießend, doch immer grausam und unerreichbar, während er nach einem Lächeln suchte, das Hélène manchmal einem von uns schenken konnte, das sie ihm jedoch versagte, Hélènes Lächeln, dieses sich schlängelnde Tierchen, das sich zuweilen auf ihren Lippen zeigte, um uns mit einem schnellen achtlosen Biß zu beunruhigen. All dem hing ich nach, anstatt endlich nach einem U-Bahn-Plan zu suchen und die Station ausfindig zu machen, die Soho am nächsten war, wahrscheinlich Tottenham Court Road.

»Die ist es auf gar keinen Fall«, sagte Polanco. »Man muß in Chelsea aussteigen und bis zum Hyde Park gehen, von dort ist es ganz einfach, in fünf Minuten sind wir da.«

»Ich sehe, da hinten im Wagen ist ein Plan«, sagte Calac, »brauchst nur hinzugehen und nachzusehen.«

»Geh du doch, wo du dich in London auskennst«, sagte Polanco. »Für mich ist diese Stadt immer noch die von Conan Doyle«.

»Sie sind eben ein Plotzbrocken«, sagte Calac.

»Und Sie ein armer mickriger Kondomikus«, sagte Polanco.

»Von allen, die ich kenne, sind Sie der größte Plotzbrocken.«

»Und Sie der mickrigste Kondomikus.«

Die U-Bahn hatte an einer Station gehalten, wo alle ausstiegen.

»Der Herr wollen sich nur mit mir anlegen«, sagte Calac.

Auch wir mußten aussteigen, denn ein Schaffner machte uns von der Plattform aus zornige Zeichen, und da entdeckten wir, daß wir so fern von Soho waren wie nur möglich. Während Polanco Marrast noch letzte Erklärungen zur Modalmusik gab, ging Calac zu dem Schaffner, um sich zu erkundigen, und kam mit der tollen Neuigkeit zurück, daß man nur noch zweimal umzusteigen brauchte und schnell am Ziel wäre, wofern man an der zweiten Umsteigestation, die ziemlich vertrackt war, nicht in den falschen Zug stiege. Sie fuhren durch einen sehr langen Tunnel, und Calac wiederholte noch einmal mit lauter Stimme das Itinerarium, damit sie sich ja nicht vertun, und sowohl Marrast als auch Polanco gelangten zu der Überzeugung, daß die zweite Version Calacs von der ersten schon um einiges abwich, aber sie hatten bereits so viele Pennies für die Fahrt ausgegeben, daß ihnen letztlich alles egal war, wäre da nicht die Französischstunde für den armen Austin, der sie an einer Straßenecke erwartete, weil seine Mansarde in einer Pension zu klein war und vollgestopft mit alten Musikinstrumenten, abgesehen von seiner Frau Mutter, die an Paralyse litt.

Ja, on the rocks, ein großer Schluck, um die letzte morastige Erinnerung an die Plenarsitzung dieses Nachmittags runterzuspülen. Die Augen schließen, Tells Samariterhand küssen, die ihm die Wange streichelte, einen Augenblick lang so auf dem historischen Bett des Zimmers von Ladislao Boleslavski liegenbleiben, sich mit der Nacht versöhnen, dieser Nacht, die Stille war, mattes Licht einer blauen Nachttischlampe, Tells Parfüm, ein ferner Hauch von Zitrone, von Moos. Die

Augen schließen, um Tells Schnurren besser zu hören, die letzten Neuigkeiten von Frau Marta, doch um diese Zeit ließ Juan sich immer von anderen Wassern forttragen, er nahm es widerstandslos hin, daß Frau Marta von fernher kam, vielleicht aus der Nacht, als er allein durch die Straßen rings um die Kathedrale geschlendert war, ohne Tell, die in einen Spionageroman vertieft war, und er sich durch die Griechengasse und die Sonnenfelsgasse bis in die schlecht beleuchtete Gegend der Jesuitenkirche hatte treiben lassen, wie immer nach einem harten Arbeitstag bestürmt von einzelnen Worten, die aus dem Nichts kamen, sich wie Phosphene unter den Lidern der Schlaflosigkeit entfalteten, ein Wort wie Automaten, das ergab Au, Auto, Oma, Maat, Mate, Tomaten und, leicht abgewandelt, sogar einen warmen Wind, der manchmal in Mendoza und in der Kindheit wehte. An diese Nachwirkungen der Arbeit gewöhnt, war Juan an einer Straßenecke stehengeblieben in Erwartung dessen, was noch aus dem Automaten herauskommen könnte. Es fehlte Amen, und das war denn auch der letzte Funke, den das Wort vor dem Erlöschen herzugeben vermochte. Auf der Griechengasse waren, wie vorherzusehen, noch einige Wiener auf der Suche nach einer Kellerbar, wo sie sich betrinken und singen könnten; Juan setzte seinen Weg fort, hielt von Zeit zu Zeit unter einem der Portale inne, wo ihn wie immer die Möglichkeit einer weniger augenfälligen Kommunikation anzog, das Halbdunkel, gut für eine Zigarette oder um da hindurchzugehen, durch die Portale des alten Wien, die in diese gepflasterten Höfe führten, wo die offenen Galerien einer jeden Etage wie düstere Logen eines verlassenen Theaters sind, vertraute Formen des Barock. Nachdem er unter einem der vielen Portale verweilt hatte (*Haus mit Renaissanceportal,* erklärte die nie fehlende Tafel zum Beispiel, und das war völlig absurd, denn jeder konnte das sehen, aber die Ratsherren mußten schließlich irgend etwas anbringen, wenn das Haus ein Baudenkmal war, das nie gelöste Problem, etwas zu beschreiben, das sich in bombastischer Weise selbst beschrieb, wie fast alle Bilder in den Museen, das Frauenbildnis mit seinem erklärenden Hinweis *Frauenbildnis*, der Tisch und die Äpfel mit ihrem Etikett *Stilleben mit Äpfeln*, und heute, laut den letzten Neuigkeiten von Polanco und Marrast, das Bild eines Medicus, der den Stengel eines *hermodactylus tuberosus* in der Hand hält, natürlich mit dem dazugehörigen Schildchen, und wie mein Pareder einmal ganz richtig bemerkt hatte, gäbe es folglich keinen Grund, warum nicht auch die Menschen mit dem Schild *Mensch* umherlaufen, die Straßenbahnen nicht ein Schild *Straßenbahn* haben und die Straßen nicht riesige Inschriften, *Straße, Bürgersteig, Bordstein, Straßenecke* tragen), schlenderte Juan schließlich ohne genaues Ziel weiter, bis er zum Haus mit dem Basilisken kam, das, wie zu erwarten, auch seine Inschrift trug, *Basiliskenhaus,* und dort hielt er sich eine Weile auf, rauchte und dachte an das, was Polanco berichtet hatte, vor allem an die große Neuigkeit, daß der Wachsstein für Marrast bereits auf dem Weg nach Frankreich war, was Polanco mehrmals unterstrichen hatte, als könnte alles, was Marrast betraf, Juan ganz besonders interessieren.

Basilisken haben mich schon immer fasziniert, und es war wirklich schön, daß es in dieser Nacht an einem alten Haus das Hochrelief eines Basilisken gab mit zahllosen Klauen und Stacheln und allem, was Basilisken für gewöhnlich haben, wenn sie in die Hände von Künstlern geraten. Dieser war ganz anders als der kleine, so schlichte Basilisk von Hélène, diese Brosche, die sie nur selten trug, weil der Basilisk ihrer Meinung nach farbempfindlich war (das war es, was sie immer sagte, wenn Celia oder Nicole sie nach der Brosche fragten, und wenn man ihr erklärte, daß es sich dann aber um ein Chamäleon und nicht um einen Basilisken handeln müsse, hatte sie dafür ein Lächeln, das mein Pareder und ich sehr mochten), wie auch Hélènes kleiner Basilisk ganz anders war als der auf dem Silberring, den Monsieur Ochs früher getragen hatte, ein grüner Basilisk, der unerklärlicherweise mit dem Schwanz Feuer spie. So führten mich die Wiener Gassen in dieser Nacht zu den Basilisken, was fast bedeutete zu Hélène, wie auch in der alten verbrauchten Luft, welche die Steine der Portale auszuschwitzen schienen, immer die Blutgasse gegenwärtig war, und daß ich mich an Monsieur Ochs erinnert hatte, war vielleicht nicht so sehr dem Haus mit dem Basilisken zuzuschreiben, das mich über Hélènes Brosche auf ihn gebracht hatte, als vielmehr den Puppen, insofern als die Puppen eines der Zeichen der Gräfin waren, die in der Blutgasse gewohnt hatte, und weil alle Puppen des Monsieur Ochs gefoltert und zerfetzt worden sind nach dieser Geschichte in der Rue du Cherche-Midi. Ich hatte Tell diese Geschichte im Zug nach Calais erzählt, und da war das mit der rothaarigen Reisenden passiert, eine dieser merkwürdigen Koinzidenzen, aber jetzt in der Altstadt von Wien und vor dem Basiliskenhaus verwiesen mich alle diese Zeichen zurück auf die Gräfin, brachten sie mehr denn je in die Nähe eines Bereichs, wo dunkel die Angst pochte, und als Tell mir dann von Frau Marta erzählte, gleich am nächsten Morgen oder zwei Tage später, hatte ich daher den Eindruck, daß Frau Marta von fernher kam, herbeordert und etabliert durch das Zusammentreffen und quasi den Beschluß dubioser Zeichen vor dem Basiliskenhaus, rings um den blauen Schatten, um Hélènes Abwesenheit herum.

Juan konnte sich nicht mehr erinnern, warum er mit Tell den Zug nach Calais genommen hatte, es mußte zu der Zeit gewesen sein, als Calac und Polanco London kolonisierten und sie mit Postkarten und Versprechungen herbeilockten, noch bevor Marrast und Nicole beschlossen, zu ihnen zu kommen, und alle begannen, sich in Abenteuer zu stürzen, von denen höchst verschwommen in den zahlreichen Briefen die Rede war, die Tell seinerzeit erhielt; jedenfalls hatten sie beide diese

Reise gemacht, weil ein Freund in der Patsche saß und von einem Hotel aus um Hilfe bat, das in der Nähe des British Museum lag – haben die Argentinier und die Franzosen doch die Manie, nahe dem British Museum zu logieren, nicht weil die Hotels dort billiger wären, sondern weil das British Museum für sie der Nabel Londons ist, der Meilenstein, von dem aus man bequem überall hinkommt. So fuhren Tell und Juan also an einem regnerischen Nachmittag mit dem Zug nach Calais, sprachen von Sturmvögeln und anderen hyperboreischen Tieren, was eines der Lieblingsthemen dieser verrückten Dänin war, und irgendwann hatte er angefangen, ihr die Geschichte mit den Puppen zu erzählen, und Tell hatte die Sturmvögel zum Abteilfenster hinausfliegen lassen, um sich die Geschichte von Monsieur Ochs anzuhören, der in einem Souterrain in der Gegend des Buttes-Chaumont seine Puppen bastelte.

»Monsieur Ochs ist sechzig und Junggeselle«, hatte Juan präzisiert, damit Tell die Sache mit dem Werg besser verstehe, aber Biographien interessierten Tell nicht sonderlich, und sie drängte Juan, ihr zu verraten, warum Madame Denise mit einer aufgeschlitzten Puppe in einer Plastiktüte in das Polizeirevier des siebten Arrondissements gestürzt war.

Juan liebte es, Geschichten mit einer gewissen künstlerischen Systemlosigkeit zu erzählen, wohingegen Tell einzig daran interessiert zu sein schien, wie die Sache ausging, wahrscheinlich um so schnell wie möglich auf die Ökologie der Sturmvögel zurückzukommen. Juan, der sich so um seine schönsten Effekte gebracht sah, beschränkte sich darauf, ihr zu erzählen, daß es die Tochter von Madame Denise gewesen war, die den im Leib der Puppe versteckten Gegenstand als erste gefunden hatte; er selbst wohnte zu der Zeit in der Impasse de l'Astrolabe, weil man, wenn es eine Straße mit solch einem Namen gibt, einfach nicht woanders wohnen kann, und er hatte Madame Denise, Concierge von Beruf, im Gemüseladen von Roger kennengelernt, der ihnen von der Wasserstoffbombe sprach, als würde auch nur einer der Anwesen den etwas davon verstehen, angefangen mit ihm selbst. So erfuhr Juan dort eines Morgens, daß Madame Denise mit einer Puppe aufs Polizeirevier des Arrondissements gerannt war und was ihre Tochter darin gefunden hatte, ganz zu schweigen von der Szene auf dem Revier, die Roger, der es aus erster Quelle hatte, nämlich von Madame Denise und einem der Inspektoren, der bei ihm seine Rüben kaufte, zu rekonstruieren wußte, zu seiner eigenen Erbauung und der mehrerer Damen, die mit offenem Munde dastanden.

»Der Kommissar persönlich hat Madame Denise empfangen«, erklärte Roger. »Und das ist begreiflich, nach dem, was sie auf der Theke des Polizeireviers zur Schau gestellt hatte. Ich meine nicht die Puppe, obgleich auch die Puppe, wie der Inspektor sagte, ein Corpus delicti ist. Sagen Sie, ist es nicht eine Schande, wenn ein unschuldiges Mädchen von sechseinhalb Jahren, das mit seiner Puppe spielt, plötzlich zu seiner Mutter läuft und so etwas in der Hand hält...«

Die Damen hatten schamhaft die Augen abgewandt, denn Roger trieb den Verismus auf die Spitze, indem er ein bestimmtes Gemüse zückte und es allen in einer Weise vor Augen führte, die Juan sublim fand. Natürlich hatte der Kommissar Madame Denise in sein Arbeitszimmer gebeten, während sich ein Polizist etwas verlegen der kaputten Puppe und des bewußten Gegenstandes annahm. Die Erklärungen der Anzeigeerstatterin hatten darauf schließen lassen, daß die minderjährige Eveline Ripaillet, als sie mit der obengenannten Puppe spielte, durch eine frühreife mütterliche Regung die Körperhygiene übertrieben hatte, mit dem Ergebnis, daß ein Teil der Anatomie der besagten Puppe, da dieses Spielzeug von minderer Qualität war, sich auflöste und eine große Menge Werg hervorquoll, worin die natürliche Neugierde des Kindes sehr schnell den polychromen Gegenstand entdeckte, der Mme Denise Ripaillet, geb. Gudulon, zu der Anzeige veranlaßte. Alles war jetzt in Händen des Bezirkskommissars, der entsprechende Ermittlungen eingeleitet hatte, um den schamlosen Täter eines solch obszönen Verbrechens gegen die Moral und die guten Sitten ausfindig zu machen.

»Glaubst du, die Kleine wußte, was sie da in der Hand hielt?« fragte Tell.

»Bestimmt nicht, mein Engel«, sagte Juan, »aber das Zetergeschrei der Mutter hat sie sicher fürs ganze Leben traumatisiert. Als ich Monsieur Ochs kennenlernte, spürte ich, daß er zu feinsinnig war, um seine Zeit mit unschuldigen Geschöpfen zu verlieren; seine Geschosse waren auf Steigerung angelegt oder, wie Roger gesagt hätte, er schoß Dreistufenraketen ab. Die erste wurde gezündet, als die Kleine die Puppe kaputtmachte, und nebenbei gesagt, verdiente ihr Sadismus das auch; die zweite Stufe, die Monsieur Ochs mehr interessierte, war der Effekt, den die Entdeckung des Kindes auf seine Mutter und auf nahe Verwandte hatte; die dritte, die die Kapsel in die Umlaufbahn brachte, war die Anzeige bei der Polizei und der öffentliche Skandal, der von den Zeitungen weidlich ausgeschlachtet wurde.

Tell wollte wissen, wie die Sache ausgegangen war, doch Juan mußte an die Lotterie von Heliogabal denken und daß andere kleine Mädchen, die den Bauch ihrer Puppe aufschlitzten, darin eine alte Zahnbürste gefunden hatten, einen linken Handschuh oder einen Tausendfrancsschein, denn Monsieur Ochs hatte oft Tausendfrancsscheine in seine Puppen, die nicht einmal fünfhundert wert waren, gesteckt, was jemand in dem Prozeß bezeugte, und das war einer der spektakulärsten mildernden Umstände, wie sich das für eine kapitalistische Gesellschaft gehört. Als Juan Monsieur Ochs wiedersah (das war in Larchant-les-Rochers, als Polanco ihn eines Nachmittags auf dem Motorrad mitgenommen hatte, um ihm zu zeigen, wie schön es auf dem Lande sei, was Polanco jedoch nicht gelang), kamen sie auf die Sache zu sprechen, und Monsieur Ochs erzählte, daß die Geldstrafe, die er hatte zahlen müssen, moderat gewesen war und daß er von den wenigen Wochen Gefängnis profitiert hatte, weil sein Zellengenosse ein Spezialist im *tiercé* sowie in der Topologie der Labyrinthe war; das beste Ergebnis des Prozesses aber war, und darin stimmten Juan und Polanco voller Begeisterung überein, daß in ganz Frankreich, einem Land, das für seinen geradezu abergläubischen Respekt vor den unbrauchbarsten Dingen bekannt ist, eine Menge Mütter furiengleich mit Zange und Schere die Bäuche der Puppen ihrer kleinen Töchter öffneten, ungeachtet der Entsetzensschreie der armen Kleinen, und das nicht aus einem verständlichen Gelüst nach christlicher Moral, sondern weil die Geschichte mit den Tausendfrancsscheinen von den Abendzeitungen, die diese Mütter lesen, weidlich ausgeschlachtet worden war. Monsieur Ochs traten die Tränen in die Augen, als er sich das Geschrei Hunderter kleiner Mädchen vorstellte, die brutal ihrer Puppe beraubt worden waren, und die Lotterie von Heliogabal erlangte für Juan auf einmal eine Bedeutung, die sie seinerzeit, als er mißmutig in der Chronik von Aelius Spartianus blätterte, nie gehabt hatte, geradeso wie jetzt, soviel später, wenn er in den Chroniken über die Gräfin, diese andere elegante Verstümmlerin, las; noch war der Augenblick nicht gekommen, da man ihm von jemandem erzählen würde, der ihm ähnelte, nackt auf einem Operationstisch, mit geöffnetem Leib, so wie Eveline Ripaillet im Eckhaus der Impasse de l'Astrolabe den Leib ihrer Puppe geöffnet hatte.

Es gibt diesen Augenblick, da man beginnt, die Treppe einer Metrostation in Paris hinunterzugehen, und während der Blick noch die Straße mit den Fußgängern, der Sonne und den Bäumen umfaßt, hat man den Eindruck, die Augen wechselten ihren Platz in dem Maße, wie man weiter hinuntersteigt, so daß man sie auf einmal in Höhe der Taille, dann der Oberschenkel und fast gleich darauf in Kniehöhe hat, bis man am Ende glaubt, mit seinen Schuhen zu sehen, und in dieser letzten Sekunde, da man sich genau auf gleicher Ebene mit dem Trottoir und den Schuhen der Passanten befindet, scheinen all die Schuhe einander anzusehen, und die gekachelte Decke des Metroeingangs wird zur Ebene des Übergangs zwischen der in Schuhhöhe gesehenen Straße und ihrer nächtlichen Kehrseite, die jäh den Blick schluckt und ihn in ein warmes Dunkel abgestandener Luft taucht. Jedesmal, wenn Hélène in die Metrostation Malesherbes hinunterging, war sie darauf bedacht, die Straße bis zum letzten Moment im Blick zu behalten, auch auf die Gefahr hin, durch einen Fehltritt das Gleichgewicht zu verlieren, um ein unerklärliches Vergnügen zu verlängern, das durch das langsame Untertauchen Stufe um Stufe auch etwas Widerwärtiges hatte, und so die freiwillige Verwandlung zu erleben, bei der das Licht und der Bereich des Tages allmählich schwanden und sie, die Iphigenie des Alltags, schließlich in ein Reich lächerlicher Glühlampen, in eine feuchtwarme Prozession von Taschen und gelesenen Zeitungen versetzt wurde. Einmal mehr gehorchte sie der Routine, die Metro in Malesherbes zu nehmen, doch tat sie es an diesem Nachmittag nicht, um Zeit zu sparen; sie hatte die Klinik verlassen, ohne zu überlegen, wohin sie gehen sollte, sie wollte einfach nur weg von dort und allein sein. Auf der Straße schien eine letzte Sonne, die ihr weh tat, das Junilicht verlockte sie, wie manches Mal, einen Bus zu nehmen oder den langen Weg bis ins Quartier Latin zu Fuß zu gehen. Eine Kollegin hatte sie bis zur nächsten Ecke begleitet und von etwas geredet, das Hélène, als sich das Mädchen verabschiedete, schon vergessen hatte; in der Luft hing für einen Augenblick noch das übliche »bis dann«, der Abschiedsgruß, der zugleich ein Versprechen enthielt, und aus dem die Gewohnheit zwei leere Worte machte, eine Floskel, die durch eine Handbewegung oder ein Lächeln ersetzt werden konnte, nur erinnerten sie diese zwei Worte jetzt an einen anderen Abschied, an die letzten Worte von jemandem, der sie nie mehr, zu niemanden mehr, sagen würde. Wahrscheinlich deshalb ist sie einmal mehr die Treppe zur Station Malesherbes hinuntergegangen, außerstande, der Sonne, die durch das Laubwerk der Alleebäume blitzte, die Stirn zu bieten; sie zog ein Halbdunkel vor, das ihr wenigstens bestimmte Richtungen vorzeichnete, das sie nötigte, sich zu entscheiden, Porte des Lilas oder Levallois-Perret, Neuilly oder Vincennes, rechts oder links, Norden oder Süden, und sie bereits mit diesem ersten generellen Entschluß zwang, die Station, wo sie aussteigen würde, zu wählen sowie, einmal dort angelangt, den Ausgang, der ihr am zweckmäßigsten schien, die Straßenseite mit den geraden oder ungeraden Hausnummern. Diese Zeremonien vollzogen sich, als führte jemand sie, stützte sie leicht und zeigte ihr den Weg: sie ging die Treppe hinunter, sah sich nach der richtigen Richtung um, hielt der Kontrolleurin an der Sperre ihr Ticket hin und ging bis zu der Stelle, wo der Wagen der ersten Klasse halten würde. Vage dachte sie an die Stadt, dort war das Umhergehen immer etwas passiv, weil unvermeidlich und beschlossen, weil zwangsläufig, ja fatal, wenn es erlaubt ist, dieses prächtige Wort zu gebrauchen. Alles was ihr in der Stadt widerfahren konnte, hatte sie nie so beschäftigt wie dieses Gefühl, Wege zurückzulegen, die wenig mir ihrer eigenen Willensentscheidung zu tun hatten, als wäre die Topographie der Stadt, das Labyrinth von überdachten Straßen, Hotels und Straßenbahnen, letztlich immer ein einziger unvermeidlicher passiver Weg. Dieses unterirdische Paris aber, das sie jetzt in wenigen Minuten ebenfalls durch ein unvermeidliches System von Wegen und Gängen führen würde, entband sie wundersam von ihrer Freiheit, erlaubte ihr, wie in sich selbst zu bleiben, gedankenverloren und zugleich konzentriert auf diese letzten Stunden in der Klinik, auf das, was in diesen letzten Stunden geschehen war. ›Es ist fast so, als wäre ich in der Stadt‹, dachte sie, den grauen Vorhang aus Kabeln und Zement betrachtend, der vor dem Wagenfenster bebte und wogte. Nur eins stand für sie jetzt fest, nämlich daß sie nicht sofort nach Hause gehen würde, das einzig Vernünftige war, bis spät abends im Quartier Latin zu bleiben, in einem Café irgend etwas zu lesen, Abstand zu gewinnen, Kompressen anzulegen, die Metro war bereits die erste Wundwatte zwischen der Klinik und dem Café, und das Café würde dann der Verband sein, der die Haut vor den allzu rauhen Reibungen der Erinnerung schützte, ein konsekutives System von Stoßdämpfern und Isolatoren, das der Verstand zwischen diesem Nachmittag und dem nächsten Morgen errichten würde, zwischen dem, was von diesem Nachmittag am nächsten Morgen und in den kommenden Tagen bleiben würde, bis zum Vergessen. ›Denn ich werde vergessen‹, habe ich mir ironisch gesagt, ›und das wird im Grunde das Schlimmste sein, wieder unter den Bäumen dahingehen, als wäre nichts geschehen, freigesprochen durch Vergessen, der Leistungsfähigkeit wiedergegeben.‹ Mein Pareder hätte mich freundlich eine zurückgestellte Selbstmörderin genannt, er hätte gesagt: »Wir, wir gehen in die Stadt, aber du kommst einfach bloß aus der Stadt«, und obgleich es nicht leicht gewesen wäre zu verstehen, was er mir damit sagen wollte, denn es war durchaus möglich, daß mein Pareder etwas ganz anderes damit meinte, hätte etwas in mir ihm recht gegeben an diesem Nachmittag, denn das verstandesbedingte Leben, ein Leben aufgrund von Watte und Isoliermaterial, schien mir der schlimmste Insult dem gegenüber, was um Punkt halb fünf im OP II der zweiten Etage, wo mein Chef operierte, geschehen war, und das Bewußtsein des unvermeidlichen Vergessens, des beidseitig absorbierenden garantiert schützenden Trostes, war der schlimmste Trost, da er ja aus mir selbst kam, die ich in diesem Augenblick jeden Beweis des Absurden und Skandalösen gern auf immer für mich hätte behalten wollen, dem Leben seine Watte und seine Kompressen verweigern, rückhaltlos hinnehmen, daß alles unter meinen Füßen versinkt, während ich weiter festen Schrittes auf dem Asphaltboden der Stadt dahingehe. ›Armes Mädchen‹, dachte ich mitleidig, ›was für eine hohe irrige Meinung hast du doch von dir, dabei bist du wie jede andere Frau, freilich ohne deren Vorteile, Hélène, ohne deren Vorteile.‹ Denn der Stolz wird mich zugrunde richten, ein Stolz ohne Eitelkeit, die Härte einer Statue, die freilich dazu verurteilt ist, sich zu bewegen, zu essen, zu menstruieren. Autobiographie? Ach was, und schon gar nicht in der Metro um diese Zeit. Einen Kaffee, schnell einen Kaffee. Die erste Kompresse, Schwesterchen, es eilt.

Als sie den Bahnsteig verließ, um den Anschluß zu der Linie zu suchen, die sie zur Station Saint-Michel bringen würde, erinnerte sie das Bild des Jungen auf der Krankenbahre einmal mehr an Juan, obgleich sie Juan nie nackt gesehen hatte, nackt wie diesen Körper, den das Blut verließ. Doch schon von Anfang an, seit der obligatorischen Visite der Anästhesistin bei dem Patienten, den man am Nachmittag operieren würde, hatte irgend etwas, der Haarschnitt, die gerade Nase oder die vorzeitigen feinen Fältchen um den Mund sie an Juan erinnert. Die Visite hatte sich auf die übliche freundliche Zeremonie beschränkt, eine Kontaktaufnahme, um die individuellen Eigenschaften des Patienten zu erkennen und seine Reaktionen zu beobachten, aber es hatte genügt, daß der Junge sich im Bett aufrichtete, ihr seine knochige Hand reichte und ihr dann mit höflicher Aufmerksamkeit zuhörte, um sofort seine verblüffende Ähnlichkeit mit Juan zu bemerken, noch bevor sie den Jungen am Nachmittag, nun nackt im Operationssaal, wiedersah und er sie wiedererkannte und zusah, wie sie sich vorbeugte, um seinen Arm für die Anästhesie zu präparieren, und ihr mit demselben etwas gezwungenen Lächeln wie Juan zulächelte und ihr sagte: »Bis dann«, nur diese schlichten Worte vor der schwarzen Bö des Narkotikums, nicht das blöde Gerede so vieler anderer, die ihre Angst zu verbergen suchten mit einem trivialen »Ich werde versuchen, von Ihnen zu träumen« oder dergleichen. Dann war da nur noch sein regloses Profil gewesen, während sie ihm in die Vene stach, ein blasses und zugleich so klares Bild, daß sie es auf irgendeines der Plakate längs der Wände des Bahnsteigs hätte projizieren können, sie sah es weiterhin vor sich, mit offenen Augen oder auch mit geschlossenen Augen wie jetzt, da sie am Ende des Bahnsteigs stand, wo das Treppchen in den Tunnel hinabführte, sie sah es in diesem anderen schwindelerregenden Tunnel unter den Lidern, wo die Tränen sich ansammelten und vergebens das reglose und insistierende Profil wuschen. »Ich werde dich vergessen«, sagte ich zu ihm, »ich werde dich sehr schnell vergessen, es ist notwendig, du weißt. Auch ich werde dir ›bis dann‹ sagen wie du, und beide werden wir gelogen haben, armer Kerl. Aber bleib jetzt, wir haben Zeit genug. Auch das ist manchmal die Stadt.«

Armer Austin, er konnte nicht aufhören, das Bild zu examinieren, er hatte sich noch nicht von der Aufregung erholt, im Courtauld Institute zu sein, wo er nun eingehend den Stengel des *hermodactylus tuberosus* studierte, in unfreiwilliger Gesellschaft mehrerer anderer Anonymer Neurotiker (die einer nach dem anderen eintrafen, aber in beträchtlicher Zahl), und da tritt Marrast auf ihn zu, um ihn nach der Zeit zu fragen und unter diesem ziemlich fadenscheinigen Vorwand ein Gespräch zu beginnen, das ihn für immer, oder doch fast, mit den anderen Tataren vereinen sollte. Auf dem mächtigen Sofa sitzend, das in der Mitte des Saals einem Felseneiland glich, hatten sich Calac und Polanco das Manöver ziemlich desinteressiert mit angesehen und sich gefragt, warum Marrast ausgerechnet diesen verstört dreinblickenden Jüngling wählte unter so vielen anderen mutmaßlichen Anonymen Neurotikern, die in diesen Tagen unter den immer erstaunteren Blicken des Wärters schweigend das Bild von Tilly Kettle studierten.

»Es ist ein Test«, sagte Marrast ihnen hernach. »Man muß zu der Gruppe eine Brücke schlagen, und Austin scheint mir das perfekte Versuchskaninchen. Wie soll man sonst die Ergebnisse des Experiments erfahren? Mir genügt es nicht, sie dort zuhauf herumstehen zu sehen; ich fische mir einen raus und stelle an ihm die Kollektivwirkung fest.«

»Ein Gelehrter«, meinte Polanco zu Calac gewandt.

»Oh, ja«, sagte Calac, und die beiden drückten sich tief ins Sofa, um ihr lautes Lachen zu ersticken, das in der Museumsatmosphäre widerzuhallen drohte.

So gingen sie dann alle zusammen weg, um auf dem Rückweg ins *Gresham Hotel* einen Espresso zu trinken, und Marrast holte Nicole, damit auch sie Austin kennenlerne und eine feminine Note in diese Gesellschaft bringe, die sich zu langweilen begann. Aber Austin verlor seine Schüchternheit und die Anonymität des Neurotikers sehr schnell und sprach uns von der Musik für Laute und insbesondere von Valderrábano und anderen ziemlich mysteriösen Spaniern. Wir mußten anerkennen, daß Marrast keinen schlechten Fang gemacht hatte, als er sich Austin aus der Menge seiner Versuchspersonen herausfischte, auch wenn uns seine Gründe noch nicht einleuchteten, von der Praxis des Englischen, die wir alle sehr nötig hatten, einmal abgesehen. Nie habe ich Mar gefragt, warum er unter den fünf oder sechs anwesenden Anonymen Neurotikern so entschieden für Austin optiert hatte; Calac meinte, er hätte weit besser daran getan, auf ein Mädchen im violetten Kleid zuzusteuern, das, obgleich neurotisch, nichtsdestotrotz überaus sexy war. Mar fand es nicht nur logisch, sondern auch notwendig, daß Austin sich unserer Gruppe anschloß, und er willigte ein, ihm Französischstunden zu geben, worum Austin fast sofort gebeten hatte, versichernd, daß er dafür bezahlen werde, da seine Mutter für solcherart Fortbildung Geld habe. Nach anfänglicher Verwunderung schloß Austin sich ganz freimütig unserer Gruppe an, er ließ sich von Polanco adoptieren, der sich halb gerührt, halb lachend dessen Ansichten über die Zukunft der Menschheit anhörte, auch zeigte er uns ein musikalisches und etwas boyscouthaftes London, was uns manchmal amüsierte. Schließlich war ich

Mar dankbar, daß er uns Austin zugeführt hatte, denn Austin trug in unschuldiger Weise, wie ein Pudel oder ein Roman, dazu bei, das Vakuum, in dem wir lebten, auszufüllen. Nachts, wenn wir allein waren, sprachen wir von dem Bild und von Harold Haroldson, der unsägliche Ängste ausstehen mußte, und auch von Austin, der mit viel Fleiß französisch lernte. Als wären sie Möbel, die Mar anschaffte, um die Leere auszufüllen, ging es manchmal um Mr. Whitlow, manchmal um den gigantischen Schatten des Wachssteins, der in Northumberland bereits ausfindig gemacht worden war, und jetzt um Austin, der letzten Endes überhaupt nicht neurotisch war. Zwischen zweien solcher Möbelstücke, zwischen einer Anspielung auf Tilly Kettle und einer anderen auf den Klang von Austins Laute küßte Mar mich auf die Nasenspitze und fragte wie nebenbei, warum ich denn nicht nach Paris zurückginge.

»Du wirst doch auch zurückgehen«, sagte ich, mich damit abfindend, daß alles unnütz war, daß die Möbel zu Staub zerfallen wie tote Motten, daß zu dieser Zeit und in diesem Bett im *Gresham Hotel* alles von neuem beginnen würde wie so oft, und immer vergebens.

»Ich werde in Arcueil bleiben, um zu arbeiten«, sagte Mar. »Es gibt für mich keinen Grund, nach Paris zu gehen, und es gibt auch keinen Grund, dich zu besuchen. Du hast den Schlüssel zum Studio, du hast deine Arbeit, du bist schon beim Buchstaben *B*. Es gibt dort sehr gutes Licht zum Zeichnen.«

Unvermittelt kamen wir auf Früheres zurück, weder Harold Haroldson noch Austin konnten diese Monotonie verhindern: links an der Landstraße war eine Reihe roter Häuser, eine Reklamewand mit der Werbung für das Mineralwasser Recoaro. Sich eine Zigarette ansteckend, so als wollte er diesen plötzlichen Halt mitten auf der Fahrt rechtfertigen, hatte Mar darauf gewartet, daß ich etwas sage, daß ich ihm erkläre, warum mir plötzlich die Tränen übers Gesicht liefen, aber es gab nichts zu sagen, es sei denn Worte wie Recoaro oder rote

Häuser, irgend etwas, nur nicht Juan, wo doch alles Juan war in diesem Augenblick, die Route, die roten Häuser, das Recoaro-Wasser. Und irgendwie hatten wir das begriffen, indem wir uns nur ansahen (Mar hatte mir netterweise die Tränen abgewischt, hatte mir einen Mundvoll Rauch in die Nase geblasen), und es war, als wäre einer von uns beiden zuviel in diesem Auto, in diesem Bett, oder schlimmer, als spürten wir den dritten, der von den Koffern oder den Souvenirs aus, zwischen Muscheln und Strohhüten uns beobachtete oder in dem Sessel am Fenster saß und starr auf die Bedford Avenue blickte, um uns nicht ansehen zu müssen.

»Ein Wachsstein, sag ich dir, sooo groß«, schwärmte Marrast, der sich plötzlich auf das Bett setzte und mit den Händen eine Art Kubus beschrieb, der durch die ungestüme Bewegung nicht nur das Zimmer, sondern ein gut Teil des Hotels einnahm.

»Es ist so schwer für uns beide, Mar«, sagte Nicole, sich an ihn schmiegend. »Du sprichst immerzu vom Nichts, du machst den anderen, dem armen Harold Haroldson, unnützerweise das Leben sauer, aber wir, wir treten auf der Stelle, auch wenn wir mit Austin spielen, auch wenn ich nach Paris zurückgehe, auch wenn egal was, Mar.«

»Es ist ein sehr schöner Wachsstein«, sagte Marrast mit Nachdruck. »Und ich werde hier in London schon klarkommen, bis die Formalitäten für den Stein erledigt sind, ich amüsiere mich bestens mit den beiden wilden Argentiniern und dem Lautenspieler.«

»So wie die Dinge stehen, will ich nach Paris nicht zurückkehren.«

»Aus Stolz? Aus Stolz auf dich selbst, meine ich. Warum steigst du nicht von deinem hohen Roß herunter, warum legst du nicht die Waffen nieder, du Malcontenta?«

»Fällt es dir so schwer, mich so zu nehmen, wie ich bin?« sagte Nicole. »Habe ich mich denn so verändert, Mar?«

»Wir waren glücklich«, sagte Marrast, warf sich auf dem Bett zurück und blickte zur Decke. »Doch dann, du hast ja gesehen, gab es diese roten Häuser, und alles ist auf einmal versteinert, so als wären wir in dem Wachsstein gefangen, wirklich. Stell dir vor, ich bin der erste Bildhauer, dem es widerfährt, in einen Stein eingeschlossen zu werden, das ist wahrlich was Neues.«

»Nicht aus Stolz«, sagte Nicole. »Im Grunde fühle ich mich ganz unschuldig, ich habe nichts getan, damit mir das passiert. Warum sollte ich ein präfabriziertes Image von mir bewahren, das du erfunden hast? Ich bin, wie ich bin, vorher hast du mich ich weiß nicht wie gefunden, und jetzt soll ich die Malcontenta sein, aber von mir aus gesehen bin ich immer noch dieselbe, ich liebe dich nach wie vor, Mar.«

»Es geht nicht um Schuld«, sagte Marrast, »auch Juan ist nicht schuld daran, daß sein Adamsapfel dir so gefällt, der Arme hat mit alldem nichts zu tun, nehme ich an. Einverstanden, wir werden zusammen nach Paris zurückkehren, es hat keinen Sinn, allein hier zu bleiben bei der schlechten Heizung in diesem Hotel, und außerdem, was würden Calac und Polanco und mein Pareder dazu sagen. Nun, versuch gut zu schlafen, daß uns wenigstens das noch bleibt.«

»Ja, Mar.«

»Sicher werde ich die ganze Nacht von dem Wachsstein träumen. Stups mich, wenn ich zu unruhig werde, wenn ich zu schnarchen anfange. Der Knipser ist immer noch auf deiner Seite, glaube ich, in diesem Hotel ändert sich nie etwas.«

Der Basilisk am Portal war in der Dunkelheit fast nicht zu erkennen, doch bei längerem Hinsehen konnte man so etwas wie eine Dornenkrone ausmachen oder bildete sich das ein. Weder der Basilisk von Monsieur Ochs noch der von Hélène hatte eine Krone, allerdings war der von Hélène so klein, daß man sie vielleicht nicht erkennen konnte, und der von Monsieur Ochs schien allzu beschäftigt, mit seinem Schwanz

Feuer zu speien. War auf den Waffen der Gräfin irgendein Fabeltier, vielleicht ein Salamander? Später, als er mit Tell im Ladislao-Boleslavski-Zimmer Slibowitz trank und sie abwechselnd durch den Spion in der historischen Flügeltür spinsten, wann immer sie auf dem Gang etwas zu hören meinten, sprachen sie von den Puppen und erinnerten sich an die rothaarige Frau, wie diese genau am Ende der Geschichte von Monsieur Ochs – der Zug nach Calais verließ gerade einen im Nebel nicht auszumachenden Bahnhof – die behagliche Zweisamkeit im Abteil allein dadurch gestört hatte, daß sie mit einer Zigarette zwischen den Lippen hereinkam und sich, fast ohne sie anzusehen, auf den Platz am Gang setzte und ihre Tasche neben sich stellte, aus der die zu ihrem Geschlecht, ihrer Frisur und ihrer Zigarette passenden Zeitschriften zum Vorschein kamen, wie auch eine Schachtel, einem Schuhkarton ähnlich, aus der jedoch fünf Minuten später (Tell war auf die Sturmvögel zurückgekommen und berichtete, daß ihre Familie in Klegberg einen ganz zahmen hatte) eine dunkelhaarige, nach der Mode von Saint-Germain-des-Prés gekleidete Puppe hervorkam, welche die Frau sich genauestens anzusehen begann, so als hätte sie sie gerade gekauft. Die Sturmvögel vergessend, hatte Tell Juan mit einem Blick angesehen, der bei ihr immer einen unaufhaltsamen Redeschwall ankündigte, und er, der ein kaltes Rieseln im Rücken spürte, hatte ihr seine Hand aufs Knie gelegt, damit sie still sei und nicht die Schönheit dieses Augenblicks, wo etwas sich schloß oder sich öffnete, verderbe, und nachdem sie so lange von Monsieur Ochs gesprochen hatten, sahen sie, wie die Frau, ohne die Zigarette aus dem Mund zu nehmen, die Puppe sorgfältig untersuchte, sie um und um drehte, ihr den Rock hochhob und den winzigen rosa Slip auszog, um sie mit kühler Schamlosigkeit zu examinieren, wobei sie alles einzeln betastete, die Waden und die Schenkel, den Popo, die unschuldige Innenseite der Oberschenkel, ihr den Slip wieder anzog und dann begann, die Arme und die Perücke zu untersuchen, bis sie, mit ihrem Kauf offensichtlich zufrieden, die Puppe wieder in ihre Schachtel legte und sich danach, wie jemand, der zur Routine des Reisens zurückkehrt, eine neue Zigarette anzündete und die Zeitschrift *Elle* auf den Seiten 32/33 aufschlug, in deren Lektüre sie die nächsten drei Stationen versunken blieb.

Natürlich war es keine Puppe von Monsieur Ochs, denn Monsieur Ochs konnte nach dem Prozeß keine Puppen mehr herstellen, er arbeitete als Nachtwächter auf einer Baustelle in Saint-Ouen, wo Juan und Polanco ihn hin und wieder besuchten und ihm eine Flasche Wein und ein paar Francs mitbrachten. Zu der Zeit hatte Monsieur Ochs etwas Seltsames getan: Eines Abends, als Juan ihn allein besuchte, hatte er ihm zu verstehen gegeben, er solle zu Polanco nicht zu großes Vertrauen haben, weil der ein wissenschaftlicher Geist sei und am Ende noch Atomwaffen herstellen würde, und nachdem er die Flasche Médoc, ein Geschenk von Juan, halb geleert hatte, holte er aus seiner Aktentasche ein Paket und schenkte es ihm. Juan hätte gern gewußt, was in der Puppe versteckt war, ohne sie beschädigen zu müssen, aber er sagte sich, daß es nicht gut wäre, Monsieur Ochs danach zu fragen, da er so diesen Beweis des Vertrauens und der Dankbarkeit mißachten würde. Darauf folgte eine Zeit mit kleinen Basilisken, sonderbaren Pflanzenstengeln, Konferenzen von Erziehungsministern, traurigen Freunden und Restaurants mit Spiegeln, und die Puppe schlief zwischen Hemden und Handschuhen, was für Puppen ein schöner Platz zum Schlafen ist; nun aber sollte sie auf postalischem Wege per Einschreiben nach Wien reisen, denn Juan hatte beschlossen, sie Tell zu schenken, nach all diesen Puppengeschichten, und bevor er Paris verließ, hatte er meinen Pareder beauftragt, das Paket ans Hotel *Capricorno* zu schicken, wo man es in den *König von Ungarn* nachsenden würde. Die Puppe sollte Tell erreichen, wenn sie beide es am wenigsten erwarteten, vor allem Tell, die von diesem Geschenk keine Ahnung hatte; eines Nachmittags, von der Konferenz zurückkommend, würde er sie mit der Puppe in den Händen antreffen und sich an den Abend im Zug nach Calais erinnern, und es wäre lustig, ihr zu verraten, woher die Puppe kam, wofern ihm diese verrückte Dänin nicht mit der Schere oder Nagelfeile zuvorgekommen wäre. Unmöglich vorherzusehen, was Tell tun würde, die gerade jetzt durch das Guckloch in der Tür spähte und sich plötzlich umwandte, um Juan, der bei einem weiteren Slibowitz seinen Erinnerungen nachhing, zu alarmieren, das vereinbarte Signal, welche Mühe, sich aus dem alten historischen Sofa zu erheben und sich zur Tür zu schleppen, so müde nach einem ganzen Tag mit Plenarsitzungen und dem anschließenden Bummel durch die Altstadt, und jetzt Tells Geflüster, die Nachricht, die, wie erwartet, endlich Frau Marta betraf, dann der Flur und die Treppe, die in den oberen Stock führte, wo die junge Engländerin ihr Zimmer hatte.

Es waren nur wenige Leute auf dem Bahnsteig der Metro, Menschen wie graue Flecke auf den Bänken entlang der konkaven Wand mit Kachelmosaiken und Reklameplakaten. Hélène ging bis zum äußersten Ende des Bahnsteigs, wo eine kleine Treppe in den Tunnel hinabführte, doch hinunterzugehen war verboten; sie zuckte die Achseln, fuhr sich flüchtig mit dem Handrücken über die Augen und kehrte in den beleuchteten Sektor zurück. So beginnt man, fast ohne sie wahrzunehmen, eines nach dem anderen die riesigen Plakate zu betrachten, die die Geistesabwesenheit ausnutzen und sich ins Gedächtnis einschleichen, zuerst eine Suppe, dann eine Brille, danach das Markenzeichen eines Fernsehgeräts, riesige Fotos, auf denen jeder Zahn des Kindes, das gerne Knorr-Suppen ißt, die Größe einer Streichholzschachtel hat, und die Fingernägel des Mannes, der vor dem Fernseher sitzt, gleichen Suppenlöffeln (um die Suppe auf dem Plakat daneben zu essen, zum Beispiel), doch das einzige, was mich zu faszinieren vermag, ist das linke Auge des kleinen Mädchens, das so gern Babybel-Käse ißt, ein Auge wie eine Tunnelöffnung, eine Reihe konzentrischer Kreise, und in der Mitte der Konus des Tunnels, der sich in der Tiefe verliert wie dieser andere Tunnel, in den ich über die verbotene Treppe gern hineingegangen wäre und der jetzt zu vibrieren, zu ächzen beginnt, sich mit Lichtern und Kreischen füllt, bis sich die Türen des Metrozugs öffnen, und ich steige ein und setze mich auf die Bank, die für Behinderte, alte Leute und schwangere Frauen reserviert ist, gegenüber den anderen Plätzen, auf denen irgendwelche Zwerge sitzen mit mikroskopisch kleinen Zähnen, winzigen Fingernägeln und dem starren und mißtrauischen Ausdruck der Pariser, die von Hungerlöhnen leben müssen und in Serie produzierter Bitternis wie die Knorr-Suppen. Vier oder fünf Stationen lang besteht da ein absurder Hang zur Verrücktheit, sich wie besessen der Illusion hinzugeben, daß man es vielleicht nur wollen müßte, daß es genügte, im Geiste einen Schritt nach vorn zu tun, sich in den Tunnel des Plakats zu stürzen, damit es Wirklichkeit werde, der wahre Maßstab des Lebens, und diese bis zur Lächerlichkeit verkleinerten Leute im Wagen wären dann für das Mädchen, das so gern Babybel-Käse mag, ein bloßer Bissen und alle paßten in die Hand des Riesen vor dem Fernseher. Schon am Treppchen, das in den verbotenen Tunnel führte, war da so etwas wie eine greuliche Liebkosung, eine Lockung... Die Achseln zucken, die Versuchungen einmal mehr zurückweisen; du, Hélène, aber bleibst, es bleibt die bittere Ernte dieses Nachmittags; der Tag ist noch nicht zu Ende, du wirst an der Station Saint-Michel aussteigen müssen, die Leute behalten ihre normale Größe, die Plakate übertreiben, ein nackter Mensch ist klein und schwach, niemand hat Fingernägel wie Suppenlöffel, Augen wie Tunnel. Kein Spiel läßt dich je vergessen: deine Seele ist eine kalte Maschine, ein präzises Registriergerät. Niemals wirst du etwas vergessen in dem Wirbelwind, der das Große und das Kleine einebnet und dich so in eine andere Gegenwart wirft; selbst wenn du in der Stadt umhergehst, bist du du selbst, unausweichlich. Nur mit Methode wirst du vergessen, durch die Einteilung in ein Vorher und ein Nachher; du brauchst dich nicht zu beeilen, der Tag ist noch nicht zu Ende. So, da bin ich.

Vom Eingang aus erkannte sie an ihrer Haartolle Celia, die über eine Tasse mit etwas Dunklem gebeugt saß, das kein Kaffee zu sein schien. Es waren nicht viele Leute im *Cluny*, und niemand saß an dem Tisch, den mein Pareder bevorzugte; Celia hatte sich an einen anderen gesetzt, so als schmerzte sie die Abwesenheit der Tataren und wollte sie das zu verstehen geben. ›Wen sie am meisten vermißt, ist sicher die Schnecke Oswald‹, sagte sich Hélène, die dazu neigte, Celia im Spielzeug- und Rotznasenalter zu sehen. Mit einer Kopfbewegung grüßte sie Curro, und zwei Spiegel verdoppelten Curros massige Hand, die zum Tisch der Tataren wies; die eigentliche Hand mitgerechnet, wiesen diese drei Hände in drei verschiedene Richtungen. Hélène dachte, daß niemand sie in dem Augenblick angemessener hätte leiten können, und sie ging auf Celia zu, die eine Träne genau in die Mitte ihrer Tasse Viandox fallenließ.

»Was für Zeugs du trinkst«, sagte Hélène. »Riecht nach Pferdeschweiß.«

»Das ist jetzt genau das Richtige«, murmelte Celia, der die Haartolle fast das Gesicht verdeckte und die dem kleinen Mädchen ähnelte, das so gern Babybel-Käse mag. »Man kann ein Croissant eintunken, ist Suppe und Hauptgang in einem. Möglich, daß das Pferdebrühe ist, aber sie ist trotzdem gut.«

»Ein Croissant eintunken«, mokierte sich Hélène, setzte sich neben sie auf die Banquette und schlug den *Nouvel Observateur* auf, ohne hineinzusehen. »Bei so einem Geschmack müßtest du längst im Bett sein, du hast ein psychologisches Alter zwischen neun und elf: ein Croissant eintunken, fünf Stück Zucker in alles, was du trinkst, immer das Haar im

Gesicht... Und dann heulst du auch noch in diesen dampfenden Fraß. Und du willst siebzehn sein und an der Sorbonne studieren.«

Celia mußte lachen, sie hob den Kopf; immer noch liefen ihr ein paar Tränen über die Wangen, sie wischte sie mit ihrem Haar weg.

»Ja, Frau Doktor. Schon gut, Frau Doktor. Du mußt wissen, ich bin von zuhause abgehauen. Für immer, diesmal für immer.«

»Soso«, sagte Hélène. »Ich nehme an, für immer heißt bis übermorgen.«

»Für immer, sag ich dir. Mein Zuhause ist die Hölle, ein Käfig voller Skolopender.«

»Ich habe Skolopender noch nie in einem Käfig gesehen.«

»Ich auch nicht, ich weiß nicht mal, was das ist, ein Skolopender, aber Polanco sagt, daß die in Käfigen gehalten werden.«

»Und wie willst du zurechtkommen?«

»Ich habe gerade Kassensturz gemacht. Ich kann zwei Monate leben mit dem, was ich habe, an die fünfhundert Francs. Wenn ich ein paar Bücher verkaufe und den Pelzmantel, ergibt das zusammen, sagen wir tausend Francs...«

»Dann ist es also ernst«, sagte Hélène und faltete ihre Zeitung zusammen. Sie bestellte einen Cognac und trank ihn fast in einem Zug aus. Celia hatte wieder den Kopf über ihre Viandox gebeugt, und Curro, der Hélène einen zweiten Cognac brachte, machte eine fragende Geste, was sie absurderweise rührte. Eine ganze Weile saßen sie so da, ohne einander anzusehen oder miteinander zu reden; Celia schlotzte von Zeit zu Zeit ihr eingeweichtes Croissant, die Wange auf die Hand gestützt und den Ellbogen auf eine Ecke des Tisches. Fast ohne sich dessen bewußt zu sein, strich Hélène ihr leicht über das herabfallende Haar, und erst als sie die Hand wieder zurückzog, überlagerte diese Liebkosung die Erinnerung an die unnütze und dumme Geste (es war keine Liebkosung gewesen, ganz und gar nicht, aber warum dann die gleiche Geste wie jetzt), und wieder sah sie, wie ihre Hand über das Haar des nackten Jungen strich und wie schnell sie sie wieder zurückgezogen hatte, als hätten die anderen, dieses absurde Ballett in Weiß, das vergebens um einen Operationstisch herumtanzte, der schon die Morgue und alles Weitere war, ein Verhalten tadeln können, das nicht wie das ihre rationellen Gründen gehorcht hatte, das nichts zu tun gehabt hatte mit der Herzmassage, dem Coramin oder der künstlichen Beatmung.

Der zweite Cognac trank sich langsamer, war wärmer; Hélène ließ ihn auf ihren Lippen brennen und hinten auf der Zunge glühen. Celia tunkte ein weiteres Croissant in ihre Viandox und seufzte, bevor sie es zusammen mit letzten Tränen fast ganz hinunterschluckte. Sie schien Hélènes Liebkosung nicht bemerkt zu haben, wortlos nahm sie die ihr angebotene Zigarette und ließ sich Feuer geben. In dem nahezu leeren Café, wo Curro, ihnen den Rücken zukehrend, an der Tür stand wie eine alles bewachende Bulldogge, überließen sie sich dem Schweigen, geschützt durch den Rauch, der die Skolopender und die Abschiede verscheuchte. Diesmal waren die Kolonnaden, wo die Fischhändlerinnen für gewöhnlich ihre Stände aufbauten, leer und wie frisch gescheuert, allein die Flucht der Galerien und Arkaden war sich gleich geblieben, und auch das undefinierbare, neutrale, allgegenwärtige Licht der Stadt. Hélène wußte, wenn sie sich nicht beeilte, würde sie zu spät zur Verabredung kommen, aber es war schwer, sich in einem Viertel zurechtzufinden, wo die Straßen plötzlich zu Innenhöfen wurden oder zu engen Passagen zwischen alten Häusern mit dubiosen Lagerhallen ohne Ausgang, wo Haufen leerer Säcke und Berge von Blechbüchsen lagen. Es blieb nichts anderes übrig, als weiterzugehen, weiter das Paket zu tragen, das immer schwerer wurde, und sich vage vorzunehmen, einen der Fußgänger, die auf der Straße herumliefen, nach dem Weg zu fragen, die ihr jedoch nie nahe genug kamen und, sowie sie auf sie zugehen wollte, um sie anzusprechen, um eine Ecke bogen und verschwanden. Sie mußte weitergehen, so lange, bis das Hotel auftauchen würde, ganz plötzlich, wie es immer auftauchte mit seinen von Schilfmatten und Rohrgeflecht geschützten Veranden und den von einer warmen Brise gebauschten Vorhängen. Die Straße schien sich im Flur des Hotels fortzusetzen, unversehens stand man vor Türen, die in Zimmer führten, deren Wände helle Tapeten hatten mit verblaßten rosa und grünen Streifen und deren Decken mit Stuck verziert waren und wo es Kronleuchter und manchmal einen alten Ventilator mit zwei Propellerblättern gab, der sich langsam zwischen den Fliegen drehte; jedes Zimmer aber war das Vorzimmer eines ähnlichen Zimmers, es unterschied sich allein durch seine Form oder die Anordnung alter Mahagonikommoden mit Gipsfigürchen und leeren Blumenvasen, einem Tisch mehr oder einem weniger, doch nie gab es ein Bett oder ein Waschbecken, es waren Zimmer, die nur als Durchgang dienten oder dazu, an ein Fenster zu treten und vom ersten Stock aus die Kolonnaden auszumachen, die sich in der Ferne verloren, und manchmal, von einem höheren Stockwerk aus, den im Norden schimmernden Kanal oder den Platz, wo lautlos die Straßenbahnen fuhren und einander kreuzten wie Ameisen, die in nie endender Emsigkeit kommen und gehen.

»Weißt du, als ich vorhin hierherkam, hatte ich ganz vergessen, daß die Ultras ja nach London gegangen sind«, sagte Celia plötzlich. »Ich wollte Calac um Rat fragen, der kennt alle billigen Hotels. Auch Tell kennt welche, aber die ist mit Juan weg, ich weiß nicht wohin.«

»Nach Wien«, sagte Hélène, während das leere Cognacglas wieder in ihr Blickfeld geriet, Gestalt annahm, sich verfestigte und der Form gehorchte, wie die Blicke das von ihm erwarten durften, die es beschrieben und definierten, wie man das von ihnen auch erwarten durfte und mußte.

»Aha. Und jetzt ist mein Pareder auch in London bei den Ultras. Nur wir beide sind noch hier und Feuille Morte, aber du weißt ja.«

»Feuille Morte, klar.«

»Mein Vater hat von der verdorbenen Jugend gesprochen«, sagte Celia lachend, wobei sie den Rest der Viandox fast auf den Tisch geprustet hätte. »Und Mama hat weiter an ihrem Deckchen gestickt, stell dir vor, sie haben nicht im Traum daran gedacht, daß ich meine Sachen packen und abhauen könnte. Meine Bücher hab ich bei einer Kommilitonin untergebracht, aber ich kann dort nicht bleiben, ihre Eltern sind fast noch schlimmer als meine. Heute nacht gehe ich in ein Hotel hier in der Nähe, und morgen suche ich mir dann ein Zimmer. Ich muß schnell was finden, die Hotels sind zu teuer.«

»Dann ist es also ernst«, sagte Hélène.

»Aber das hab ich dir doch gesagt«, murmelte Celia. »Ich bin kein Baby mehr.«

»Verzeih, Celia.«

»Nein, verzeih du mir, ich bin sowas von.«

Hélène spielte mit dem leeren Glas. Natürlich war Celia kein Baby mehr. Bei einem Baby hätte man gewußt, was zu tun war, ihm sein Fläschchen geben mit einem Beruhigungsmittel drin, es pudern, es kitzeln, ihm übers Haar streichen, bis es einschliefe.

»Du kannst zu mir kommen«, sagte Hélène. »Das Appartement ist zwar klein, aber es gibt ein Doppelbett und Platz für deine Bücher; ich hab einen Klapptisch, den wirst du brauchen können.«

Celia blickte sie zum ersten Mal richtig an, und Hélène sah wieder das Gesicht des Mädchens, das so gern Babybel-Käse ißt, sah die kleinen Tunnel, die in seinen Augen begannen.

»Wirklich? Aber Hélène, ich weiß, daß du...«

»Nichts weißt du, Croissantschlotzerin. Meine unverletzbare Abgeschiedenheit, meine Festung in der Rue de la Clef: dank für soviel Respekt. Laß dir sagen, daß dem so ist, weil es mir gefällt, so wie es mir jetzt gefällt, dir eine Unterkunft anzubieten, bis du dich mit den Skolopendern ausgesöhnt oder eine annehmbare Mansarde gefunden hast.«

»Du hast gesagt, deine Wohnung sei ganz klein, aber ich bin so unordentlich.«

»Nicht bei mir, du wirst sehen, das ist unmöglich. Manchmal möchte ich es zwar auch sein, aber es ist unmöglich. Die Dinge lernen, sich ganz von selbst an ihren Platz zu legen, du wirst sehen, es ist fatal.«

»Immer wird ein Strumpf am Fußende des Bettes herumliegen, weil ich ihn dorthin geworfen habe«, sagte Celia ehrlich.

»Ich kann, ich darf nicht annehmen.«

»Ein Idiotengespräch«, sagte Hélène und schlug wieder die Zeitung auf.

Celia rutschte ein wenig näher und lehnte sich dann an Hélène, wobei ihr das Haar voll übers Gesicht fiel; immer hatte ihr das geholfen, in Ruhe zu weinen, und jetzt mußte sie einfach so sitzen bleiben, zusammengekauert und ganz still, um die neben ihr nicht zu stören, die las und rauchte und dann Curro rief, um zwei Kaffee zu bestellen; genug der tröstenden Streicheleien und der Worte einer mitfühlenden Kinderärztin, sicher würde Celia einwilligen und zu mir kommen, mochte das auch absurd sein, vielleicht auch angenehm oder schlicht gar nichts, jedenfalls würde ich diese Nacht nicht allein sein, sie würde da sein und, ohne es zu wissen, mir helfen, nicht länger dieses plötzlich starre und bleiche Profil zu sehen, diese Krankenbahre mit seinem unnütz lauen Körper. Ein heißer und bitterer Kaffee, ein weiterer unschuldiger Freund, und immer noch dieser modrige Nachgeschmack, sich einmal mehr fragen, weshalb sie mit ihren Fingern über dieses schwarze Haar gestrichen hatte, das in diesem Augenblick irgend jemand kämmen mußte, damit die Familie, die man nach dem nötigen Aufschub, um den Leichnam anständig herzurichten, eiligst herbeigerufen hatte, nicht zu sehr erschrecke angesichts der eingetretenen Veränderungen, dieses schrecklichen eisigen Orkans, und ihren Sohn wiedererkenne, den Jungen, der in den Operationssaal gekommen war mit nach hinten gekämmtem Haar, so wie auch Juan es trug, mehr aber könnte man ihm nicht wiedergeben, nicht das Lächeln, mit dem er sie heute morgen begrüßt hatte, so als wüßte er, daß sie nur gekommen war, um ihn unter dem Vorwand einer höflichen Information betreffend die Anästhesie zu beobachten. Niemand würde ihm jemals dieses Lächeln wiedergeben, das genau das Lächeln von Juan gewesen war, niemand würde es erneut auf diese schwarzen Lippen legen, in diese halb geschlossenen glasigen Augen. Wieder hörte sie seine Stimme, das »bis dann«, so unschuldig und hoffnungsvoll, zwei Worte, in die sich sein Vertrauen in all jene, die um ihn herum waren, geflüchtet hatte, diese Worte, die ihr jetzt aufstießen, ein unendlicher Ekel, ein Aufschub ohne Ende für sie auf dieser Seite, beschäftigt mit Bahnsteigen, Cognacs und Mädchen, die von Zuhause weggelaufen sind. Eine weitere Tür öffnend, es waren schon unzählbare, betrat sie ein Zimmer, das größer war als die anderen, aber mit der gleichen Tapete und den gleichen in die Winkel verbannten alten Möbeln; an der hinteren Wand war die Kabine eines klapprigen Fahrstuhls, der auf sie wartete. Gern hätte sie sich einen Augenblick ausgeruht, das Paket auf einem Tisch abgestellt, doch das ging nicht, denn sie würde zu spät zur Verabredung kommen, und das Hotel war endlos sich selber gleich, unmöglich, sich das Zimmer, wo man sie erwartete, vorzustellen oder wiederzuerkennen, sie hatte nicht einmal eine Ahnung, wer sie erwartete, obgleich alles Erwartung war in diesem Augenblick, eine Erwartung, beklemmend wie das Gewicht des Pakets, das ihr mit seiner gelben Schnur in die Finger schnitt, beklemmend wie der dort stehengebliebene Fahrstuhl, der darauf wartete, daß sie einsteige und den Knopf des Stockwerks drücke, was vielleicht gar nicht nötig wäre, damit er sich in Bewegung setze, hinauf oder hinunter fahre in absoluter Stille, in ein Licht gehüllt, das keinem anderen ähnelte.

»Ich kann es immer noch nicht glauben«, sagte Celia plötzlich. »Als ich dich kommen sah, denn ehrlich gesagt, habe ich dich sehr wohl gesehen, auch wenn mir die Haare ins Gesicht hingen, da habe ich fast Angst bekommen, wirklich. Frau Doktor würde mit mir schimpfen oder so. Und jetzt zu dir kommen, bei dir sein ... Sag mal, tust du das nicht aus Mitleid?«

»Aber ja doch«, sagte Hélène fast überrascht. »Natürlich tue ich's aus Mitleid. Das kleine Mädchen, das so gern Babybel-Käse ißt, kann doch nicht allein schlafen gehen, es wird sich ängstigen, so fern von seiner Mama. Es gibt da Kakerlaken, chinesische Nachtwächter, die finsteren Geheimbünden angehören, und in den Gängen herumstreichende Satyrn, nicht zu vergessen *das eine*, das immer am Schlimmsten ist, das, was sich in einem Schrank oder unter dem Bett versteckt.«

»Quatsch«, sagte Celia, neigte den Kopf und küßte ihr unvermittelt die Hand. Als sie sich wieder gerade hinsetzte, war sie ganz rot im Gesicht. »Du bist immer sowas von. Und was soll das mit dem kleinen Mädchen, das so gern Babybel-Käse ißt? Aber warte, sieh mich mal an. Du bist so traurig, bist trauriger als ich, Hélène. Ich meine, versteh mich recht, du bist nie so fröhlich wie Polanco oder Feuille Morte, du hast im Gesicht immer etwas, das ... Hélène, sind alle Anästhesisten so, oder was?«

»Nicht unbedingt. Weißt du, in diesem Beruf achtet man nicht auf Gesichter. Worauf es ankommt, ist eine sichere Hand, vor allem aber auf die genaue Dosierung, denn manchmal sind es nur Hinreisen.«

Celia verstand nicht, sie wollte fragen, hielt sich aber zurück, sie ahnte, daß Hélène ihr nicht antworten würde. Und da war diese Ruhe, dieses Wunder, sich wie gerettet fühlen, mit Hélène war es die Rückkehr in die Zone, zum Vertrauen, die so spöttische und reservierte Ärztin, die ihr im richtigen Augenblick einen Finger gereicht hatte, damit sie ihn erklettere wie Oswald die Teelöffel, zur Entrüstung von Madame Cinamomo. Und wenn Hélène traurig war ...

»Curro hat mir erzählt, Madame Cinamomo hat sich hier seit

einer Woche nicht mehr blicken lassen«, sagte Celia hastig. »Ich frage mich, ob sie sich nicht von der Reisesucht hat anstecken lassen und jetzt sonstwo ist mit ihrer Nichte und diesem Hut, der wie ein Fernseher aussieht. Hab ich's dir schon gesagt, ich habe heute morgen Post von Nicole bekommen. Die spielen alle verrückt in London, Marrast scheint ich weiß nicht was für ein Bild entdeckt zu haben.«

»Verrücktheit ist transportabel«, sagte Hélène.

»Calac und Polanco haben einen Lautenspieler kennengelernt, der Balladen aus dem Mittelalter spielt, nur von Oswald schreibt Nicole nichts.«

»Was, die haben Oswald mitgenommen, wo das Tierchen so sensibel ist?«

»Mein Pareder hat ihn mitgenommen, ich war dabei, wie er den Käfig in ein Salatblatt gewickelt und in seine Manteltasche gesteckt hat. Das mit der Hinreise hab ich nicht ganz verstanden«, fügte Celia rasch hinzu.

Hélène sah ihr in die Augen, sah die konzentrischen Tunnel, die kleinen schwarzen Punkte, die schwindelerregend in die Welt des kleinen Mädchens führten, das so gern Babybel-Käse ißt.

»Manchmal, weißt du, sterben sie uns«, sagte sie. »Vor zwei Stunden ist uns ein vierundzwanzigjähriger Junge gestorben.«

»Oh, verzeih. Verzeih, Hélène. Und ich rede von. Bin sowas von.«

»So ist das in diesem Beruf, mein Kind, da gibt's nichts zu verzeihen. Ich hätte direkt nach Hause gehen sollen, mich duschen und Whisky trinken, bis ich vergessen hätte, aber wie du siehst, bin auch ich gekommen, um mein Croissant einzutunken, und das ist gut so, wir werden uns gegenseitig Gesellschaft leisten, bis wir uns besser fühlen.«

»Ich weiß nicht, Hélène, vielleicht sollte ich doch nicht«, sagte Celia. »Du bist so gut zu mir, und dabei bist du so traurig.«

»Gehen wir, du wirst sehen, es wird uns beiden guttun.«

»Hélène ...«

»Gehen wir«, sagte Hélène noch einmal, und Celia sah sie eine Sekunde lang an, bevor sie den Kopf neigte und auf der Banquette nach ihrer Handtasche suchte.

Polanco nimmt Austin jeden Morgen die Beichte ab, seit er entdeckt hat, wie amüsant Austin sein kann, wenn er ihm, dem reifen Freund, eine Art argentinischer Pater mit silbergrauen Schläfen und gutgeschnittenen Anzügen, was Vertrauen einflößt, seine anonyme Neurose abhaspelt. Die Französischstunde mit Marrast ist immer um zwölf, vorausgesetzt, daß Marrast pünktlich ist, denn oft kommt ihm etwas dazwischen, und dann wartet Austin geduldig an der Straßenecke oder spielt Laute; Polanco taucht deshalb eine Stunde vorher dort auf und wird so Austins Vertrauter, sie gehen ein Bier beziehungsweise einen Tomatensaft trinken, und nach und nach offenbart Austin Polanco einige seiner Probleme, die fast immer ein und dasselbe Problem sind, doch mit unzähligen Varianten, wie zum Beispiel die Hochfrisuren. Austin möchte gern, daß das Mädchen gefügig und schmiegsam ist, daß es sich in seinen Armen zusammenkuschelt und eine Weile so bleibt, während sie miteinander reden oder rauchen und sich mal hier, mal da betatschen, aber nichts zu machen, alle haben sie jetzt eine Frisur à la Nofretete, einen monumentalen Aufbau, den sie sich beim Friseur mit Unmengen Lack und Haarpolstern machen lassen. Tu comprends, ça me coûte très cher mon chéri, hat zum Beispiel Georgette ihm gesagt, alors tu vas être sage et tu vas voir comme c'est chouette. Austin versucht noch, Georgette das Gesicht zu streicheln, doch sie hat Angst, daß der Turm von Babel einstürzt, ah! ça non je te l'ai déjà dit, il ne faut surtout pas me décoiffer, j'en ai pour mille balles, tu comprends, il faut que ça tienne jusqu'à après-demain. Austin wie ein begossener Pudel, seine

erste Parisreise vor zwei Jahren, Beichtvater Polanco hat die-
bische Spaß. Aber wie machen wir's dann? fragt Austin, der
von Georgettes Rede nicht viel versteht. Là, tu vas voir, erklärt Georgette, und Austin findet, daß sie mehr und mehr
einer Kinderärztin ähnelt mit ihrer sanften Art, ihm ihren
Willen aufzuzwingen. Maintenant, tu vas te coucher comme
ça sur le dos, là c'est bien. Folgt eine Behandlung, die diese
Mädchen für unerläßlich halten, obgleich Austin, zugunsten
größerer manueller Freiheit, liebend gerne darauf verzichten
würde, aber Georgette hat ihn auf den Rücken gezwungen,
und die rote Katastrophe ihrer Haartracht nähert sich wie
eine dräuende Wolke, schwankt zwischen der Zimmerdecke
und ihren Nasen hin und her. Surtout, ne dérange pas ma
coiffure, mon chou, je te l'ai déjà dit. Tu as aimé comme ça?
Qui? Il est bien maintenant le chéri? Austin sagt ja, denn er ist
schüchtern, aber die Sache behagt ihm gar nicht, und Georgette weiß das und es ist ihr piepegal. Tu vas voir, on va le
faire d'une façon qui va drôlement te plaire, mais alors drôlement. Ne touche pas mes cheveux, mais si, tu vas me décoiffer. Bon, maintenant écoute, on va le faire à la Duc d'Aumale,
bouge pas, surtout ne bouge pas, denn Austin versucht noch,
Georgette zu umklammern und sie an sich zu ziehen, aber in
ihren Augen sieht er, daß er nur seine Zeit verschwendet,
denn Georgette wird in dieser Welt und in diesem Bett egal
was machen, vorausgesetzt, daß ihr Kopf nicht mit dem
Kopfkissen in Berührung kommt. Austin, der schüchtern ist
(»das hast du mir schon gesagt«, brummt Polanco), begreift,
daß die Skala der Phantasien, welche er sich mit Georgette
versprach, als er sie in der Rue Ségal wegen ein Paar Waden
erwählt hatte, die ihm Vorstellungen von intimerem Verkehr
vermittelten, sich beträchtlich zu reduzieren beginnt, und außerdem mag er nicht länger seine Zeit verplempern, denn die
Behandlung der Kinderärztin hat ihn gleichermaßen in eine
gute und eine schlechte Lage gebracht, in eine gute wegen was
auch immer, und in eine schlechte, weil nicht mehr viel Zeit

bleibt, Überlegungen anzustellen. »Erzähl weiter«, sagt Polanco, der so viele Erklärungen nicht braucht, und schon gar nicht Georgette, die sehr verständig ist und sofort die wissenschaftlichen Grundlagen für die Fortführung der Sitzung schafft, tu vas voir, c'est très bien, maintenant je vais m'assesoir doucement sur toi, comme ça tu pourras voir mes fesses. Und als Austin, von soviel Disziplin überwältigt, sich nicht mehr bewegt, steigt Georgette auf ihn, dreht ihm den Rücken zu und beginnt, ohne ihm Zeit zu lassen, ihre reizenden kleinen Hinterbacken zu bewundern, sich sehr vorsichtig zu pfählen, bis sie praktisch in Sitzposition kommt, nicht ohne ein zweifelhaftes Stöhnen und einen Hinweis auf die Ovarien, was Austin fast annehmbar findet in dieser wissenschaftlichen Atmosphäre, die der Duc d'Aumale zu schaffen verstanden hat.

»Was bist du doch für ein Idiot«, sagt Polanco, dem es langsam reicht. »Warum hast du ihr nicht eine geklebt und sie aufs Kreuz gelegt, wie du das wolltest und nicht dieser Herzog?«

»Es war schwierig«, murmelt Austin. »Sie wollte nicht, daß ich ihr die Frisur ruiniere.«

»Und du hast das gemocht, à la Duc d'Aumale?«

»Nicht besonders, wo sie's im Sitzen machte und mir den Rücken zukehrte.«

»Entsetzlich, es sei denn als Zugabe«, seufzt Polanco. »Ich hätte ihr alle zehn Finger in die Haare gekrallt, und dann ein Galopp mit verkürztem Zügel, das kann ich dir sagen.«

»Es war nur ein müder Trott«, sagt Austin.

An diesem Montag hatte Mr. Whitlow Marrast davon benachrichtigt, daß der Wachsstein auf dem Güterbahnhof von Brompton Road eintreffen werde und daß er, Marrast, sich dort unbedingt persönlich einfinden müsse, um einige Papiere zu unterschreiben, damit der Stein seine Reise nach Frankreich fortsetzen könne.

»Calac, mein Bester, du und dein Landsmann, könntet ihr

nicht im Courtauld Wache schieben?« bat Marrast. »Ich muß diese verdammten Papiere unterschreiben, und gerade heute wird es eine wichtige Versammlung der Neurotiker geben, ich spür's im Gebein, wie man hier in London sagt.«

»Ich muß über erhebliche Probleme meditieren«, wandte Calac ein, »abgesehen davon interessieren mich deine Neurotiker einen Furz, wie wir da unten in Buenos Aires sagen.«

»Zum Meditieren gibt's nichts Besseres als das Sofa im Saal II. Ich hab da fast den ganzen Ruskin gelesen.«

»Und wozu sollen wir dort Wache schieben?«

»Moment mal«, mischte Polanco sich ein. »Mich hat der hier um nichts gebeten.«

»Auch dich bitte ich darum, mein lieber Gaucho. Wozu die Wache? Um mir die Neuigkeiten zu berichten, denn immer dann, wenn man nicht vor Ort sein kann, sind die von höchster Wichtigkeit. Harold Haroldson ist mit seinem Latein am Ende, man muß sich auf alles mögliche gefaßt machen.«

Sie bestellten drei Bier und für Austin einen Tomatensaft.

»Ist dir all das wirklich so wichtig?« fragte Calac.

»Nein«, gab Marrast unumwunden zu. »Nicht mehr. Aber wenn man Adler hat aufsteigen lassen, will man verdammt nochmal auch sehen, wo sie sich niederlassen. Es ist gleichsam die Verantwortung des Demiurgen, wenn du so willst.«

»Soll es eine Art Experiment sein, oder was?«

»Experiment, Experiment«, murrte Marrast. »Ihr wollt immer gleich Gewißheit. Hör mal, es ist nicht das erste Mal, daß ich einen Adler freilasse, um bei dem Bild zu bleiben, zum einen, um aus der Gewohnheit auszubrechen, und zum anderen, weil mir der Gedanke, etwas zu entfesseln, egal was, dunkel notwendig erscheint.«

»Großartig«, sagte Calac. »Kaum fängst du an, etwas zu erklären, verfällst du in ein Vokabular, das nicht einmal Gurdjew. Dunkel notwendig, ich bitt dich. Wie dieser andere da mit seinen mechanischen Experimenten im Hotel, immer mit einem Schraubenschlüssel oder so was zugange.«

»Tatsache ist, daß Sie bloß ein mickriger Kondomikus sind«, sagte Polanco. »Hör nicht auf ihn, che, ich dagegen versteh dich sehr gut, du bist einer von meinem Schlage.«

»Danke, mein Lieber«, sagte Marrast ein wenig verwundert über diese bedingungslose Zustimmung zu etwas, das er selbst kaum verstand.

»Du«, fuhr Polanco mit pompöser Gebärde fort, die Austin blendete, »du montierst imponderable Motoren, bringst nahtlose Wasser in Wallung. Du bist ein Erfinder neuer Wolken, Bruder, eigenhändig pfropfst du den Schaum auf den schnöden Zement, füllst das Universum mit transparenten und metaphysischen Dingen an.«

»Um ehrlich zu sein ...«

»Und dann erblüht dir die grüne Rose«, sagte Polanco begeistert, »oder im Gegenteil, es blüht dir gar keine Rose, sondern alles zerbirst, doch dafür ist da ein Duft, und niemand versteht, wie es da diesen Duft ohne die Blume geben kann. Und ich auch nicht, der ich ein verkannter, aber unerschrockener Erfinder bin.«

»An *einem* Plotzbrocken haben wir schon genug«, brummte Calac. »Und da schließen mir diese beiden einen Pakt und machen mich fertig.«

Es folgte ein vorhersehbarer Schlagabtausch im Stil von Immerhin sind die Plotzbrocken nützlich und vor allem ihren Freunden gegenüber loyal / Besser ein einsamer Kondomikus, als ein von einem azephalen Bildhauer verdummter Plotzbrocken / Wenn ihr euch meinetwegen streitet, kann ich immer noch Austin bitten, ins Museum zu gehen / Niemand hat gesagt, daß wir nicht hingehen, ich jedenfalls werde es aus Freundschaft tun und nicht, um mich mit deinen Adlern herumzuschlagen / Ist mir schnurz, vorausgesetzt, du erzählst mir, was heute nachmittag passiert / Wahrscheinlich gar nichts / Wenn gar nichts passiert, ist es eben das, was passiert / Jetzt wird mir dieser Blödmann auch noch metaphysisch / Hör mal, es ist gar nicht so schwer, sich präzise auszudrücken /

Wenn's unter den Neurotikern wenigstens eine heiße Braut gäbe / Wenn du nicht mal fähig bist, in ganz London eine Frau aufzutreiben, versteh ich nicht, warum du gerade in einem Museum so hohe Ansprüche stellst / Da hast du's, er fleht uns an, dort hinzugehen, und dann verhöhnt er uns noch / Vielleicht dich, nicht mich, denn ich brauche keine Neurotikerin, ich habe mein Naschwerk / Daß ich nicht lache / Und noch acht Minuten lang so weiter.

Wäre mein Pareder oder Polanco bei mir gewesen, wäre es einfach gewesen, das Zimmer der jungen Engländerin ausfindig zu machen, aber Tell, stets bereit, Frau Marta in den Straßen oder Parks zu beschatten, war im Hotel von erstaunlicher Schüchternheit, sie schlug ihr Hauptquartier im Zimmer von Ladislao Boleslavski auf, und von dort überwachte sie durch das Guckloch der Flügeltür aufmerksam den Gang, konnte sich aber nicht entschließen, unter irgendeinem Vorwand in die oberen Stockwerke hinaufzugehen, um sich dort umzusehen. Zwecklos, ihr zu verstehen zu geben, daß sie den ganzen Tag zu ihrer Verfügung habe, daß sie die toten Stunden nutzen könne, und in Wien waren das fast alle Stunden des Tages; wenn ich von meiner Arbeit zurückkam, fand ich sie, eine getreue Wächterin, stets auf ihrem Posten, aber unsere Etage hatte sie nie verlassen, und mir schien es zu gewagt, es um diese Zeit oder am Morgen zu tun, das Risiko war einfach zu groß. Anfangs hatten wir daran gedacht, das Schlüsselbrett in der engen und muffigen Rezeption zu inspizieren, mußten aber feststellen, daß es voller Schlüssel hing, die seit historischen Zeiten nicht benutzt worden waren, und alle Schlüssel hatten Etiketten in gotischer Schrift, an der jeder englische Name hoffnungslos scheiterte. Wir hatten auch erwogen, vermöge eines Trinkgeldes einen der Hoteldiener auszuforschen, aber sie flößten uns kein Vertrauen ein mit ihrer lakaienhaften Zombiemiene. Schon drei Nächte lang überwachten wir nun den Gang, und auch wenn ich von Müdigkeit oder vom Slibowitz überwältigt wurde, harrte Tell bis ein Uhr nachts an der Flügeltür, ihrer Terrasse von Elsinor, aus. Nach eins durften wir annehmen, daß Frau Marta wie alle Welt schlief und nicht daran dachte, dubiose Ausflüge zu machen; dann ging Tell ins Bett, schmiegte sich gähnend an mich und murrte wie eine enttäuschte Katze, und ich tauchte für einen Augenblick aus einem Traum auf, und wir umarmten uns, als wäre eine Ewigkeit vergangen, manchmal auch suchten wir noch schlaftrunkene Lust im grünlichen Schein der kleinen Lampe, die aus Tell einen sich schlängelnden, köstlichen Aquariumsfisch machte. Wir hatten immer noch nicht viel herausbekommen, wußten gerade nur, daß Frau Marta auf unserer Etage wohnte, am Ende des Gangs, und daß die junge Engländerin ihr Zimmer in einem der oberen Stockwerke hatte; jeden Abend, zu Beginn unserer Observierung, konnten wir mit aller Exaktheit feststellen, daß die Engländerin zwischen halb neun und neun auf ihr Zimmer ging, eine ungewöhnliche Zeit, um zu Bett zu gehen, aber Touristen sind immer sehr müde zu dieser Stunde, wir hörten sie mit schleppendem Schritt vorbeigehen, die arme Kleine mit ihrem Nagel Reiseführer. Sobald wir sie in Sicherheit wußten (in der dritten oder in der vierten Etage?), konnten wir, von jeder Aufgabe bis elf Uhr befreit, weggehen, um zu Abend zu essen; um diese Zeit war das Hotel zu belebt, als daß Frau Marta ihr Zimmer mit einer anderen Absicht verlassen konnte, als sich in der historischen Toilette auf dem Gang einzuschließen.

In der vierten Nacht, nach dem Abendessen im serbischen Restaurant in der Schönlaterngasse, wo der Weg allen Fleisches ein Schaschlik mit Zwiebelringen und Paprika war, kam es mir so vor, als ob sich in dem Halbdunkel hinten im Gang jemand bewegte. Ohne länger hinzusehen, öffnete ich unsere Flügeltür, und erst als wir in unserem Zimmer waren, sprach ich Tell davon. Frau Marta, natürlich; niemand sonst wäre imstande gewesen, das Dunkel derart in Wallung zu bringen. Fünf Minuten vor Mitternacht (ich hatte das Privileg, persönlich durch den Spion zu gucken, während Tell, einer sträflichen Schwäche nachgebend, sich wieder in einen Roman von John Le Carré vertiefte, der seinen Nachnamen meiner Meinung nach verdiente) sah ich im trüben Schein der historischen Flurlampen über dem Treppenabsatz, einem aschgrauen Maulwurf gleich, Frau Marta vorbeikommen, die in der rechten Hand etwas hielt, das ich nicht genau erkennen konnte, wahrscheinlich einen Hauptschlüssel, ein Andenken an ihre einstigen Vorrechte, die sie beim Hoteldirektor genoß, der sie auf Lebenszeit in diesem Hotel untergebracht hatte, vielleicht als Dank für österreichisch-ungarische Liebesnächte, die keine Phantasie aufgrund dessen, was von ihr geblieben war, hätte wiederaufleben lassen können. Als sie auf der Treppe nach oben verschwand, wartete ich noch zwanzig Sekunden, machte Tell dann das verabredete Zeichen, damit sie die Tür für den Fall eines notwendigen Rückzuges angelehnt lasse, und nach einem letzten Schluck Slibowitz wagte ich mich auf den Gang hinaus. Es war wenig wahrscheinlich, daß ein Gast zu der Zeit im Hotel umherwanderte, der Nachtportier würde sicher in der Rezeption schnarchen, und ich hatte festgestellt, daß man im Treppenhaus das Klingeln der Nachtschwärmer deutlich hören konnte, so daß mir gegebenenfalls genug Zeit blieb, mich in unser historisches Zimmer zurückzuziehen. Ich brauchte nicht John Le Carré, um mir Mokassins mit Kreppsohlen anzuziehen; ich ging dicht am Geländer hinauf, wo das Treppenlicht kaum hinreichte.

Im Ladislao-Boleslavski-Zimmer wartete Tell an der Flügeltür, horchte mit wachsender Aufmerksamkeit in die tiefe Stille des Hotels, hörte das pedantische Ticken des kleinen Weckers auf dem Nachttisch. Es war also kein Scherz, kein bloßer Zeitvertreib; Juan war als Kundschafter weggegangen, er hatte die Grenze dieses Zimmers verlassen, wo sie sich so oft über Frau Marta mokiert hatten, und ich war allein zurückgeblieben mit dem klaren Auftrag, ihm im Falle einer Gefahr den Rückzug zu sichern. Es ermüdete mich, durch das Guckloch zu spähen, da ich mich dabei etwas bücken mußte, und deshalb entschloß ich mich, die beiden Türflügel einen Spaltbreit zu öffnen, darauf vorbereitet, sie sofort wieder zu schließen, sollte zufällig ein Hotelgast auf dem Flur auftauchen; abwechselnd überwachte ich die Treppe und das Zimmer in meinem Rücken, ich spürte immer deutlicher, daß sich da an der Türschwelle ein Bruch vollzog, daß etwas, das in unserer Vorstellung existierte, dort endete und etwas anderem Zutritt gestattete, das nicht wahr sein konnte, doch das geschah; so hatten wir schließlich recht gehabt, Frau Marta verließ des Nachts ihr Zimmer, um in die obere Etage hinaufzugehen, und in der oberen Etage logierte die junge Engländerin, und zwei mal zwei ist vier, et cetera. Ich hatte keine Angst, aber mich durchrieselte ein Schauder, und ich hatte einen pappigen Geschmack im Mund; allein im Zimmer von Ladislao Boleslavski, allein mit der Puppe von Monsieur Ochs, die dort auf der Kommode saß. Nichts würde geschehen, Juan würde enttäuscht zurückkommen, wir würden zu Bett gehen, und das wäre dann der Epilog eines schlechten Schauermärchens, wir hätten nicht mal Lust, uns darüber lustig zu machen; Juan würde vorschlagen, wieder in das *Capricorno* zu ziehen, da er in Wien noch fünf Tage zu tun hatte. Von meinem Beobachtungsposten aus, denn in diesen Tagen befleißigten wir uns eines solchen Sprachgebrauchs, sah ich im grünen Schein der Lampe die Puppe und auch den Bogen Papier, auf dem ich Nicole zu schreiben begonnen hatte, ohne zu wissen, was ihr sagen, und ich hatte mich schon gefragt, ob es nicht besser wäre, nach London zu fahren, um die Geschichte, von der Marrast mir gerade geschrieben hatte, besser zu verstehen. In dem Augenblick hustete Frau Marta, ein unterdrückter, fast falscher Husten, wie das Hüsteln von jemand, der sich nach reiflicher Überlegung entschließt, etwas zu tun, seine Stellung zu wechseln oder zu verkünden, daß er heute abend ins Kino gehen oder sich früh schlafen legen werde. Vorsichtshalber ging Juan behend wieder fünf Stufen hinunter und rechnete sich aus, wieviel Zeit er brauchen würde, um ins Ladislao-Boleslavski-Zimmer zurückzukehren, sollte das Hüsteln die Umkehr, folglich den Verzicht Frau Martas ankündigen. Im selben Moment aber spürte ich, daß sie weiterging, es herrschte totale Stille, und trotzdem wußte ich, daß sie weiterging, daß sie auf nichts verzichtet hatte, und obgleich ihre Schritte nicht zu hören waren, schien die Stille mir die Bewegungen auf andere Weise mitzuteilen, durch eine Veränderung der Spannkraft oder des Volumens. Als ich den Treppenabsatz der dritten Etage erreichte, stand die Alte vor der vierten Tür links, stand da in der klassischen Haltung eines Menschen, der sich anschickt, mit einem Schlüssel oder Dietrich zu Werke zu gehen. Dann stimmte es also, dann war das leiseste Knarren der Tür das Ende und zugleich der Anfang von etwas, auf das ich letztlich gar nicht vorbereitet war, es sei denn, ich griffe zu irgendeinem der traurigen konventionellen Mittel, zum Beispiel mich auf Frau Marta stürzen, was nicht schön wäre, da es sich um eine alte Frau handelte, oder den Nachtportier wecken im Namen der Hausordnung des Hotels und der guten Sitten, aber der Nachtportier würde nicht begreifen, er würde den Hoteldirektor rufen, und das Weitere war vorherzusehen und erbärmlich, oder noch einen Augenblick warten und mich der Tür nähern, wenn der Maulwurf (doch jetzt ähnelte sie eher einer riesigen Ratte) verstohlen in das Zimmer ging, oh ja, ma'am, wahrscheinlich war das das einzige, was ich tun konnte, auch wenn sich mir der Magen zusammenzog und der Slibowitz mir mit jedem einzelnen seiner vom Hersteller garantierten fünfundvierzig Prozent die Kehle hochstieg.

Alle Reiseutensilien meines Pareders paßten in seine Aktentasche, die unter anderem den Vorteil hatte, daß sie ohne viel

Umstände in die Hand des Freundes überwechseln konnte, der ihn am Bahnhof abholte, diesmal Calac am Mittag in der Victoria Station. Daran gewöhnt, sich fast jeden Abend zu sehen, ohne recht zu wissen, warum eigentlich, gestaltete sich ihre Londoner Konversation im Stil von hier nimm, was sagst du? gib mir eine Zigarette, hier geht's lang, was für ein Nebel, they call it smog, Grüße von Feuille Morte, wie geht's dieser Katatonikerin? so lala, Hauptsache, sie ist gesund, gib mir etwas english money, du kannst im Hotel wechseln, ich hoffe, es gibt genug Warmwasser, mehr als genug, aber dafür ist das Frühstück nicht gerade berühmt, warum ziehst du nicht um, ach, wenn man erst mal seinen Koffer ausgeleert hat, dann ist's besser, alles zu lassen wie es ist und sich nicht aufzuregen, hast recht, und du, warum bist du hergekommen? weiß ich eigentlich selber nicht, wieso weißt du das nicht? Marrast hat mir geschrieben, daß er auf der Suche nach einem Wachsstein ist, und da hab ich gedacht, ich sehe da keinen Zusammenhang, ich auch nicht, deshalb bin ich gekommen, außerdem habe ich fünf Tage frei, eine prima Stelle, die du hast, es wird nämlich gestreikt, ah, dann ist es was anderes, und da man mich bestimmt feuern wird, weil ich der einzige bin, der streikt, ist es besser, bei den Freunden zu sein, ja, sicher, das war richtig von dir, außerdem habe ich den Eindruck, daß es Marrast nicht sehr gut geht, nun ja, und vor allem Nicole nicht, nun ja, deshalb bin ich gekommen, auf daß das Haus voll werde, um wieviel Uhr eßt ihr, Polanco und die anderen, zu Mittag? in London esse ich nicht zu Mittag, wieso ißt du in London nicht zu Mittag? no señor, in London ißt man nicht zu Mittag, aber du hast doch gesagt, daß das Frühstück nicht gerade berühmt ist, vielleicht nicht berühmt, aber es gibt reichlich, Qualität zuerst, naturgemäß ist Monsieur voller französischer Vorurteile, wenn ich dich recht verstehe, schlucken die Argentinier alles, was man ihnen vorsetzt, es muß nur reichlich davon geben, ganz so ist es auch wieder nicht, diese U-Bahn riecht nach Pfefferminz, das kommt vom

Tee, den die Engländerinnen trinken, et cetera bis Tottenham Court Road und zu dem Hotel dreihundert Meter weiter. Unterwegs erfuhr mein Pareder, daß Calac und Polanco sich nach Rioplatenser Art ein Zimmer von der Größe eines Seufzers teilten, aber daß die Wirtin, eine Irin und deshalb nichteuklidisch, mühelos verstehen würde, daß wo Platz für zwei ist, auch Platz für drei ist; zudem erfuhr er, daß sie kürzlich einen Lautenspieler kennengelernt hatten, daß Marrast und Nicole in einem Hotel ganz in der Nähe wohnten und daß Polanco Austin schon die Baguala beigebracht hatte, die er in einem verbotenen Purcell-Stil spielte, und andere Neuigkeiten mehr.

Als sie das Zimmer Nummer 14 betraten, war Polanco gerade völlig absorbiert von seinen wissenschaftlichen Experimenten, das heißt, er hatte seinen elektrischen Rasierapparat in einen Topf mit Porridge getaucht und studierte das Verhalten dieser heterogenen Entitäten. Man hörte es blubbern, und ab und zu spritzte ein Quantum Porridge in die Luft, doch gelang es ihm nicht, an der Decke klebenzubleiben, und es fiel mit einem kläglichen Klatsch auf den Fußboden. Es war ein züchtiges und nachhaltiges Schauspiel.

»Salut!« sagte mein Pareder, während Calac unter dem fadenscheinigen Vorwand von Handtüchern und Kleiderbügeln eiligst Mistress O'Leary wegschickte.

»Salut!« sagte Polanco. »Du kommst gerade recht, che, die Arbeit im Team korrigiert die Fehler der Parallaxe und solche Dinge.«

Er hatte den Rasierapparat bis zum Kabel eingetaucht, und aus der Tiefe des Porridge ließ sich ein primordiales Grollen vernehmen, in etwa wie das, das man im Pleistozän oder in den Riesenfarnwäldern hatte hören müssen. Das Dumme dabei war, daß über das Rumoren hinaus nichts passierte, obwohl mein Pareder, kaum daß er sich seiner Jacke entledigt und die Aktentasche auf das Bett geworfen hatte, Mitglied des Beobachtungsteams geworden war und im Zimmer eine wissenschaftliche Atmosphäre herrschte, von der große Dinge zu erwarten waren.

»Darf man erfahren, wozu das alles?« fragte mein Pareder nach einer guten Viertelstunde.

»Zermartere dir nicht den Bregen«, riet ihm Calac. »Das geht schon eine Woche so, besser, du läßt ihn gewähren.«

Als wäre in eben dem Augenblick ein entscheidendes Stadium erreicht, rührte Polanco heftig mit dem Rasierapparat, worauf der Porridge anschwoll und alle Symptome eines bevorstehenden Vulkanausbruchs auf der nicaraguanischen Hochebene zeigte, sogar einen Rauchpilz, doch der unerwartete Luftsprung einer kleinen Schraube bedeutete das jähe Ende des Experiments.

»Und da verkaufen sie einem den Apparat mit drei Jahren Garantie«, empörte sich Polanco. »Es wird mich eine Viertelstunde kosten, den Papp abzukriegen und die Schraube wieder anzubringen, ist schon das fünfte Mal, daß mir das passiert, was für ein Scheiß.«

»Soll er sich damit rumplagen«, riet Calac, »derweil wollen wir beide rekapitulieren, was inzwischen alles geschehen ist.«

Finster dreinblickend hatte sich Polanco darangemacht, den Rasierapparat zu bürsten. Da läutete zur großen Bewunderung meines Pareders das telephone in every room, und Calac nahm mit wichtiger Miene ab; es war der Lautenspieler, der fragte, ob man sagen könne »Je très fort vous aime« oder ob es andere Formeln gebe, die wirksamer, aber ebenso korrekt sind.

»Mach ihm klar, daß du nicht sein Lehrer bist und schon gar nicht per Telefon«, sagte Polanco mürrisch. »Wenn er anfängt, sich solche Freiheiten herauszunehmen, wird er uns das Leben vergällen, ich bin gerade beim Experimentieren, wie du siehst.«

»Oui, oui«, sagte Calac. »Non, c'est pas comme ça, Austin my boy, bien sûr qu'elle vous tomberait dans les bras raide morte, c'est le cas de le dire. Comment? Listen, old man, il faudrait demander ça à votre professeur, le très noble Monsieur Marrast. Moi, je suis bon pour un petit remplacement de temps en temps, mais le français, vous savez … D'accord, il n'est pas là pour l'instant, mais enfin, passez-lui un coup de fil plus tard, bon sang. Oui, oui, la baguala, c'est ça, tout ce que vous voudrez. Oui, parfait, *soy libre / soy fuerte / y puedo querer,* mettez du sentiment sur *querer.* Allez, bye-bye et bonne continuation.«

»Das ist schon sein dritter Anruf heute morgen«, sagte Calac und machte zwei Flaschen Bier auf. »Es ist mir enorm peinlich, mein Lieber, daß ich dir keinen Wein anbieten kann.«

»Marrast hat mir was von einem Wachsstein und einem Pflanzenstengel geschrieben«, sagte mein Pareder.

Während sie ihr Bier tranken, begann Calac es ihm zu erklären, und eine Zeitlang wurde von vielen Dingen gesprochen, die mit einem normalen Gespräch dem Anschein nach wenig zu tun hatten; die Tataren kultivierten diese Art, einander Neuigkeiten und Eindrücke mitzuteilen, als diskutierten sie auf dem Markt der Rue de Buci den Preis der Heringe, obgleich es jetzt um Nicole und Marrast ging, aber vor allem um Nicole, alles in einem verächtlichen Ton des Mißfallens, denn es galt zwischen ihnen stillschweigend als ausgemacht, daß diese Probleme kein kollektives Thema und noch weniger ein dialektisches Thema waren, davon abgesehen, daß es gar keine Probleme zu sein schienen. Ich fuhr fort, den Rasierapparat zu bürsten, der total verstopft war, und wärmte dann den Porridge wieder auf, um die Möglichkeit einer tangentialen Wirkung der Motorimpulse zu erproben. Die Idee war, ein kontinuierliches und zielgerichtetes Aufspritzen des Porridge zu erreichen, so daß er zum Beispiel die Strecke zwischen dem Topf und dem Appleton-Dictionary (das Calac gehörte) zurücklegte, über das man, versteht sich, eine alte Zeitung gelegt hatte, um die Treffer aufzufangen. Mein Pareder und Calac diskutierten das Problem Nicole, als verstünden sie etwas davon und als wäre da etwas zu machen; ich meinerseits dachte nach über den Rasenmähermotor, den man mir in der Gartenbauschule von Boniface Perteuil geschenkt hatte und der grosso modo die gleichen Eigenschaften besaß wie der Rasierapparat, insofern als auch er eine Reihe tangentialer Walzen in Bewegung setzte. Meiner Ansicht nach wäre der Motor bestens geeignet, ein Kanu auf dem Teich der Gartenbauschule anzutreiben, und da mir meine Arbeit bei Boniface Perteuil viele freie Stunden bescherte, nicht weil sie wirklich frei waren, sondern weil ich mich in den Pflanzungen versteckte, um zu tun, wozu ich gerade Lust hatte, ganz davon abgesehen, daß sich die Tochter von Boniface Perteuil zu mir hingezogen fühlte, hielt ich es nicht für unmöglich, den Rasenmähermotor in das alte, von niemandem mehr benutzte Kanu einzubauen, das man mit Calacs Hilfe nur zu kalfatern brauchte, um dann kreuz und quer auf dem Teich herumzuschippern und sogar Karpfen oder Forellen zu fangen, sollte es welche geben. Und während mein Pareder Calac das Neueste aus Paris erzählte und der ihm von Harold Haroldson berichtete und von Marrasts Erwartungen auf dem Gebiet der indirekten Aktion, war ich darauf bedacht, daß der Porridge eine Temperatur erreichte, die der des Wassers des Teichs im Juni möglichst nahekommen sollte, wobei die unterschiedliche Konsistenz besagter Substanzen zu berücksichtigen war, denn die einzige Möglichkeit, mich zu vergewissern, ob der Rasenmäher als Wasserturbine dienen konnte, war die, den Rasierapparat einer Substanz auszusetzen, die möglichst dicht war, jedenfalls viel dichter als Wasser, so daß man, wenn der Porridge in Richtung des Appleton-Dictionary spritzte, was allerdings noch nicht passiert war, größtmögliche Gewißheit erlangen würde hinsichtlich der effektiven Wirkung des Rasenmähers im Wasser des Teichs. Das Wiederaufwärmen des Porridge diente darüber hinaus dem Zweck, diesem unverdaulichen Nahrungsmittel eine Plastizität zu geben, die es den Walzen ermöglichen würde, ohne den für den Leistungsnachweis des

Systems so notwendigen Widerstand aufzuheben, den Brei mit einer Kraft anzutreiben, die in direktem Verhältnis stünde zur Schnelligkeit des Kanus Mitte Juni auf dem Teich.

»Und wenn wir Marrast besuchen gingen«, sagte mein Pareder zum zwanzigsten Mal.

»Einen Moment noch«, bat Polanco, »ich glaube, die optimalen Bedingungen sind jetzt gegeben.«

»Marrast wird gerade damit beschäftigt sein, seinen Wachsstein nach Frankreich zu verfrachten«, meinte Calac, »aber wir können uns jederzeit mit Nicole treffen, letzten Endes bist du doch ihretwegen gekommen, wie mir scheint.«

»Um ehrlich zu sein, ich weiß wirklich nicht, warum ich hergekommen bin«, sagte mein Pareder. »In Paris hat gewissermaßen eine allgemeine Kräftezersplitterung stattgefunden. Das letzte Mal, als ich im *Cluny* war, schien der arme Curro wegen unseres Ausbleibens wie vor den Kopf geschlagen.«

»In Italien muß irgendwas zwischen den beiden vorgefallen sein«, resümierte Calac. »Sie erzählen wenig, aber man hat sein Radar und ortet über große Entfernung seltsame Dinge.«

»Arme Nicole, beide sind sie arm dran. Sicher ist in Italien etwas zwischen ihnen vorgefallen, aber in Wirklichkeit schon viel früher. Dieser Tisch im *Cluny*, ich spür's hier tief drinnen, wird mehr und mehr verwaisen. Ich aber werde gelegentlich noch hingehen, mit Oswald und Feuille Morte.«

»Und mit uns«, sagte Calac, »ich verstehe nicht, warum wir nicht mehr hingehen sollten, auch wenn Juan nicht mehr hingeht oder wir Nicole dort nicht mehr sehen. Aber du hast recht, dieser Tisch... Pardon, ich muß zuviel Bier getrunken haben, dieses Getränk verweichlicht, wie der Schwarze Acosta sagte. Ah, wenn du den gekannt hättest.«

»Mit deinen überseeischen Erinnerungen kannst du mir elegant den Buckel runterrutschen«, sagte mein Pareder. »Schließlich kann da niemand was machen, zumal wenn man es sich vornimmt; dagegen kommt es manchmal vor, daß... Aber wozu über so was reden, nicht wahr?«

Deutlich von Polancos vorausberechneter Schußlinie abweichend, flog ein Klumpen Porridge durch die Luft und landete auf dem rechten Knie von Calac, der wutschnaubend aufsprang.

»Was für ein elender Kerl Sie doch sind«, sagte er, vom Bier keineswegs verweichlicht. »In meinem ganzen erbärmlichen Leben ist mir kein so großer Plotzbrocken begegnet.«

»Statt den Erfolg meiner Arbeit zu feiern, denken Sie nur an Ihre Hose, Sie mickriger Kondomikus, Sie.«

»Die Reinigung werden Sie mir bezahlen.«

»Wenn Sie mir die zwei Pfund Sterling wiedergeben, die ich Ihnen geliehen habe, als wir aus dem Zug stiegen, was schon fast drei Wochen her ist.«

»Es waren ganze fünfzehn Shilling«, sagte Calac, der sich mit einem Zipfel der Gardine seine Hose säuberte.

In dem Augenblick rief Nicole an, um ihnen kund zu tun, daß Tell gerade in London eingetroffen sei. »Eine mehr«, seufzte Polanco, der seine wissenschaftlichen Instrumente mit einer Miene wegräumte, die Galilei unter ähnlichen Umständen gemacht hätte.

Sie wären gern zu Fuß zu ihrer Wohnung gegangen, aber der Koffer und das Paket mit Celias Büchern waren einfach zu schwer. Als sie in der Rue de la Clef aus dem Taxi stiegen, Hélène den Chauffeur bezahlte, während Celia mit dem Koffer vorausging, schien sich ihr in ihrer Müdigkeit für einen Augenblick alles zu vermengen; sie fragte sich vage, ob sie wieder lange mit diesem Paket in der Hand herumlaufen müßte, das jetzt Celias Bücher enthielt und zuvor ein anderes, mit einer gelben Schnur verschnürtes Paket gewesen war, das sie jemandem im Hotel der Stadt übergeben sollte.

Sie beide zusammen hatten kaum Platz in dem alten hydraulischen Fahrstuhl, der keuchend und ächzend in den fünften Stock hinauffuhr. Celia blickte auf den grünen Linoleumboden, ließ sich wiegen von der leichten Schwingung, dem Rucken der Kabine aus Holz und Glas bei der Fahrt durch die Stockwerke. Möge es doch Jahre so dauern, Jahrhunderte, möge es immer so bleiben, es war ganz unfaßbar, jetzt zusammen mit Hélène hinaufzufahren, hinauf zu Hélènes Wohnung. ›Niemand kennt ihre Wohnung‹, dachte ich, als der Aufzug mit einer Art Schluckauf anhielt und Hélène zuerst ausstieg, wobei sie den Koffer vor sich herschob und in ihrer Handtasche den Schlüssel suchte, ›keiner von uns war je in dieser Wohnung, vielleicht hat Juan einmal von der Straße aus zu ihren Fenstern hinaufgesehen und sich gefragt, wie sie wohl eingerichtet sein mochte, wo Hélène den Zucker und ihre Pyjamas aufbewahrte. Oh ja, Juan war sicher des Nachts bis zu dieser Straßenecke gegangen, hatte im fünften Stock ein erleuchtetes Fenster gesucht und, an diese Mauer voller Plakate gelehnt, eine Zigarette nach der anderen geraucht.‹ Fast sofort beschloß Hélène, als erste zu baden, so könnte sie sich, während ich mich dann duschte, um das Abendessen kümmern. Ja, Frau Doktor, selbstverständlich, Frau Doktor. Ich hörte das Wasser rauschen, ließ mich in einen Sessel fallen und legte den Nacken auf die Rücklehne; nicht daß ich glücklich war, es war was anderes, eine Art Belohnung für etwas, das ich gar nicht verdient hatte, ein Geschenk des Himmels, ein Gnadenakt. Mein Pareder oder Calac hätten über diese Worte gelacht, alle lachten über mich, wenn ich diese Sachen sagte, die sie verabscheuten. Noch bevor sie sich im Bad einschloß, hatte Hélène mir eine Seite im Wandschrank zugewiesen; ich öffnete den Koffer, in dem fast alles Notwendige fehlte, statt dessen hatte ich in der Eile und in meiner Wut eine Schachtel Buntstifte und einen Reiseführer von Holland und eine Tüte Bonbons eingepackt. Immerhin enthielt der Koffer auch drei Sommerkleider, ein Paar Schuhe und den Gedichtband von Aragon.

»Nimm den grünen Schwamm«, hatte Hélène gesagt. »Dein Handtuch ist auch grün.«

Während ich duschte (dann also war Hélène gar nicht sowas von, Hélène hatte Flakons mit Badesalz und Frotteetücher in herrlichen Farben – meins war grün –, dann also war Hélène, oh, wenn mein Pareder und Tell diese Borde hätten sehen können, oh, wenn Juan, dann also war Hélène), herrlich der Wasserstrahl auf dem Rücken, der Duft der violetten Seife, die wie ein Wiesel in der Hand war, und dann, um mich abzu- trocknen, das grüne Frotteetuch, das Hélène über den linken Handtuchhalter gelegt hatte, so wie meine Sachen links im Schrank sein würden und ich sicherlich links im Bett schlafen würde. Die Dinge leiteten mich, man brauchte nur Hélènes Anweisungen zu befolgen, sich führen zu lassen vom Grün, von der linken Seite. Die Wohnung war klein, aber Hélène hatte sie deren Maßen entsprechend eingerichtet (wie da nicht an die Wohnung meiner Eltern denken, die großräu- mige bürgerliche Wohnung aus der Zeit des Barons Hauss- mann, wo man sich zwischen Dutzenden von unnötigen Ses- seln, Kommoden, Tischen und Konsolen hindurchlavieren mußte, die genau da standen, wo sie nicht hätten stehen dür- fen, die immer im Wege waren, geradeso wie meine Eltern und mein Bruder und oft auch die Frau meines Bruders und die beiden Katzen und das Dienstmädchen). Hier dieses so leichte Parfüm, frisch und etwas herb, dort dagegen das Naphtalin, die Benzoe, die verschlissene Wäsche, die Westen aus Katzenfell, der Brusttee, die Suppendämpfe von einem Jahrhundert in den schmierigen Tapeten, der übelriechende Husten der Alten. Und hier dieses Licht, allgegenwärtig und doch unaufdringlich, voll einer Milde, welche die Luft um die Lampen des Wohn- und Schlafzimmers weich und sanft machte, und nicht das kristallene und kalte Licht der Lüster, die dunklen Winkel, die abwechselten mit von Licht triefen- den Bereichen, die wir betraten und verließen wie alberne Marionetten. Und jetzt ein Duft nach Toast und Spiegeleiern, ich zog mich rasch an und hatte noch einen Strumpf in der Hand, als ich die Küche betrat, wo Hélène bereits den Tisch gedeckt hatte. Wie das vorherzusehen war, noch nicht fertig angezogen, das Gesicht glänzend von Seife und Bewunderung, die arme Kleine, wie fasziniert sie die Schüsseln und Gläser betrachtet. »Beeil dich, sonst wird es kalt«, sagte ich zu ihr, und da erst zog sie sich den Strumpf an, fingerte unter dem Rock an ihm herum, um ihn zu befestigen, und setzte sich vor ihren Teller mit so hungrigen und glücklichen Augen, daß ich lachen mußte.

Die Eier mit Schinken waren sowas von, es gab Beaujolais, Gruyère, sie teilten sich eine Orange und eine Birne, Hélène machte einen Espresso und erklärte Celia, wo alles zu finden sei, damit sie am Morgen das Frühstück machen könnte. Immer noch voller Bewunderung, strengte Celia sich an, nichts zu vergessen: das grüne Handtuch, die linke Seite, das Frühstück. Ja, Frau Doktor, natürlich, Frau Doktor, während sie bei sich dachte, daß einen Mann all diese Direktiven irritiert hätten.

»Ich werde sie fallen lassen«, sagte Celia. »Wirst sehen, es wird nicht lange dauern und ich zerschlage eine Tasse.«

»Schon möglich, aber wenn du das jetzt schon sagst...«

»Und ob ich auch den Zucker finde? Du wirst ja noch schlafen, und ich möchte dich nicht wecken. Ah ja, er ist hier in der Schublade. Und die Teelöffel...?«

»Dummes Ding«, sagte Hélène. »Es ist zuviel für dich, so alles auf einmal. Du wirst's schon noch lernen.«

Ja, Frau Doktor, sicher würde sie's noch lernen; die nicht lernen wird, bist du mit deiner Pedanterie, hier der Zucker, dort die Tassen. Wie dir einen Stoß geben, dich etwas neben dich selbst rücken, dich aus dieser Perfektion herausreißen? Dabei bist du gar nicht so, ich wußte, daß du nicht so bist, daß in diesem Augenblick das Grün und das dritte Bord nur eine geometrische Verteidigung deiner Einsamkeit sind, etwas, das ein Mann, fast ohne sich dessen bewußt zu sein, hinweggefegt hätte zwischen zwei Küssen und einer den Teppich versengenden Zigarette, Juan zum Beispiel. Nein, Juan bestimmt nicht, denn auf seine Art liebte auch er die Teppiche zu sehr, zwar aus anderen Gründen, aber er liebte sie; und deshalb Juan nicht, und eben deshalb war er sowas von.

»Ich bin müde«, murmelte Celia, auf ihrem Stuhl hin und her rutschend. »Man fühlt sich so wohl hier, es ist wie vor dem Beginn eines Films oder eines Konzerts, dieses Katzenschnurren im Magen, du verstehst.«

»Ein Konzert können wir haben, wenn du willst«, sagte Hélène. »Komm ins Wohnzimmer und bring die Kaffeekanne mit.«

Für eine ganze Weile war da das Vergessen, das Glück der schnurrenden Katze, eine Platte mit einem Streichtrio, Philip Morris auf der einen und Gitanes auf der anderen Seite des niedrigen Tischchens, die Flasche Cognac wie ein kleines warmes Leuchtfeuer. Und dann reden, einfach nur reden bei der Müdigkeit, die langsam über sie kam, bei Hélène, die dasitzt und mir zuhört, denn das ist das Glück, reden und im Warmen sitzen mit jemandem wie Hélène, die raucht und schlückchenweise ihren Cognac trinkt und dem kleinen Mädchen zuhört, das so gern Babybel-Käse ißt, während man dort hinten – in einem Irgendwo, das man gezwungenerweise orten muß und das die Ungewißheit letztlich immer als »dort hinten« oder »tief unten« lokalisiert, jedenfalls in einer anderen Region als dieser hier – angespannt darauf warten muß, daß der Aufzug das Stockwerk erreicht, wo sie erwartet wird, und dessen Knopf sie nicht gedrückt hat, da es in diesem Aufzug keine Knöpfe gibt, es ist ein weißer, glänzender Aufzug, völlig kahl, in dem nicht einmal die Tür auszumachen ist, wenn man sich während des Wartens gedankenverloren anders hingestellt hat mit dem Paket, dessen gelbe Schnur einem in die Finger schneidet. Der Aufzug wird anhalten, die Tür wird sich geräuschlos öffnen auf die endlose Perspektive eines Flurs voller alter Korbsessel, die Türen im Hotel mit Vorhängen, die verbrämt sind mit schäbigen Fransen und Quasten, ein Hotel, das nichts gemein hat mit diesem klinisch reinen und kahlen Aufzug, zuvor aber wird der Aufzug gerade nur einen Augenblick halten, doch ist es eher so, als würde er nur seine Fahrt vermindern, als wirklich zum Stillstand kommen, und dann wird er weiterfahren, aber Hélène weiß schon, daß der Aufzug nun in der Horizontalen dahingleitet durch eine dieser vielen Zickzackbiegungen, was niemanden in der Stadt verwundert, wie es auch niemanden verwundert, daß man durch ein Fenster Dächer und Türme sieht, im Hintergrund die Lichter der großen Avenue und den Widerschein des Kanals, während der Aufzug eine Brücke überquert, welche für die Passagierin unsichtbar bleibt, die ihr Paket jetzt in beiden Händen hält, es nicht auf dem Boden absetzen will, sich geradezu genötigt sieht, es in ihren Händen zu halten, während sein Gewicht unerträglich wird, bis der Aufzug sich schließlich in einer oberen Etage des Hotels öffnet und Hélène ihr Cognacglas mit einem Seufzer der Erleichterung auf den Rand des Tischchens stellt.

»Du solltest schlafen gehen«, sagte Celia. »Nach dem, was heute nachmittag passiert ist... Wenn du willst, mache ich noch einen Kaffee, er wird uns beiden guttun. Nein, ich sage jetzt nichts mehr, ich bin sowas von.«

»Oh, zeitweise höre ich dich gar nicht. Es tut mir gut, dich hier zu wissen, du bist so lebendig.«

»Ich, lebendig? Du sprichst ja wie meine Mutter, Frau Doktor. Warum diese Manie, mehr sein zu wollen als...? Pardon, ich sag nichts mehr. Aber du bist manchmal sowas von. Ich bin nicht lebendiger als du. Ich rede nicht von dir, wie du siehst, ich rede von mir, das kannst du mir nicht verbieten. Ach, Hélène, man weiß nicht, wie man mit dir umgehen soll. Du bist sowas von. Und manchmal möchte man, daß. *Merde alors*. Sieh mich nicht so an.«

»Wohlerzogene kleine Mädchen nehmen solche Worte nicht in den Mund.«

»Merde alors«, wiederholte Celia, steckte zwei Finger in den Mund und kaute an ihren Nägeln, wie es ihre Gewohnheit war. Wir lachten zur gleichen Zeit, machten nochmal Kaffee und sprachen dann von den Freunden in London und von Nicoles Brief, den Celia an diesem Morgen erhalten hatte. Jedesmal, wenn von den Freunden die Rede war, amüsierte es mich, daß Celia Juan nur beiläufig und wie verstohlen erwähnte, wo doch Juan und Tell mit ihr spielten wie mit einer Katze, sie mit Geschenken überschütteten und zu Spaziergängen mitnahmen und sie meinem Pareder und Polanco streitig machten, immer wenn die nach Paris zurückkehrten, nach verworrenen Diskussionen im *Cluny*, wo sie protzten mit Theaterkarten, die sie einen Monat im voraus besorgt hatten, mit Ausflügen in den Zoo von Vincennes, mit meisterhaft durchgestandenen Konferenzen und weekends in der Gartenbauschule, wo Polanco arbeitete. Unmöglich, von all dem zu sprechen, ohne Juan zu erwähnen; Celia würde nie verstehen, denn ich würde ihr nie sagen, daß sein Name für mich wie einer dieser Düfte ist, die einen anziehen und zugleich abstoßen, wie die Versuchung, einem kleinen goldenen Frosch den Rücken zu streicheln, wiewohl man weiß, daß der Finger den Inbegriff der Glitschigkeit berühren wird. Wie es jemandem sagen, wo du selbst nicht weißt, daß die Erwähnung deines Namens, das Auftauchen deines Bildes in der Erinnerung eines anderen mich entblößt und verletzt, mich auf mich selbst zurückwirft mit dieser völligen Schamlosigkeit, die kein Spiegel, kein Liebesakt, keine erbarmungslose Widerspiegelung mit solcher Erbitterung zeigen können; daß ich dich auf meine Art liebe und daß diese Zuneigung dich verurteilt, weil sie dich zu meinem Denunzianten macht, der, weil er mich liebt und weil er geliebt wird, mich völlig entblößt und mich mir so zeigt, wie ich bin: jemand, der Angst hat, das aber nie zugeben wird, jemand, der aus seiner Angst die Kraft zieht, so zu leben, wie er lebt. So wie Celia mich gesehen hat und ich spürte, daß sie mich sah und mich, meine rigorose Lebensmaschinerie verurteilte. Ebenso beruflich wie auf allen anderen Ebenen: sie, Hélène, die eine tiefe Verletzung ihres Lebens fürchtet, den Einbruch in die eigensinnige Ordnung ihres Alphabets, die sich körperlich nur hingegeben hat, wenn sie sicher war, daß sie nicht geliebt wurde, um so die Gegenwart und die Zukunft voneinander abzugrenzen, damit nachher keiner kommt und im Namen der Gefühle an ihre Tür klopft.

»Die sind sowas von«, sagte Celia. »Sieh mal, was Nicole mir schreibt, hier, diesen Abschnitt. Die sind ganz und gar.«

»Lustige Selbstmörder«, sagte Hélène. »Nein, keiner von ihnen ist verrückt, keiner von uns ist es. Gerade heute nachmittag habe ich mir gesagt, daß man nicht so leicht verrückt wird, so was muß man sich verdienen. Es ist nicht wie der Tod, verstehst du; es ist nichts völlig Absurdes wie der Tod oder die Paralyse oder die Blindheit. Ein paar von uns spielen aus purer Nostalgie verrückt, der Provokation wegen; manchmal, durch langes Simulieren... Aber sie werden es nicht schaffen, jedenfalls Marrast wird es nicht so weit bringen, es ist schon erstaunlich, daß er sich vergnügt und London auf den Kopf stellt.«

»Nicole ist ganz traurig«, sagte Celia. »Sie schreibt von Tell, sagt, sie hätte sie gerne in ihrer Nähe, Tell muntere sie immer etwas auf.«

»Oh, apropos Tell«, sagte Hélène plötzlich. »Magst du Puppen? Sieh mal, was Tell mir aus Wien geschickt hat. Wo wir gerade von Verrücktheiten sprechen, nie werde ich verstehen, warum Tell mir eine Puppe geschickt hat. Sie hat mir nie etwas geschenkt, und ich ihr auch nicht. Und jetzt das, aus Wien. Falls es nicht Juan gewesen ist, aber das wäre noch verrückter.«

Celia sah sie kurz an und senkte dann den Kopf, um sich die Puppe, die Hélène ihr reichte, anzusehen. Sie hätte gern eine Bemerkung gemacht, daß vielleicht doch, daß Juan ihr sehr wohl ein Geschenk hatte machen wollen, und da, aber da was? Es gibt keinen Grund, warum Juan Tell als Strohmann benutzen sollte, zudem wäre es in diesem Fall eine Taktlosigkeit gewesen, auch wenn es Hélène nichts ausmachte, daß

Tell Juans Geliebte war; jedenfalls war es besser, zu schweigen, aber warum hatte Hélène dann Juan erwähnt, sie hatte seinen Namen genannt, als wollte sie sich gegen einen Einspruch wehren, als wollte sie dazu auffordern, daß man von Juan spreche, daß Juan in dieses Gespräch mit einbezogen werde, in dem bereits die Namen sämtlicher Freunde aufgetaucht waren. Ich erinnerte mich da an eine Geschichte, die ich mitbekommen hatte, ohne ihr damals, als ich Hélène und Juan noch nicht so gut kannte, große Bedeutung beizumessen. Nein, sowas von. Wir saßen auf der Terrasse eines Cafés an der Place de la République, weiß der Teufel, warum an der Place de la République, ein Viertel, das uns überhaupt nicht interessierte, wahrscheinlich eines dieser verrückten Treffen, die Calac oder mein Pareder beschlossen hatten, und als man uns den Kaffee gebracht hatte und die Zuckerdose die Runde machte, in die die Finger hineingriffen und mit einem Stück Zucker wieder hervorkamen, folgte ich ihr mit den Augen, wahrscheinlich in der Erwartung, daß man sie mir weiterreicht, und da sah ich, wie Juan zwei Finger hineinsteckte, lange und schlanke Finger wie die des Chirurgen, der mir den Blinddarm herausgenommen hat, geschickte Chirurgenfinger, die mit einem Stück Zucker zwischen den Fingerspitzen wieder hervorkamen und, anstatt es in seine Tasse zu tun, sich Hélènes Tasse näherten und es sacht in ihren Kaffee fallen ließen, und da sah ich, ich, die sie damals noch nicht gut genug kannte, und wohl deshalb hab ich's nicht vergessen, ich sah also, wie Hélène Juan anblickte, ihn in einer Weise anblickte, die niemand seltsam gefunden hätte, der nicht gleichzeitig Juans Geste gesehen hätte, doch ich, der sie sehr wohl gesehen hatte, spürte in Hélènes Blick etwas anderes, eine Ablehnung, eine völlige Zurückweisung dieser Geste Juans, dieses Stücks Zucker, das Juan in Hélènes Kaffee getan hatte, und Juan hatte es gemerkt, denn er zog seine Hand jäh zurück und nahm nicht einmal Zucker für sich selbst, er blickte Hélène kurz an und senkte dann die Augen, als wäre er plötzlich müde oder geistesabwesend oder füge sich bitteren Herzens einer Ungerechtigkeit. Und erst da sagte Hélène: »Danke.«

»Ein absurdes Geschenk«, sagte Hélène gerade, »aber eben darin liegt der Charme, ich nehme an, es besteht keine Gefahr, daß Tell mir Wiener Pralinés schenkt. Nur schade, daß ich Puppen nicht besonders mag.«

»Die hier ist aber sehr hübsch, so ganz anders«, sagte Celia, die sie sich von allen Seiten ansah. »Wenn man zehn Jahre jünger wäre, dann könnte man mit ihr spielen, sieh mal, die Dessous, sie ist komplett angezogen, sieh dir diesen Slip an, sie trägt sogar einen Büstenhalter, das ist fast unanständig, wenn man's recht bedenkt, denn sie hat das Gesicht eines kleinen Mädchens.«

Geradeso wie sie. Ich muß ein Lächeln unterdrücken, wenn ich sie sagen höre: »Wenn man zehn Jahre jünger wäre«, sie, die vor fünf Jahren bestimmt noch mit Teddys und Puppen gespielt und sie angezogen und gefüttert hat. Auch die Tatsache, daß sie von zuhause weggelaufen ist, hat noch etwas vom Spielen mit Puppen, eine kindische Wut, die sich mit den ersten Schwierigkeiten legen wird, mit dem kleinsten Nasenstüber, den das Leben ihr versetzt. Eine Puppe, die mit einer anderen spielt, jetzt habe ich zwei Puppen im Haus, die Verrücktheit ist ansteckend. Aber besser so, wenigstens für diese Nacht, wie recht haben sie doch, diese Verrückten, die in London auch mit so was wie Puppen spielen, und Juan, der in Wien mit Tell spielt, und Tell, die mir eine Puppe schickt, einfach so, weil es eine hübsche Verrücktheit ist. Hast du gelesen, was diese Woche in Burundi passiert ist, Celia? Wahrscheinlich weißt du nicht mal, daß es ein Land namens Burundi gibt, daß es ein unabhängiger, souveräner Staat ist. Auch ich wußte es nicht, dafür ist *Le Monde* da. In Burundi hat es einen Putsch gegeben, meine Liebe; die Rebellen haben alle Abgeordneten und Senatoren festgenommen, an die neunzig, und haben sie allesamt erschossen. Fast zur gleichen Stunde wurde der König von Burundi, der einen unaussprechlichen

Namen hat, gefolgt von einer einwandfreien römischen III, hier in Paris von de Gaulle in allen Ehren und mit großem Zeremoniell empfangen, Spiegelsaal, Austausch von Komplimenten und Höflichkeiten und wahrscheinlich technische Hilfe und so was. Da kann man leicht verstehen, daß Marrast und Tell, die auf solche Dinge empfindlich reagieren, und auch Juan, der zwar weniger empfindlich ist, weil er ein wenig von so was lebt, konsequenterweise beschließen, daß man nichts anderes tun kann, als einem Museumsdirektor das Leben sauer zu machen oder einer einsamen Freundin in der Rue de la Clef unverzüglich eine Puppe zu schicken.

»Man möchte sie baden«, sagte Celia, die Burundis Parlamentarier wenig kümmerten, »ihr das Fläschchen geben, die Windeln wechseln. Aber das ist Unsinn, denn wenn du sie dir genau ansiehst, wird dir klar, daß sie kein Baby mehr ist, und da...«

In Extremsituationen, dachte Hélène, der vom Rauch der Zigarette die Augen brannten und die sich in ihrem Sessel zurücklehnte, berühren sich das Vorher und das Nachher und werden eins. Der Junge hatte gelächelt, als sie ihm die Vorstufen der Operation erklärte, und dann hatte er gesagt: »Danke, daß Sie vorher gekommen sind«, und sie hatte geantwortet: »Das machen wir immer, um den Patienten unter dem Vorwand, ihm den Puls zu messen, besser kennenzulernen«, und sie hatte ihm sein Lächeln erwidert mit der notwendigen Distanz, damit er der Patient bleibe, aber doch auch Vertrauen schöpfe und sich nicht so allein fühle. Vielleicht hatte sie in eben dem Moment, als sie seinen Puls fühlte und auf ihre Uhr schaute, bemerkt, daß der Junge Juan ähnelte, da aber hatten die Extreme sich berührt, und dieser junge Mann in seinem Bett war wie ein Kind gewesen, das die elementarste Pflege verlangt, das erwartet, daß man ihm Handtücher und frische Wäsche bringt, sich um es kümmert und ihm etwas Bouillon gibt, so wie er auch am Nachmittag noch etwas Kindliches gehabt hatte, so nackt und wehrlos auf der Krankenbahre, als er ihr, während die Nadel ihm in die Vene stach, nur kurz den Kopf zugewandt hatte, um zu sagen »bis dann«, und in das Vergessen eintauchte, das theoretisch nicht länger als anderthalb Stunden hätte dauern dürfen.

»Nie habe ich so eine Puppe gehabt«, sagte Celia gähnend. Schlafen gehen, also, das kleine Vergessen suchen. Sich die Zähne putzen, die Schachtel mit den Beruhigungszäpfchen suchen, man wird so leicht nicht verrückt, aber immer ist es möglich, mit Hilfe der Sandoz-Laboratorien zu schlafen; vielleicht würde es ihr, bevor sie wirklich schliefe, gelingen, das Zimmer zu erreichen, wo man auf sie wartete, denn über eine Wendeltreppe mit Handläufen aus Seilen war sie jetzt wieder hinaus auf die Straße gelangt, nachdem sie endlos und unnötigerweise durch Hotelzimmer gelaufen war, die in einen Aufzug mündeten, der seinerseits in etwas mündete, an das sich Hélène nicht mehr erinnerte, aber das sie irgendwie wieder auf die Straße geführt hatte, um erneut in der Stadt umherzuirren und das Paket zu schleppen, das immer schwerer wurde.

Mysteriöserweise erschienen die Anonymen Neurotiker im Courtauld Institute mittwochs in größerer Zahl als an den anderen Tagen, und ausgerechnet jetzt, wo es interessant zu werden versprach, kam die Benachrichtigung vom Zoll, daß Marrast an eben diesem Mittwoch zur Verschiffung des Wachssteins, der das Hoheitsgebiet Ihrer Majestät noch nicht verlassen hatte, persönlich zu erscheinen habe. Im *Espresso* von Ronaldo in nächster Nähe des *Gresham Hotels* diskutierte man die Angelegenheit bei Spaghetti und verschiedenfarbigem Eis, denn im Grunde hatte niemand Lust, Marrast auf dem Sofa im Saal II des Museums zu vertreten. So brachte mein Pareder vor, daß er am Victoria Embankment eine Bar entdeckt habe, die seinen praktisch obligatorischen Besuch erheische, und Polanco mußte sich just an diesem Nachmittag auf die Suche nach einer für seine Experimente unerläßlichen Spannfeder begeben. Schon bald stellte sich heraus, daß Calac und Nicole die noch am wenigsten Beschäftigten waren, denn niemand wollte Nicoles Verpflichtungen gegenüber dem Verleger der Enzyklopädie oder die literarischen Texte, die Calac dem Rio de la Plata oder ähnlichen Regionen widmete, als Hinderungsgrund gelten lassen. Den armen Austin, der nur zu gern mitmachen wollte, hatte man von vornherein ausgeschlossen, weil er die Sache mit dem Bild von Tilly Kettle einfach nicht kapierte, ganz davon abgesehen, daß als ehemaliger Anonymer Neurotiker sein Zeugnis durch Subjektivität und Parteilichkeit verfälscht werden konnte. Zudem hatte Austin am Abend zuvor seinem Französischlehrer und Polanco gestanden, daß er als Sozialist die Aktivitäten der Clique zumindest für unnütz, um nicht zu sagen für gefährlich halte; zusammen mit der Konjugation des Verbs *jouir*, das insbesondere auf Polancos Rat hin gewählt worden war, hatte Marrast ein Plädoyer zugunsten der Erziehung der Massen und des Kampfes gegen den Rassismus über sich ergehen lassen müssen. Und noch jetzt, während sie mit ihren Gabeln in den Spaghetti herumfuhrwerkten, hörte man mehr oder weniger konfuse Relikte des Themas: Sie haben nicht das Recht, auf diese Weise Zeit zu vergeuden / Streu Salz drauf, die sind ekelhaft / Aber siehst du denn nicht, daß auch das ein Mittel ist, der Menschheit entscheidende Impulse zu geben, andere Wege einzuschlagen? / Ach, wie vermisse ich die Pariser Baguette / Hier kleckern sie Ketchup auf alles / Ich muß schon sagen, das ist ein höchst seltsamer Impuls / Je seltsamer, desto wirksamer, che, Menschen sind keine Käfer / Für Sie ist also das, was da jetzt im Kongo passiert / Aber ja, Austin, natürlich / Und in Alabama / Wir sind bestens unterrichtet, Polanco hat einen direkten Draht zu Luther King / Und was ist mit Kuba? Kuba kennen wir genauestens, auf keinen Fall verkaufen wir denen einen Konvoi Autobusse, die dann mit dem Schiff und allem untergehen / Komödianten sind Sie, Komödianten / Gut möglich, Troubadour, aber was

hast du getan, bevor du diese Komödianten kennenlerntest? /
Ich, nun, eigentlich / Nein, nicht eigentlich, sondern in deinem Club von Paranoikern, und damit Schluß / Immerhin
waren mir diese Probleme bewußt / Klar, und mit diesem Bewußtsein hast du geschlafen wie ein Engel / Sag Giovanni, er
soll Wein bringen, du mit deinem Akzent von San Sepolcro /
Gib also zu, daß dir der Club schnurz ist und daß du nur
darauf brennst, was Nützliches und Spannendes zu machen /
Ich gebe zu, daß Sie mir andere Horizonte eröffnet haben /
(rüpelhaftes Gelächter) / Aber als Menschen entschuldigt Sie
das nicht / Sag Giovanni, er soll Austin einen von diesen Pud-
dings bringen, die einem die Stimmritze verkleistern / Laßt
ihn reden, unterdessen werde ich Calac davon überzeugen,
daß er heute nachmittag Wache schieben muß / Ich gehe,
wenn jemand mitkommt, ich möchte nicht allein auf diesem
haarigen Sofa sitzen / Ich hab dir doch gesagt, daß Nicole
mitgeht / Ah, dann ja / Ihr könnt euch nicht vorstellen, wie
schwer es ist, in London eine Spannfeder aufzutreiben / Nun
hör schon auf damit, der Mann ist nicht zu bremsen / Man
wolle gefälligst zur Kenntnis nehmen, daß ich ihm von wissenschaftlichen Dingen spreche / Erst die Menschheit und
jetzt die Wissenschaft, und das nennt man ein Mittagsmahl /
Sie sind nun mal ein Plotzbrocken / Und Sie ein mickriger
Kondomikus / Sieh dir nur mal an, wie zimperlich Nicole ißt,
als gute Französin wird sie sich nie davon überzeugen lassen,
daß Spaghetti das Hauptgericht sind / Aber in Italien sind sie
nie das Hauptgericht / Nein, Kind, aber ich bezog mich bei
diesem Herrn da auf Buenos Aires / Und warum Buenos Aires? Spaghetti sind, soviel ich weiß, italienisch / Buenos Aires
auch / Ah / Höchste Zeit, daß du das erfährst / Aber wenn
Buenos Aires italienisch ist, dann verstehe ich nicht, warum
Spaghetti dort das Hauptgericht sind / Sie sind das Hauptgericht, weil wir sie mit viel Stippe essen, was schon für sich
allein sehr nahrhaft ist, und obendrein gönnen wir uns noch
einen Schmorbraten, von dessen Dimensionen du dir keine

Vorstellung machst / Alle fragen mich, wozu diese Spannfeder, aber es ist gar nicht so einfach zu erklären / Soviel ich weiß, hat dich niemand nach nichts gefragt / Da müßte ich schon bis in die Zeit zurückgehen, als ich auf dem Tanzboden in Ville d'Avray meine Molly kennenlernte / Da haben wir's, jetzt können wir uns auf sieben Bände Casanova gefaßt machen / Und sie hat fast sofort eingewilligt, daß ich ihr die Decke meines bescheidenen Zimmers zeige / Er tischt uns alles mögliche auf, Hauptsache, wir erfahren von seinen Eroberungen / Ich werde Ihnen gleich den Doofkopp zerschlurren / Und das einzige, was er bei seiner Molly erreicht hat, ist eine Stelle in der Gartenbauschule des alten Perteuil, wo man ihn ganz mies bezahlt / Man bezahlt mich schlecht, aber ich habe meine Molly, und ihr solltet erstmal den Teich sehen, lauter Binsen ringsum / Giovanni, vier Kaffee, vier / Fünf, che, Austin kriegt auch einen, seine Mama erlaubt's / Allez au diable / Nein, mein Sohn, so sagt man nicht, um jemanden zum Teufel zu schicken, ich werde dich im Französisch von Belleville andere Möglichkeiten lehren. Natürlich übertrifft kein Ausdruck an Eleganz und Bündigkeit *ta gueule*, weshalb wir dem den Vorrang geben. *Et ta sœur* ist auch nicht schlecht, hat den unleugbaren Charme einer Referenz auf die Familie / Thank you, professor / Y a pas de quoi, mon pote.

Das Resultat von alldem war, daß Nicole und Calac zusammen ins Courtauld Institute gehen würden, und Marrast würde sich zu ihnen gesellen, sobald der Wachsstein verfrachtet wäre. Mein Pareder zahlte, teilte den Rechnungsbetrag durch fünf und kassierte unerbittlich ab, wobei er ausdrücklich darauf hinwies, daß das Trinkgeld zu seinen Lasten gehe. Das Museum war fast leer, und Calac mokierte sich über Marrasts Besorgnis hinsichtlich der Überwachung, als sie sahen, wie die wenigen Besucher den Saal II mit großen Schritten durchmaßen, um so schnell wie möglich zu den Gauguins und Manets zu kommen, was ganz normal und vorherzusehen war; doch nachdem Nicole und er es sich auf dem Sofa bequem gemacht hatten, fiel Calac auf, daß in ihrem Saal nicht weniger als drei Wärter herumstanden, was höchst merkwürdig war, wo doch niemand diese Bilder hier betrachtete. Es war ganz schön auf dem Sofa, abgesehen davon, daß man nicht rauchen durfte und daß Nicole immer noch traurig und geistesabwesend war. Nach einer Weile fragte Calac sie nach dem Grund, obgleich er den nur zu gut kannte.

»Du hast es sicher schon bemerkt«, sagte Nicole. »Da ist nicht viel zu sagen, es liegt einfach nur alles im argen, und wir wissen nicht, was tun. Schlimmer, wir wissen sehr wohl, was jeder von uns beiden tun müßte, aber wir tun es nicht.«

»Die Hoffnung, also, diese Hure im grünen Kleid?«

»Ach, ich erhoffe mir schon lange nichts mehr. Aber Mar ja, auf seine Weise, und daran bin ich schuld. Ich bleibe bei ihm, wir sehen uns in die Augen und schlafen miteinander, und so hat er jeden Tag etwas mehr Hoffnung.«

Aus dem Aufzug kamen vier Personen, blickten ein wenig wie Stiere in der Arena umher, ohne etwas zu sehen, überlegten angestrengt, worauf sie sich stürzen sollten, auf die linke Wand mit den Primitiven oder die Stilleben an der Wand gegenüber, fühlten sich aber plötzlich sichtlich vom Saal II angezogen und kamen einer nach dem anderen herein und postierten sich ganz eindeutig vor dem Porträt des Doctor Lysons, D.C.L., M.D.

»Das sind ausgemachte Neurotiker«, sagte Calac. »Sie kennen sich untereinander nicht, aber wir können wie das Auge Gottes zwischen den Berufenen und den Auserwählten sehr wohl unterscheiden. Heiliger Himmel, sie stürzen sich wie Fliegen auf diesen *hermodactylus* wasweißich.«

»Ich bin es, die fortgehen sollte«, sagte Nicole. »Aber wirklich fortgehen, ohne Spuren zu hinterlassen. Dann wäre er geheilt. Ein perfekter Plan, wie du siehst, aber einer, der bei weitem schwerer funktioniert als das, was hier abläuft und das eine perfekte Verrücktheit ist.«

»Hm, allerdings, meine Liebe, du hast da gerade eine unsterbliche Wahrheit gesagt. Dort kommen noch zwei, sieh dir an, wie sie ihre Fühler ausstrecken, wie eine meiner Tanten aus Villa Elisa zu sagen pflegte. Und in diesem Schub, der da aus dem Aufzug kommt, sind mindestens drei Neurotiker. Doch hör mal, Nicole, wenn du ihn nicht mehr liebst, versteh mich recht, wenn ich sage ihn lieben, meine ich nicht, ihn gern haben oder lieb zu ihm sein und andere nette Ersatzformeln, die das Feinste an unserer Zivilisation sind, also wenn du ihn nicht mehr liebst, dann verstehe ich nicht, warum du nicht so generös bist und gehst.«

»Ja, sicher«, sagte Nicole. »Das ist ganz einfach, nicht wahr?«

»Sei nicht albern. Ich kann eine Menge Dinge sehr gut verstehen.«

»Würde man doch auch mir einen Brief schicken«, sagte Nicole. »Einen anonymen Brief, zum Beispiel, der mir rät, was ich tun und was ich lassen soll. Sieh dir nur an, wie eingehend sie das Bild studieren und wie beunruhigt die Wärter sind. Jeder von diesen Neurotikern weiß genau, was er zu tun hat, denn er hat seinen anonymen Brief erhalten, man hat ihm einen Stoß versetzt, einfach so, ohne Grund.«

»Ohne Grund?« sagte Calac. »Verflucht, warum darf man hier nicht rauchen. Hast du dich nie gefragt, warum Marrast mit dem hier, das du eine perfekte Verrücktheit nennst, seine Zeit vergeudet? Seit mehr als zwei Monaten müßte er schon an der Statue arbeiten, die man bei ihm bestellt hat, aber was macht er, er zwingt uns, einen ganzen Nachmittag auf diesem Sofa zu vertrödeln, das aussieht wie ein getrimmter Pudel.«

Nicole sagte nichts, und Calac hatte den Eindruck, daß sie nicht denken wollte, daß sie sich in ein düsteres Schweigen zurückzog.

»Hätte ich fünfzehn Jahre weniger auf dem Buckel und ein paar Pfund Sterling mehr in der Tasche, würde ich dich nach Helsinki oder sonstwohin entführen«, sagte Calac plötzlich. »In strikt freundschaftlicher Absicht, versteht sich, nur um dir diesen zusätzlichen Stoß zu geben, den du, wie du sagst, brauchst. Lach nicht, ich meine es ernst. Willst du, daß wir eine Reise machen, oder soll ich dich zum Zug bringen und dir eine Tüte Bonbons durchs Abteilfenster reichen? Oh, du dummes Ding, sieh mich nicht so an. Ich zähle bei alldem nicht, sagen wir, daß ich bereit bin, stellvertretend zu leben, so als wärest du eine Person in einem meiner Bücher und ich hätte dich gern und möchte dir helfen.«

»Du weißt genau«, sagte Nicole mit so leiser Stimme, daß Calac sie kaum verstehen konnte, »jeder Zug, den ich jetzt nähme, brächte mich nach Wien, aber ich will nicht.«

»Aha. Ich verstehe. Ein völliger Mangel an Kooperation. Sieh dir diese Dicke dort an, hat eine Art Inkunabel mitgebracht, um die Pflanze genau zu studieren, muß die Botanikerin sein, von der mein Pareder gesprochen hat. Jetzt tut sich was, sieh nur, wie nervös die Wärter sind, die Ärmsten wissen nicht, was sie machen sollen. Der ganze Saal leer, und die Typen drängeln sich hier vor diesem läppischen Bild mit dem Pflanzenstengel, es ist unglaublich. Nach Wien, sagtest du? Ich frage mich, da du mich mit deinem Vertrauen ehrst, ob du weißt, daß es Juan mehr oder weniger geradeso geht wie dir.«

»Ja, aber es ist, als wüßte ich es nicht«, sagte Nicole. »Ich kann mir nicht vorstellen, daß man ihn nicht liebt.«

»Aber so ist es nun mal, Kind, und wenn der Zug, von dem du sprachst, mit dir am Ziel ankommt, würdest du jemanden antreffen, der seinerseits gerade vorhat, in einen Zug nach Paris zu springen, und der das aus demselben Grund nicht tut, aus dem du nicht nach Wien fährst, et cetera. Bäumchenwechsle-dich-Spielen ist sehr lustig, wenn man acht ist, später aber ist es ziemlich aufreibend, so geht's uns allen. Guck dir den schmächtigen Wärter da an, offensichtlich hat er den Auftrag, eine Personenbeschreibung von den Verdächtigsten zu liefern, der Arme hat schon zwei Notizbücher vollgeschrieben, denn ich bin sicher, das von neulich hatte einen andersfarbenen Deckel, es sei denn, die Farben wechseln mit den Tagen, wie zur Zeit der Azteken. Möchtest du, daß ich dir von den Azteken erzähle?«

»Ich werde nicht weinen«, sagte Nicole und drückte meinen Arm. »Sei nicht albern und laß das mit den Azteken.«

»Das ist ein Thema, das ich beherrsche, aber es schließt natürlich nicht Wien mit ein. Und da du nicht weinen willst, steck sofort dieses Taschentuch weg und sei nicht kindisch. Großer Gott, wenn ich daran denke, daß Polanco und ich diesen Marrast quasi aufgezogen haben und daß wir wegen dieses Idioten auf viele Freuden des Lebens verzichten mußten. Habe ich etwa für so etwas hier mein Vaterland verlassen? Ganze Horden von Essayisten und Kritikern machen mir einen herben Vorwurf daraus, und hier hab ich's mit lauter Nichtsnutzen zu tun. Austin hat verdammt recht, wenn er sagt, Sie sollten in die Partei eintreten, egal in welche, aber in die Partei, um endlich zu etwas nutze zu sein, Bande von Mandarins.«

Er war so wütend und zugleich so begierig, mich aufzumuntern, daß ich mich kurz schneuzte, das Taschentusch einsteckte und ihn um Verzeihung bat. Ich dankte ihm für die Bonbons, die er mir durch das Abteilfenster reichen wollte, und sagte ihm, daß ich Pfefferminzbonbons am liebsten mag. Wir waren wie verschämt und blickten uns mit der Hilflosigkeit zivilisierter Menschen an, die sich keine Zigarette anzünden dürfen, um hinter den Gesten, dem Vorhang aus Rauch Zuflucht zu suchen. Wie nackt auf diesem Sofa, zu dem die Neurotiker nun aus verschiedenen Ecken des Saals hinschielten.

»Ich weiß nicht, was ich machen soll«, sagte ich. »Für die anderen ist alles klar, wie immer. Aber dann kommt Mar, und jeder Tag ist wie der vorhergehende, die Hure Hoffnung im grünen Kleid, du hast recht.«

»Erwarte nichts von ihm«, sagte Calac. »Er wird nichts tun, um irgend etwas zu lösen. Es sei denn, er glaubt, daß nichts zu tun...«

Mein Blick blieb an dem Wärter hängen, der in unbequemer Stellung in seinem Notizbuch schrieb; ich hatte den Satz abgebrochen, weil ich ihn nicht beenden konnte, und seltsamerweise hatte der Wärter im selben Moment zu schreiben aufgehört, und wir sahen uns über die Entfernung hinweg mit der verlegenen und verdrießlichen Miene derjenigen an, die nicht wissen, wie fortfahren, und zugleich ahnen, daß das, was folgt, das allerwichtigste ist, wie das Ende vergessener Träume, der Augenblick, der die Schlüssel, die Antworten enthalten mußte. ›Es sei denn, er glaubt, daß nichts zu tun ...‹ Gern hätte ich gewußt, was der Wärter soeben geschrieben hatte, an welcher Stelle welchen Satzes auch er innegehalten hatte. Und überhaupt, warum zum Teufel mußte ich die Probleme dieser Frau lösen? Es war vorhin ganz einfach gewesen, ihr zu sagen, daß ich persönlich bei dieser Angelegenheit nicht zähle, daß ich ihr aus Freundschaft geholfen hätte, denn Marrast war für Polanco und für mich wie ein Sohn, und sie folglich unser liebstes Kind, aber in eben dem Augenblick, als ich ihr gesagt hatte: ›Ich zähle dabei nicht‹, hatte ich offensichtlich unwillkürlich, oder insgeheim vielleicht doch mit Absicht, etwas gesagt, das Nicole sehr wohl wußte und das stupide war und unvermeidlich und altmodisch und traurig, nämlich daß ich sie etwas mehr liebte als nur wie unser liebstes Kind und daß es mir durchaus nicht leichtgefallen wäre, sie nach Helsinki mitzunehmen lediglich als der liebe Onkel, der seine nostalgische Nichte auf andere Gedanken bringen will.

»Hier braut sich was zusammen«, sagte Calac. »Man kann's direkt riechen, die Wärter scheinen nur darauf zu warten, nie habe ich sie so angespannt gesehen. Und diese drei, die da eben hereinkommen, sind Neurotiker reinsten Wassers; insgesamt sind es jetzt neun, obgleich ich mir bei einem oder zweien nicht ganz sicher bin. Wirklich, mein Kind, ihr alle tut mir ziemlich leid.«

Das war eine Redensart, die jeder von uns oft gebrauchte, wenn von den anderen gesprochen wurde, und keinerlei

Bedeutung zukam, doch Nicole schmerzte sie jetzt wie ein Peitschenhieb ins Gesicht. Wieder einmal wäre sie lieber allein in ihrem Hotelzimmer gewesen; sie fühlte sich irgendwie schmutzig neben Calac, der schon zu bereuen schien, was er eben gesagt hatte.

»Ich verdiene nicht mal, daß ihr mich bemitleidet, wirklich nicht.«

»Ach, nimm nicht so ernst, was ich sage.«

»Und auch nicht, daß du mich nach Helsinki oder Dubrovnik mitnehmen willst.«

»Ehrlich gesagt, habe ich nicht die geringste Absicht, das zu tun«, sagte Calac.

»Zum Glück«, sagte Nicole lächelnd und holte noch einmal ihr Taschentuch hervor.

Sich an den Mast binden aus Angst vor der Musik, bei Marrast bleiben und sich schmutzig fühlen und sich trotzdem an den Mast binden aus Angst vor der unnützen Freiheit, die unvermeidlich eine verschlossene Tür in Wien bedeutete oder aus Überraschung leicht hochgezogene Augenbrauen, wie der gute Ton das gerade noch erlaubt, und eine höfliche, auf Distanz bedachte Erklärung, doch dann würde Juan sie zärtlich ansehen und sie auf die Wange küssen, er würde sie zum Abendessen einladen und mit ihr ins Theater gehen, liebenswürdig, aber mit seinen Gedanken woanders, behext von einem anderen, unwiderstehlichen Bild, und sollte seine Frivolität ihm einen bösen Streich spielen, sollte der Wangenkuß bis zum Mund hinabgleiten, sollten dann seine Hände ihre Schultern umfassen und sie fester drücken, würde sie all das als ein Almosen an die lumpige Hoffnung empfinden, als den gerechten Lohn für diese Hure im grünen Kleid, wie Calac gesagt hatte, der gerade aufgestanden war und verblüfft die drei Wärter ansah, die respektvoll einen Herrn umringten, dem der rechte Arm fehlte, doch der mit dem linken für zwei fuchtig in Richtung des Porträts von Doctor Lysons wies, das von fünf oder sechs Anonymen Neurotikern belagert wurde.

»Was hab ich dir gesagt«, flüsterte Calac und setzte sich wieder hin, »jetzt wird's ein Mordsspektakel geben, sieh dir den Einarmigen an, wie der sich gebärdet.«

»Das ist der Museumsdirektor«, sagte Nicole. »Er heißt Harold Haroldson.«

»Und da hat man geglaubt, daß es solche Namen nur bei Borges gibt, man muß zugeben, daß die Natur die Kunst imitiert. Sieh einer an, da kommt der, der uns hierhergeschickt hat. Du kommst wie gerufen, Mann, so kannst du miterleben, wie das Gerüst zusammenkracht, der Einarmige gebärdet sich toller als Vishnu mit all seinen Tentakeln.«

Marrast hatte nicht einmal Zeit gehabt, Nicole mit einem Kuß zu begrüßen und sich ein Bild von der Situation zu machen, als die drei Wärter auf das Gemälde von Tilly Kettle zuschritten und mit der gebührenden, wiewohl auf ein Minimum beschränkten Rücksicht die verdutzten Neurotiker zerstreuten und zu zweit das Bild abhängten, während der dritte das Manöver dirigierte und die Neurotiker auf Distanz hielt, bis das Porträt des Doctor Lysons in der Eingangshalle verschwand, wo jemand, mit einer Synchronisation, die Calac nur bewundern konnte, ein bis dahin zwischen all den Bronzen und Konsolen unbemerktes Türchen geöffnet hatte, so daß die Operation ebenso glatt endete, wie sie begonnen hatte. Der einzige strategische Fehler, wie sich sogleich erweisen sollte, war, daß Harold Haroldson im Saal zurückblieb, denn augenblicks stürzte sich die Dicke von der Botanik, gefolgt von zwei Freundinnen und einigen Neurotikern, die sich in diesem unseligen Augenblick plötzlich zu erkennen schienen und die Anonymität, die sie bis dahin ausgezeichnet hatte, aufgaben, stürzten sie alle sich auf ihn, um Erklärungen von ihm zu fordern und ihm zu verstehen zu geben, daß niemand sich die Mühe macht, in ein Museum zu gehen, nur um sich das Bild, das man gerade betrachtet, vor der Nase wegnehmen zu lassen / Meine Damen und Herren, es gibt triftige Gründe / Ah! wirklich, und die wären? / Verwaltungstechnische und auch ästhetische Gründe / Und warum gerade dieses Bild und nicht ein anderes? / Es wird erwogen, dieses Gemälde an einen besser beleuchteten Platz zu hängen / Dort, wo es hing, war es sehr gut zu sehen / Das ist Ansichtssache / Das ist die Wahrheit, und alle diese Herrschaften werden mir zustimmen / *Hear, hear* / In diesem Fall rate ich Ihnen, eine Beschwerde einzureichen / Die Sie in den Papierkorb werfen werden / Dergleichen pflege ich nicht zu tun, gnädige Frau / Von dem, was Sie zu tun pflegen, mein Herr, haben wir soeben ein Schulbeispiel erhalten / Ich erlaube mir, Ihnen zu antworten, daß Ihre Meinung mir nicht den Schlaf rauben wird / Und du, du greifst nicht ein, Mann? Du bist es doch, der die Sache angezettelt hat, und jetzt sagst du nicht piep / Ich finde keine Worte, mein Lieber, das hier übersteigt meine kühnsten Erwartungen. Verschwinden wir, bevor man uns festnimmt, wir haben unseren Triumph gehabt. Nicole, Kätzchen, du hast dein Regencape vergessen, es nieselt.

Aber es nieselte nicht in dem Pub, wo sie ein Glas Portwein tranken, nachdem Calac sich am Ausgang des Museums mit dem Gesicht desjenigen verabschiedet hatte, der die Nase gestrichen voll hat. Ein wohltemperierter Portwein, der bestens mit dem Tabak und dieser Sitzecke aus altem Mahagoni harmonierte, wo Marrast aus der Verwunderung über den Ausgang des Spiels nicht herauskam und darauf drang, jede Einzelheit zu erfahren, bis Nicole lächelte und ihm schließlich alles haarklein erzählte und zum Schluß mit der Hand über sein Gesicht fuhr, damit er zu sich komme, und dann bestellte Marrast noch zwei Portwein und teilte ihr mit, daß der Wachsstein am nächsten Tag nach Calais verschifft werde, an Bord der *Rock & Roll*, Captain Sean O'Brady. Er hatte Zeit gehabt, den Stein in Augenschein zu nehmen, während die Zöllner mit Hilfe von Leitern auf ihn hinaufkletterten und ihn von allen Seiten inspizierten, ohne sich letztlich davon überzeugen zu können, daß er kein Plutonium oder das Fossil eines Gigantosauriers enthielt. Was der Magistrat von Arcueil sagen würde, wenn er Mr. Whitlows Rechnung erhielte, war eine andere Sache, aber noch weit entfernt von diesem zweiten Glas Portwein, der ihnen die Kehle wärmte.

»Übrigens hat mein Pareder einen Brief von Celia erhalten, sie spricht davon, herzukommen und ich weiß nicht von was noch, er hat's mir erzählt, als wir das *Espresso* verließen. Aber das ist nicht so wichtig, und der Wachsstein auch nicht, ich sag's dir nur, damit du Bescheid weißt. Sie haben das Bild doch tatsächlich abgehängt!« rief Marrast von Mal zu Mal enthusiastischer aus. »Ist denn das die Möglichkeit! Harold Haroldson höchstpersönlich! Oh nein!«

Nicole amüsierte diese konvulsische Art, Dinge zu sagen, die nur zu evident waren, und es brauchte noch eine Weile, bis Marrast sich beruhigte und zu begreifen begann, daß die visuelle und nachprüfbare Phase der Aktion zu Ende war und die Neurotiker fortan anonymer denn je sein würden, mit der blassen Ausnahme Austins.

»Alles wird irgendwie weitergehen«, sagte Nicole, »nur werden wir es nicht mehr mitbekommen.«

Marrast sah sie an, während er sich noch eine Zigarette anzündete. Bedächtig stellte er sein Glas Portwein woandershin und betrachtete den dünnen feuchten Kreis auf dem Tisch, die minimale Spur von etwas, das schon Vergangenheit war, das ein Kellner gleichgültig wegwischen würde.

»Immer läßt sich ein Teil vom Ganzen vorhersehen, die ersten konzentrischen Kreise. Das Porträt von Doctor Lysons wird einen anderen Platz bekommen oder, was wahrscheinlicher ist, im Depot des Museums bleiben und auf weniger bewegte Zeiten warten. Wir werden nach Paris zurückkehren, Harold Haroldson wird diesen bürokratischen Alptraum allmählich vergessen, und sollte Scotland Yard von der Sache erfahren haben, wird eine eben erst angelegte Akte ins Archiv verbannt werden.«

»Gauguin und Manet werden wieder die Hausherren sein, und im Saal II wird es wieder nur einen Wärter geben.«

Ja, aber das war nicht alles, das konnte nicht alles sein. Marrast spürte, daß etwas sich ihm entzog, das so nah war wie Nicole, die sich ihm auch entzog, all das hatte nichts mehr zu tun mit Voraussicht und möglichen Entwicklungen. Ein Spiel des Taedium vitae und der Tristesse hatte die gewöhnliche Ordnung verändert, eine Kaprice hatte sich auf den Kausalzusammenhang ausgewirkt und eine jähe Wendung herbeigeführt, zwei per Post gesandte Zeilen konnten also die Welt erschüttern, auch wenn es nur eine Welt im Taschenformat war; Austin, Harold Haroldson, womöglich die Polizei, zwanzig Anonyme Neurotiker und zwei zusätzliche Museumswärter hatten für kurze Zeit ihre Kreisbahn verlassen, um sich einander zu nähern, sich zu vereinen, sich abzustoßen, aufeinanderzuprallen, und aus alledem war eine Kraft entstanden, die imstande war, ein historisches Bild abzuhängen und Konsequenzen zu schaffen, die er in seinem Atelier in Arcueil, wenn er mit dem Wachsstein kämpfte, nicht mehr erleben würde. Nicoles Hand lag kleiner denn je in seiner etwas feuchten und unruhigen rechten Hand. Mit der linken zeichnete er imaginäre sehr zarte Augenbrauen auf die so zarten Augenbrauen Nicoles und lächelte sie an.

»Wenn man könnte«, sagte er. »Wenn man dasselbe mit allem machen könnte, Liebling.«

»Wenn man was machen könnte, Mar?«

»Ich weiß nicht, Bilder abhängen, andere Augenbrauen zeichnen, all so was.«

»Nicht traurig sein, Mar«, sagte Nicole. »Ich werde lernen, die Augenbrauen zu haben, die du mir mit dem Finger zeichnest, laß mir nur Zeit.«

»Und der Katalog, stell dir vor«, sagte Marrast, als hätte er nicht gehört. »In der nächsten Auflage werden sie die Legende zu Bild Nr. 8 streichen und durch eine andere ersetzen müssen. Plötzlich werden Tausende von Katalogen in den Bibliotheken der ganzen Welt sich geändert haben; obwohl sie dieselben bleiben, werden sie doch andere sein, weil das, was sie neuerdings über das Bild Nr. 8 sagen, nicht mehr der Wahrheit entspricht.«

»Da siehst du's, alles kann sich ändern«, sagte Nicole klein-mütig und ließ den Kopf hängen. Marrast faßte ihr unters Kinn, hob langsam wieder ihren Kopf und strich ihr erneut über die Stirn und die Augenbrauen.

»Hier hast du ein Härchen, das du früher nicht hattest.«

»Das habe ich immer schon gehabt«, sagte Nicole und lehnte ihr Gesicht an Marrasts Schulter. »Du kannst nur nicht zäh-len.«

»Hast du Lust, ins Kino zu gehen und diesen Film von Go-dard zu sehen?«

»Ja. Und danach in Soho essen zu gehen, in dem spanischen Restaurant, wo, wie du sagst, mein Haar anders glänzt.«

»Nie habe ich so was gesagt.«

»Doch, doch, das hast du gesagt. Du hast gesagt, daß es da ein besonderes Licht gäbe, oder so ähnlich.«

»Ich glaube nicht, daß es deine Haarfarbe verändert«, sagte Marrast. »Ich glaube nicht, daß dich überhaupt etwas ändern kann, meine Liebe. Du selbst hast mir eben gesagt, daß du dieses Härchen schon immer hattest. Ich kann eben nur nicht zählen, auch das hast du gesagt.«

Über das Reden und Trinken waren die Stunden vergangen, mit langen Pausen des Schweigens, in denen Hélène weit weg und teilnahmslos schien, bis sie unvermittelt wieder zu ihrer Zigarette oder ihrem Glas griff oder ihr Lächeln zurück-kehrte, das mich für Augenblicke verlassen hatte, mich in ei-nem absurden Monolog herumirren ließ. Als sie mich wieder ansah, wobei sie eine neue Aufmerksamkeit in ihren Blick legte, die wie eine Entschuldigung dafür war, daß sie sich hatte ablenken lassen, kam mir mein eigenes Verhalten, näm-lich indem ich es ihr gleichtat, mir auch eine neue Zigarette anzündete und sie anlächelte, ebenfalls von außen, war wie ein Wiederaufleben des Vertrauens und des Glücks, die durch diese Leere, diesen abwesenden Blick Hélènes vorübergehend suspendiert waren. Es ärgerte mich, mir eingestehen zu müssen, daß ich in diesen Pausen gelitten hatte, daß ich mich alleingelassen fühlte und daß Hélène völlig recht gehabt hätte, mich wieder einmal ein kleines Mädchen zu nennen; danach, auch wenn wir kaum ein Wort wechselten, war das einzige, was zählte, das Vertrauen, sich diesem Hiersein überlassen zu können, ohne daß Hélène mir Zusicherungen geben mußte, aber ja doch, du kannst bleiben, solange du willst, wir werden schon zurechtkommen, die Paraventphrasen, die Nicole und Tell und alle Frauen einem alle Augenblicke sagten und die man ja auch sagen mußte, wenn man nicht einsam bleiben wollte wie Hélène, die sie nie sagte. Es war so einfach, glücklich zu sein bei Hélène an diesem Abend, ohne Beteuerungen oder Vertraulichkeiten, aber immer war dahinter das andere, die schwarze Leere, die auch Hélène war, wenn sie aus sich selbst zu fliehen schien, den Blick starr auf ihr Glas gerichtet oder auf ihre Hand oder auf die Puppe, die da auf einem Stuhl saß. Und gern hätte ich etwas getan, das ich nie tun würde, auf die Knie gehen, zum Beispiel, oh ja, Frau Doktor, auf die Knie, denn auf den Knien war man sich näher, konnte das Gesicht der Wärme eines anderen Körpers nähern, die Wange auf die warme Wolle eines Pullovers legen, gern hätte ich all das getan, was von Kindheit an wirklich wichtig oder traurig oder wunderbar war, oder mit mir geschehen lassen, auf den Knien schweigend darauf warten, daß sie mir übers Haar streiche, denn das ja, das hätte Hélène getan, niemand nähert sich einem anderen so niedrig, mit dem Gebaren eines Hundes oder eines Kindes, ohne daß sich ihm wie von selbst eine Hand auf den Kopf legt, sanft übers Haar fährt und zärtlich die Schulter berührt, und dann ihr sagen, was ich ihr nie sagen würde, ihr sagen, daß sie tot sei, daß dieses Leben, das sie führt, für mich wie ein Tod ist, vor allem aber, und das zu sagen wäre noch unmöglicher gewesen, für Juan, und daß wir dieses Ärgernis nie verstehen oder akzeptieren würden, da wir ja gleichsam um sie herumtanzten, um das Licht Hélène, um die Vernunft Hélène; und dann hätte sie mich angesehen mit dem Blick der Anästhesistin, oh ja, Frau Doktor, ohne Groll noch Verwunderung, zuerst wie von fern und so, als betrachtete sie etwas Unbegreifliches, und danach hätte sie gelächelt und nach einer neuen Zigarette gegriffen, ohne etwas zu sagen, ohne etwas von dem zu akzeptieren, was natürlich keiner von uns ihr sagen würde, nicht einmal mein Pareder, der kein Blatt vor den Mund nimmt, wenn man ihn provoziert.

Da blieb die andere Möglichkeit, aus diesem sanften und demütigen Blickwinkel des Hundes, den ich mir in meinem Sessel Hélène gegenüber vorstellte, was sie nicht ahnen konnte, es blieb die Möglichkeit hierzubleiben, und das bedeutete Glück und nächtliche Geborgenheit, Cognac und Freundschaft ohne Floskeln, bedeutete zu akzeptieren, daß Hélène diese Frau war, die immer wieder gedankenverloren ihre kleine Brosche in Form eines Salamanders oder einer Echse liebkoste, zugleich aber waren da auch, oh ja, Frau Doktor, das konntest du nicht mehr leugnen, die Flakons mit verschiedenfarbigem Badesalz, die feine Seife und die Parfüms genau wie die von Tell und Nicole und die auch ich einmal haben würde, wenn ich erst meine eigene Wohnung hätte. Angepaßt, auf unserer Seite, eine Frau, die sich parfümiert, und Spiegel und Kapricen. Aber das brachte dich uns nicht näher, es war unglaublich, aber nichts von alldem brachte dich uns näher, eben hatte ich mich hier geduscht, ich hatte mich mit einem deiner Frotteetücher abgetrocknet, immer noch verwundert, daß deine Wohnung so ganz anders war, als wir angenommen hatten, und dann, wieder dir gegenüber, die du mir alles gabst, mir den Weg ebnetest, um mich nicht leiden zu lassen, war die Distanz noch schwindelerregender, machte mich kleiner, raubte mir die letzten Gründe, mir diese Andersheit zu erklären, die uns zugleich anzog und zur Verzweiflung brachte, Frau Doktor. Immer war mir Hélène viel älter als ich vorgekommen (aber wer wußte schon Hélènes wahres Alter, ob sie mir fünf oder zehn Jahre voraus hatte, ob es Zeit war oder etwas anderes, ein Kristall oder eine Sprache), und es nützte gar nichts, ihr gegenüberzusitzen, die mir ein Glas Cognac reichte, das genau wie das ihre war, da das Unmögliche nie geschehen würde, Hélène würde mir nicht in die Augen sehen, um mir wirklich ein Wort zu sagen, das wie von einer langen Reise zurückkäme durch Farnkraut Hélène, Seen Hélène, Hügel Hélène, ein Wort, das sich nicht hinter den Paravents des gemeinsam verbrachten Tages versteckte, das sich nicht auf den jungen Mann, der in der Klinik gestorben war, beriefe, auf die Puppe, die Tell ihr geschickt hatte, auf Alibis, von der Zeit und den Dingen erfunden, um nie von sich selbst zu sprechen, um nicht Hélène zu sein, wenn sie mit uns zusammen war.

Es schien wirklich kein Dietrich zu sein, und das nahm dem Vorgang natürlich die Qualität, die Juan erhofft hatte, ohne es sich freilich einzugestehen; eher ein ganz gewöhnlicher Zimmerschlüssel, mit dem Frau Marta geräuschlos die Tür des Zimmers 22 aufschloß, das, nach dem engen und muffigen Flur zu schließen, offensichtlich keine illustren historischen Gäste beherbergt hatte. Juan wollte schon den Rückzug antreten und Tell informieren, die diese Belohnung nach so langem entsagungsvollem Spionieren durchaus verdiente, aber sein Handeln kam (wie es sich gehört) aller Überlegung zuvor: dicht an der Wand entlang schlich er hinter Frau Marta her, und kaum war sie in der nach innen aufgehenden Tür verschwunden, stellte er den Fuß dazwischen, um zu verhindern, daß die Alte sie hinter sich schloß, und machte sich auf den unausbleiblichen Skandal gefaßt. Sicher würde Frau Marta die Tür hinter sich schließen, das hätte jeder unter solchen Umständen getan, jeder außer ihr, denn die Tür blieb angelehnt und Juans Schuh mußte nicht erleiden, was sein Fuß mit einer verständlichen defensiven Verkrampfung vorausgefühlt hatte. Das Zimmer war dunkel und roch nach Zedernseife, eine löbliche Neuerung im Hotel *König von Ungarn*, die vermutlich der jungen Engländerin zu verdanken war. Ohne zu wissen, was tun, außerstande, sich alle logischen Folgerungen, welche die Situation erforderte, klarzumachen, blieb ihm nichts anderes übrig, als in derselben Stellung zu verharren, sich so dicht wie möglich an die Wand zu drücken und den Fuß für alle Fälle in der Tür zu behalten, da das Aussetzen der Logik außerordentlich schnell endet und beiderseits des Fünkleins einer Ausnahme sich sogleich das endlose Gähnen der reinen unvermeidlichen Kausalität wieder einstellt. Zum Beispiel die Blendlaterne, es war beim Stand der Dinge unausbleiblich, daß jäh das violette Licht einer Blendlaterne aufleuchtete, und so geschah es auch etwa zwei Meter von der Tür entfernt; auf dem Boden zeichnete sich ein zittriger Kreis ab, er schwankte nach rechts und nach links, als suche er eine bestimmte Richtung. Ein weiteres Mal handelte Juan, ohne seine höheren Instanzen vorher zu Rate gezogen zu haben; sein Körper paßte seitlich genau in die Türöffnung, und auf einem Fuß sich drehend, glitt er völlig lautlos ins Zimmer, lehnte sich von innen leicht gegen die Tür und drückte sie mit einer sachten Bewegung seiner Schulter mehr und mehr zu. Noch ein Schubs, und man hätte das Einschnappen des Schlosses gehört, doch die Schulter hielt rechtzeitig inne; so wenig präzis wie alles, was da vor sich ging, war auch Juans Eindruck, daß der noch verbliebene Türspalt ihn davor bewahrte, völlig in etwas einzutauchen, das sich schon als Magenkrampf bemerkbar machte, ganz davon abgesehen, daß jenseits dieser neuen und finsteren Welt Tell auf ihn wartete, und das war wie eine Brücke, ein Kontakt mit einem Rest von Besonnenheit; und während der Lichtkreis unentwegt in einem vagen Bereich des Parketts, am Rande eines violetten Teppichs hin und her schwankte, war es fast amüsant (hätte mich dieser Krampf nur in Ruhe gelassen), einen Augenblick über diesen Begriff der Besonnenheit nachzudenken, der auf der einen wie der anderen Seite der Tür völlig unpassend schien; weshalb eigentlich so sicher sein, daß sich auf der anderen Seite, auf dem Gang, der zur Treppe und weiter in das Zimmer von Ladislao Boleslavski führte, die tröstliche Wirklichkeit befand, Tell und der Slibowitz und meine verdammte internationale Konferenz? Gleichzeitig mit diesem Hin und Her von etwas, das nicht einmal Denken war, merkte ich, daß das Schwanken des Lichtkreises am Rande des violetten Teppichs in Zusammenhang stand mit dem leichten Keuchen Frau Martas, die irgendwo im Dunkel des Zimmers untergetaucht war. Hinter der Angst, die mit jeder Bewegung des Lichtstrahls wuchs, mußte ich an Raffles, an Nick Carter, an die Bücher meiner Kindheit denken, wo es immer eine »taube Laterne« gab, wie die Blendlaterne auf spanisch genannt wird, und an die wunderbare, weil unverständliche, Verbindung dieser beiden Worte; jetzt aber war es wirklich ernst, Frau Marta hatte eine »taube Laterne« und einen Schlüssel, sie war hier und keuchte leise, und trotz der Dunkelheit spürte man, daß all das in einem Zimmer geschah, das größer war als das Ladislao-Boleslavski-Zimmer (»Wie kann eine Laterne taub sein?« hatte ich meinen Vater gefragt), und das war ein starkes Stück, da die junge Engländerin es ganz für sich allein bewohnte, wo der Hoteldirektor uns doch versichert hatte, uns eines der geräumigsten Zimmer zu geben (»Stell nicht so dumme Fragen«, hatte mein Vater geantwortet). Unmöglich zu begreifen, wieso die wahre Größe des Zimmers derart fühlbar werden konnte bei dieser Dunkelheit, auch wenn er Frau Martas Silhouette schon zu erkennen begann, die den runden Lichtfleck unablässig über den violetten Teppich zuckeln ließ, ihn abrupt zurückzog und ihn zögerlich bis zum Fuß eines Bettes ruckte (das Bett aber befand sich mehrere Meter von der Tür entfernt, es war ein riesiges Zimmer, wo fünf Personen hätten schlafen können, und die junge Engländerin mußte sich sehr seltsam vorkommen in dieser Art von Scheune mit zwei riesigen Fenstern, die die Finsternis allmählich besiegten und sich an der hinteren Wand abzeichneten), wo er einen Augenblick innehielt, bevor er wie eine goldene Spinne auf eine rosa Überdecke kletterte (welch andere Farbe hätte sie auch haben können, *England, my England?*) und sich duckte vor einer auf der Bettdecke liegenden Hand, dem Ärmel eines rosa Pyjamas *(England, my own!)*, bis er sich entschloß, den großen Sprung zum Rand des Kopfkissens zu tun, und dieses Millimeter um Millimeter absuchte, während sich mir der Magen zusammenzog und der Schweiß mir aus den Achseln rann, und er schließlich innehielt bei einer Strähne blonden Haars, einer herabhängenden und vielleicht leicht schwankenden Strähne, obgleich es nicht sein konnte, daß sie schwankte, der Lichtkreis ließ nicht davon ab, auf dieser lose herabhängenden Strähne zu schaukeln, doch wenn diese Strähne lose herabhing, war es nicht möglich, daß der Kopf auf dem Kissen ruhte, dann konnte es, sollte der Lichtschein sich schließlich entschließen, einen kleinen triumphalen Satz bis zum Gesicht der Schlafenden zu tun, gar nicht anders sein, als daß das Gesicht die Augen weit geöffnet hatte, die Schlafende wach war, im Bett saß, ihre Hände auf der Bettdecke ruhten, daß sie in ihrem rosa Pyjama dasaß, die Augen starr geöffnet und darauf wartend, daß ihr das Licht mitten ins Gesicht scheine.

»Du fällst ja um vor Müdigkeit«, sagte Hélène. »Gehen wir ins Bett.«

»Ja, Frau Doktor. Laß mich noch ein bißchen hier, sie gefällt mir sehr, deine Wohnung, dieses Licht hier ist sowas von.«

»Wie du willst, ich gehe jetzt schlafen.«

Celia reckte sich im Sessel, rekelte sich, wollte diesen Augenblick nicht enden lassen, wo alles, selbst das Sichrekeln oder das Ausdrücken der Zigarette im Aschenbecher, etwas Vollkommenes hatte, das nie enden dürfte. ›Warum so was abbrechen‹, dachte sie gähnend. Die Müdigkeit begann sie unter den Lidern mit zärtlichen Ameisen zu prickeln, und auch diese Müdigkeit war ein Teil des Glücks.

»Spül doch bitte noch die Kaffeetassen, bevor du schlafen gehst«, sagte Hélènes Stimme vom Schlafzimmer aus. »Genügt dir ein Kopfkissen oder willst du zwei?«

Celia trug die Tassen in die Küche, spülte sie und räumte sie weg, wobei sie sich zu merken bemühte, wo alles seinen Platz hatte. Der Geruch nach Hélènes Zahnpasta, eine Stimme, die fern auf der Straße sang, dann große Stille, die Müdigkeit. Die Puppe saß noch immer auf dem Sessel; Celia nahm sie in den Arm, drehte sich mit ihr im Kreis und betrat dann das Schlafzimmer, wo Hélène sich gerade hingelegt hatte und die Zeitung durchblätterte. Immer noch tanzend, zog Celia die Puppe aus, legte sie zum Schlafen auf einen Hocker neben der Tür und deckte sie, leise vor sich hin singend, mit einem grünen Tüchlein zu. Sie lachte Hélène an, etwas verschämt, aber die Puppe zu Bett bringen war kein bloßes Spiel, man mußte nur ihren Mund sehen, während sie sich vorneigte, um das grüne Tuch zurechtzustreichen, ihre Hände und Lippen hatten plötzlich den Ernst des Kindes, das über seine Welt herrscht, das aus dem Bad gekommen ist, wo es die hygienischen Vorschriften befolgt hat, und sich vor dem Ausziehen noch einen Augenblick dem zuwendet, das ihm allein gehört, das die Skolopender ihm nicht werden nehmen können. Ich faltete die Zeitung wieder zusammen, mit der Gewißheit, daß die Müdigkeit mich nicht schlafen lassen würde, und sah weiter Celia zu, wie sie die Falten der improvisierten Bettdecke glättete und die Puppe kämmte, ihr die Locken glattstrich auf dem Handtuch, das als Kopfkissen diente. Der Schein der beiden Nachttischlampen ließ die Puppe und Celia im Halbdunkel, ich sah sie wie durch einen Nebel aus Müdigkeit, doch nun trat Celia aus dem Schatten, suchte ihren zerknitterten, vielleicht nicht mal ganz sauberen Pyjama und legte ihn auf die

Bettkante, und nachdem sie sich noch einmal im Kreis gedreht und die Puppe gekost hatte, stand sie wie verloren da.

»Auch ich bin todmüde. Ich bin ja so glücklich, daß ich von zuhause weggelaufen bin, auch wenn hier drinnen, du weißt...« Sie tippte auf ihren Magen und lächelte. »Morgen werde ich anfangen müssen, mir was zu suchen, bestimmt. Heute abend mag ich nicht, daß es ein Morgen gibt, es ist das erste Mal, daß... Hier ist's schön, ich könnte für immer bleiben... Oh, glaub nicht, daß«, fügte sie rasch hinzu und sah mich erschrocken an. »Ich will damit nicht sagen, daß. Ich meine.«

»Geh ins Bett und red kein dummes Zeug«, sagte ich, legte die Zeitung weg und drehte mich auf die andere Seite. Ich meinte ihr Schweigen zu hören, eine leichte Kühle in der Luft zu spüren, eine fast belustigende Spannung, wie so oft in der Klinik, in den Operationssälen, bei diesem Zögern einer Hand, die eine Hose oder eine Bluse aufzuknöpfen beginnt.

»Oh, du kannst mich ruhig ansehen«, sagte Celia. »Warum drehst du dich um? Unter uns...«

»Geh ins Bett«, sagte ich noch einmal. »Laß mich schlafen oder wenigstens in Ruhe wach liegen.«

»Hast du ein Beruhigungsmittel genommen?«

»Ist bereits vorschriftsmäßig eingeführt. Du solltest auch eins nehmen. Die weiße Schachtel im Schränkchen über dem Waschbecken. Nimm nur ein halbes, denn du bist es nicht gewöhnt.«

»Ah, ich werde schlafen«, sagte Celia. »Und wenn ich nicht schlafe... Hélène, sei nicht böse, wenn ich noch etwas mit dir rede, nur ganz kurz. Hier hab ich soviel... Ich bin egoistisch, gerade wo dir das heute passiert ist, aber...«

»Schluß jetzt«, sagte ich, »gib endlich Ruhe. Du weißt, wo die Bücher sind, wenn du noch lesen willst. Träume süß!«

»Ja, Hélène«, sagte das kleine Mädchen, das so gern Babybel-Käse mag, und da war eine große Stille und ein Gewicht auf dem Bett, das Licht der Nachttischlampe auf Celias Seite ging fast gleichzeitig mit dem ihren aus. Ich schloß die Augen und wußte nur zu gut, daß ich nicht würde schlafen können, das Sedativ würde allenfalls die Schnur etwas lösen, die mir die Kehle zuschnürte, sie lockern und sie erneut zuschnüren. Vielleicht merkte ich schon seit einer Weile, daß Celia, die mir ebenfalls den Rücken zugekehrt hatte, leise weinte, als die enge Gasse plötzlich in die Kurve ging und die Biegung, wo sich alte Steinhäuser drängten, mich unvermittelt gegenüber der Esplanade mit den Straßenbahnen stehenließ. Ich glaube, ich mühte mich, zu Celia zurückzukehren, mich um sie zu kümmern, ihre Tränen zu stillen, die nichts als Müdigkeit und kindisches Benehmen waren, doch zugleich mußte ich mich vorsehen, denn die Straßenbahnen kamen aus verschiedenen Ecken des riesigen leeren Platzes, und die Schienen kreuzten sich ganz unerwartet auf dem rötlichen Pflaster, zudem war ganz klar, daß ich diesen Platz so schnell wie möglich überqueren mußte, um die Straße 24 de Noviembre zu suchen, denn es gab nun nicht mehr den geringsten Zweifel, daß die Verabredung in dieser Straße war, auf den Gedanken war ich bisher nicht gekommen, doch jetzt war ich sicher, und zugleich wurde mir klar, daß ich, um zu jener Straße zu kommen, eine der unzähligen Straßenbahnen nehmen müßte, die wie Spielzeugbahnen in einem Vergnügungspark vorbeizogen, ohne anzuhalten einander kreuzten, mit ihren ockerfarbenen schartigen Flanken, ihren funkenstiebenden Stromabnehmern und einem unablässigen grundlosen Gebimmel, wie aus bloßer Laune, und hinter den Fenstern Leute mit hohlen und müden Gesichtern, die alle ein wenig nach unten blickten, als suchten sie auf dem roten Pflaster einen entlaufenen Hund.

»Verzeih, Frau Doktor«, sagte Celia, schlotzte den Rotz wie ein kleines Kind und wischte sich die Nase am Ärmel des Pyjamas ab. »Wie dumm ich bin, hier bei dir bin ich sowas von, aber es ist stärker als ich, es war schon immer so, ist wie eine Pflanze, die plötzlich hochschießt und mir durch die Augen und die Nase herauskommt, vor allem durch die Nase, ich bin eine Idiotin, schlagen solltest du mich. Ich werde dich nicht mehr stören, Hélène, verzeih mir.«

Hélène setzte sich auf, indem sie sich auf das Kopfkissen stützte, knipste die Nachttischlampe an, wandte sich Celia zu und trocknete ihr mit einem Zipfel des Bettuchs die Augen. Sie kaum ansehend, da sie spürte, daß Celia in wortlose Scham versank, glättete sie das zerknautschte Bettlaken und dachte vage, daß das dumme Ritual sich minuziös wiederholte, das kleine Mädchen, das mit zeremonieller Umständlichkeit ihre Puppe zu Bett bringt und sich dann ihrerseits zu Bett bringen läßt und erwartet, daß man das gleiche mit ihr tut, ihr das Haar auf dem Kopfkissen glattstreicht, ihr das Bettuch bis unters Kinn hochzieht. Und da unten, an einem Ort, der nicht der Platz mit den Straßenbahnen war und auch nicht dieses Bett, in dem Celia nach einem letzten kurzen Aufschluchzen die Augen schloß und dann tief seufzte, dort im Souterrain der Klinik geschah vielleicht etwas ähnlich Scheußliches, oder war schon geschehen, jemand hatte vielleicht ein weißes Leinentuch bis zum Kinn des toten Jungen hochgezogen, und dann war Tells Puppe Celia, und die war der tote Junge, und ich hatte mich für diese drei Zeremonien entschieden und vollzog sie verkrampft und distanziert zugleich, denn das Sedativ begann mich hinabzuziehen in einen prekären Halbschlaf, wo jemand, der noch ich war und sich noch denken hörte, weiterhin sich fragte, wer mir wohl die Puppe geschickt hatte, denn ich hielt es für immer weniger wahrscheinlich, daß Tell es gewesen sein sollte, obgleich es auch Tell hätte sein können, doch nicht von sich aus, bestimmt nicht von sich aus, sondern von Juan dazu aufgefordert, der vor dem Einschlafen vielleicht wie zum Scherz, in diesem absichtlich schnoddrigen Ton, in den er manchmal verfiel, den man in Dolmetscherkabinen, in mondänen Bars und an Operationstischen lernt, womöglich gesagt hatte: »Du solltest die Puppe Hélène schenken«, und sich dann die

Bettdecke bis zum Kinn hochgezogen hatte und Tell ihn verblüfft und vielleicht sogar verärgert angesehen hatte, obgleich sie sich aus so was nichts machte, sich dann aber gesagt hatte, daß es gar keine schlechte Idee war, da das Absurde fast nie schlecht war, und daß ich ganz schön perplex sein würde, wenn ich das Paket öffnete und eine Puppe darin fände, die mit mir nichts zu tun hatte und noch weniger mit ihr, die sie mir schenkte.

»Oh, hör auf zu wimmern«, protestierte Hélène. »Ich mach jetzt das Licht aus, wir werden jetzt schlafen.«

»Ja«, sagte Celia, schloß die Augen und bemühte sich zu lächeln. »Wir werden jetzt schlafen, Frau Doktor, dieses Bett ist sowas von.«

Für Celia wäre es kein Problem gewesen, ihre Stimme war schon untermischt mit Schlaf, die Hand aber, die jetzt auf den Knipser drückte, wiederholte die Geste in einem anderen Bild, und es war unnütz, in der Dunkelheit die Lider zu schließen und die Muskeln zu entspannen, einmal mehr diese absurde Manie, anzukündigen, was sie gleich tun würde, ich mach jetzt das Licht aus, wir werden jetzt schlafen, das entsprach genau dem Kalkül und der Strenge ihres Berufs, sich links neben den Patienten setzen, etwas nach hinten, damit er ihr nicht direkt ins Gesicht sähe, die Vene seines Arms suchen, die Stelle mit einem alkoholgetränkten Wattebausch desinfizieren und dann sanft, fast obenhin sprechen, so wie Juan zu Tell gesprochen haben wird, und ihm sagen: »Ich werde jetzt stechen«, damit der Patient Bescheid wisse, gewarnt wäre und auf den schmerzhaften Einstich nicht mit einem Zusammenzucken reagiere, das die Nadel verbiegen könnte. Ich mach jetzt das Licht aus, ich werde jetzt stechen, wir werden jetzt schlafen, armer Junge, Juan so ähnlich, der durch eine Mittelsperson Puppen schenkte, armer Junge, der vertrauensvoll gelächelt hatte, der so nett gesagt hatte: »Bis dann«, in der Gewißheit, daß es nicht schlimm sein würde, daß man das Licht ausmachen konnte, daß er auf dem anderen Ufer des

Alptraums geheilt aufwachen werde. Man wird ihn schon obduziert haben, so wie man eine Puppe aufschlitzt, um zu sehen, was darin ist, und der glatte schöne nackte Körper, dieser Körper, der erlosch mit der hellen Stimme, die wie dankend gesagt hatte: »Bis dann«, wird eine schrecklich blau, rot und schwarz geäderte Landkarte sein, eiligst zugedeckt von einem Krankenpfleger, der vielleicht wegen der auf dem Gang wartenden Eltern und der Freunde das weiße Leinentuch taktvoll bis zum Kinn hochziehen würde, der Anfang der Eskamotage, die erste prekäre Bahre, weiß und fragil, das kleine Kissen für den Nacken, das dezente Licht eines Zimmers, wo jetzt alte Leute laut weinen würden, wo die Freunde aus dem Büro und dem Café einander fassungslos ansehen würden, nahe daran, hysterisch zu lachen, nackt und offen wie der Tote unter dem weißen Leinentuch, bis auch sie sagen würden, einander sagen würden, ihm sagen würden: »Bis dann«, und hinausgingen, um einen Cognac zu trinken oder in der Ecke einer Toilette zu weinen, verschämt und zitternd und Zigarette.

In der Dunkelheit tat Celia einen tiefen Seufzer, und Hélène spürte, wie sie sich, einer Katze gleich, wohlig streckte. Welch einfacher Schlaf, das artige kleine Mädchen sank in seine Nacht ohne Fragen. Nach dem Spielen und Weinen hatte Celia nicht einmal fünf Minuten gebraucht, um einzuschlafen; kaum zu fassen, daß da neben ihr der Schlaf war, Hélène so nah, die sich langsam Celia zugewandt hatte und auf dem Kopfkissen schemenhaft ihr Haar sah und die Konturen einer leicht geschlossenen Hand; kaum zu fassen, daß der Schlaf in einen der beiden Körper eingezogen war, während dem anderen nur ein bitteres, staubiges Wachsein zuteil wurde, eine Müdigkeit ohne Antwort, ein mit einer gelben Schnur verschnürtes Paket, das immer schwerer wurde, auch wenn sie es sich auf die Knie legte, nun sie in der Straßenbahn saß, die kreischte und schlingerte, als schwömme sie in einem Element, wo Kreischen und Stille sich miteinander vereinbaren ließen, wie sich auch ihre sanfte Ergebenheit auf dem Sitz in der Straßenbahn mit ihrer Eile vereinbaren ließ, in die Straße 24 de Noviembre zu kommen, wo man sie erwartete, eine Straße mit hohen Lehmmauern, die sie schon öfter gesehen hatte und hinter denen es Hallen zu geben schien oder Straßenbahndepots, immer eine Welt von Straßenbahnen in den Straßen oder auf diesem Gelände, das verborgen war hinter hohen Mauern mit großen rostigen Eisentoren, zu denen Schienen führten, die sich darunter verloren, und gleich müßte sie mit dem Paket aussteigen (aber noch vor der Straße 24 de Noviembre) und eine Seitenstraße entlanggehen, seltsamerweise eine Dorfstraße mitten in der Stadt, mit Grasbüscheln zwischen den Pflastersteinen und mit Trottoirs, die viel höher lagen als der Fahrdamm, wo es magere Hunde gab und die eine oder andere fremde und teilnahmslose Person, und wenn ich dort hinkäme, müßte ich aufpassen, um auf dem Trottoir keinen Fehltritt zu tun und auf den Fahrdamm zu fallen zwischen rostige Faßreifen und Grasbüschel und magere Hunde, die sich ihr räudiges Fell lecken. Aber sie sollte diesmal noch nicht zum Treffpunkt gelangen, denn wieder hörte sie Celia stoßweise atmen, mit offenen Augen in der Dunkelheit, die sie plötzlich wieder umgab, hörte sie ihren stockenden Atem, ohne sich entscheiden zu können, ob sie weitergehen oder hier neben Celia bleiben solle, die atmete, als gäbe es auf dem Grunde ihres Schlafs noch einen Rest Tränen. Vielleicht, so dachte sie dankbar, würde auch sie endlich einschlafen, es war albern, aber die Nähe der murmelnden Celia beruhigte sie irgendwie, und obgleich die durch Celias Gewicht entstandene ungewohnte Unebenheit der Matratze die Gewohnheiten ihres Körpers änderte und sie hinderte, sich in der Diagonalen auszustrecken, um eine kühlere Stelle auf den Bettüchern zu suchen, und sie sich genötigt sah, sich zurückzuziehen, um nicht in die Mitte zu rutschen, wo sie am Ende Celia berühren und sie womöglich gar aus einem Traum voller wütender Eltern und jugoslawischer

Strände reißen würde, weckte nichts in ihr den alten Imperativ, Ordnung in die Dinge zu bringen, jede Veränderung in ihrer Routine zurückzuweisen. Ironischerweise dachte sie an Juan, an Juans Ungläubigkeit, hätte er dort am Fußende des Bettes gestanden oder sie von irgendeiner Stelle des Zimmers aus beobachtet und resigniert erwartet, daß sie, wie immer, dem Kaiser gäbe, was des Kaisers ist, aber hätte feststellen müssen, daß nicht, daß es im Grunde nichts Skandalöses gab, daß sie hier im Einklang mit sich selbst war und ohne Protest diese Unordnung hinnahm, die Celia in ihrer Wohnung und in ihrer Nacht bedeutete. Armer Juan, so fern und voller Bitterkeit, in gewisser Weise hätte all das für ihn bestimmt sein können, hätte er in der Dunkelheit dort am Fußende des Bettes gestanden, wieder einmal die Antwort suchend, die jetzt zu spät kam, für jeden. ›Du selbst hättest kommen sollen, anstatt mir die Puppe zu schicken‹, dachte Hélène. Die Augen in der Dunkelheit noch immer geöffnet, lächelte sie diesem abwesenden Bild zu, wie sie dem Jungen zugelächelt hatte, bevor sie ihm sanft den Arm geradebog, um die Vene zu suchen, mit einem Lächeln, das keiner von beiden hatte sehen können, der eine im Profil, nackt daliegend, der andere in Wien, der ihr Puppen schickte.

Manchmal hatte sie an diese von Calac halb gesungenen, halb gesprochenen Worte denken müssen, ein Tango, in dem davon die Rede war, eine Liebe zu verlieren, nur um sie zu retten, oder so ähnlich, wobei jedoch in der von Calac freundlicherweise besorgten Übersetzung viel von seinem Sinn verlorengegangen sein mußte. Später hatte Nicole ihn bitten wollen, ihr die Worte zu wiederholen, aber da waren sie schon im Begriff, das Museum zu verlassen, nachdem Harold Haroldson dort eingetroffen war und man das Porträt von Doctor Lysons entfernt hatte; zudem redete Marrast in einem fort, wollte genau wissen, was sich abgespielt hatte, und

dann war Calac, den Tango pfeifend, im Nieselregen weggegangen, und Marrast hatte sie auf ein Glas Portwein in den
Pub mitgenommen und am Abend ins Kino geführt. Erst Tage
später, als sie Austin, der neben ihr schlief, gedankenverloren
übers Haar strich, wurde ihr klar, daß sie diesen Tango mit
einigem Recht für sich hätte beanspruchen können, und sie
mußte fast lachen, denn die Tangos klangen auf französisch
immer etwas lächerlich und gemahnten einen an alte Foto-
grafien dunkeläugiger Galane mit Käfergesichtern, wie es
auch zum Lachen war, daß Austin da neben ihr schlief und
daß es Marrast war, der ihm die wenigen französischen
Worte beigebracht hatte, die Austin ihr mit all den falschen
Akzenten sagte, als er sie in seinen Armen hielt.

Man konnte nicht sagen, daß es zwischen den Gnomen und
Austin einen großen Unterschied gab; als ich ihn so schlafen
sah und ihm übers Haar strich, das er für meinen Geschmack
zu lang trug, ein halbwüchsiger Wikinger, fast noch unschuldig, jammervoll unerfahren, war ich mir ob seiner Unbehol-
fenheit oder absurden Scheu vorgekommen wie eine alte, ein
wenig mütterliche Hure. Pater, ich beichte, einen Jüngling
verführt zu haben / Und wer bist du? / Pater, mein Pareder, ich
bin die Malcontenta, mi chiamano così / Ma il tuo nome,
figliola / Il mio nome è Nicole / Ahimè, Chalchiuhtotolin abbia misericordia di te, perdoni i tuoi peccati e ti conduca alla
vita eterna / Confesso a te, paredro mio, che ho peccato
molto, per mia colpa, mia colpa, mia grandissima colpa / Va
bene, lascia perdere, andate in pace, Nicole. Visto: se ne permette la stampa / Aber wer ist Chalchiusoundso? / Der Gott
der Finsternis, der ewige Zerstörer, dessen Bild sich nur im
Blut der Opfer spiegelt, diesem köstlichen Naß, dem Blut auf
dem Opferstein. Und es symbolisiert die göttlichen weibli-
chen Opfer im Gegensatz zu den geopferten Kriegern / Aber
ich, Pater, ich habe nichts von einem Opfer, ich will kein Opfer sein, ich war es, die den ersten Schlag geführt hat, mein
Pareder, ich verliere meine Liebe mit voller Absicht, das

übrige soll Calac dir in seiner Sprache erzählen. Und das mit *se ne permette la stampa* war ein gewaltiger Lapsus meines Pareders, der wenig vertraut ist mit dieser Sprache, deren sich zu bedienen die Malcontenta für angemessen gehalten hatte, als sie neben anderen ähnlichen Alpträumen einen so liturgischen Augenblick träumte. Dagegen hatte sie den *Marquee Club* in der Wardour Street nicht geträumt, ein schäbiger Jazzclub, dunkel und alkoholfrei, mit jungen Leuten, die sich auf dem Boden ausstreckten, um die Soli des alten Ben Webster, auf der Durchreise in London, besser hören zu können, und mit Marrast, der sich vorsorglich betrunken hatte, weil er wußte, daß es im *Marquee* gerade nur Tee und Fruchtsäfte gab, wie auch mit Austin, der bei ham and eggs und zwei Glas Milch lange von Kropotkin gesprochen hatte, wofern es nicht Potemkin war, denn bei Austins Anglofranzösisch wußte man nie. Und irgendwann zwischen *Take the A train* und *Body and soul* hatte Nicole sich an den Text des Tangos erinnert, und an Calac, der ihn im Nieselregen für sie wiederholt hatte, für sie allein, der es leid war, sie zu bemitleiden, ihr Bonbons durch das Abteilfenster eines Zuges zu reichen, den sie nie nehmen würde; langsam hatten sich ihre Finger Austins Hand genähert, der zwischen ihr und Marrast auf einer Banquette saß, die von den um sie herumstehenden Leuten in einen dunklen Graben verwandelt wurde, sie hatte ihn angelächelt, per mia grandissima colpa, die Malcontenta hatte die Hand von Austin dem Wikinger berührt, hatte den völlig verwirrten und ängstlichen Parsifal angelächelt, Austin, *der Reine, der Tor,* der plötzlich sämtliche Stufen in der Sequenz mit der Freitreppe in Odessa (es war also Potemkin) mit einem einzigen Hüpfer seines Adamsapfels hinunterschluckte, bevor er sich schüchtern vergewisserte, daß die Hand, die da mit der seinen spielte, die Hand der Freundin seines Französischlehrers war, der in *Body and soul* und vielen vorsorglich getrunkenen Gläsern Rotwein versunken war, während ihre Hände auf dem Leder der Banquette einen Spaziergang mondsüchtiger Taranteln begannen, sich anfaßten und zurückdrängten, Zeigefinger gegen Daumen, vier Finger gegen drei, die feuchte Handfläche auf dem behaarten Handrücken, per mia colpa, und Austin wieder spasmodisch den russisch-japanischen Krieg oder dergleichen hinunterschlucken mußte, bevor er sich furchtsam vergewisserte, daß Marrast in sich versunken, weit weg, ganz Ben Webster war, und dann Nicoles Hals suchte, ihm einen ersten lauen Kuß betont kindlicher Prägung aufdrückte. Visto, se ne permette la stampa, gehen wir, es ist zu warm hier, und die ironische Angst, Parsifal könnte im letzten Moment fragen: *What about him?* Die herrliche Kühle der Straße, der erste Kuß auf den Mund unter einem Portal, geschmückt mit dem Schild eines Importeurs garantiert Schweizer Spielwaren, Austins Zimmer auf Zehenspitzen, obgleich Mrs. Jones am anderen Ende der Pension schlief. Nein, nicht so, Austin, noch nicht, nur um dich zu retten, andate in pace. Ist es wirklich das erste Mal, Austin? Well, not exactly, but you see. Macht nichts, mein Kleiner, ein Gnom mehr oder weniger, es kann auch seinen Reiz haben, wenn ich die Augen zumache und ein anderes Gesicht sehe, wenn ich andere Hände spüre und mich in einem anderen Mund verliere. Chalchiuhtotolin abbia misericordia di te, Gott der Finsternis, köstliches Naß, blumenreicher Zerstörer. Sela.

Völlig unerklärlich, warum sie den Roman langsam hatte sinken lassen und sich auf einmal von allen Seiten die Puppe betrachtete, die Juan ihr geschenkt hatte, wobei sie an Juans verrückte Ideen denken mußte, und wie auch er sie manchmal von allen Seiten betrachtete, als wäre sie eine Puppe, und sie sich fragte, welch absonderlicher Einfall von Monsieur Ochs im Werg dieses rundlichen Bäuchleins einmal wohl zutage kommen würde, falls überhaupt etwas darin versteckt war und es Juan nicht nur Spaß gemacht hatte, ihr Lügenmärchen zu erzählen in jener Nacht im Zug nach Calais. Dann war da die lastende Stille im Zimmer von Ladislao Boleslavski, eine feuchtklebrige, niederdrückende Angst, die Tell mehr und mehr erfaßte, weshalb sie sich eiligst anzog, furchtsam durch das Guckloch spinste, dann die Flügeltür aufriß, die historische Treppe hinaufhastete und durch den ziemlich dunklen Gang bis zu der ersten nur angelehnten Tür lief, hinter der nichts sie mehr zurückhalten konnte, sich fast krampfhaft an Juan zu klammern, wobei sie mit jäher, unangebrachter Freude feststellte, daß auch er zitterte, und seine erste Reaktion, als er nahe seinem Gesicht Tells Hände spürte, war, daß er zu einem linken Haken ansetzte, den nur der Schutzengel aller Skandinavier in eine Umarmung des Wiedererkennens und in eine gemeinsame Pirouette verwandeln konnte, zur gleichen Zeit ausgeführt wie die Bewegung Frau Martas, deren Blendlaterne das Bett einkreiste und dabei immer wieder das Gesicht der jungen Engländerin beleuchtete, die mit starr geöffneten Augen das langsame Umherlichtern der Laterne zu ignorieren schien. Tell hätte beinah aufgeschrien, aber Juan war ihr zuvorgekommen und hatte ihr seine Hand auf den Mund gepreßt wie fünf eiskalte Heftpflaster, Tell hatte begriffen, und Juan hatte seine Finger zurückgezogen und sie in ihre Schulter gegraben, um ihr zu verstehen zu geben, daß sie keine Angst zu haben brauche, er sei ja bei ihr, was Tell jedoch nicht viel sagte, so wie Juan zitterte, und angesichts dieses in einem gelben Lichtkreis eingefaßten Gesichts, das jetzt leicht, wie abwartend, zu lächeln schien. Dann waren sie also zu spät gekommen, sie wußten es, unnötig, es sich noch zu sagen, und es wäre lächerlich gewesen, zu schreien, Licht zu machen und das ganze Hotel in Aufregung zu versetzen wegen etwas, das bereits geschehen war und das dadurch, daß man es endlos weitererzählte, nicht schlimmer werden würde, besser also, nahe der Tür zu bleiben, um zu sehen, was weiter passieren würde, schließlich waren sie deswegen ins Hotel *König von Ungarn* umgezogen, wenn auch nicht allein deswegen, aber wenn ihre guten Absichten vereitelt worden waren, blieb ihnen nicht mehr viel zu tun, zudem schien die junge Engländerin ganz ruhig und glücklich, wie sie Frau Marta Schritt für Schritt auf sich zukommen sah, deren Silhouette sich hinter der Blendlaterne abzeichnete wie ein verdorrter, gezackter Strauch, eine Hand erhoben, fast so hoch wie die andere, welche die Laterne hielt, der graue Lichthof ihres Haars, das erhellt wurde von einem Lichtstreif, der durch einen Spalt im Blech der Laterne kommen mußte, wofern nicht alle Blendlaternen hinten etwas Licht durchlassen, und vielleicht hatte auch Erszebet Báthorys Laterne schemenhaft ihr schwarzes Haar erhellt, als sie sich dem Bett näherte, wo eine junge Zofe, geknebelt und an Händen und Füßen gefesselt, verzweifelt sich wehrte, wohingegen die junge Engländerin sich ganz anders verhielt, aber nach dem ersten Besuch der Gräfin erwarteten sie vielleicht fast alle Mädchen so, im Bett sitzend und ohne Knebel und Fesseln, durch andere, tiefere Bande mit der Besucherin verbunden, die ihre Blendlaterne so auf den Nachttisch stellte, daß sie weiter das Profil der jungen Engländerin, die sich nicht bewegt hatte, erhellte, wie auch ihren Hals, den Frau Martas Hand zu entblößen begann, indem sie langsam den Spitzenkragen des rosa Pyjamas aufknöpfte.

›Wenn ich sie nun weckte‹, dachte Hélène, ›wenn ich ihr von alldem spräche, als wäre es wahr, als wäre Juan wirklich hier gewesen und ich hätte ihn angelächelt; wenn ich ihr einfach sagte: Juan ist mit dir hergekommen, oder wenn ich ihr sagte: Heute nachmittag habe ich Juan in der Klinik getötet, oder vielleicht, wenn ich ihr sagte: Ich weiß jetzt, die wahre Puppe bist du und nicht dieses kleine blinde Artefakt, das dort auf einem Hocker schläft, und derjenige, der dich geschickt hat, ist hier, ist zusammen mit dir gekommen, er trug die Puppe unter dem Arm, so wie ich dieses Paket mit der gelben Schnur getragen habe; wenn ich ihr sagte: Er war nackt und so jung, und nie hatte ich Schultern und Geschlechtsteile betrachtet, als könnten sie anderes sein als Schultern und Geschlechtsteile, nie hatte ich gedacht, daß jemand Juan so ähneln könnte, denn ich glaube, ich habe nie gewußt, wie Juan ist; oder wenn ich ihr sagte: Ich beneide dich, ich beneide dich, ich beneide dich um diesen Schlaf eines blanken Kiesels, um diese Hand, die du bis zu meinem Kopfkissen hast kommen lassen, ich beneide dich darum, daß du von zuhause weglaufen kannst, daß du dich mit den Skolopendern streitest, daß du Jungfrau bist und so voller Leben für jemanden, der auf irgendeiner Straße der Zeit auf dich zukommen wird, und daß du zittern kannst wie ein Wassertropfen am Rande der Zukunft, daß du so taufrisch bist, ganz Knospe, ganz erstes Würmchen, das sich der Sonne zeigt. Wenn ich es dir sagte, ohne dich zu wecken, doch so, daß es dein Innerstes erreicht, wenn ich dir ins Ohr flüsterte: Meide die Katharer. Wenn ich dir ein wenig von soviel Leben abzapfen könnte, ohne dir weh zu tun, ohne Anästhesie, wenn es mir vergönnt wäre, über den ewigen Morgen, der dich umgibt, zu verfügen, um ihn mitzunehmen in dieses Souterrain, wo Menschen weinen, ohne zu begreifen; wenn ich den Handgriff wiederholen und sagen könnte: Ich werde jetzt stechen, es wird überhaupt nicht wehtun, und er dann die Augen öffnen und spüren würde, wie in seine Vene die Wärme der Rückkehr, des Erbarmens fließt, und ich mich wieder neben dich legen könnte, wo du nicht einmal gemerkt hast, daß ich weggegangen war, daß Juan dort in der Dunkelheit stand, daß eine langsame, unverständliche Zeremonie uns in dieser Nacht aus endloser Ferne nähergebracht hatte, trotz Juans Traurigkeit, trotz deiner Munterkeit eines Füllens, trotz meiner Hände voller Salz, aber vielleicht war zwischen meinen Fingern gar kein Salz mehr, vielleicht war ich, ohne es zu wissen, gerettet durch eine Laune Tells, durch die Puppe, die Tell ist und die Juan ist und die vor allem du bist, und dann wäre es möglich, zu schla-

-fen, wie du schläfst, wie die Puppe in dem Bett, das du ihr gemacht hast, schläft, und dir und Juan und der Welt ganz nahe zu erwachen, in beginnender Versöhnung oder allmählichem Vergessen, dann könnte ich es hinnehmen, daß die Milch auf dem Herd überkocht, daß die Teller bis zum Abend ungespült bleiben, und mir sagen, daß man auch mit einem ungemachten Bett leben kann oder mit einem Mann, der seine Sachen überall herumliegen läßt und seine Pfeife in die Kaffeetasse ausklopft. Ach, aber dann hätte dieser Junge nicht so sterben dürfen an diesem Nachmittag, warum zuerst er und dann du, warum er früher und du später. Welch dumme Täuschung, zu glauben, daß man die Fakten neu ordnen könnte, daß man diesen Tod von hier aus, aus dieser vergeblichen Hoffnung der Schlaflosigkeit heraus rückgängig machen könnte. Nein, Hélène, bleib dir selbst treu, mein Kind, es ist nicht mehr zu ändern, es ist eine Illusion, daß dieser Lebenshunger, den du angesichts eines kleinen Mädchens und seiner Puppe verspürst, irgend etwas ändern könnte; die Zeichen sind deutlich genug, zuerst stirbt jemand, danach kommen unnützerweise das Leben und die Puppen. Hör sie atmen, hör diese andere Welt, zu der du nie mehr Zugang haben wirst, ihr Blut wird nie das deine sein; wieviel näher bist du diesem Toten, der Juan ähnelte; es hätte eine andere Reihenfolge geben müssen, er hätte den Kollaps überleben müssen, um sein Versprechen, sein schüchternes »bis dann« einzulösen, dann vielleicht, ja dann vielleicht wären die Puppe und das kleine Mädchen, das so gern Babybel-Käse mag, in der gehörigen Reihenfolge erschienen, und ich hätte auf Juan warten können, und all das, was ich mir für einen Augenblick anders vorstelle und das man ironisch Nostalgie nennen muß, all das hätte sich kristallisiert beim Eintreffen der Puppe, bei der wahren Botschaft Juans, beim gleichmäßigen Atmen dieses glücklichen kleinen Mädchens. Gibt es denn kein Ende, muß ich diesen tristen Weg weitergehen, werde ich wieder das Gewicht des Pakets spüren, dessen

Schnur mir in die Finger schneidet? Sprich aus deinem Schlaf zu mir, Celia, aus diesem dummen gütigen Delirium, sag das erste Wort, sag mir, daß ich mich irre, was die anderen mir so oft gesagt haben und was ich ihnen glaubte, aber rückfällig wurde, kaum daß ich wieder zuhause oder im Dienst war oder mein Stolz zurückkehrte, sag mir, daß es nicht völlig unsinnig ist, daß Tell mir diese Puppe geschickt hat und daß du hier bist trotz des unannehmbaren Todes unter grellen Lampen. Ich werde nicht schlafen, ich werde die ganze Nacht nicht schlafen, ich werde den ersten Schimmer der Morgendämmerung sehen in diesem Fenster der Schlaflosigkeit, ich werde erfahren, daß sich nichts geändert hat, daß es keine Gnade gibt. Meide die Katharer, kleines Mädchen, oder sei fähig, mich von all diesem Moos zu befreien. Doch du schläfst, du weißt nicht um deine Kraft, du wirst nie erfahren, wie schwer diese deine Hand ist, die du auf meinem Kopfkissen liegenläßt, du wirst nie erfahren, daß das dumpfe Entsetzen dieses Nachmittags, daß dieser Tod unter kalten Lampen für einen Augenblick der Wärme deines Atems weichen konnte, diesem Strand deiner selbst, auf dessen besonntem Sand du ausgestreckt liegst und mich rufst zu seiner leichten Dünung, ohne Gewohnheit noch Zurückweisung. Wach nicht auf, vor allem sag nichts, laß mich weiter das Auf und Nieder der kleinen Wellen an deinem Strand hören, laß mich denken, daß, wäre Juan hier und sähe mich an, etwas, das nicht mehr ich selbst wäre, aus einer falschen endlosen Abwesenheit auftauchen würde, um die Arme nach ihm auszustrecken. Ich weiß, das ist nicht wahr, ich weiß, das sind Schimären der Nacht, doch rühr dich nicht, Celia, laß mich noch einmal versuchen, einem Abschied einen anderen Verlauf zu geben, eine Injektionsnadel, die in einen Arm sticht, ein Postpaket, ein Tisch im *Cluny*, Neid, Hoffnung und jetzt dies andere, Celia, das vielleicht eine andere Art ist, zu verstehen oder sich ganz fallenzulassen, rühr dich nicht, Celia, warte noch, warte, Celia, vor allem rühr dich nicht, wach nicht auf, warte noch etwas.‹

»Dann ist es also schon...?«

»Oh ja, man braucht nur ihre Augen zu sehen«, flüsterte Juan.

»Wir haben es nicht verstanden, sie genau zu überwachen, und jetzt ist es zu spät, wie fast immer.«

»Besser, wir sagen niemandem etwas davon«, sagte Tell, »seriöse Leute würden es lächerlich finden.«

»Wir kennen kaum seriöse Leute«, sagte Juan, den es außerordentlich ermüdete, so wispern zu müssen. »Seriöse Leute erfahren solche Dinge in der Regel beim Frühstück aus der Zeitung. Aber wie ist es nur möglich, daß man uns nicht hört?«

»Weil wir so leise sprechen«, sagte Tell scharfsinnig. »Allerdings, um diese Zeit und im selben Zimmer...«

»Warte, warte«, sagte Juan, der versuchte, Zusammenhänge herzustellen, die ihm entschlüpften wie Fäden, die hätten verknüpft werden können, aber verlorenzugehen drohten, jetzt wo er plötzlich dunkel zu verstehen glaubte, warum Frau Marta sich nicht hatte anmerken lassen, daß sie ihn bemerkt hatte, warum die Tür angelehnt geblieben war, warum Tell so leicht hatte zu ihm kommen können und warum die junge Engländerin wach war; so wie an dem Abend im Restaurant *Polidor*, als gleichsam ein Windstoß durch etwas fuhr, das nicht eigentlich Erinnerung war, schien hier plötzlich, in einer Aufsprengung der Zeit, alles nahe daran, sich aufzuklären, ohne daß es eine Erklärung gegeben hätte; und dieses Gefühl, das schon im Schwinden war, legte – wie es anders sagen? – die Tatsache nahe, daß sich Frau Martas Lippen noch nicht an den Hals der jungen Engländerin gepreßt hatten und daß die Spuren der begangenen Tat gerade nur als zwei winzige violette Punkte zu erahnen waren, die man für zwei Muttermale hätte halten können, eine Bagatelle, bei der natürlich weder ein Aufschrei noch die Angst angebracht waren, an deren Stelle nun eine fast indifferente Duldung trat, die zugleich, das spürte Juan, er konnte es nicht leugnen, einer der Fäden zu sein schien, die er gern mit den anderen Fäden verknüpft hätte, um endlich zu einem Verständnis zu gelangen, zu etwas, das vielleicht ein Bild samt Namen ergeben hätte, wenn sich Tells Hand in eben diesem Augenblick nicht in seinen Bizeps gekrallt hätte, so urplötzlich wie ein Startschuß, der blitzartig die völlige Unbeweglichkeit durchfährt und eine Reihe total trockener Leute vom Beckenrand ins Wasser stürzt. *Ah merde!* sagte sich Juan, wiewohl er wußte, daß er es nicht fertiggebracht hätte, die losen Fäden zu verknüpfen, wie er das auch nicht an dem Abend im Restaurant *Polidor* vermocht hatte, und daß er wieder einmal das Opfer einer pathetischen Hoffnung geworden war und Tells Hand auf seinem Arm wie ein unfreiwilliges Alibi war, jetzt wo alles wieder in passive Hinnahme mündete, die von Komplizenschaft gar nicht so weit entfernt war.

»Laß nicht zu, daß sie sie beißt«, flüsterte Tell. »Wenn sie zubeißt, stürze ich mich auf sie und bringe sie um.«

Juan sah weiter zu, war zu nichts anderem fähig. Er spürte, wie Tell neben ihm zitterte, plötzlich hatte das Zittern den Körper gewechselt. Apathisch legte er seinen Arm um ihre Taille und drückte sie an sich. ›Natürlich darf man nicht zulassen, daß sie sie beißt‹, dachte er. ›Es wird zwecklos sein, sie daran zu hindern, aber das ist eine Prinzipienfrage.‹ Trotz seiner Apathie gewahrte er jede Einzelheit der Zeremonie mit einer fast unerträglichen Schärfe und Präzision, aber es war eine unnütze Wahrnehmung, es gab keine moralische Antwort darauf; das einzig Menschliche war im Grunde Tells Zittern, ihre Angst, als sie sah, wie Frau Marta sich langsam vorneigte, so als zögere sie ihr Lustgefühl hinaus, dann unvermittelt ihre Hände der Taille des Mädchens näherte und, ohne auf Schamhaftigkeit oder Widerstand zu stoßen, den rosa Pyjama bis zu den Brüsten hochzuziehen begann, und das Mädchen – als hätte es auf diesen Augenblick gewartet, um sich nicht unnötig zu ermüden – wie eine Ballerina die Arme hob und sich den Pyjama ganz ausziehen ließ, der vor das Bett auf den Boden fiel und dort liegenblieb wie ein Schoßhündchen, das sich zu Füßen seiner Herrin zusammenkauert.

»Halt sie zurück, halt sie zurück / Warte, du siehst ja, daß sie ihr nichts getan hat / Aber es ist entsetzlich, laß es nicht zu / Warte / Ich will nicht, ich will nicht, daß ... / Ich frage mich, ob ... / Sie wird ihr in die Brust beißen, halte sie zurück / Warte / Juan, bitte / Ich sag dir, du sollst abwarten, wir müssen erst mal wissen, ob ... / Aber es ist entsetzlich, Juan / Nein, sieh nur / Ich will nicht, ich sage dir, sie wird sie beißen / Aber sieh doch, du kannst sehen, daß sie nicht / Sie wird sie beißen, sie wartet bloß noch, weil sie uns hört, aber sie wird sie beißen / Nein, Tell, sie wird sie nicht beißen / Oder sie wird noch etwas viel Schlimmeres tun, hindere sie daran / Ich werde sie daran hindern / Aber jetzt gleich, Juan / Ja, Schatz, aber warte noch eine Sekunde, da stimmt was nicht, ich spür's, hab keine Angst, sie wird sie nicht beißen, nicht um sie zu beißen, hat sie sie ausgezogen, sieh sie dir an, sie weiß selbst nicht warum, sie scheint vergessen zu haben, was sie vorhatte, sie ist ganz durcheinander, sieh sie nur an, sieh nur, sie hebt den Pyjama auf und reicht ihn ihr, will ihr helfen, ihn wieder anzuziehen, aber das ist so schwierig wie einen Toten anzukleiden. Warum hilfst du ihr nicht, sie wieder anzuziehen, Tell? Frauen verstehen sich darauf, bedeck ihr diese unschuldigen Brüstchen, du siehst, sie sind unverletzt, denn nicht das war es, was passieren sollte, Frau Marta brauchte ihr den Pyjama nicht auszuziehen, sie war nur gekommen, um ihr wieder in den Hals zu beißen, aber dann ... Wir werden es nie erfahren, Tell, du brauchst nicht mehr zu zittern, alles geht in Ordnung, zuerst ein Ärmel, dann der andere. Ja, Schatz, wir müssen aufpassen, natürlich, ihr Hals mit seinen zwei kleinen Malen ist immer noch entblößt, aber du wirst sehen, sie wird nicht beißen, alles ist durcheinandergeraten, die Dinge haben sich anders abgespielt, vielleicht wegen uns, wegen etwas, das ich nahe daran war zu verstehen, aber nicht verstand.«

»Sie bewegt sich«, sagte Tell.

»Ah ja«, sagte Juan. »Bestimmt wird sie ihr entwischen wollen, da bin ich sicher.«

»Sie zieht sich den Morgenrock an.«

»Himmelblau«, sagte Juan. »Über einen rosa Pyjama. Nur eine Engländerin...«

»Sie wird durch diese Tür dort fliehen«, sagte Tell. »Da zwischen den beiden Fenstern ist eine Tür, die wir vorher nicht gesehen haben.«

»Ah ja«, sagte Juan monoton. »Und Frau Marta wird ihr folgen, und wir hinterher. Oh ja, ma'am, und wir hinterher. Wir müssen ihnen folgen, es ist das einzige, was wir tun können.«

Es mußte ein Strand sein, aber vielleicht war es auch der ungleichmäßige Rand eines großen Swimmingpools, etwas, das nach Salz roch und wild glänzte, ein jähes Glück, das es nicht zu einem Namen oder einer Form gebracht hatte, als Celia in der Dunkelheit die Augen ein wenig öffnete und ihr klar wurde, daß sie geträumt hatte; wie immer, wie jeder, fand sie es ungerecht, schon fern von allem aufzuwachen und sich nicht einmal mehr erinnern zu können, wer noch eine Sekunde vorher bei ihr gewesen war, jedenfalls jemand, der aus dem Wasser gekommen sein mußte, denn noch spürte sie ringsum Nässe, war da eine Stimmung von Sommer und gebräunter Haut. Enttäuscht schloß sie die Augen wieder, schlug sie erneut auf und dachte, daß sie sich nicht bewegen dürfte, um Hélène nicht zu stören. Ein lauer Atemhauch berührte ihre Wange, da war die Wärme eines Gesichts dicht neben dem ihren; sie wollte sich leise umdrehen und etwas beiseite rücken, als sie Hélènes Finger spürte, ganz sanft glitten sie vom Kinn seitlich hinunter zum Hals. ›Sie träumt‹, sagte sich Celia, ›auch sie träumt.‹ Die Hand fuhr den Hals langsam wieder hinauf, strich ihr über die Wange, die Wimpern, die Augenbrauen, fuhr mit leicht gespreizten Fingern in ihr Haar, glitt wie auf einem endlosen Erkundungszug über die Haut und über das Haar, kehrte zur Nase zurück, legte sich auf ihren Mund, hielt am Lippenbogen inne, zeichnete ihn mit einem Finger nach und verhielt dort eine Weile, bevor sie den Streifzug über das Kinn und den Hals fortsetzte.

»Schläfst du nicht?« fragte Celia absurderweise, und sie hörte ihre Stimme wie aus weiter Ferne, noch vom Strand oder vom Swimmingpool her und vermischt mit dem Salz und der Wärme, die sich von dieser Hand an ihrem Hals noch nicht trennen, all das vielmehr noch bestätigen wollten, jetzt wo diese Finger, bewegungslos am Ansatz ihres Halses, sich eher hart anfühlten und etwas neben ihr dunkel aufwogte, dunkler als das Halbdunkel des Schlafzimmers, und eine andere Hand ihre Schulter umklammerte. Hélènes ganzer Körper schien neben ihr aufzuwallen, sie spürte ihn gleichzeitig an den Knöcheln, an den Schenkeln, dicht an ihrer Brust, und Hélènes Haar peitschte ihren Mund mit dem Seegeruch ihres Traums. Sie wollte sich aufrichten und Hélène sanft zurückdrängen, wollte an dem Glauben festhalten, daß sie schlafe und träume; sie spürte, daß Hélènes beide Hände ihren Hals suchten, mit Fingern, die streichelten und ihr dabei weh taten.

»Oh, nein, was machst du«, brachte Celia schließlich hervor, wollte immer noch nicht verstehen, wehrte sie nur schwach ab. Eine trockene Wärme preßte sich auf ihren Mund, die Hände glitten ihren Hals hinab, verloren sich unter dem Bettzeug auf ihrem Körper, fuhren wieder hoch, wobei sie sich im Stoff des Pyjamas verhedderten, ein flehendes Murmeln dicht an ihrem Gesicht, ihr ganzer Körper wurde überflutet von einer wogenden Last, die sie immer mehr bedrängte, eine Wärme und ein unerträglicher Druck auf ihrer Brust, und plötzlich umfaßten Hélènes Finger ihre Brüste, ein Stöhnen, und Celia schrie, kämpfte, um sich loszumachen, um zu schlagen, doch da weinte sie schon, wie in einem Netz gefangen, wehrte sie sich, ohne sich wirklich zu widersetzen, es gelang ihr nicht, ihren Mund oder ihren Hals zu befreien, und schon glitt die Liebkosung ihren Leib hinab, eine doppelte Klage entrang sich ihnen, beider Hände krallten sich ineinander und lösten sich unter Schluchzen und Stammeln, die nackte Haut öffnete sich unter peitschender Gischt, die verschlungenen Körper versanken in ihrem eigenen Wogen, in grüner Helle und Algenschleim.

Jetzt war es weniger eine Verfolgung als die Teilnahme an einem gemeinsamen Marsch, denn die junge Engländerin und Frau Marta hatten einen tristen Gänsemarsch begonnen, und Juan und Tell trotteten hinter ihnen her mit dieser Passivität, die er melancholischerweise immer bei Gänsemärschen festgestellt hatte, und sie sahen, wie ein Flur auf den anderen folgte, an den Biegungen nur schwach von der einen oder anderen historischen Lampe beleuchtet sowie vom gelben Schein der Blendlaterne, die mit langsamer Kreisbewegung jede der Stufen ankündigte, die schließlich hinab in eine Straße mit Kolonnaden führten, wo drückende Schwüle herrschte. Um diese Zeit war unter den Arkaden niemand zu sehen, aber Juan erinnerte sich, daß diese Straße bei Tage voller Marktbuden und Stände der Fischhändlerinnen war. Er wagte es, sich nach Tell umzudrehen, um zu sehen, ob auch ihr bewußt war, daß sie das erste Mal gemeinsam in der Stadt waren, aber Tell blickte auf den Boden, so als errege das Pflaster ihr Mißtrauen, und weder sie noch Juan hätten sagen können, wann die Blendlaterne erlosch und nur noch die dämmrige Röte sie umgab, die immer des Nachts in der Stadt herrschte, während sie die Arkaden verließen und auf den Platz kamen, wo die ersten Straßenbahnen des anbrechenden Tages voller noch schlaftrunkener Menschen verkehrten, die zur Arbeit fuhren mit Henkelmann oder schäbigen Aktentaschen und in Mäntel gehüllt, was bei dieser feuchten Wärme völlig unnötig war. Bevor man den Platz überquerte, mußte man aufmerksam nach allen Seiten blicken, denn die

Straßenbahnen kamen fast lautlos angefahren und bremsten kaum ab, kreuzten einander mit genau kalkuliertem Sicherheitsabstand, und als die junge Engländerin in eine der wenigen Straßenbahnen, die in der Mitte des Platzes hielten, einstieg und Frau Marta wild gestikulierte und plötzlich zu laufen begann, um sie einzuholen, rannte auch Juan los (aber wo blieb Tell?), und die Leute, die auf der hinteren Plattform Kopf an Kopf standen, ließen sie, ohne etwas zu sagen, sich durchdrängeln, boten ihnen mit ihren Körpern, ihren Taschen und Bündeln jedoch passiven Widerstand, und das abrupte Anfahren der Straßenbahn und die sich zwischen sie schiebende Masse schuf gleichsam einen neuen Bereich, wo das, was da gerade im *König von Ungarn* geschehen war, weit weniger wichtig war als das Problem, sich hier durch die Fahrgäste hindurchzuzwängen, um die junge Engländerin, die sicher schon im vorderen Teil der Straßenbahn war, ausfindig zu machen wie auch Frau Marta, die gerade nur einen ersten Wall halb schlafender Körper durchbrochen hatte, die an den Halteringen hingen und so lange wie möglich duselten, bevor sie zur Arbeit antraten.

Viel später noch hätte sie gern geglaubt, hätte sie verzweifelt behauptet, daß all das nur ein Kinderspiel mit geschlossenen Augen gewesen war, ein Blindekuhspiel, bei dem sie sich an den Möbeln gestoßen und nicht hatte zugeben wollen, daß es Möbel waren, womit sie an der Illusion des Spiels festhielt, aber das war falsch, denn die Dinge geschahen unter oder auf den Lidern und waren immer dieselben, der Morgen zog innen wie außen herauf, am Strand oder am Swimmingpool des Traums hatte die Sonne auf Celias Haut gebrannt, wie jetzt die leiseste Erinnerung oder jede Berührung der Bettücher sie brannte (und die grauen Streifen der Jalousie wurden immer klarer, wie auch das Geräusch der Lastwagen und die Stimmen der ersten Passanten), während sie, Hélène den Rücken zukehrend, sich ebensowenig regte wie jene, die von ihr so weit getrennt war, wie die Breite des Bettes das zuließ. Vor ihren geöffneten wie geschlossenen Augen war immer dasselbe obsessive Bild, so oder so war da derselbe kalte und säuerliche Geruch, dieselbe schmutzige Müdigkeit, derselbe Rest eines endlosen Weinens, das mitten in der Dunkelheit begonnen hatte, Jahrhunderte vorher, in einer ganz anderen Welt, die genau dieselbe Welt war, wo jetzt Minute um Minute der Tag sich einrichtete, Dienstag, der 17. Juni. Es blieb nichts, es begann nichts, und dieses Vakuum und diese Verneinung waren ein Ganzes, waren wie ein riesiger Stein ohne Oberfläche und Kanten, eine steinerne Höhlung, wo die Leere für nichts Platz ließ, nicht einmal mehr für das Weinen, für die krampfhafte Anstrengung, die Tränen hinunterzuschlucken.

»Mach kein Drama daraus«, hatte Hélène irgendwann gesagt. »Fang bitte nicht an, mir Vorhaltungen zu machen.«
Sie hätte sich zu ihr umwenden, sie ohrfeigen, ihr das Gesicht zerkratzen sollen. Ohne sich zu bewegen, in dieser kompakten schwarzen Leere fast erstickend, hatte sie nicht einmal Verachtung für Hélène gespürt, und wenn sie weinte, so wegen etwas anderem, obgleich sie auch über sich selbst und wegen Hélène weinte. Dann hatte sie sogar geschlafen, denn wie sollte sie sich sonst das Gesicht ihres Vaters erklären, der sich mit einer Serviette die Lippen abwischte, und die Spiele am Strand oder am Swimmingpool. Doch nein, das mit dem Strand war vorher gewesen, genau bevor Hélènes Hände kamen, wenn vorher und nachher überhaupt noch etwas besagten; plötzlich war der Morgen da, und Hélène in ihrem Rükken bewegte sich noch immer nicht. ›Nein, ich werde kein Drama daraus machen‹, dachte Celia. ›Was ich jetzt tun werde, hätte ich auch vorher schon tun können, aber ich habe es nicht getan. Ich habe kein Recht, den besseren Part zu wählen, mich als Opfer zu fühlen.‹ Verloren betrachtete sie das Fenster, wurde hineingezogen in den immer heller werdenden

Tag, und ganz langsam streckte sie erst das eine, dann das andere Bein aus dem Bett, bis sie auf der Bettkante saß. Ihr Morgenrock lag wie ein Knäuel auf dem Boden; sie hob ihn auf und ging ins Bad, ohne Hélène auch nur einmal anzublikken, sich sicher, daß jene wach war und schon ahnte, daß sie sich davonmachen würde. Sie bemühte sich nicht einmal, besonders leise zu sein, das Wasser der Dusche bespritzte den Spiegel und die Seife knallte gegen den Rand des Waschbekkens, bevor sie auf die Gummimatte fiel. Danach machte Celia im Flur Licht und trug ihren leeren Koffer ins Schlafzimmer, wo Hélène sich zur Wand gedreht hatte, als wollte sie es ihr leichter machen. Celia zog sich an, nahm ihre Sachen aus dem Wandschrank und stopfte sie in den Koffer, die Wäsche, die Bücher, die Buntstifte und den Pyjama, der auf dem Boden neben dem Bett lag, doch um ihn aufzuheben, mußte sie sich Hélène nähern, sich neben ihr bücken, und Hélène hätte nur den Arm auszustrecken brauchen, um sie zu berühren. Der Koffer war schlecht gepackt, ging deshalb auf der einen Seite nicht ganz zu, und Celia mühte sich vergebens, zudem konnte sie nicht viel sehen, da das Flurlicht gerade nur den Bereich des Schranks und des Betts erhellte, und schließlich nahm sie ihn so wie er war und trug ihn ins Wohnzimmer. Ohne recht zu wissen warum, wollte sie die Tür lieber hinter sich schließen, und da sah sie auf dem Hocker neben der Tür die Puppe. Das Wohnzimmerlicht fiel auf ihr Gesicht und ihr Haar, und unter dem grünen Tüchlein, mit dem sie sie zugedeckt hatte, zeichneten sich ihre Körperformen ab. Celia ließ den Koffer fallen, stürzte zum Hocker, riß die Decke weg und schleuderte die Puppe auf den Boden; sie zerbrach mit einem dumpfen, sofort erstickenden Knall. An der Tür stehenbleibend, blickte Celia zum ersten Mal zu Hélène hinüber, die im Halbdunkel kaum zu erkennen war, und sah, wie sie sich langsam umdrehte, als hätte erst das Geräusch sie geweckt und hätte sie noch nicht begriffen. Die Puppe war auf den Bauch gefallen, doch durch die Wucht des Aufpralls hatte sie sich um sich selbst gedreht und lag nun auf dem Rücken, aufgeplatzt, ein Arm ausgerenkt. Als Celia nach dem Koffer griff, um hinauszugehen, konnte sie die zerbrochene Puppe besser sehen, und auch etwas, das durch den Spalt zum Vorschein kam. Sie schrie, ohne zu begreifen, ihr Schrei war ein Verstehen, das ihrem wahren Verstehen voraufging, ein letztes Entsetzen vor der blinden Flucht, dem vergeblichen Rufen Hélènes, das die Leere befragte, während Celia die Treppe hinunterhastete auf eine Straße, die nach dem Brot und dem Milchkaffee von halb neun duftete.

Irgendwann müßte ich aussteigen, aber wie das in diesen gerammelt vollen Straßenbahnen immer so ist, war es nicht leicht, die Straßenecke zu erkennen oder zu erahnen, von der aus ich zu Fuß bis zur Straße 24 de Noviembre gehen müßte; jedenfalls würde ich in die Straße mit den hohen Trottoirs einbiegen, die in das Gebiet mit den großen Eisentoren und den Straßenbahndepots führt, und dann würde die Straße und das Haus kommen, wo man mich erwartete, wo ich vielleicht das Paket abgeben und mich erholen könnte von dieser Fahrt inmitten von Leuten, die einander und mich bei jeder Kurve fast zerdrückten, bei jedem geräuschlosen Halt, dessen Ende mit schroffem Klingeln angezeigt wurde. Als ich schließlich aussteigen konnte, wobei ich gegen Handtaschen, Ellbogen und Aktenkoffer stieß und das Paket, das mir die Finger verletzte, schützend vor mich hertrug, da wurde mir, kaum daß ich den Fuß auf die Verkehrsinsel setzte, sofort klar, daß ich mich geirrt hatte, daß ich mich entweder vor oder hinter der Straßenecke befand, wo ich hätte aussteigen müssen; durch das Geschiebe jener, die sich auf der vorderen Plattform drängten, aus der Straßenbahn wie ausgestoßen, sah ich, wie diese sich lautlos auf einer Avenue entfernte, die immer breiter zu werden schien, doch ohne sich zu einem Platz zu weiten, und zur Rechten war ein kleiner Erdhügel,

Überrest eines ehemaligen Parks oder einfach nur ein Haufen nackter Erde, der sich mitten in der Stadt wie ein Grabhügel erhob, und dahinter gab es eine Autowerkstatt und eine Tankstelle mit ihrem von Schmiere und Öl glänzenden Parkplatz, das perfekte Szenarium, um mich für immer verloren zu fühlen mit diesem Paket in den Händen und bei der Angst, zu spät zu kommen, nie mehr den Ort zu erreichen, wo man mich erwartete. In der Ferne hielt die Straßenbahn erneut nach einer lautlosen Fahrt, und Juan, halb erstickt vom Gedränge der Fahrgäste und ihrem Gepäck, hatte allerlei Verrenkungen machen müssen, um in der Tiefe seiner Hosentasche nach dem Fahrgeld zu fingern, während auf der hinteren Plattform eine dicke Frau, die Schirmmütze schief ins Gesicht gezogen, über die Schultern der Leute hinweg ihren Arm ausstreckte und jeder sich bemühte, sein Kleingeld hervorzuklauben, um es dem hinzuhalten, der ihm am nächsten war, damit der es dem Schaffner weiterreiche, so daß es zu einem Hin und Her von Münzen und Fahrscheinen kam, die von denselben oder anderen Händen zurückgereicht wurden, bis die Finger der Fahrgäste die Fahrkarten zusammen mit dem Wechselgeld zu fassen kriegten, ohne daß bei dieser Transaktion jemand protestierte oder sich irrte oder das Geld überhaupt nachzählte. Fast im gleichen Augenblick, als er die hintere Plattform bestieg, hatte Juan im Mittelgang der Straßenbahn Hélène erblickt, und er hätte sich vielleicht bis zu ihr durchdrängen oder doch wenigstens an derselben Straßenecke wie sie aussteigen können, wenn nicht ausgerechnet in dem Moment die dicke Frau ihren Fahrschein verlangt hätte, wodurch Juan und jene, die um ihn herumstanden, sich genötigt sahen, zu helfen, das Geld weiterzureichen und Fahrschein samt Wechselgeld in Empfang zu nehmen, und all das hatte ihn aufgehalten, im Gang weiter vorzurücken, währenddessen Hélène, die kein einziges Mal nach hinten geblickt hatte, irgendwo aussteigen mußte und Juan sie dann nicht mehr sah, so als hätte die opake Macht all dieser dichtgedrängten Körper sie aus seinem Gesichtsfeld verbannt. Als er viel später seinerseits aussteigen konnte, war es eine Straßenecke wie irgendeine andere in der Stadt, die Galerien und Arkaden verloren sich in der Ferne, und ganz hinten begann das Geschäftsviertel mit seinen Hochhäusern und dem glitzernden Wasser des Kanals. Unmöglich, den Weg zurückzugehen, um Hélène zu suchen, unvermittelt gabelten sich die Straßen, und durch jede führten zwei und manchmal sogar drei Straßenbahngleise. Es blieb ihm daher nichts anderes übrig, als sich an eine Mauer zu lehnen, sich eine bittere, kurze Zigarette anzuzünden, so wie er schon einmal im Schatten eines Portals in Paris geraucht hatte, und dann irgend jemanden nach der Domgasse zu fragen und Schritt für Schritt ins Hotel zurückzukehren. Nicht besonders mitgenommen von der schlaflosen Nacht saß Tell am Fußende des Bettes und las in einem Roman.

»Ich habe dich fast gleich, nachdem wir weggegangen sind, aus den Augen verloren«, sagte Tell. »Das Beste war, umzukehren, es war ja so schwül. Wenn du baden willst, das Wasser ist noch warm, trotz der späten Stunde und der Knausrigkeit der Hoteliers. Wie müde du aussiehst, armer Schatz.«

»Diese Schuhe sind schwerer als Blei«, sagte Juan und ließ sich auf das Bett fallen. »Trinken wir was, meine Lesbe, irgendwas, was gerade da ist. Danke.«

Tell zog ihm die Schuhe aus, half ihm, sich seines Hemdes zu entledigen und die Hose herunterzuziehen. Fast nackt, ruhig atmend, setzte Juan sich auf, um einen kräftigen Schluck Whisky zu nehmen. Tell war ihm schon um zwei Gläser voraus, was man an ihren Augen sehen konnte und an einer eigentümlichen Falte am Mundwinkel.

»Immerhin brauchen wir sie nun nicht mehr zu überwachen«, sagte Tell. »Du wirst sehen, schon morgen werden andere Leute in den zwei Zimmern wohnen.«

»Wir werden es nicht sehen«, sagte Juan. »Mit dem dritten Hahnenschrei gehen wir zurück ins *Capricorno*.«

»Prima«, sagte Tell. »Wie schön die Bar dort und diese Bouillon jeden Donnerstag, falls es nicht Dienstag war.«

»Weißt du, wer in der Straßenbahn war?« fragte Juan.

»Ich habe keine Straßenbahn gesehen«, sagte Tell. »Du bist gelaufen wie ein Sprinter, da habe ich es aufgegeben, dir zu folgen, in Sandaletten kann man auf der Straße nicht schnell laufen, das ist selbstmörderisch. Aber wenn du in eine Straßenbahn gestiegen bist, kann ich's mir schon denken. In den Straßenbahnen erwartet einen das Schicksal, ich habe das in Kopenhagen erlebt, ist schon lange her. Natürlich hast du sie aus den Augen verloren.«

»Manchmal frage ich mich, wieso du alles, was ich dir erzähle, einfach so hinnimmst«, murmelte Juan und reichte ihr sein leeres Glas.

»Aber du glaubst mir doch auch«, sagte Tell fast überrascht.

»Jedenfalls war es so wie immer«, sagte Juan. »Wie traurig das alles ist, meine Hübsche, wie erbärmlich traurig. Es ist einfach nicht zu glauben, wirklich. Da legt man soviel Land zwischen sich, so viele Flugstunden, sogar Berge, und dann, in der erstbesten Straßenbahn...«

»Du willst unbedingt trennen, was untrennbar ist«, sagte Tell. »Wußtest du nicht, daß Straßenbahnen die Nemesis sind, hast du sie dir nie angesehen? Alle Straßenbahnen sind immer ein und dieselbe Straßenbahn, die Unterschiede heben sich auf, sowie man einsteigt, gleich in welche Linie, in welcher Stadt, auf welchem Kontinent und egal wie der Schaffner aussieht. Deshalb gibt es immer weniger Straßenbahnen«, sagte Tell scharfsinnig, »den Menschen ist das klargeworden, und sie sind dabei, sie zu töten, es sind die letzten Drachen, die letzten Gorgonen.«

»Du bist köstlich betrunken«, sagte Juan gerührt.

»Und du, klar, du mußtest unbedingt die Straßenbahn nehmen, und sie auch. Der wahre Dialog zwischen Ödipus und der Sphinx mußte in einer Straßenbahn stattfinden. Wo sonst konnte Hélène sein, wenn nicht in diesem Niemandsland?

Wo sonst konntest du ihr begegnen, wenn nicht in einer Straßenbahn, mein armer Pechvogel? Das ist zuviel für eine einzige Nacht, wirklich.«

Juan zog sie an sich. Tell ließ sich umarmen, reserviert, aber freundlich. Die ganze Bitterkeit eines Mundes mit dem pappigen Geschmack des frühen Morgens, Slibowitz und Whisky und Hotelzimmer und Blendlaternen und junge Engländerinnen, gefesselt von alten Schatten, das ganze sinnlose Verlangen ohne Liebe, hier nach einem Morgengrauen mit Straßenbahnen und verfehlten Begegnungen; einmal mehr überließ ich ihm meinen Mund, ließ es geschehen, daß seine Hände mich ganz auszogen, mich an ihn drückten und mich zu streicheln begannen in der vorhersehbaren Reihenfolge, nach der göttlichen Norm, die zum göttlichen Spasmus führen würde. Und während sein Blick langsam über meine Brüste, meinen Bauch oder meinen Rücken glitt und seine Hände und sein Mund über meinen Körper wanderten, sollte ich nicht zum ersten Mal spüren, wie er sich ein Trugbild schuf, eine andere aus mir machte, mich als eine andere nahm, sehr wohl wissend, daß ich es wußte und verachtete. ›Warum gerade mir die Puppe von Monsieur Ochs schenken?‹ dachte ich vor dem Einschlafen. ›Morgen schicke ich sie Hélène, es ist nur recht und billig, daß sie sie bekommt. Andere Spiele warten auf mich, es ist aus, Tell, es ist aus. Du hast deine internationale Konferenz gehabt, dein Wiener Barock, dein Café Mozart, deinen schlechten Gruselfilm mit Frau Marta, deinen verbitterten und dummen Argentinier. By the way, ich muß ihm von Marrasts Brief erzählen und dann meinen Flug nach London buchen. Ein Glück, daß ich dich nicht allzusehr liebe, mein Hübscher, ein Glück, daß ich frei bin, daß ich dir meine Zeit schenken kann und was immer dir gefällt, ohne daß ich mir viel daraus mache, nie in einer Straßenbahn, mein Hübscher, vor allem nie in einer Straßenbahn, Dummkopf, du Ärmster.‹

Das Telefon läutete, und es war wie eine barsche Ohrfeige, die mit der Hysterie Schluß macht, mit den unnützen Fragen, dem Versuch, hinter jemandem herzulaufen, der schon weit weg ist. Hélène setzte sich auf die Bettkante, hörte sich an, was man ihr mitteilte, und hob gleichzeitig mit der linken Hand ihre Pyjamajacke auf und warf sie sich über ihre fröstelnden Schultern. Um Viertel nach zehn in der Klinik, die Kollegin, die Dienst hatte, war krank. Einverstanden, sie würde ein Taxi nehmen. Viertel nach zehn, das wäre zu schaffen. Sie verbot sich, nachzudenken, hüllte sich in ihren Morgenmantel und ging in den Flur, um die Wohnungstür zu schließen. Sie mußte ein Bad nehmen, ein Taxi rufen, sich das graue Kostüm anziehen, denn sicher war es kühl um diese Zeit. Noch während sie sich abtrocknete, rief sie sicherheitshalber schon einmal das Taxi und zog sich dann an, ohne dabei in den Spiegel zu sehen. Es blieb keine Zeit mehr, das Bett zu machen, sie würde es tun, wenn sie zurückkäme. Sie nahm ihre Handtasche und die Handschuhe. Das Taxi mußte schon unten warten, und die warteten nicht lange. Als sie ins Wohnzimmer ging, sah sie aus nächster Nähe, was bis dahin ein rosa Fleck auf dem Fußboden gewesen war und woran sie erst nach ihrer Rückkehr denken konnte. Sie sah die Puppe. Hélène hielt sich am Türrahmen fest, glaubte, daß auch sie schreien müßte; aber nein, das würde für später bleiben, wie die zerknautschten Bettücher, die Unordnung und das überschwemmte Bad. Der aufgeplatzte Leib der Puppe ließ ganz deutlich sein Inneres sehen. Das Taxi würde nicht warten. Das Taxi würde nicht warten, wenn sie nicht sofort hinunterginge. Es würde nicht warten, die warteten nie. Und man hatte ihr gesagt, um Viertel nach zehn in der Klinik. Das Taxi würde nicht warten, wenn sie nicht sofort hinunterginge.

»So ist es nun mal«, schrieb Marrast an Tell, »es wird für die anderen nichts Ungewöhnliches sein das passiert alle Tage

aber ich weigere mich zu glauben, daß man es erklären kann, wie vielleicht Du oder Juan oder mein Pareder es sich erklären werden

indem sie die Gründe dafür an den Fingern der linken Hand aufzählen und mit der rechten eine Guillotine oder ein Gefängnisgitter andeuten.

Ich erkläre mir nichts, nicht einmal, daß ich Dir hier, drei Meter vor einer Jukebox, diesen Brief schreibe; im Grunde glaube ich, daß ich ihn an Juan schreibe, denn ich bin sicher, daß Du ihm den Brief zu lesen geben wirst, was logisch und gerecht und einleuchtend wäre, ich spreche zu ihm über Deine Schulter hinweg, die mir ein wenig sein Gesicht verdeckt. Ich empfinde soviel Ekel vor mir, Tell, vor diesem Pub in der Chancery Lane, wo ich beim fünften Whisky angelangt bin und Dir schreibe, und dabei habe ich, fällt mir ein, nicht einmal Eure Adresse. Doch das macht nichts, ich kann ja aus dem Brief ein Papierschiffchen machen und es an der Waterloo Bridge auf der Themse vom Stapel laufen lassen. Wenn es bei Dir landet, ich weiß schon, wirst Du Dich an Vivian Leigh erinnern und an eine Nacht in Ménilmontant, als Du mir unter Tränen von einem Schwarzen erzählt hast, der in Dänemark Dein Freund gewesen war und sich in einem roten Auto zu Tode gefahren hat, und dann hast Du noch mehr geweint, weil Du an die Filme von damals und an die Waterloo Bridge denken mußtest. Vielleicht waren wir an jenem Abend nahe daran, miteinander zu schlafen, ich glaube, wir hätten durchaus miteinander schlafen können, dann wäre alles ganz anders gekommen, oder aber es hätte sich überhaupt nichts geändert und ich würde jetzt aus einem Café in Bratislava oder San Francisco denselben Brief an Nicole schreiben, um ihr von Dir zu erzählen und von einem gewissen anderen, der nicht mehr Austin heißen würde, weil

Tell, wie viele Kombinationen mag es geben bei diesen schmutzigen Spielkarten, die der Typ mit dem Fischgesicht dort hinten am Tisch gerade mischt?

Morgen fahre ich zurück nach Paris, ich muß eine Statue machen, ich glaube, Du weißt das. Es gibt kein Problem, zum Unglück bin ich noch zu etwas zu gebrauchen; Du siehst mich noch lachen, wir werden uns mit meinem Pareder im *Cluny* treffen, hier und da auch mit Nicole, mit Austin und den Argentiniern, und es könnte sogar dazu kommen, daß Du und ich miteinander schlafen, aus purer Langeweile

und nicht, um uns gegenseitig zu trösten, nie käme ich auf die Idee, Du könntest Dich einmal mit einem anderen über Juan hinwegtrösten, obgleich Du es natürlich tun wirst, denn wir alle tun das schließlich, aber bei Dir wird es etwas anderes sein, ich will damit sagen, daß Du es nicht absichtlich tun wirst, so wie man eine Tür hinter sich zuschlägt, so wie Nicole. Nein, wenn ich denke, daß die Karten einmal so fallen sollten, daß sie uns in irgendeinem Bett dieser weiten Welt zusammenbringen, so denke ich das unabhängig davon, was mir passiert ist oder was Dir einmal mit Juan passieren könnte

ich denke das, weil wir Freunde sind und weil wir uns schon einmal, als wir in jenem Café in Ménilmontant über Vivian Leigh sprachen, fast geküßt hätten, das ist Dir und auch mir immer leichtgefallen, wir küssen immer ganz ungezwungen jene, die uns nicht lieben, denn auch wir liebten uns ja nicht, ich glaube, Du weißt das.

Ich muß Dir etwas Schreckliches gestehen: ich habe den ganzen Morgen in einem Park zugebracht. Du wirst es nicht glauben, nicht wahr? Ich, umgeben von lauter Grün und Täubchen. Noch hatte ich nicht angefangen zu trinken, und es wäre besser gewesen, hätte ich Dir da geschrieben, den Block auf den Knien, unter einem Kastanienbaum, der wie ein albernes Landschaftsbild mit

Vögeln war. Ich hatte das Hotel verlassen, ohne ein Geräusch zu machen, denn Nicole schlief noch, ich hatte sie gezwungen zu schlafen, Du verstehst, es ging einfach nicht mehr, wir konnten nicht weiter über all das reden, worüber schon alles gesagt war, und da habe ich sie gezwungen, die Tabletten zu nehmen, habe ihr geholfen einzuschlafen und bin noch eine Weile bei ihr geblieben, und ich glaube, Tell, das sage ich Dir, weil ich betrunken bin, ich glaube, Nicole schlief in der Überzeugung ein, daß sie nicht mehr aufwachen werde, denn bevor sie die Augen schloß, hat sie mich in einer Weise angesehen, als wollte sie mir das zu verstehen geben, mit einer Art unerklärlicher Dankbarkeit vor dem Sterben, und ich bin sicher, sie glaubte, ich würde sie, sobald sie eingeschlafen wäre, töten oder ich hätte schon begonnen, sie mit den Tabletten zu töten. Es war schlicht absurd, und ich blieb bei ihr und sagte ihr eine Menge Dinge, Nicole, meine kleine Raupe, hör mir zu, es ist mir egal, ob du wirklich schläfst oder nur so tust, vielleicht bist du schon in der Stadt oder hältst diese Träne zurück, die am Rand deiner Wimpern glitzert, so wie der erste Reif am Rand der Landstraßen in der Provence, du erinnerst dich, damals, als wir noch glücklich waren. Du siehst, Tell, wie sehr das Unglück sich darin gefällt, die Bilder von all dem heraufzubeschwören, was einst
bis man nicht mehr kann
aber Du siehst ja, Nicole schlief und hörte mich nicht, und ich wollte nicht, daß sie zweier Menschen wegen leide, Juans wegen und meinetwegen, unter Juans Abwesenheit und unter meinem Mund, der sie, ohne ein Recht dazu zu haben, noch immer küßte, mit dieser unerträglichen Zwangsläufigkeit, bedingt durch die Tatsache, daß man kein Recht dazu hat. Und ich sagte ihr all das, weil sie mich nicht mehr hören konnte. Bevor sie einschlief, hatten wir schon fast die ganze Nacht geredet, zuerst wollte

ich sie davon überzeugen, daß sie im Hotel bleiben könne, da ich nach Frankreich zurückgehe und ihr das Zimmer abtreten würde, aber sie beharrte darauf, sofort auszuziehen, sie schien entschlossen, auch diesmal wieder die Initiative zu ergreifen, sie schnitt mir den Rückzug ab, als genügte ihr meine Niedergeschlagenheit nicht, meine idiotischen Bemühungen, zu verstehen, zu versuchen, diese Absurdität zu verstehen, denn Du wirst zugeben, daß das völlig sinnlos war, die einzige mögliche Erklärung war so kindlich wie diese Zeichnungen zum Buchstaben B der Enzyklopädie, die auf dem Tisch neben dem Fenster trockneten, und in keinem Moment hatte Nicole geleugnet, daß es die Wahrheit war, sie sah mich nur an und senkte dann den Kopf und wiederholte bis zum Überdruß, was sie getan hatte, und das war naiv und dumm und was weiß ich, selbst dieser Einfaltspinsel von Austin hätte sich sagen können, daß sie es nur getan hatte, damit ich sie verlasse, um mich endlich dazu zu bringen, sie zu verachten, um aus meinem Gedächtnis zu schwinden oder zu einer schmutzigen Erinnerung zu werden, das war so unendlich dumm, daß ich sie am liebsten an den Armen gepackt und auf den Bauch gelegt hätte, um ihr ein paar Klapse zu geben, bevor ich sie zu küssen begänne, wie jedesmal, wenn wir Poklapsen spielten, auch Du wirst das kennen, es steht in allen einschlägigen Ritualbüchern, zumal in denen von Kopenhagen. Denn laß Dir gesagt sein, Tell, ich habe immer gewußt, daß sie sich aus Austin nichts macht, der einzige, der zählt, ist dieser da, der dies gerade über Deine Schulter hinweg lesen wird wie geht's, Juan
und hätte sie mit diesem da geschlafen, hätte ich mich für sie gefreut, unter dem elenden Kastanienbaum oder hier, völlig betrunken in diesem Pub, und ich hätte sie in Frieden gelassen, auch ihretwegen, wohingegen jetzt, Tell, laß es Dir gesagt sein

jetzt werde ich nur meinetwegen weggehen, Tell, denn diese Dummheit plötzlich, diese Art von acte gratuit, aus keinem anderen Grund, als mich zu ernüchtern, in der doppelten Bedeutung des Wortes, diese Idiotie der Malcontenta, die mir einen triftigen und rein persönlichen Grund geben wollte, sie fallenzulassen und wegzugehen und vor allem, vor allem das, Tell, die bessere Rolle mir zu überlassen, die Schuld auf sich zu nehmen, um mir ein gutes Gewissen zu verschaffen, mir zu helfen, mich aus der Patsche zu ziehen und einen anderen Weg zu finden, plötzlich aber wird daraus etwas, das sie nicht hatte vorhersehen können, plötzlich ist es umgekehrt, plötzlich ist sie in mir befleckt, ich weiß nicht, wie ich's besser ausdrücken soll bei dieser verdammten Jukebox und diesem Kopf, der mir fast zerspringt, es befleckt sie, als hätte sie mit Austin geschlafen, um mich zu betrügen, verstehst Du, oder weil sie ihn mir aus irgendeinem Grund vorzog oder bloß aus einer Laune heraus oder wegen des Jazz von Ben Webster
ich sage Dir, daß sie das befleckt, als hätte sie mich wirklich betrügen wollen, damit ich jetzt wisse, daß sie eine Hure ist und ich ein Gehörnter und so weiter, aber das ist nicht wahr, Tell, natürlich ist das nicht wahr, doch da kommen Ressentiments mit ins Spiel, und das konnte die Malcontenta nicht vorhersehen, ich muß nämlich feststellen, daß ich so konventionell bin wie jeder andere, ganz Ehemann, ohne verheiratet zu sein, und ich kann ihr nicht verzeihen, daß sie mit Austin geschlafen hat, obgleich ich sicher bin, daß sie es getan hat, weil es das einzige war, was ihr gerade in den Sinn kam, Du hättest ihren Blick sehen sollen in diesen letzten Tagen, ihre Bedrängnis, wie mit dem Rücken zur Wand, und Du hättest mich sehen sollen, stupide schweigend oder einfach voller Hoffnung, als gäbe es noch etwas zu hoffen, wenn

nun, Tell, das ist das einzige, was ihr in den Sinn gekommen ist, damit ich sie mit dem ruhigen Gewissen desjenigen verlasse, der fortgeht, weil er hintergangen worden ist, und der darüber bald hinwegkommen wird, weil er im Recht war, während sie

Kurzgefaßt, zweierlei: die unmittelbare Folge davon ist die, daß ich nach Frankreich zurückkehre, et cetera. Und wenn ich nicht so idiotisch wäre (das ist das zweite), müßte ich das alte Bild von ihr mit mir nehmen, die Erinnerung an das dumme Kind, statt dessen aber empfinde ich sie als schmutzig in mir, das Bild ist für immer beschmutzt, doch nicht sie ist es, die schmutzig ist, ich weiß das, aber ich kann mir nicht helfen, die Befleckung ist in mir, und ich bin nicht fähig, mein Blut von alldem zu reinigen, was sich ganz klar denken ließe, und es ist unnütz, daß ich sage dummes Ding, dumme Malcontenta, dumme kleine Raupe, ich empfinde sie als schmutzig in meinem Blut, empfinde sie als Hure in meinem Blut, und vielleicht hat sie auch das vorausgesehen und hat es hingenommen, schließlich

aber dann wäre es wunderbar, Tell, glaubst Du wirklich, sie konnte voraussehen, daß ich sie als Hure empfinden würde, glaubst Du das wirklich? Beachte, daß ich von empfinden spreche, denn so etwas denkt man nicht, das ist unter dem Denken oder anderswo, ich denke arme Kleine und ich empfinde Hure, dann aber ist es der Sieg der Hölle, doch das hat sie nicht gewollt, Tell, sie wollte mich nur ernüchtern, weil sie wußte, daß ich unfähig war, von selbst zu gehen, damit ich endlich lerne, sie allein zu lassen, damit ich mich an die Statue des Vercingetorix mache und ein anderes Leben anfange, mit anderen Frauen, egal was, aber wie vor der Geschichte mit den roten Häusern. Glaubst Du, sie hat wirklich gedacht, ich wolle sie töten? Sie war ganz bleich, das Beste von Ben Webster war *Body and soul*, aber sie haben es

nicht gehört, links an der Landstraße, ich müßte Dir all
das erklären, Tell
am Abend davor waren wir ins Kino gegangen, wir hatten miteinander geschlafen, ganz langsam, haben uns
lange gestreichelt. Ihre Hände
nein, das stimmt nicht, ihre Hände nicht
nur meine Hände
mein Mund
sie freundliche Erwartung, willige Erwiderung
nur Erwiderung
und das genügte mir das genügte mir Tell
das genügte mir vollauf es war schon derart
Auch das stimmt nicht Du siehst wer da schmutzig ist
Tell
und sie wußte es und war nicht fähig zu lügen sie kann
nicht lügen sie hat es mir sofort gesagt sie ist ins Zimmer
gekommen und hat gesagt Mar ich habe mit Austin geschlafen und hat angefangen ihre Zeichnungen einzu-
sammeln ohne mich anzusehen und ich habe begriffen
daß es die Wahrheit war ich habe alles begriffen den
Grund und wer schuld hatte und da sah ich wieder die
roten Häuser sah Juan sah mich wie ein Häufchen Elend
am Fußende des Bettes und in dieser Minute war es noch
so als hätte sie es sich ausgedacht unschuldig bedrängt
äußerst gereizt an der Grenze
wie ein Kristall in dieser Minute ihr Verzicht ihre
stumme Klage während sie die Zeichnungen in die
Mappe legte die Mappe in den Koffer ihre Wäsche in
den Koffer und sofort gehen wollte
Tell
ihre Taille meine Hände um ihre Taille die Fragen
warum warum sag mir warum nur warum das flehende
Häufchen Elend ein armer Idiot
die Schlaflosigkeit die Tabletten ihr bleiches Gesicht dieser Pub der Kastanienbaum die Angst Vercingetorix.

Ginge ich jetzt ins Hotel zurück ich würde sie töten
der Kastanienbaum bekleckert von Vögeln tut mir hier
drinnen weh Tell ihr alle
alle Huren mit Vögeln alle Huren und ich ein Mann Tell
mit seiner Schmach und daher noch mehr Mann ein wah-
rer Mann meine arme Hure arme arme kleine Hure
ein Mann gebliebener Mann mit seiner Hure in ihm
ein Mann weil Hure
nur deshalb
und dann Hure dann Hure dann Hure
Ich glaube weil es absurd ist«

Polanco hatte recht, aber nur halb: kaum hatten sie im Kanu
Platz genommen, verlieh ihm der Motor eine solche Geschwindigkeit, daß die gewöhnliche Steuertechnik durch die
neue Antriebskraft des Bootes glatt besiegt wurde und Polanco, Calac und mein Pareder an einer ziemlich schlammi-
gen Stelle des Teichs wie beiläufig über Bord gingen.
Nachdem sie eine Untiefe durchwatet hatten, wo man sich
fragte, was unangenehmer war, das Schlammwasser, das ihnen die Schuhe versaute, oder die Binsen, die ihnen die Hände
zerstachen, erreichten die Schiffbrüchigen mitten im Teich
eine Insel, und von dort aus konnten sie mit Wohlgefallen das
ganze Register des Jammerns und Klagens der Tochter von
Boniface Perteuil vernehmen, die, während die Männer das
Kanu ausprobierten, auf dem Festland zurückgeblieben war
und ihnen nun schreiend und gestikulierend ihre Absicht
kundtat, eiligst Hilfe zu holen.
»Das will nichts bedeuten, die gebärdet sich immer so«, sagte
Polanco bescheiden. »Ihr müßt zugeben, ein toller Motor.«
Die Insel maß genau zwei Meter im Quadrat, was erklärt, daß
mein Pareder und Calac weit davon entfernt waren, die nauti-
sche Begeisterung Polancos zu teilen, obgleich man im
Grunde so übel nicht dran war bei dieser Sonne um vier Uhr

nachmittags und ein paar Gitanes, die sie sich denn auch unverzüglich anzündeten. Sobald Boniface Perteuils Tochter damit fertig wäre, ihnen die Pläne zu ihrer Rettung auseinanderzusetzen, konnte man damit rechnen, daß sie sich entschließe, dieselben in die Tat umzusetzen, doch würde all das seine Zeit brauchen, da es auf dem Teich außer dem havarierten Kanu kein weiteres gab, doch blieb die Hoffnung, daß die Schüler der Gartenbauschule beschließen würden, aus alten Brettern ein Floß zu bauen, anstatt fortzufahren, unter der Aufsicht von Boniface Perteuil Ranunkeln und Petunien zu veredeln. Inzwischen hatten die Schiffbrüchigen Zeit genug, ihre Schuhe trocknen zu lassen und der Tage in London zu gedenken, vor allem aber des Inspektors Carruthers, einer Gestalt, die völlig irreal wirkte in dieser gallischen Landschaft von Seine-et-Oise, wo ihnen soeben das Unglück widerfahren war, wohingegen sie gut harmoniert hatte mit dem muffigen Geruch des *Bolton Hotels* und der Cafés, die sie alle bis zum Tag des ominösen Auftauchens des Inspektors frequentiert hatten. Calac und Polanco kümmerte die Geschichte wenig, aber mein Pareder fühlte sich durch die Intervention des Inspektors Carruthers gekränkt, was seltsam war bei ihm, der fast immer dazu neigte, großen Gleichmut an den Tag zu legen, sowie einer seiner Freunde in eine Patsche geriet. In einem Stil, der, wie Calac argwöhnte, sichtlich aus einem Mayakodex plagiiert war, kam mein Pareder immer wieder auf den Augenblick zu sprechen, da der Inspektor Carruthers an die Tür des Zimmers 14 im *Bolton Hotel* in der Bedford Avenue geklopft hatte, wo Austin bei Marrast Französisch lernte und Polanco das System von Miniaturblockrollen justierte, das beweisen sollte, daß das Kanu das Gewicht des Rasenmähermotors aushalten würde, den Boniface Perteuil ihm in einem Augenblick unerklärlicher Bewußtseinstrübung überlassen hatte. Die Evokationen meines Pareders nahmen den folgenden Verlauf: Ein hagerer Typ, er war ein schwarzgekleideter hagerer Typ mit Regenschirm. Der Inspektor Car-

ruthers war ein Typ mit Regenschirm, hager und schwarzge-
kleidet. Immer wenn es an die Tür klopft, sollte man besser
nicht öffnen, denn davor steht bestimmt ein hagerer Typ mit
Regenschirm, der schwarzgekleidete Inspektor Carruthers.
»Hör mal, ich war auch dabei«, sagte Polanco gelangweilt.
»Und Calac, der nicht dabei war, kann rückwärts hersagen,
was alles passiert ist. Spar dir den Sermon, mein Freund.«
»Ich finde es empörend«, fuhr mein Pareder unerschütterlich
fort, »daß Scotland Yard einen so muffigen und kanzleihaften
Typ mit Vollmachten ausstattet, einen Typ mit Regenschirm,
hager und schwarzgekleidet, der uns ansah mit Augen wie
abgenutzte Pennies. Die Augen des Inspektors Carruthers
waren wie abgenutzte Pennies, aber der Inspektor Carruthers
kam nicht etwa, um uns des Landes zu verweisen, nein, nim-
mer würde er uns des Landes verweisen. Die hageren und
schwarzgekleideten Typen sehen es gern, daß die Bewohner
der Hotelzimmer das Land binnen zwei Wochen freiwillig
verlassen; sie sind schwarzgekleidet und haben einen Regenschirm, fast immer heißen sie Carruthers und sind muffig und
kanzleihaft, haben Augen wie abgenutzte Pennies, klopfen an
Hotelzimmer, vorzugsweise an Zimmer 14. Sie verweisen
niemanden des Landes, sind schwarzgekleidet, sehen es gern,
daß die Hotelbewohner aus freien Stücken das Land verlassen. Fast alle heißen sie Carruthers, sind hager und stehen vor
der Zimmertür. Ah, aber da habe ich ihm gesagt...«
»Du hast ihm gar nichts gesagt«, unterbrach ihn Calac. »Der
einzige, der etwas gesagt hat, war Austin, aus dem einfachen
Grund, weil er englisch spricht. Aber das hat uns nicht viel
genutzt, wie unsere Anwesenheit auf diesem Felseneiland be-
weist. Tatsache ist, daß wir von Insel zu Insel ziehen, aber
jedesmal gerät sie uns kleiner, seien wir Manns genug, das
zuzugeben.«
»Und Marrast sagte zu alldem kein einziges Wort«, sagte Polanco grollend. »In solchen Fällen, Mann Gottes, tritt man
vor, breitet die Arme aus und erklärt sich zum Urheber des

Verhängnisses, wie bei Dostojewski. Schließlich hatte Marrast schon vor, ganz von allein zu gehen, abgesehen davon, daß der Magistrat von Arcueil ein Vermögen für Mahntelegramme ausgab. Wußtest du, daß der Wachsstein ohne vorherige Ankündigung eintraf und daß die Ratsherren fast der Schlag rührte, als sie dessen Größe sahen?«

»Die Größe der Rechnung, you mean«, sagte mein Pareder. »Aber welchen Vergehens hätte Marrast sich bezichtigen können, sag mir mal? War doch nur ein harmloser Scherz, eine Erschütterung der sklerotischen Gewohnheiten von Harold Haroldson. Bedenke, daß Scotland Yard keine Handhabe gegen uns hatte, die hatten nur eine panische Angst, das heißt eine metaphysische, numinose Angst. Denen war klar, daß wir fähig waren, etwas Spektakuläreres zu veranstalten, daß dies nur ein Versuch war, wie der von diesem anderen da mit seinem elektrischen Rasierapparat. Vor der Tür der Dichter wird immer ein Inspektor Carruthers stehen, mein Lieber. Wenn seine Molly nicht bald mit dem Floß kommt, werden wir mitten im Tramontana ohne Zigaretten dastehn.«

»Wir sollten ein Feuer anzünden«, schlug Polanco vor, »und aus Calacs Unterhemd machen wir eine Fahne, denn er pflegt so was zu tragen.«

»Im Unterschied zu gewissen anderen Leuten halte ich was von Hygiene«, sagte Calac.

»Ich spüre mein Hemd gern direkt auf der Haut«, sagte Polanco, »das erfrischt mir die Seele. Was für ein Mist, Mann, eigentlich ist alles schiefgegangen. Selbst der Motor läßt mich im Stich, er ist einfach zu stark für das Bötchen. Wollt ihr mir nicht helfen, ein stabileres Boot zu bauen, eine Art Trireme? Mich schaudert bei dem Gedanken, daß meine Molly einmal ins Kanu steigen will, der Teich ist in der Mitte nämlich fast ein Meter fünfzig tief, und das genügt, damit sie mir absäuft. Es würde mich hart ankommen, meine Stellung zu verlieren, und mit meiner Molly komme ich gut aus, auch wenn ihr Vater ein widerlicher Kondomikus ist.«

»Nun«, sagte mein Pareder, »du hast recht, alles ist schiefgegangen, doch sage keiner, daß wir uns nicht amüsieren.«
In den vierzig Minuten, die sie nun schon als Schiffbrüchige
auf der Insel zubrachten, hatte ihnen die Beschaffenheit des
Geländes einige, wiewohl bescheidene Platzwechsel erlaubt,
das heißt, Polanco war auf den Stein übergewechselt, wo vorher Calac saß, und dieser hatte es vorgezogen, sich in einer
Art Felsentrichter einzunisten, der das erste Refugium meines
Pareders gewesen war, der jetzt der Länge nach auf der Erde
lag und sich in etruskischer Manier auf einen Ellbogen
stützte. So wenig die drei sich auch bewegten, sie berührten
sich mit den Schuhen, den Schultern oder den Händen, und
da die Insel sich mitten im Teich wie ein Piedestal erhob, hätten Beobachter auf dem Festland die häufigen Püffe, Stöße
und andere strategische Bewegungen der Gestrandeten bemerken können, mit denen diese ihren Lebensraum zu erwei-
tern suchten. Aber am Ufer war niemand, der sie beobachtete, und Polanco, der Boniface Perteuils Tochter nur zu gut
kannte, vermutete, daß sie wie eine Verrückte durch die Tulpenfelder rannte und Eleven der Gartenbauschule suchte, die
sich dazu eigneten, eine Bergungs- und Rettungsmannschaft
zu bilden.
»Im Grunde haben wir gut daran getan, London zu verlassen«, hatte mein Pareder gerade versichert. »Eine schreckli-
che Invasion von Frauen, und alle drei total verrückt, wie immer. Was zum Teufel hatte Tell in London zu suchen, sag mir
mal? Sie entsteigt der Lufthansa wie ein von Konvulsionen
geschüttelter Rollmops, es ist nicht zu fassen, ganz abgesehen
von Celia, die aussah, als wäre sie aus der Morgue entlaufen,
und gar nicht zu reden von der dritten in ihrem existentiellen
Schlamassel, mit ihren Gnomen und dieser ihrer Manier, mir
den halben Salat auf die Hose zu kippen, damn it.«
»Dein Englisch hat sich erheblich verbessert«, bemerkte Polanco, der nur das Ende des Satzes mitgekriegt hatte.
»Wir sprechen es jetzt schon sehr manierlich«, sagte Calac.

»Verrückte, hast du eben gesagt? Nun, ich muß sagen, das
Leben, das wir in West End geführt haben, gibt uns nicht gerade das Recht, so superziliös zu sein, Mann, oder so fasti-
diös, wenn dir das lieber ist. Oh dear.«

Sie redeten in ihrem bemerkenswerten Englisch noch eine
Weile so weiter, bis Polanco besorgt eine allgemeine Bestands-
aufnahme der Zigaretten und des Proviants vorschlug. Schon
mehrmals hatten sie aus der Richtung der Ranunkelbeete, wo
Boniface Perteuil seine Schüler die Veredlung auf rumänische
Art lehrte, Stimmen gehört, aber von einem Rettungstrupp
war nichts zu sehen. Die Inventur ergab, daß die drei Schiffbrüchigen insgesamt noch siebenundzwanzig Zigaretten hatten,
was nicht gerade viel war, wenn man in Betracht zog, daß
zwölf davon feucht waren, und es gab nicht den geringsten
Mundvorrat. Zwei Taschentücher, ein Taschenkamm und ein
Taschenmesser bildeten ihre ganze Ausrüstung, nicht gerech-
net vierzehn Schachteln Streichhölzer, die man Polancos Manie, en gros einzukaufen, verdankte. Da zu befürchten war,
daß der Rettungstrupp auf sich warten lassen würde und daß
vielleicht die Zeit der Monsune bevorstand, schlug mein Pareder vor, ihren gesamten Vorrat in einer Art Nische im Felskegel
einzulagern und per Los den Verwalter oder Proviantmeister
zu bestimmen, dessen Aufgabe die strenge Rationierung wäre,
welche die Umstände erforderlich machten.

»Wir stimmen für dich«, sagten Calac und Polanco unisono,
die es sich gemütlich gemacht hatten und nicht daran dach-
ten, sich von der Stelle zu rühren oder für das Gemeinwohl zu
arbeiten.

»Das verstößt gegen alle Regeln«, sagte mein Pareder, »doch
will ich mich dem Willen der Mehrheit beugen. Her mit den
Zigaretten und Streichhölzern. Und du, vergiß dein Taschenmesser nicht. Doch es wird besser sein, wenn jeder seine Arm-
banduhr behält, weil er sie täglich einmal aufziehen muß.«

»Er gemahnt mich an Captain Cook«, sagte Calac mit ehrli-
cher Bewunderung.

»Eher wohl an Bougainville, Mann«, sagte Polanco. »Kaum bist du ein paar Wochen im Ausland, und schon verlierst du alle patriotische Gesinnung. Lebst du nun in Frankreich, ja oder nein?«

»Moment mal«, sagte Calac. »Von einem nationalistischen Standpunkt aus müßten wir ihn mit unseren Admiralen vergleichen, mit Brown oder Bouchard, aber wie du siehst, läuft es auf das gleiche hinaus.«

»Es wäre angezeigt, nachts Wache zu schieben«, sagte mein Pareder. »Angenommen, deine Molly braucht länger als einen Monat, um die Rettungsaktion zu organisieren, was mich bei diesem Dickhäuter nicht wundern würde, oder es fällt denen ein, nachts über den Teich zu schippern, dann müßten wir ein Feuer machen und Werda rufen.«

»Apropos Dickhäuter«, sagte Polanco beleidigt, »Sie sind ein haariges Rhinozeros.«

»Bitte etwas mehr Respekt und Disziplin«, raunzte mein Pareder sie an. »Ihr habt mich zum Anführer ernannt, also beherrscht euch, das ist in solchen Fällen unerläßlich.«

Folgte eine lebhafte Auseinandersetzung über Rhinozerosse, argentinische Admirale, die Hierarchie und damit verbundene Themen, von Zeit zu Zeit unterbrochen durch die gerechte Zuteilung von Zigaretten und Streichhölzern. Am sanften Hang des Felsentrichters lehnend, hörte Calac nur halb zu und träumte vor sich hin, zog melancholisch Bilanz der Londoner Tage, dachte an Nicole, an ihr Gesicht am Abteilfenster des Zuges nach Paris, an die möglichen Folgen, in einem Museum einen Tango zu trällern, und an die Zweckmäßigkeit, ihr als geistige Hygiene eine Reise zu suggerieren. Letzten Endes, wenn du nach einem probaten Mittel suchtest, damit Marrast dich in Frieden lasse, warum der Lautenspieler, Nicole, wo doch ich da war, ich, der neben dir auf dem fürchterlichen Sofa im Museum saß? Ich hatte dir angeboten, dich mit mir zu nehmen, weit weg, damit du unter anderen Himmeln deinen Kopf auslüften könntest; aber dir fällt nichts Besseres ein, als… Oh, wie eingebildet ich bin, wie sehr mich das kränkt, das ist klarer als ihre wasserblauen Augen. Mit mir wäre es nicht so einfach gewesen, und das wußtest du, mich hättest du nicht mit einem Klaps auf den Hintern wegschicken können wie den Lautenspieler, du hättest dich erneut an eine Zukunft gebunden, für Monate, für Jahre, und du wolltest keine neue Zukunft, die so mies ist wie die andere, keinen neuen Marrast, der so geduldig und ergeben ist wie der andere, deshalb also Austin, die Eintagsfliege, der Vorwand, um wirklich allein zu bleiben. Als hättest du schon geahnt, wenn Celia mit ihrem von Sommersprossen gesprenkelten Gesichtchen käme, daß sich die ganze Kollektion von Lauten unverzüglich in eine zügellose Passacaglia stürzen würde und von ihren jugendlichen Ängsten augenblicks geheilt wäre, davon, stundenlang vor der Tür deines Hotels zu warten, an Polancos Schulter zu seufzen und Marrast töten zu wollen, ohne alle Verben auf -ir gelernt zu haben. Noch ein Glück, daß ich… Ja, man lernt zu leben, man lernt auch, die anderen zu sein, sich in sie hineinzuversetzen, im Grunde hast du recht getan, du brauchtest mir nicht für irgend etwas dankbar zu sein, für absolut nichts, denn dann würdest du wieder für alle leiden, du, die niemandem weh tun will. Es genügt, daß ich dich, ohne es zu wissen, auf die Idee brachte, als ich dir einen kleinen Tango pfiff, mein Mädchen. Wie bitter diese Zigarette ist, sicher haben sie mir eine der feuchtesten gegeben, die beiden verschwören sich hinter meinem Rücken, aber wartet, in der Stunde des Kannibalismus werde ich die Oberhand behalten.

Calac machte die Augen halb zu, weil ihm schläfrig wurde, aber auch weil er wie jeder Schiffbrüchige die löbliche Gewohnheit hatte, seine Zigarette bis zu Ende zu rauchen, ohne den Stummel aus dem Mund zu nehmen, zudem half ihm das Halbdunkel, Nicole besser vor sich zu sehen, Nicole, nachdem Tell ihn angerufen und gebeten hatte, ihnen zu helfen, die Koffer zum Bahnhof zu tragen, Nicole, die in der Bar der Victoria Station einen Kaffee ohne Zucker trank, Nicole am Fenster des *boat train* (»Nous irons à Paris toutes les deux«, hatte Tell gejubelt, als sie sich zum Entsetzen von Geistlichen und Bahnwärtern bis zur Taille aus dem Fenster lehnte), Nicole, die ihm eine schlaffe Hand hinstreckte, die einen Augenblick in seiner ruhte. »Ihr alle seid viel zu gut«, hatte sie zu ihm gesagt, als könnte er damit etwas anfangen, und die verrückte Dänin hatte sich eine Handvoll Bonbons in den Mund gestopft, denn Calac hatte sich das melancholische ironische Vergnügen gemacht, Nicole zum Abschied die versprochenen Bonbons mitzubringen, und natürlich würde die verrückte Dänin sie allein lutschen, Nicole würde die Augen schließen und, die Stirn an der Fensterscheibe, die englische Landschaft vorbeiziehen lassen, ganz von fern Tells Stimme vernehmen, die von Sturmvögeln und Walrossen erzählen würde. Und sie zu unterbrechen wäre wieder einmal...

»Dieser Teich hat Ebbe und Flut!« schrie mein Pareder plötzlich, er machte einen Satz und wies auf seinen völlig durchnäßten Hosenaufschlag und den triefenden Schuh. »Das Wasser steigt, es werden uns noch die Streichhölzer naß!« Polanco war eher der Meinung, daß mein Pareder versehentlich den Fuß ins Wasser getaucht hatte, aber um sich Gewißheit zu verschaffen, legte er einen Kiesel an den schmalen Saum der Küste, und alle drei warteten mit angehaltenem Atem. Das Wasser überspülte den Stein fast augenblicklich und zugleich einen Schuh von Calac, der ein Bein hatte baumeln lassen, um sich bequemer an London zu erinnern, der nun aber einen Fluch ausstieß und sich ganz oben auf den relativ breiten Rand des Felsentrichters hockte. Von dort aus begann er nach jenen auf dem Festland zu rufen, was widersprüchliche Ergebnisse zeitigte, denn mehrere Zöglinge in noch zartem Alter erschienen plötzlich dort, wo die Felder mit den schwarzen Tulpen endeten, und sahen verdutzt zu den Schiffbrüchigen hinüber, während ein Eleve mit schon behaarten Beinen am Rand der Ranunkelbeete auftauchte, und als die Kleinen sich mit halb blöder, halb erwartungsvoller Miene an das Ufer des Teiches setzten, stemmt der Große seine Hände in die Hüften und krümmte sich bis zum Boden in einem derart heftigen Lachanfall, daß man hätte meinen können, er heule, machte dann aber zu den Kleinen gewandt eine Drohgebärde, und alle verschwanden so rasch, wie sie gekommen waren.

»Die Kindheit, dieses überbewertete Alter«, brummte Calac, der um seine Hose bangte und schon kommen sah, daß die anderen Schiffbrüchigen ihm seinen Platz auf dem Felsentrichter streitig machen würden. »Natürlich wird deine Molly sich an einem lauschigen Plätzchen an Salami gütlich tun und unsere Wenigkeit völlig vergessen haben, ein schöner Mist! Das Beste wird sein, wir waten ans Ufer und lassen uns im Café des Dorfes trocknen, wo es, wie ich mich erinnere, einen Rum gibt, der für Schiffbrüchige besonders indiziert ist.«

»Bist du verrückt?« sagte Polanco entrüstet. »Es sind von hier bis zum Ufer mindestens fünf Meter. Du kannst unmöglich verlangen, daß wir die zu Fuß zurücklegen. Und was ist mit den Kraken, den Blutegeln, den Tiefseegräben? Der da hält mich für Kommandant Cousteau.«

»An allem bist du schuld«, sagte mein Pareder. »Wie schön war es dort bei den Blumen, du aber mußtest uns mit deiner famosen Turbine das Leben vergällen. Und jetzt dieser Teich mit seiner schrecklichen Flut, nie habe ich von diesem Phänomen gehört. Man sollte ein Kommuniqué an die Admiralität schicken, vielleicht streichen sie uns dann von der schwarzen Liste und wir können eines Tages wieder in diesen Pub in der Chancery Lane gehen, wo wir sooft mit Marrast waren.«

»Ich habe keine Lust, noch mal nach London zu gehen«, sagte Calac.

»Hast recht, ist zu naß dort. Aber da wir gerade von London sprechen, findest du diese Invasion von Frauen in unser Phalansterium nicht merkwürdig? Nicole geht ja noch, die Arme mit ihren Gnomen und alldem zählte fast nicht, so selten sah man sie. Aber plötzlich tauchen die anderen beiden auf, und in weniger als drei Tagen machen sie und der Inspektor Carruthers uns das Leben sauer, die einen, die kommen, und der andere, der will, daß wir gehen, das war doch kein Leben mehr.«

»Letzten Endes«, sagte Polanco, »hat Tell gut daran getan herzukommen, immerhin hat sie sich um Nicole gekümmert und hat ihr mit ihrer temperamentvollen Art aus der Misere geholfen. Wir, wir hätten als Babysitter nicht getaugt.«

»Einverstanden. Aber die andere, was sagst du zu der? Was zum Teufel hatte die in London zu suchen? Es war geradezu eine Verschwörung, mein Lieber, sie kamen über uns wie kosmische Hunde.«

»Och, Celia«, sagte mein Pareder gelassen, »in ihrem Alter, da kommt und geht man, nicht wegen uns ist sie gekommen, vielleicht ist sie nur gekommen, um Trost zu suchen, aus reiner Gewohnheit. Weiß der Kuckuck, was ihr zugestoßen ist, man sollte den Lautenspieler danach fragen, der wird bereits gut informiert sein. Aber sag mal, sehe ich richtig, oder sind es schon die unter solchen Umständen typischen Halluzinationen?«

»Solche Titten gibt es in keiner Halluzination«, sagte Calac. »Es ist die Molly, welche Ähnlichkeit mit Stanley und seiner Safari.«

»Was hab ich euch gesagt«, strahlte Polanco. »Meine Zezette!«

»Du, anstatt ihre Kosenamen auszuposaunen, solltest du ihr besser zurufen, daß du der Doktor Livingstone bist, bevor sie sich's anders überlegt«, riet mein Pareder. »Aber sag mal, die kommen sogar mit einem Seil und so was wie einer Badewanne, das wird eine super Rettung. Help! Help!«

»Merkst du nicht, daß sie kein Englisch versteht?« sagte Polanco. »Sieh nur, welche Selbstlosigkeit, würdige das, falls du dazu fähig bist. Sie ist mit sämtlichen Schülern gekommen, ich bin zutiefst gerührt.«

»Laß mich auch mal auf den Felsentrichter«, sagte mein Pareder sanft zu Calac.

»Hier ist kein Platz für zwei«, bemerkte Calac.

»Aber die Socken werden mir naß.«

»Hier oben könntest du dich noch erkälten, es weht eine steife Brise.«

Erwartungsgemäß gab die neue Situation Anlaß zu einem wertvollen Gedankenaustausch, währenddessen am Ufer Boniface Perteuils Tochter, umringt von den Schülern der Gartenbauschule, sich aufgeregt an einigen Ausrüstungsgegenständen zu schaffen machte, wobei sie wild gestikulierte, was der Einleitung praktischer Maßnahmen wenig förderlich war. Nicht im mindesten geneigt, die Rettungsaktion etwa dadurch zunichte zu machen, daß sie die kontinentalen Instruktionen mit ihren eigenen insularen durchkreuzten, trugen die Schiffbrüchigen einen stoischen Gleichmut zur Schau und sprachen weiter über ihre Angelegenheiten. Polanco hatte beiläufig den Beschluß erwähnt, den die drei nach dem Besuch des Inspektors Carruthers gefaßt hatten, nämlich Celia in London nicht allein zu lassen, da Solidarität mit ihr erst nach dem mehr oder weniger überstürzten Weggang von Marrast, Nicole und Tell bekundet werden konnte. Nach der ersten Überraschung darüber, daß Austin sich ihnen mitsamt seinen Ersparnissen und zwei Lauten anschloß, was favorisiert wurde von Celias gelegentlichem schüchternem Lächeln und dem offenkundigen Bestreben Austins, im Zug ein Abteil zu finden, wo seine zwei Lauten, Celia und er selbst Platz hätten, hatten die drei künftigen Schiffbrüchigen schnell begriffen, daß man sich für die moralische und geistige Gesundheit der Gruppe nichts Besseres wünschen konnte, womit sie völlig recht gehabt hatten, denn Austins Wandlung seit der Chelsea-Brücke bis zu dem Café in Dünkirchen, als sie vom *ferry-boat* kamen, war so spürbar gewesen, daß sie sich nicht mit der bloßen Luftveränderung und der geographischen Breite erklären ließ, abgesehen davon, daß mit Celia eine ähnliche Veränderung vorgegangen war seit der Oak Ridge Station, sieben Minuten nach der Abfahrt in London, was vielleicht mit ihrer Entdeckung zusammenhing, daß es Austin, Marrasts exzellentem Schüler, gelang, sich in französisch so wortreich auszudrücken, daß das, was er sagte, fast einen Sinn zu haben schien. So waren sie dort in einem sichtlich besseren Gemütszustand an Bord gegangen, und im Augenblick des Reiherns, das heißt fast sofort nach dem Ablegen, hatte Calac nicht ohne Rührung feststellen können, daß Austin Celia an die Reling führte, sie in seinen Gabardine hüllte und ihr im richtigen Augenblick den vornübergeneigten Kopf stützte, ihr mit seinem Taschentuch die Nase abwischte und ihr half, Neptun den Tee mit Zitrone, den sie an Land getrunken hatte, zu opfern. Celia, die mit der Flüssigkeit auch allen Willen verloren hatte, ließ sich umsorgen und hörte auf die respiratorischen Ratschläge, die Austin ihr gab, der immer besser französisch parlierte, wofern er es nicht beim Englischen beließ und Celia sich dank ihrer Semibewußtlosigkeit an ihren Englischunterricht im Gymnasium erinnerte. Jedenfalls verklärte eine herrliche Sonne den berüchtigten Ärmelkanal und hüllte die beiden zärtlich ein, kein Nachmittag also, um seekrank zu werden, die Hügel Englands verschwammen hinter ihnen, und obgleich weder Austin noch Celia viel von dem wußten, was sie auf der anderen Seite erwartete, wurde immer deutlicher, daß sie es gemeinsam zu erwarten gedachten, Austin, der schnell von Parsifal zu Galahad abdriftete, und Celia, die den Meergöttern die letzten Schlucke Tee mit Zitrone überließ und sich von dem Arm beschützt fühlte, der sie auf dieser Seite der Reling hielt, und von der Stimme, die ihr für bessere Tage die Suiten von Byrd und die Villanellen von Purcell versprach.

»Hoffentlich verfällt seine Molly nicht auf die Idee, die Rettungsexpedition anzuführen«, flüsterte mein Pareder Calac zu. »Erstens bliebe auf dem Floß für uns kein Platz mehr, und zweitens würde es nach Ablegen vom Ufer direkt auf Grund gehen, sollte sie das Floß oder die Piroge oder was immer die da bauen, besteigen.«

»Ich glaube nicht, daß sie so bescheuert ist«, meinte Calac.

»Das Problem liegt eher darin, daß alle Kinder an Bord gehen wollen, ganz davon abgesehen, daß das Floß keinen Bug hat, nicht mal andeutungsweise, du wirst sehen, zu welcher Konfusion das führen wird.«

Polanco betrachtete zärtlich Boniface Perteuils Tochter, er hatte ihr bereits lauthals bedeutet, die Rettungsaktion auch dazu zu nutzen, sein in den Binsen feststeckendes Kanu in Schlepp zu nehmen. Calac seufzte, die Ereignisse und der wissenschaftliche Fanatismus Polancos waren zuviel für ihn, und er versuchte, auf dem schartigen Trichterrand, der sich ihm in die Seele zu schneiden begann, eine bessere Sitzposition zu finden; mein Pareder nutzte diese Sekunde der Unachtsamkeit aus, um auf den Trichter zu springen und von dem besten Platz Besitz zu ergreifen, mit direkter Sicht auf die Beete mit den schwarzen Tulpen. Calac unternahm nichts, um seinen Horst zu verteidigen, denn er fühlte sich letzten Endes ganz wohl, und da die Hose meines Pareders von Wasser troff, mußte man ein Herz haben. Die Flut stieg unerbittlich, und der einzige, der das nicht zu bemerken schien, war Polanco, voller Bewunderung für die Vorkehrungen, welche Boniface Perteuils Tochter weiterhin traf. Wie dem Helden bei Victor Hugo stieg ihm das Wasser bis zu den Schenkeln, und bald würde es ihm bis zur Hüfte reichen.

»Bringen wir wenigstens die Reserven an Tabak und Streichhölzern in Sicherheit«, sagte mein Pareder zu Calac. »Ich bezweifle, daß die Schiffer mit ihrer Unternehmung Erfolg haben, im Augenblick stehen sie nur da und lachen sich kaputt über unsere Lage. Wir werden die Vorräte auf den Gipfel schaffen, ich schätze, daß sie für dich und mich drei Tage samt den Nächten reichen werden. Denn dem da wird das Wasser in einer halben Stunde bis zum Mund stehen, armer Polanco.«

»Armes Brüderchen«, sagte Calac, während Polanco ihnen einen Blick unendlicher Verachtung zuwarf und seinen Gürtel lockerte, der sich durch die Einwirkung des Wassers zusammenzuziehen begann. Die Abendsonne verwandelte den Teich in einen großen flimmrigen Spiegel, und die hypnotischen Eigenschaften eines solch dichterischen Bildes machten die Schiffbrüchigen, die stets zu Sinnestäuschungen und Fata Morganen neigen, zusehends lethargischer, insbesondere meinen Pareder, der seinen neuen glänzenden Posten nutzte, um zu rauchen, und sich retrospektiv über Tells Hereinplatzen mitten in die Londoner Katastrophe amüsierte, ihre taktvolle und zugleich entschlossene Art, einfach herzukommen, ohne jemanden vorher benachrichtigt zu haben, und sie dann anzurufen und ihnen lakonisch mitzuteilen, daß sie vor Hunger sterbe und man sie im *Gresham Hotel* abholen und zum Abendessen einladen solle, eine Nachricht, die mein Pareder mit einer Mischung aus Wut und Erleichterung aufnahm, was ich sehr wohl merkte und auch verstehen konnte, während ich Nicole zusah, die noch immer benommen im Zimmer umherging, Kleidungsstücke, Mappen mit Zeichnungen und alte Zeitungen zusammensuchte, alles in den Koffer stopfte und es dann wieder herausholte, um es irgendwie zu ordnen, was mit einem erneuten, vergeblichen Versuch endete, den Koffer zu packen. Sie hatte mich empfangen, ohne etwas zu sagen, und wohl gemerkt, daß Marrast mich eingeweiht hatte, sie war mir mit einem Pyjama in der einen und ein paar Bleistiften in der anderen Hand entgegengekommen und hatte alles zu Boden fallen lassen, um mich zu umarmen, hatte sich zitternd lange an mich gedrückt, bevor sie mich fragte, ob Marrast mir geschrieben hätte, ob sie per Telefon nicht noch eine Tasse Kaffee bestellen sollte, und lief dann wieder im Zimmer hin und her, versteifte sich darauf, ihre Habseligkeiten zu packen, und ließ es dann doch sein, ging zum Fenster oder setzte sich auf einen Stuhl und kehrte mir den Rücken zu. Nicole konnte sich nicht mehr erinnern, wann Marrast gegangen war, wahrscheinlich am Montag, wenn heute Mittwoch war, oder vielleicht auch schon am Sonntagnachmittag, jedenfalls hatte sie dank des Barbiturats einen ganzen Tag geschlafen, hatte danach einen starken Kaffee getrunken und sich daran gemacht, ihre Sachen zu packen, aber da alle naselang mein Pareder und Polanco auftauchten, um nach ihr zu sehen, wobei sie ganz unschuldig taten, obgleich sie genau wußten, daß Marrast bereits in Frankreich war, und sie Nicole schließlich in ein völlig absurdes Musical mitnahmen, in dem noch dazu Zwerge und Märchengestalten auftraten, wußte sie am Ende nicht mehr, wieviel Zeit vergangen war, außerdem war das jetzt, wo Tell da war, nicht mehr wichtig, es blieben ihr noch zwanzig Pfund und vierzehn Shilling, die Marrast, als er ging, auf dem Tisch zurückgelassen hatte, und das war mehr als genug, um das Hotel zu bezahlen und sich Kaffee und Mineralwasser aufs Zimmer bringen zu lassen. Marrast war gegangen, ohne sich zu verabschieden, weil Nicole wegen der Tabletten noch fest schlief, und später hatte sie auch fortgehen wollen, aber sie konnte sich nicht auf den Beinen halten und hatte den ganzen Tag im Bett zugebracht, war nur hin und wieder aufgestanden, durchs Zimmer gewankt und hatte versucht, ihre Sachen zusammenzupacken, und irgendwann hatte es dann an der Tür geklopft, und natürlich war es Austin, er hatte mich durch die halb geöffnete Tür furchtsam angesehen, hatte versucht zu lächeln und sich der Lage gewachsen zu zeigen, mein Pareder oder Calac mußten ihm wohl erzählt haben, daß Marrast mich verlassen hatte und er zu mir kommen könne, ja, daß es unerläßlich sei, mich aufzusuchen, daß es seine Pflicht sei, denn man brauchte ihn nur anzusehen, um zu merken, daß er mehr aus Pflichtgefühl als aus einem anderen Grunde gekommen war, und dann war da dieser Koffer, der nicht zugehen wollte, hin und wieder kam Polanco oder mein Pareder, oder Mrs. Griffith mit neuen Handtüchern, einer mißbilligenden Miene und der Rechnung, und Austin ging, ohne zu verstehen, verschreckt oder

234

plötzlich vielleicht begreifend, daß er hier überflüssig war, mehr als jeder andere, sogar mehr als Mrs. Griffith oder eine der vielen Sachen, die nicht mehr in den Koffer gehen wollten, bis Tell sich mit einem sportlichen Satz auf ihn fallen ließ, ihn proper schloß und zu lachen anfing, wie nur sie lachen konnte.

»Als erstes eine heiße Dusche«, sagte Tell, »und dann gehen wir aus, denn ich bin nicht nach London gekommen, um mir diese scheußliche Tapete anzusehen.«

Nicole hatte zugelassen, daß Tell ihr den Pyjama auszog und sie in ein schön warmes Bad bugsierte, sie hatte sich die Haare waschen und den Rücken frottieren lassen, all das garniert mit Tells Lachen und nicht immer sittlichen Bemerkungen über Nicoles Anatomie und ihre Hygiene. Sie hatte sich abtrocknen, mit Kölnisch Wasser einreiben und sich dann anziehen lassen, wobei sie linkisch mithalf, glücklich, Tell neben sich zu spüren und zu wissen, daß sie ihr noch ein wenig Gesellschaft leistete, bevor Nicole tun würde, was sie früher oder später tun müßte. Und eine fast luxuriöse tea-time in der Shaftesbury Avenue, während Tell die Zeitung durchblätterte auf der Suche nach einer Abendvorstellung, auf Kosten der Tataren natürlich, die sie dann auch sogleich anrief, um ein Treffen mit ihnen zu vereinbaren und sich das Abendessen und den Theaterbesuch bestätigen zu lassen, wobei sie beiläufig fallenließ, daß es das mindeste wäre, was sie für jemanden wie sie tun könnten, die zur rechten Zeit gekommen war, während sie, eine Dreierbande von Nichtsnutzen, wie bekloppt herumständen, ohne sich um die arme Kranke richtig zu kümmern, et cetera. Und Nicole hatte ihren Tee getrunken und Kuchen gegessen und sich dabei die wahrscheinlich erfundenen Geschichten angehört, die Tell aus Wien mitbrachte, und kein einziges Mal hatte sie nach Juan gefragt, vielleicht weil Tell, als Teil der Therapie, immer wieder seinen Namen erwähnte, wodurch Juan handlich und fast harmlos wurde, wie jemand, der ihnen beiden gleich fern war, was nach Meinung der Tataren, die bei einem Abendessen mit saftigen Steaks und Rotwein darüber sprachen, im Grunde ja auch stimmte.

»Madre mía!« sagte Polanco. »Das hat uns gerade noch gefehlt!«

Das plötzliche Erscheinen von Boniface Perteuil, im blauen Overall und eine riesige Gießkanne in der Hand, schien die Rettungsvorbereitungen beträchtlich zu stören, insofern als ein Großteil der Schüler, vor allem die kleineren, sich flugs zwischen den Ranunkeln und den gelben Tulpen versteckten, während die größeren, der Molly treu ergeben, ein Gesicht wie Bernhardinerhunde machten, weshalb Calac und meinem Pareder nichts Gutes schwante. Auf ihren Vater zustürzend, begann die Molly, wild in Richtung Insel gestikulierend, ihm die Situation zu erklären. In der Diaphanität des Abends erscholl Boniface Perteuils Stimme mit fast übernatürlicher Klarheit.

»Merde, soll er ertrinken!«

»Papa!« flehte die Molly.

»Und seine feinen Freunde auch! Die haben hier überhaupt nichts zu suchen! Halt den Mund, ich weiß, was ich sage, nicht umsonst habe ich den Krieg von 14/18 mitgemacht, *ich*! Zweimal bin ich verwundet worden, *ich*! Man hat mir die Tapferkeitsmedaille verliehen, *mir*! Im Winter 16, nein, warte, das war 17, aber dann ... Halt den Mund, es war 16, den ganzen Winter in den Schützengräben der Somme, eine Kälte, sage ich dir, eine Kälte, als man mich herausholte, waren mir die Genitalien erfroren, um ein Haar hätte man sie mir amputiert, halt den Mund! Ich verstehe zu arbeiten, *ich*, ich erlaube nicht, daß diese Existentialisten sich auf Kosten meines Unternehmens vergnügen und mir meine Schüler verderben. Marsch, an die Arbeit mit euch! Wer nicht seine zwanzig rumänischen Veredelungen gemacht hat, kriegt nichts zu essen!«

»Das verstößt gegen die Bestimmungen des Burau international du Travail«, sagte Calac in einer Weise, daß Boniface Perteuil es nicht hören konnte.

»Seien Sie kein mickriger Kondomikus, Sie«, sagte Polanco. »Ist Ihnen denn nicht klar, was für uns auf dem Spiel steht? Wenn mir meine Molly schlappmacht, sind wir verloren, wir müßten zu Fuß zurückkommen, und das wäre eine schimpfliche Niederlage, Mann.«

»Die haben mir das Knau kaputtgemacht!« brüllte Boniface Perteuil als Antwort auf eine ebenso diskrete wie kontraproduktive Bemerkung seiner Tochter. »*Ça alors!*«

»Hast du das gehört?« sagte Polanco zu Calac. »Er beschuldigt mich, sein Kanu kaputtgemacht zu haben, dabei hat er es mir in einem feierlichen Akt selbst geschenkt, ich habe Zeugen. Ich weiß noch genau, daß er gesagt hat, es sei schon ganz rott, trotzdem habe ich ihm gedankt, denn es war eine Geste.«

»Ein Boot, das mich siebzigtausend Francs gekostet hat!« schrie Boniface Perteuil. »Schaffen Sie mir das Geld sofort herbei! Wenn Sie mir das Kanu nicht bezahlen, rufe ich die Gendarmen, wir sind hier in Frankreich und nicht in Ihrem Land von Wilden! Das soll mir eine Lehre sein, Ausländer anzustellen!«

»Halt die Schnauze, Scheißxenophob«, sagte mein Pareder liebenswürdig. »Sag ihm, wenn ich mir nicht die Füße naß machen wollte, wäre ich längst rübergekommen und hätte ihm den Hals umgedreht, bis ihm die Zunge zum Hintern raushängt, mit Erlaubnis von Mademoiselle. Da haben wir ihm heute morgen drei Flaschen Wein gebracht, um unserer Anwesenheit beim Abendessen Glanz zu verleihen, und jetzt werden sie die allein süffeln, denn ich werde ihnen nicht die Ehre erweisen, darauf kannst du Gift nehmen.«

»Heh, ein bißchen Respekt, wenn ich bitten darf«, sagte Polanco. »Immerhin ist er der Papa meiner Verlobten, und du hast nicht das Recht, einen armen alten Mann zu beschimpfen, nur weil er sich wie eine Kanaille aufführt.«

»Man soll sie mir nur herbringen«, brüllte Boniface Perteuil und stieß seine Tochter von sich, die ihm zum allgemeinen Gaudi der Schüler einen Kuß geben und ihn beruhigen wollte.

»Keine Gefahr, du wirst sehen, sie wird das Floß nicht besteigen«, prophezeite Calac. »Es ist soweit, die Operation beginnt, der reinste Kinderkreuzzug. Ich wette tausend Francs, daß sie absaufen, noch bevor sie die Leinen losgeworfen haben.«

»Hoffentlich«, sagte mein Pareder wütend. »Wenn ihm die Schüler ertrinken, wird er ohne die Subvention der UNESCO auskommen müssen.«

»Eigentlich ging es uns ganz gut hier«, sagte Calac melancholisch. »Drei Mann in ihrem kleinen Reich, wie ansteckend sind doch die britischen Sitten. Wir hatten noch für eine ganze Weile Tabak und Streichhölzer, und wir waren drei, eine galvanische Zahl par excellence.«

»Sieh dir lieber das Manöver an«, riet mein Pareder, »das sollte man sich nicht entgehen lassen.«

Unfähig, vom Ufer loszukommen, verdoppelten die Schüler der Gartenbauschule ihre Anstrengungen, um den offenen Teich zu erreichen und die fünf Meter zurückzulegen, die sie von der Insel trennten, wo die Schiffbrüchigen, Boniface Perteuils purpurrotes Schweigen und die tränenreiche Verschämtheit seiner Tochter respektierend, in aller Ruhe rauchten und den Rettungsmanövern zusahen, als ginge sie all das nichts an. Mitten auf dem Floß, sich zum Admiral ex officio aufwerfend, gab der Schüler mit den behaarten Beinen Befehle in einem Takt, den er aus den Movietone News während der Regatta Oxford versus Cambridge abgeguckt hatte. Achtzehn Schüler verschiedenen Alters, mit ebenso vielen Rudern ausgestattet, die wenige Minuten vorher noch Bretter, Besen oder Hacken gewesen waren, saßen dichtgedrängt auf den vier Seiten des Floßes und ruderten alle gleichzeitig, womit sie gerade nur erreichten, daß sich das Boot leicht von Backbord nach Steuerbord und gleich darauf von Steuerbord nach Backbord drehte und eine allgemeine Tendenz zeigte, allmählich zu sinken. Mein Pareder und Calac hatten schon eine Wette darüber abgeschlossen, welche Strecke das Floß wohl zurücklegen würde, bevor es unterginge; Polanco, für den diese Sache kompromittierender war, legte so etwas wie einen inneren Abstand zwischen die Ereignisse und seine Person und zog es vor, sich der Nostalgie und der Erinnerung hinzugeben. Die Ursache von alldem war eine falsche Kalkulation der Antriebskraft der Schiffsturbine gewesen, eine Berechnung, die ihrerseits auf falschen empirischen Werten des im Londoner Hotel getesteten Miniaturmodells beruhte. ›Im Grunde ist es eine Tragödie‹, dachte Polanco, ›meine Molly wird zwischen ihrem Vater und mir wählen müssen, und das allein wäre Beweis genug für die Bedeutung des Porridge: die Würfel waren bereits in London gefallen, und man kann Rückschritte nur machen, wenn man vorankommt.‹ Eben das war es, was die Crew des Floßes zu ihrer größten Überraschung gerade tat, denn nach endlosen Drehungen um sich selbst hatte es sich anderthalb Meter auf die Insel zu bewegt, weshalb man sagen konnte, daß es fast schon die Hälfte der nautischen Strecke zum Gestade der Schiffbrüchigen zurückgelegt hatte.

»Sieh doch bloß«, sagte mein Pareder zu Calac, »es fehlten nur noch diese beiden da, um das Maß vollzumachen, falls das nicht eine der typischen Halluzinationen verdurstender Schiffbrüchiger ist.«

Feuille Morte an der Hand führend, die kreisförmig den freien Arm schwang, war Marrast zwischen den Ranunkelbeeten aufgetaucht und betrachtete verblüfft das Szenarium der Tragödie. Boniface Perteuils Tochter, die ihn vom Dorfcafé her kannte, wo sie gemeinsam mit Polanco und meinem Pareder weinselige Abende verbracht hatte, stürzte ihm entgegen, um ihm die Problematik der Angelegenheit zu erklären, während das Rettungsfloß unter Boniface Perteuils Flüchen und spasmodischen Befehlen des Schülers mit den behaarten Beinen merklich rückwärts zu schwimmen begann, ohne daß man wußte warum.

»Salut!« sagte Marrast, der sich die Antezedenzien der Sache nur mit halbem Ohr angehört hatte. »Ich bin herbeigeeilt, euch zu holen, denn ich hab von den Ädilen und den anderen Kretins in Arcueil die Nase voll, so laßt uns denn ein Glas zusammen trinken, en passant lade ich euch zur feierlichen Enthüllung des Denkmals ein, die morgen um 5 p. m. stattfinden wird.«

»Ich tue dir kund und zu wissen«, sagte mein Pareder etwas sarkastisch, »daß wir von der Enthüllungszeremonie bereits vernommen haben und gedachten, uns daselbst vollzählig einzufinden, sollte man uns rechtzeitig retten, woran ich jedoch zweifle.«

»Warum kommt ihr nicht zu Fuß herüber?« fragte Marrast.

»Bisbis bisbis«, sagte Feuille Morte erschrocken.

»Da hast du's, wenigstens sie versteht das«, sagte mein Pareder. »Ein Hosenbein ist mir durch die Flut klitschnaß geworden, aber das andere ist noch völlig trocken, und ich bin immer der Meinung gewesen, daß man gegen die Symmetrie ankämpfen muß. Wir haben noch genug zu rauchen und fühlen uns ganz wohl hier, frag die da.«

»Ja, wirklich«, sagten Calac und Polanco, die sich über die Rettungsmanöver und über die Vehemenz, mit der Boniface Perteuils Tochter Feuille Morte die Umstände des Unglücks erklärte, köstlich amüsierten. Dummerweise konnten sie nicht verhindern, obgleich sie es gern getan hätten, daß Marrast sich dem Ufer näherte und mit seinem linken Fuß wie mit einer Harpune das Floß zu sich heranzog, während Boniface Perteuil adlerschnell seinen Nagelstiefel vorsetzte, um es am Ufer zu halten, und sofort damit begann, in alle Richtungen Ohrfeigen auszuteilen, während die Kinder ihre schmachvolle Niederlage hinnahmen und sich mit den Rudern unter dem Arm so schnell wie möglich in die Ranunkel- und Tulpenfelder verzogen. Der Kapitän mit den behaarten Beinen ging als letzter von Bord, als Boniface Perteuils offene Hand sich unmißverständlich zur Faust ballte; der Kapitän duckte sich gerade noch rechtzeitig, so daß die Faust Marrast um ein Haar den Garaus gemacht hätte, der edelmütig so tat, als hätte er nichts bemerkt, und mit einer Hacke bewaffnet auf das Floß sprang. Die Schiffbrüchigen empfingen ihn mit vornehmer Herablassung und begaben sich unter dem Jammergeschrei von Feuille Morte und der Molly auf das Rettungsfloß. Die Landung am Festland bekam eine besondere Note durch Boniface Perteuils Verkündigung, daß Polanco fristlos entlassen sei, sowie durch das heftige Schluchzen der Molly, die zu trösten Feuille Morte sich bemühte, während die Schiffbrüchigen und Marrast in stiller Würde den Pfad nahmen, der durch vielfarbige Tulpen bis zum Café des Dorfes führte, wo sie sich trocknen und über die Enthüllung der Statue würden reden können.

Was nutzten Erklärungen? Die bloße Tatsache, daß sie notwendig waren, bewies ironischerweise ihre Zwecklosigkeit. Nichts konnte ich Hélène erklären, ich konnte höchstens rekapitulieren, was alles geschehen war, die übliche Sammlung getrockneter Pflanzen, ihr vom Basiliskenhaus erzählen, von dem Abend im Restaurant *Polidor*, von Monsieur Ochs, von Frau Marta, als könnte ihr das helfen, Tells Geste zu verstehen, das, was Tell sich nicht hatte träumen lassen und das nach so vielen anderen Dingen geschehen war, die sich keiner von uns hatte träumen lassen, doch die sich ereignet hatten, die von selbst geschehen waren. Hélènes Brief traf in Wien ein, als Tell schon abgereist war und ich gerade dabei war, meinen Koffer zu packen, wobei ich feststellte, daß Tell ihre Zahnbürste mit den Wildschweinborsten vergessen hatte, wie auch ihren gerade erst begonnenen Roman; ich vermutete sie in London bei den Tataren, und da brachte man mir deinen Brief an Tell, den ich öffnete, da wir immer auch die

an den anderen gerichteten Briefe öffneten, und da war es wieder, das Gedränge der Fahrgäste im Mittelgang der Straßenbahn, die Aussichtslosigkeit, mich bis zu dir durchzuzwängen, und ich mußte zusehen, wie du an dieser Ecke ausstiegst und verschwandest, und obgleich in deinem Brief von alldem nicht die Rede war, sondern nur von der Puppe, die Tell dir geschickt hatte, war da trotzdem der Gang und die Distanz, die Qual, dich fast mit den Händen berühren zu können und dich dann an einer Ecke aussteigen zu sehen, dich nicht einholen zu können, wieder einmal zu spät zu kommen. Es hätte keinen Sinn gehabt, zu versuchen, dir das zu erklären, es blieb mir nichts anderes übrig, als dich in Paris aufzusuchen, und dazu war ich in der Lage, *Austrian Airlines* um zwei Uhr mittags, hinfliegen und dir ins Gesicht sehen, was weiß ich, noch einmal dir ins Gesicht sehen und hoffen, daß du begreifst, daß sich die Dinge nicht so abgespielt haben, daß ich mit diesem Geschenk nichts zu tun hatte und auch nicht verantwortlich bin für dieses Mißgeschick, durch das die Puppe zu Boden gefallen und zerbrochen ist (aber du beklagtest dich nicht, es lag eine große ironische Distanz in dem, was du Tell schriebst, ohne mich auch nur ein einziges Mal zu erwähnen), und trotzdem ging all das mich und dich an, betraf uns beide, aber wie von außen gesehen, war eine Folge von Verkettungen, die wer weiß wann begannen, vor Jahrhunderten in der Blutgasse oder an einem Heiligabend im Restaurant *Polidor*, bei einer Unterhaltung mit Monsieur Ochs in seinem Nachtwächterhäuschen, oder durch eine Laune von Tell, suggeriert von diesem Nebelgerinnsel, das ich eines Abends unnützerweise hatte entziffern wollen, als ich in einem Portal in der Nähe des Panthéon stand und rauchte, als ich gegenüber dem Basiliskenhaus rauchte und dich bitterlich liebte, an den Kanal Saint-Martin dachte und an die kleine Brosche, die an deiner Bluse steckte.
Aber der Brief war angekommen, und Juan müßte die Sache erklären, auch wenn es unnütz und lächerlich war und wie so

oft mit einem kühlen Abschiedslächeln und einem knappen Händedruck enden würde. Er landete in Orly mit der falschen Ruhe, die ihm drei Whiskys gegeben hatten; die Ankunftsformalitäten und die Rolltreppen waren reine Routine. Hélène würde in der Klinik sein und vielleicht erst spät nach Hause kommen; womöglich war sie auch gar nicht in Paris, oft fuhr sie mit ihrem Wagen weg, verschwand für Wochen in irgendein Provinznest, ohne jemandem zu schreiben, ohne eine Adresse zu hinterlassen, und tauchte dann eines Abends unverhofft im *Cluny* wieder auf, legte eine Schachtel Mandelgebäck aus der Provence oder, zur großen Freude Tells und meines Pareders, einen Pack Kitschpostkarten auf den Tisch. Vom Flughafen rief Juan in der Klinik an. Hélène war fast sofort am Apparat und schien gar nicht überrascht. Heute abend im Café. Nein, nicht im Café. Er könnte sie im Wagen abholen und nach Hause fahren oder in ein anderes Café, oder zum Abendessen in ein Restaurant, wenn ihr das lieber wäre.

»Danke«, sagte Hélène. »Aber ich möchte mich gern etwas ausruhen, bevor ich wieder weggehe.«

»Tu mir den Gefallen«, sagte Juan. »Wenn ich sofort mit dir sprechen will, so weil ich einen Grund habe, den du vielleicht ahnst.«

»Das hat überhaupt keine Eile«, sagte Hélène. »Verschieben wir es auf ein anderes Mal.«

»Nein, noch heute. Ich bin extra deshalb hergekommen, ich rufe vom Flughafen an. Ich hole dich um sechs in der Klinik ab. Es ist das erste Mal, daß ich dich um etwas bitte.«

»Nun gut«, sagte Hélène. »Verzeih, ich wollte nicht unhöflich sein. Ich bin nur müde.«

»Sei nicht albern, du brauchst dich nicht zu entschuldigen«, sagte Juan, und als er auflegte, hatte er dieses schmerzliche Glücksgefühl wie jedesmal, wenn Hélène ihm ein klein bißchen entgegenkam, ein Spaziergang am Kanal Saint-Martin, ein Lächeln nur für ihn am Tisch des Cafés. Um halb sechs (er hatte in seiner Wohnung eine Stunde geschlafen, wenn auch schlecht, hatte ein Bad genommen und sich unnötigerweise rasiert, hatte Platten gehört und noch mehr Whisky getrunken) holte er den Wagen aus der Garage und fuhr quer durch Paris, ohne an etwas zu denken, ohne sich etwas zurechtzulegen, er ergab sich im vornherein in das, was wie immer sein würde, wie immer bei Hélène. Als er ihr die Wagentür öffnete, streckte sie ihm ihre behandschuhte Hand hin, zog sie aber gleich wieder zurück, um in ihrer Handtasche nach Zigaretten zu suchen, und Juan schwieg und blickte sie kaum an. Er tat sein möglichstes, um auf stillen Straßen das linke Seine-Ufer zu erreichen, aber nirgends war es still in Paris um diese Zeit, und sie brauchten lange, um in Hélènes Viertel zu gelangen; sie wechselten während der Fahrt nur wenige Worte, die immer die anderen betrafen, die Tataren in London, Feuille Morte, die Grippe gehabt hatte, Marrast, der gerade zurückgekommen war, meinen Pareder, der Ansichtskarten mit Highlanders und Riesenpandas schickte.

»Wenn es dir lieber ist, gehen wir in das Café an der Ecke«, sagte Juan, als er den Wagen parkte.

»Ja, wenn du willst«, sagte Hélène, ohne ihn anzusehen.

»Wir können aber auch hinaufgehen.«

»Sag das nicht aus Höflichkeit«, sagte Juan. »Ich weiß sehr wohl, daß keiner von uns je in deiner Wohnung gewesen ist. Das steht in deinem Belieben und ist dein gutes Recht.«

»Gehen wir hinauf«, sagte Hélène und ging voran.

Polanco hatte ihnen seine Wohnung überlassen, bis Austin in irgendeiner dieser *boîtes* im Quartier Latin Arbeit fände, wo man Laute spielen konnte, ohne allzuviel Gähnen hervorzurufen. Calac, der aus seinem Ressentiment gegen Austin kein Hehl machte, erhob laut Protest, als Polanco, Gründe der Menschlichkeit anführend, ihn bat, für ein paar Wochen zu ihm ziehen zu dürfen, er gab jedoch zu, daß alle diese Opfer für Celia gebracht wurden und nicht für den Lautenspieler.

»Schau mal, es ist höchste Zeit, daß Austin Gelegenheit bekommt zu entdecken, was eine Frau ist«, hatte Polanco gesagt. »Der Arme hatte bis jetzt keine Chance, zuerst das mit dem Duc d'Aumale und dann diese Drohnenrolle, die er in London zugewiesen bekam, worüber ich mich nicht weiter auslassen will, um dir keinen Verdruß zu bereiten.«

»Geh zum Teufel«, sagte Calac nur, der in diesen Tagen ein neues Buch als Antidot gegen schlechte Erinnerungen zu schreiben begonnen hatte.

Austin machte seine Entdeckung, wie Polanco das erwartete, schüchtern, mit ängstlichem Begehren, das alles einschloß, die Nächte, die Liebe und das Krachen der Salzmandeln, die Celia so gern aß, und auch Celia machte ihre Entdeckung, die vorhersehbaren Zeremonien, das Murmeln der neuen Sprache, völlig vergessend, daß sie sich um ihre Existenz kümmern mußten; auf dem Rücken liegend, betrachteten sie das Oberlicht, über das manchmal die Füße einer Taube trippelten oder Wolkenschatten zogen. So fern war schon dieser erste Nachmittag, als Celia gemurmelt hatte: »Dreh dich um, ich will nicht, daß du mich siehst«, während sie unsicher an den Knöpfen ihrer Bluse nestelte. Ich hatte mich weiter weg, hinter der halb offenen Schranktür ausgezogen, und als ich zurückkam, sah ich die Konturen ihres Körpers unter der Bettdecke, sah einen Fleck Sonne auf dem Teppich, einen Strumpf, der am Kopfende des Messingbettgestells zu flattern schien. Ich hatte einen Augenblick gewartet, konnte einfach nicht glauben, daß all das möglich war, ich hatte mir den Bademantel über die Schultern geworfen und vor dem Bett kniend angefangen, ganz langsam die Bettdecke wegzuziehen, bis Celias Haar zum Vorschein kam, ihr ins Kopfkissen gedrücktes Profil, die geschlossenen Augen, der Hals und die Schultern, sie war wie eine Kindgöttin, die langsam dem Wasser entsteigt, während ich die Bettdecke immer weiter nach unten zog, und das Geheimnis wurde ein blauer und rosa Schatten unter den Sonnenflecken des Oberlichts, ein Körper von Bonnard entstand Zug um Zug unter meiner Hand, die die Bettdecke weiter wegzog und dem Verlangen widerstand, sie mit einem Ruck ganz wegzuziehen, das Geheimnis zu enthüllen, das niemand je gesehen hat, die Nackenlinie, die in den Rücken übergeht, die von den verschränkten Armen kaum bedeckten Brüste, die schlanke Taille, das Muttermal auf der Wölbung der Hüfte, die Schattenlinie, die weiter unten ihren Leib teilte und sich zwischen den schützenden Schenkeln verlor, die Beuge der Kniekehlen und dann wieder Vertrautes, die gebräunten Waden, das Unverhüllte und Bekannte nach diesen geschützten Gegenden, die Knöchel und die Füße wie schlafende Pferdchen in der Mulde des Bettes. Immer noch unfähig, an ihre zugleich dargebotene und ängstliche Reglosigkeit zu rühren, neigte ich mich über Celia und betrachtete mir diese Landschaft von sanfter Orographie aus der Nähe. Viel Zeit mußte vergangen sein, vielleicht ist die Zeit bei geschlossenen Augen nicht dieselbe, zuerst war es ganz still gewesen, ein zu Boden fallender Schuh, eine knarrende Schranktür, und dann hatte ich eine Nähe gespürt, hatte gespürt, wie das Bettuch nach und nach weggezogen wurde, und jeden Augenblick hatte ich das Gewicht seines Körper neben dem meinen erwartet, damit ich mich umdrehen könnte, ihn umarmen und ihn bitten, er solle lieb sein und Geduld haben, aber die Bettdecke wurde weiter nach unten gezogen, und da bekam ich Angst, ein anderes Bild tauchte für eine Sekunde wieder auf, und fast hätte ich geschrien, aber das war albern, ich wußte, daß es albern war, und ich hätte mich lieber mit einemmal umgedreht und ihn angelächelt, aber ich wollte ihn nicht so nackt wie eine Statue neben dem Bett stehen sehen und wartete noch, bis die Bettdecke so weit weggezogen war, daß auch ich mich völlig nackt fühlte, nicht mehr an mich halten konnte und mich aufrichtete und umdrehte, Austin, in einen Bademantel gehüllt, lag auf den Knien und betrachtete mich, und ich suchte nach der Bettdecke, um mich zuzudecken, aber er hatte sie weit weg gezogen, und nun betrachtete er mich von vorn und seine Hände suchten meine Brüste, es wurde Abend, ein trübes Oberlicht, Schritte auf der Treppe, Knacken des Schranks, Zeit, Salzmandeln, Schokolade, die Nacht, das Glas Wasser, ein Stern im Giebelfenster, Wärme, Kölnisch Wasser, Scham, Pfeife, Bettdecke, dreh dich um, ja so, müde, hörst du? deck mich zu, es klopft an der Tür, laß mich, Durst, du riechst nach aufgewühltem Meer, und du nach Pfeifentabak, als Kind hat man mich mit Mandelkleie gewaschen, als kleines Mädchen hat man Lala zu mir gesagt, regnet es? da bist du dunkelblond, Dummkopf, mir ist kalt, sieh mich nicht so an, deck mich wieder zu, Salzmandeln, von wem hast du dieses Parfüm? von Tell, glaube ich, bitte deck mich richtig zu, hast du Angst gehabt, warst du deshalb so still? ja, ich werd's dir erzählen, verzeih, ich hab nicht gedacht, daß du Angst haben könntest, es kam mir so vor, als würdest du warten, natürlich habe ich gewartet, ich habe auf dich gewartet.

»Weißt du, ich bin ja so froh, daß wir gewartet haben«, sagte Austin. »Ich kann's dir nicht erklären, ich fühlte mich wie ... Ich weiß nicht, wie ein Seevogel, der über einer kleinen Insel kreist, und ich hätte ein ganzes Leben so kreisen mögen, bevor ich mich auf der Insel niederließe, lach ruhig, dumme Göre, ich will dir's so gut ich kann erklären, außerdem ist es nicht wahr, daß ich ein ganzes Leben so hätte kreisen mögen, bestimmt nicht, wozu auch, ohne das Nachher, ohne dich neben mir weinen zu hören.«

»Sei still«, sagte Celia und schloß ihm den Mund. »Rohling.«

»Ungeschickte, dumme, nichtsnutzige, glitschige, tolpatschige Göre.«

»Tolpatschig, das bist du. Da, sieh.«

»Nichts ist natürlicher.«

»Weil nicht du es bist, der die Arbeit damit hat.«

»Ich werde es auf der Terrasse aufhängen«, sagte Austin großmütig.

»Salzmandeln«, bat Celia.

Bisher war alles ziemlich bitter und schwierig gewesen, aber als wir im Aufzug waren, der in der Mitte zwischen zwei Etagen stehenzubleiben drohte und erst nach einem Rütteln, das ihn seitlich zu versetzen schien, weiter hinauffuhr, machte Hélènes Nähe alles noch schlimmer, ich empfand sie wie eine erneute Zurückweisung, noch härter jetzt, wo ihr Körper den meinen der Enge wegen zwangsläufig berührte und sie gerade nur den Kopf wandte, um mich zu fragen: »Bist du sicher, daß du noch nie bei mir warst?«

Ich sah sie an, ohne zu verstehen, doch sie öffnete schon die Aufzugstür und ging auf den Treppenflur hinaus, drehte den Wohnungsschlüssel im Schloß und verschwand im Dunkel, ohne sich nach mir umzudrehen. An der Türschwelle zögerte ich, wartete auf die Aufforderung einzutreten, aber Hélène war bereits in einem anderen Zimmer, wo sie Licht machte. Was ich dachte, ließ sich in wenige Worte fassen, konnte in wenigen Worten gedacht werden: ›Man erwartet mich dort‹, aber das bezog sich nicht auf Hélène. Ich hörte ihre Stimme und riß mich von etwas los, das Angst sein mußte, ich schloß die Eingangstür hinter mir und suchte nach einem Haken, um meinen Gabardine aufzuhängen. Im erhellten Wohnzimmer erwartete mich Hélène neben einem niedrigen Tisch mit Gläsern und Flaschen; ohne mich anzusehen, stellte sie mir einen Aschenbecher hin, bot mir mit einer Handbewegung einen Sessel an und setzte sich in den anderen; sie hatte bereits eine Zigarette zwischen den Fingern.

»O ja, ich bin mir ganz sicher«, sagte Juan. »Wir beide wissen sehr gut, daß ich deine Wohnung nie betreten habe. Nicht einmal jetzt, wenn ich so sagen darf.«

Erst da sah Hélène ihm voll ins Gesicht und reichte ihm ein Glas. Juan trank seinen Whisky, ohne zu warten, bis sie sich selbst eingeschenkt hatte, ohne die obligate Geste der Begrüßung.

»Entschuldige«, sagte Hélène, »ich bin müde. Seit Tagen lebe ich wie in der Schwebe. Natürlich bist du nie hier gewesen. Ich weiß nicht, warum ich das gesagt habe.«

»In gewisser Weise hätte es mich freuen sollen. Die alten Mechanismen der Schmeichelei, als wolltest du einer Nostalgie Ausdruck geben. Trotzdem habe ich etwas anderes gespürt, etwas wie... Aber ich bin nicht gekommen, um dir von meinen Phobien zu sprechen. Tell hat deinen Brief bekommen und ihn mir zu lesen gegeben. Sie gibt mir alle Briefe zu lesen, die sie bekommt, selbst die von ihrem Vater und von ihren ehemaligen Geliebten; nimm es nicht übel.«

»Es war kein vertraulicher Brief«, sagte Hélène.

»Ich möchte, daß du eines verstehst: die Puppe gehörte Tell, ich hatte sie ihr geschenkt. Aus Spaß, vieler Dinge wegen, weil ich ihr einmal die Geschichte einiger dieser Puppen erzählt habe. Ich werde wohl nie erfahren, warum sie sich entschlossen hat, dir die Puppe zu schicken, und sie weiß es wohl selber nicht, doch als sie es mir sagte, war ich nicht besonders überrascht, es kam mir nur so vor, als vollzöge sich alles in verschiedenen Zeiten. Während sie es mir sagte, wurde mir klar, daß ich alles, was ich Tell geschenkt habe, in Wirklichkeit dir schenkte.«

Hélène streckte die Hand aus und legte einen Brieföffner dorthin, wo er hinzugehören schien.

»Aber das ist jetzt nicht wichtig«, sagte Juan. »Ich möchte nur, daß du weißt – und deshalb bin ich hergekommen, statt dir zu schreiben oder auf eine andere Gelegenheit zu warten –, daß Tell dir diese Puppe nicht auf meine Veranlassung hin geschickt hat. Du kennst meine Fehler besser als irgend jemand sonst, aber ich glaube nicht, daß man mir Plumpheit nachsagen kann. Weder Tell noch ich hatten eine Ahnung davon, was in dieser Puppe stecken konnte.«

»Natürlich nicht«, sagte Hélène. »Es ist fast absurd, daß du mir das sagst, ich hätte sie mein ganzes Leben lang haben können, ohne daß sie zerbricht. Vielleicht stellt sich eines Tages heraus, daß alle Puppen der Welt voll solcher Dinge sind.«

Aber in Wirklichkeit war es nicht ganz so, und Juan hätte ihr erklären können, warum es nicht ganz so war und warum das

Geschenk, das er Tell gemacht hatte, für den, der die von Monsieur Ochs manipulierten Zufälle kannte, eine humoristische und fast erotische Seite hatte; das Mißliche bei einer Erklärung ist, daß sie für den, der sie vorbringt, in ihrem Verlauf immer quasi zu einer zweiten Erklärung gerät, welche die oberflächliche Erklärung umstößt oder verfälscht, denn es genügte, Hélène gesagt zu haben, daß alle Geschenke, die er Tell gemacht hatte, im Grunde für sie bestimmt waren (und er hatte es ihr gesagt, bevor er mit seiner Erklärung begann, ohne in dem Augenblick zu ahnen, daß der Satz die Perspektive dessen, was er ehrlich zu erklären versuchte, völlig verändern würde), damit ihm auf einmal klar wurde, daß Tells Kaprice lediglich ein Beweis für diesen dunklen, obstinaten Willen war, dank dem Monsieur Ochs' Puppe ihre wahre Adressatin erreicht hatte. Und Hélène mußte gemerkt haben, daß er die wahre innere Beschaffenheit der Puppe geahnt hatte, da er ja deren Herkunft kannte, und obgleich sein oberflächliches Verhalten nur das ironische Vergnügen im Sinn gehabt hatte, die Puppe Tell zu schenken, war dieses Geschenk in gewisser Weise doch schon für Hélène bestimmt gewesen, die Puppe und ihr Inhalt waren immer für Hélène bestimmt gewesen, auch wenn sie die Puppe nie erhalten hätte, wenn Tell nicht auf die Idee gekommen wäre, sie ihr zu schicken, und so war untergründig und trotz aller Zufälle, Unwahrscheinlichkeiten und Unkenntnis der Weg abscheulich gerade und führte von ihm zu Hélène, und in eben dem Augenblick, als er ihr zu erklären versuchte, daß ihm niemals eingefallen wäre, das zu tun, was in einer Ungeheuerlichkeit geendet hatte, kehrte der Bumerang aus Porzellan und lockigem Haar, der für Hélène aus Wien gekommen war, zu ihm zurück, schlug ihm mitten ins Gesicht samt seiner ganzen Verantwortung in dieser Sache, die sich durch den doppelten Zufall einer Kaprice und des Zerbrechens der Puppe ereignet hatte. Jetzt war es fast einfach zu verstehen, warum er gespürt hatte, daß ihn außer Hélène noch jemand in der Wohnung erwartete, warum er an der Tür gezögert hatte, wie man in der Stadt manchmal zögerte, bevor man irgendwo eintrat, obgleich man dann unweigerlich die Tür hinter sich schließen mußte.

Es gab weder Salzmandeln noch Schokolode mehr, es regnete sacht auf das Oberlicht, und Celia wurde schläfrig; leicht eingehüllt in ein zerknittertes Bettuch, hörte sie wie von fern Austins Stimme und versank in eine Müdigkeit, die das Glück sein mußte. Manchmal jedoch beunruhigte sie irgend etwas, es war, als risse etwas auf in dieser trägen eintönigen Versunkenheit, ein feiner Riß, den Austins Stimme sogleich wieder ausfüllte; es war sicher schon spät, und sie mußten sich entschließen hinunterzugehen, um zu Abend zu essen, Austin jedoch hörte nicht auf zu fragen, aber überleg mal, mach dir klar, was kannte ich denn von dir? und er neigte sich über sie, um sie zu küssen, und wiederholte die Frage, wirklich, was kannte ich von dir? ein Gesicht, ein Paar Arme, deine Beine, deine Art zu lachen und daß du auf dem *ferry-boat* gereihert hast, das ist alles. Dummkopf, hatte Celia mit geschlossenen Augen gesagt, aber er ließ sich nicht beirren, so begreif doch, es ist eine ernste Sache, es ist wichtig, vom Hals bis zu den Knien das große Geheimnis, ich spreche von deinem Körper, von deinen Brüsten, zum Beispiel, ich kannte nicht mehr als ihre Form, die sich unter deiner Bluse abzeichnete, und, weißt du, sie sind kleiner, als ich mir vorgestellt habe, aber all das ist nichts im Vergleich mit dem anderen, das noch etwas viel Ernsteres ist, und auch dir mußte klar werden, daß andere Augen dich zum ersten Mal sehen würden, wie man so sagt, dich so sehen, wie du geschaffen bist, voll und ganz, und nicht nur den oberen Teil und den unteren Teil, diese Welt von zerstückelten Frauen, die wir auf der Straße sehen, diese Teile, die meine Hand jetzt zu einem Ganzen zusammenfügen kann, von oben bis unten, so. Ah, hör auf, hatte Celia gesagt, aber es war umsonst, Austin wollte wissen, mußte unbedingt wissen, ob schon einmal jemand ihren Körper so hatte betrachten können, und Celia hatte einen Augenblick gezögert, sie spürte, daß sich im Glück wieder dieser leichte Riß auftat, und dann hatte sie gesagt, was zu erwarten war, eigentlich niemand, der Arzt, natürlich, eine Freundin, mit der sie das Zimmer geteilt hatte, als sie in Nizza Ferien machten. Aber nicht so, natürlich. Aber nicht so, hatte Austin wiederholt, natürlich nicht so, und deshalb mußt du verstehen, was es bedeutet, ein für allemal deinen Körper geschaffen zu haben, so wie wir, du und ich ihn geschaffen haben, erinnere dich, du hattest mir den Rücken zugekehrt und dich betrachten lassen, während ich nach und nach die Bettdecke wegzog und zum Vorschein kommen sah, was du bist, was jetzt wirklich deinen Namen hat und mit deiner Stimme spricht. Der Arzt, ich frage mich, was der Arzt von dir hat sehen können. Ja, in einer Hinsicht mehr als ich, wenn du willst, er hat dich abgetastet, hat dich versiert untersucht, aber das warst nicht du, das war ein Körper, der vor und nach einem anderen an der Reihe war, die Nr. 8 an einem Donnerstag um 17.30 Uhr in einer Arztpraxis, eine Rippenfellentzündung. Es waren die Mandeln, hatte Celia gesagt, und vor zwei Jahren der Blinddarm. Auch deine Mutter, als du klein warst, niemand hat dich besser gekannt als sie, das ist klar, aber das warst auch nicht du, erst heute, jetzt in diesem Zimmer bist du du, auch deine Mutter zählt nicht, ihre Hände haben dich gepflegt, sie kannten jede Falte deines Körpers und haben dir all das gemacht, was man für ein kleines Kind tun muß, fast ohne dich zu betrachten, ohne dich endgültig zur Welt zu bringen, so wie ich dich jetzt, wie du und ich jetzt. Eitler Kerl, hatte Celia gesagt und sich dann wieder von seiner Stimme einlullen lassen. Und da sprechen die Frauen von Jungfräulichkeit, hatte Austin gesagt, definieren sie wie deine Mutter und dein Arzt sie definiert hätten, und wissen nicht, daß es nur eine Jungfräulichkeit gibt, die zählt, nämlich jene vor dem ersten wirklichen Blick und die unter diesem Blick verlorengeht, in dem Moment, wenn eine Hand die Bettdecke wegzieht und ein einziger Blick alle Teile des Puzzles zusammenfügt. Du siehst, ich hatte dich schon in deinen tiefsten Tiefen genommen, noch ehe du zu klagen anfingst und mich batest, noch etwas zu warten, und wenn ich nicht auf dich gehört habe und kein Mitleid mit dir hatte, so weil du schon mir gehörtest, nichts, was wir hätten tun oder nicht tun können, hätte noch eine andere aus dir machen können. Du warst grob und böse, hatte Celia gesagt, hatte ihn auf die Schulter geküßt und sich an ihn gekuschelt, und Austin hatte ihr blondes Schamhaar gekrault und etwas über das Wunder gesagt, daß das Wunder nicht aufgehört hatte, er sagte gern so etwas, nein, nein, es hat nicht aufgehört, wiederholte er, es ist etwas Langsames und Herrliches und wird noch lange dauern, denn jedesmal, wenn ich deinen Körper betrachte, weiß ich, daß ich noch viel zu entdecken habe, außerdem küsse ich dich, berühre dich und atme dich, und alles ist ganz neu, du bist voller unbekannter Täler, Schluchten gefiederter Farne und Bäume mit Echsen und Sternkorallen. Es gibt keine Sternkorallen auf Bäumen, hatte Celia gesagt, du machst, daß ich mich schäme, hör auf, mir ist kalt, gib mir die Decke, ich schäme mich und friere und du bist böse. Doch Austin neigte sich über sie, legte seinen Kopf zwischen ihre Brüste, laß dich ansehen, laß mich dich wirklich besitzen, dein Körper ist glücklich und weiß das, auch wenn das Köpfchen eines wohlerzogenen Mädchens das nicht wahrhaben will, denk nur, wie entsetzlich es war und gegen alle Natur, daß deine Haut vom Hals bis zu den Knien nicht das wahre Licht kennengelernt hat, gerade nur das Neonlicht deines Badezimmers, den falschen kalten Kuß deines Spiegels, wenn deine eigenen Augen dich prüfend betrachteten, so weit sie eben sehen konnten, schlecht und falsch, ohne Großzügigkeit. Du siehst, kaum hast du einen Slip ausgezogen, ist er schon durch einen anderen ersetzt, und hast du einen Büstenhalter fallen lassen, ist gleich ein anderer da, um diese beiden absurden Täubchen einzusperren. Nach dem grauen Kleid das rote, nach den Bluejeans der schwarze Rock, und die Schuhe und die Strümpfe und die Blusen... Was wußte dein Körper vom Tageslicht? Denn das ist der Tag, wenn beide nackt sind und sich betrachten, das sind die beiden einzigen wahren Spiegel, die einzigen sonnigen Strände. Sich seiner Metaphern etwas schämend, hatte Austin hinzugefügt, hier hast du ein ganz kleines Muttermal, von dem du vielleicht nichts wußtest, und hier noch eins, und beide bilden zusammen mit dieser Brustspitze ein schönes gleichschenkliges Dreieck, ich weiß nicht, ob du das wußtest, und nicht einmal, ob dein Körper bis heute abend wirklich diese Schönheitsmale hatte.

»Und du bist eher rothaarig und abscheulich«, sagte Celia.

»Es wird Zeit, daß dir das einer sagt, falls Nicole dich nicht schon darüber aufgeklärt hat.«

»Aber nein«, sagte Austin, »Ich hab's dir schon erzählt, mit ihr war das etwas ganz anderes, es gab nichts zu entdecken zwischen uns, du weißt ja, wie es passiert ist. Sprechen wir nicht mehr von ihr, sag mir lieber mehr über mich, wie ich bin, auch ich möchte mich kennenlernen, auch ich war jungfräulich, wenn du so willst. Ja doch, lach nicht, ich war auch jungfräulich, und all das, was ich dir gesagt habe, gilt für uns beide.«

»Hmm«, machte Celia.

»Also sag mir, wie bin ich?«

»Du gefällst mir überhaupt nicht, bist tölpisch und viel zu grob, du riechst nach Tabak und hast mir weh getan, und jetzt möchte ich Wasser.«

»Es tut mir wohl, wenn du mich ansiehst«, sagte Austin, »und ich möchte dich darauf hinweisen, daß ich absolut nicht in Höhe des Magens ende. Darunter gehe ich weiter, sogar noch ein ganzes Stück, und wenn du genau hinsiehst, wirst du eine Menge Dinge sehen: da sind die Knie, zum Beispiel, und an diesem Schenkel hier hab ich eine Narbe, da hat mich ein

Hund gebissen, als ich in Bath in Ferien war. Sieh mich an, hier bin ich.«

Celia stützte sich auf einen Ellbogen, streckte den anderen Arm nach dem Glas Wasser auf dem Nachttisch aus und trank es in einem Zug. Austin preßte sich an sie, seine Hand glitt ihren Rücken hinab, und Celia drehte sich um, barg ihr Gesicht an seiner Brust, doch zog sie sich plötzlich zusammen, als wollte sie sich verweigern, und ohne ihn zurückzustoßen, löste sie sich abrupt von ihm, begann stammelnd einen Satz und schwieg dann, zitternd unter einer Liebkosung, die zutiefst von ihr Besitz ergriff, und dieses selbe Zittern in der Erinnerung wiedererkennend, stieß sie ihn von sich und sagte mit fast unhörbarer Stimme: »Austin, ich habe dich belogen«, obgleich es keine Lüge gewesen war, denn es war die Rede gewesen vom Arzt, von ihrer Mutter, von Leuten, die sie betrachtet und in anderer Weise berührt hatten, von einer Schulfreundin, mit der sie ein Zimmer geteilt hatte, nein, sie hatte nicht gelogen, aber wenn sie jetzt nicht alles sagte, dann wäre es doch eine Lüge, denn sie hatte insofern gelogen, als sie etwas ausgelassen hatte, und der Riß brach mitten im Glück wieder auf, trennte sie von Austin, der nicht zuhörte, sie weiter liebkoste, sie sanft auf den Rücken zu legen versuchte, aber langsam zu verstehen schien und leise fragte, während er etwas zurückwich, um eine Lücke zwischen ihren beiden Körpern zu schaffen, ihr in die Augen sah und wartete. Erst viel später, im Dunkeln, erzählte sie ihm von Hélène mit wirren Worten, welche ihr krampfartiges kindliches Weinen noch verworrener machten, und Austin wußte nun, daß er nicht der erste gewesen war, der langsam eine Bettdecke weggezogen hatte, um einen reglosen Rücken zu betrachten, um aus dem kindlichen Körper den wahren Körper Celias zu schaffen.

»Sieh mal«, sagte Juan, »ich weiß, du hast mich in deinem Brief keinesfalls beschuldigt, aber das war schlimmer; ein völliges Mißverständnis, Beschimpfungen, was auch immer, wären mir lieber gewesen. Selbst Tell war klar, daß du ihr diesen Brief nicht geschrieben hättest, wenn du nicht mich verdächtigt hättest.«

»Es war keine Verdächtigung«, sagte Hélène, »es gibt kein Wort dafür. Eine Art Besudelung oder Ekel, wenn du so willst. Ich müßte dir erklären, warum es gerade in diesem Augenblick zu dieser Besudelung kam, ohne daß du direkt etwas damit zu tun hattest, aber du kennst mich ja. Ich bin dir dankbar, daß du gekommen bist, um mit mir zu reden, ich habe wirklich nie geglaubt, daß du zu so was fähig wärst.«

»Du hast das Besudelung oder Ekel genannt. Das gab es, das gibt es. Du glaubtest, ich wäre dazu nicht fähig, dennoch war dein Brief eine Anschuldigung, wenigstens habe ich ihn so verstanden.«

»Ja, vielleicht«, sagte Hélène mit müder Stimme. »Es kann sein, daß ich ihn geschrieben habe, weil ich mir einfach nicht vorstellen konnte, daß du bei dem, was geschehen ist, nicht deine Hand im Spiel gehabt hast. All das ist schwer zu verstehen.«

»You're telling me«, murmelte Juan.

»Wie diesen totalen Widerspruch auflösen, dich nicht zu verdächtigen und zugleich zu spüren, daß du an dem, was mir passiert ist, schuld bist, wo du doch nichts damit zu tun hattest? Diese Schuld, wie eine . . .«

»Ja, auch ich habe so etwas empfunden. Als wäre die Schuld ganz von sich aus in dieser Puppe gereist. Aber dann, Hélène . . .«

»Dann«, sagte Hélène und sah ihm dabei voll ins Gesicht, »dann aber wäre es so, als hätten wir beide, weder du noch ich, etwas damit zu tun. Doch so ist es nicht, und das wissen wir. Uns ist es passiert, und nicht anderen. Diese Schuld, von der du sprichst, diese Schuld, die ganz von sich aus . . .«

Juan sah, wie sie sich mit den Händen das Gesicht bedeckte, und fragte sich geradezu panisch und mit einer schrecklichen unnützen Zärtlichkeit, ob Hélène nun zu weinen beginne, ob tatsächlich jemand dieses Undenkbare, Hélène in Tränen, sehen sollte. Aber als sie die Hände sinken ließ, war ihr Gesicht wie immer.

»Jedenfalls, und da du extra deswegen gekommen bist, halte ich es für richtig, dir zu sagen, daß es genau dann geschah, als es geschehen mußte, und daß man von erfüllter Mission sprechen kann, was für eine Mission es auch immer sein mag. All das betrifft nur mich. Ich bereue, daß ich Tell geschrieben habe, daß ich dich gekränkt habe. Verzeih mir.«

Juan streckte vage eine Hand aus, zog sie aber mit fast kindlicher Scheu wieder zurück und nahm sich eine Zigarette.

»Wo ist sie?«

»Dort«, sagte Hélène und wies zum Wandschrank. »Manchmal hole ich sie abends heraus. Mach mit ihr, was du willst, es liegt mir nichts an ihr.«

Dann war also das das Paket, und Hélène hatte, als sie aus der Straßenbahn stieg, das Paket mit der Puppe in der Hand, wo sie es doch einfach in der überfüllten Straßenbahn hätte liegenlassen, es irgendwo hätte fallen lassen können, ohne es zu öffnen, ohne daß es zerbrach. Jetzt, wo er sie hier suchte, spürte Juan, daß Hélène das Paket immer noch mit sich herumschleppte, und wenn er sie in der Stadt oder sonstwo träfe, würde die Puppe stets bei ihr sein, so wie jetzt, im Schrank oder in einem anderen Möbel oder noch im Paket. Und es wäre unnütz, sich vorzustellen, das Paket könnte etwas anderes enthalten, ein tragbares Anästhesiegerät, Arzneimuster oder ein Paar Schuhe, so wie es unnütz gewesen war, sich vorzustellen, er könnte an der gleichen Ecke wie Hélène aus der Straßenbahn steigen, unnütz und noch schmerzlicher jetzt, wo er einen dunklen Sinn in dieser Hoffnung zu erahnen schien, als hätte die Aussicht, Hélène einzuholen und sie von dem Gewicht des Paketes zu befreien, bedeutet, einem dieser von außen vorgegebenen Schemata ein Ende zu machen und hinter sich zu lassen, als hätte ihre Begegnung in der Stadt sie beide von dieser Schuld reinwaschen können, die ein Eigenleben hatte und ihn aus Restaurantspiegeln und Lichtflecken von Blendlaternen auf dem Teppich ansprang, während jetzt, als sie sich noch eine Zigarette anzündeten, einander so nahe, nichts einen Sinne hatte, nichts wirklich existierte außer der Geste, ein Zündholz anzustreichen, sich einen Augenblick über die Flamme hinweg anzusehen und mit einer Handbewegung zu danken.

»Warum hast du sie nicht weggeworfen?« fragte Juan, und seine Stimme traf mich mit der Wucht eines Schlags, obgleich ich mir sicher war, daß er ganz leise gesprochen hatte, aus dem Schweigen heraus, in das jeder von uns versunken war, uns mehr denn je verfehlend, während er vielleicht hartnäckig nach Gründen und Wegen suchte, mit gesenktem Kopf, das Profil scharf und unbeweglich, als erwartete auch er den schmerzenden Stich der Nadel, die die Vene des Arms suchte. Vielleicht hätte ich ihn zurückhalten können, als er aufstand, um den Schrank zu öffnen, hätte ihm sagen sollen, daß es unnütz sei und er das wisse, daß gleichsam die Nadel schon in seine Vene gedrungen sei und alles, ohne daß wir es verhindern könnten noch wollten, seinen Lauf nehmen würde in der endlosen Freiheit, das zu wählen, was uns zu nichts nutze wäre. Die Zigarette auf dem Aschenbecher ablegend, ging Juan zum Schrank und öffnete ihn mit einem Ruck. Die Puppe saß im Halbschatten gegen die Rückwand gelehnt, nackt und lächelnd zwischen Bettlaken und Handtüchern. Daneben lag eine kleine Schachtel mit ihren Kleidern, den Schühchen und einer Mütze; es roch nach Sandelholz, vielleicht auch nach Werg, im Halbdunkel war der von den angezogenen Beinen halb verborgene Riß schwer zu erkennen. Juan streckte die Hand aus und zog die Puppe an einem Arm nach vorn in den helleren Bereich des Schranks, wo ein akkurat zusammengelegtes Laken in Größe der Puppe an eine

Krankenbahre oder einen Operationstisch gemahnte. Als die Puppe auf dem Laken lag, klaffte ihr Körper auf, Hélène hatte nicht einmal versucht, den Riß mit Heftpflaster zu schließen, um zu verbergen, was schlaff auf das Laken herabhing.

»Es stört mich nicht, wenn sie dableibt«, sagte Hélènes Stimme hinter ihm. »Aber wenn du sie mitnehmen willst, tu's, es ist mir gleich.«

Juan schlug die Schranktür so heftig zu, daß die Gegenstände auf dem niedrigen Tisch erzitterten. Hélène rührte sich nicht einmal, als er sie an den Schultern packte und sie schüttelte.

»Du hast kein Recht, das zu tun«, sagte Juan. »Einmal mehr hast du kein Recht, das mit mir zu machen. Schuldig oder nicht, ich hab sie dir geschickt. Ich bin es, der dadrin ist und an dem du dich rächst, ich bin es, den du jedesmal, wenn du den Schrank öffnest, betrachtest, jedesmal, wenn du sie nachts rausholst und mit einer Laterne anstrahlst, um sie zu betrachten, oder sie unter dem Arm mitnimmst.«

»Aber ich habe gar keinen Grund, mich an dir zu rächen, Juan«, sagte Hélène.

Vielleicht war es das erste Mal an diesem Abend, daß sie ihn bei seinem Namen nannte. Sie sagte ihn am Ende des Satzes, und der Name erklang mit einem Timbre, in einem Tonfall, den er sonst nicht gehabt hätte, mit einer Intensität, die Hélène zu bedauern schien, denn ihre Lippen zitterten, und sie versuchte vorsichtig, sich von den Fingern, die ihre Schultern gepackt hielten, zu befreien, doch Juan packte noch fester zu, und beinahe hätte ich geschrien, aber ich biß mir auf die Lippen, bis er begriff und, eine Entschuldigung murmelnd, abrupt von mir abließ und mir den Rücken wandte.

»Nicht deinetwegen hebe ich sie auf«, sagte ich zu ihm. »Es hat keinen Sinn, dir das jetzt zu erklären, aber es ist nicht deinetwegen. Nicht ich war es, die sie ausgezogen hat, und nicht ich habe sie zerbrochen.«

»Verzeih«, sagte Juan, ohne sich umzudrehen, »aber es fällt mir schwer, dir das jetzt zu glauben. Mit solchen Fetischen, solchen Altären fühlt man sich in den Augen des andern für immer verkommen, und wenn dieser andere du bist ... Immer hast du mir gegrollt, immer hast du dich auf irgendeine Weise an mir gerächt. Weißt du, wie mein Pareder mich einmal genannt hat? Aktäon. Er ist sehr gebildet, wie du weißt.«

»Nicht ich war es, die sie ausgezogen hat«, wiederholte Hélène, als hätte sie nicht zugehört. »All das bezieht sich auf etwas anderes, das geschehen ist, ohne daß du direkt etwas damit zu tun hattest. Trotzdem bist du deswegen hier, wieder einmal möchte man meinen, daß man sich unser bedient, daß wir zu Gott weiß was dienen.«

»Fühle dich nicht verpflichtet, es mir zu erklären«, sagte Juan und drehte sich unvermittelt um. »Auch ich weiß, daß es unnütz ist.«

»Da wir nun einmal verrückt sind, laß mich dir eine völlig verrückte Geschichte erzählen: Ich habe dich getötet, Juan, und da hat es angefangen, an eben dem Tag, als ich dich getötet habe. Natürlich warst nicht du es, und ich habe ihn auch nicht getötet, es war wie mit der Puppe oder wie dieses Gespräch, ein Verweis auf anderes, aber gleichsam verbunden mit voller Verantwortung, verstehst du? Setz dich wieder hin, gib mir einen Whisky und schenk dir auch einen ein. Ich möchte ein großes Glas, dann werde ich es dir erzählen können, es wird mir guttun, und wenn du willst, kannst du danach gehen, es wird vielleicht besser sein, wenn du gehst, aber jetzt gib mir erst ein Glas Whisky und noch eine Zigarette, Juan. Es ist verrückt, aber er sah dir verblüffend ähnlich, und er war nackt, war jünger als du, doch er hatte dieselbe Art zu lächeln, dasselbe Haar wie du, und er ist mir unter den Händen gestorben. Sag nichts, hörst du, sag jetzt nichts.«

Woher kam diese Stimme, die unbegreiflicherweise Hélènes Stimme war? Obgleich ich dicht bei ihr saß und ihren Atem spürte, der schwer und stoßweise ging, konnte ich nicht glauben, daß sie es war, die so sprach, alle Augenblicke meinen Namen wiederholte, unvollständige Sätze murmelte, die

Worte gepreßt oder fast wie einen Schrei hervorstieß und mir von diesem meinem Tod erzählte, mir so einen Teil ihrer langen, verbotenen Nacht preisgab, noch einmal die Nadel in meine Vene stieß. Sie erzählte es mir, trank und rauchte mit mir, während sie mir all das erzählte, aber ich wußte, daß es ihr nichts bedeutete, daß es ihr nie etwas bedeutet hatte, daß etwas anderes begonnen hatte im Augenblick dieses Todes, der wie der meine ausgesehen hatte, und dann war die Puppe gekommen, und jemand hatte sie fallen lassen, so wie jemand ein blutiges Schloß hatte bestellen können oder ein Haus mit dem Relief eines Basilisken betrachtet hatte, und all das verknüpfte sich und wurde in Hélènes Stimme zur Klage. Ich spürte, wenn ich gleichzeitig mit ihr an dieser Straßenecke hätte aussteigen können, wo ich sie aus den Augen verlor, dann hätte alles vielleicht einen anderen Verlauf genommen, und sei es auch nur, daß ich nicht so verzweifelt gewesen wäre, als ich zu Tell zurückkam, und Tell vielleicht nicht auf die ironische Idee verfallen wäre, Hélène die Puppe zu schikken. Zugleich aber hielt nichts von alldem stand, denn wenn ich einer Sache sicher sein konnte, so der, daß Hélène und ich nie zusammen aussteigen würden, weder an einer Straßenecke in der Stadt noch sonstwo, und obwohl sie mir einst ein paar freundliche Worte geschenkt oder in einen kameradschaftlichen Bummel am Kanal Saint-Martin eingewilligt hatte, würden wir uns nie, an keinem Ort wirklich treffen, und dieser neue Ton in ihrer Stimme, diese hysterische Art, mehrmals im Satz meinen Namen zu wiederholen, dieses Klagen, das sich schließlich in echte Tränen auflöste und als etwas Schimmerndes ihre Wangen hinunterlief, das sie mit dem Handrücken löschte, bis es wieder feucht zu schimmern begann, all das hatte nichts mit mir zu tun, und im Grunde stieß Hélène mich damit einmal mehr zurück, weil sie mir die unerträgliche Rolle des außenstehenden Zeugen alles dessen zuwies, was ihr an Schlimmem widerfahren war, des Zeugen ihres Unglücks und ihrer Tränen. Ich hätte sie gern davor bewahrt, sie ihrer höflichen Distanziertheit zurückgegeben, damit sie mir hernach verzeihen könnte, daß ich diesen Zusammenbruch miterlebt hatte, aber gleichzeitig überließ ich mich einer Lust, für die es keinen Namen gab, ich spürte, daß sie schwach war, zerbrochen unter der Last von etwas, das sie zu dieser rigorosen Verneinung des Lebens getrieben hatte, das sie zu weinen zwang, während sie mir in die Augen sah, das sie nötigte, besudelt und verletzt, weiter ihr Paket mit sich herumzuschleppen und mit jedem Schritt in einem warmen Morast aus Worten und Tränen einzusinken. Immer wieder sprach sie mir von dem toten jungen Mann, tauschte ihn aus gegen mich und mich gegen ihn, in einem mählichen Delirium, das sie von einem Operationssaal zu diesem Monolog mir gegenüber führte (ich hatte die Lichter im Wohnzimmer ausgemacht und nur eine Lampe in der Ecke angelassen, damit Hélène weinen konnte, ohne sich immer wieder erregt mit der Hand übers Gesicht fahren zu müssen), und oft hatte es den Anschein, als wäre ich der Kranke auf der Bahre und sie spräche zu ihm von mir, bis sie plötzlich die Worte verkehrte, sich mit brüsker Geste, als wollte sie sich eine Maske vom Gesicht reißen, die Tränen trocknete und wieder zu mir sprach, meinen Namen wiederholte, und da wußte ich, daß es unnütz war, daß sie ihre Maske immer aufbehalten würde, daß sie sich nicht meinetwegen der Verzweiflung überließ, eine andere Hélène lebte fort in ihr, eine andere Hélène stieg weiterhin an einer anderen Straßenecke aus als ich, und es war mir nicht möglich, sie zu erreichen, obgleich ich sie hier fast in den Armen hielt. Und jene, die sich mit ihrem Paket entfernte, die unnützerweise hier vor mir weinte, sie würde die Schlüssel des blutigen Schlosses für immer verwahren; meine letzte, traurige Freiheit bestand darin, daß ich eine der vielen Hélènes wählen konnte, die mein Pareder oder Marrast oder Tell während unserer Unterhaltungen im Café manchmal postuliert hatten und die ich mir frigide oder puritanisch vorstellen konnte oder einfach nur egoistisch und voller Ressentiments, als Opfer ihres Vaters oder, schlimmer noch, als Opferpriesterin irgendeiner obskuren unfaßbaren Beute, so wie ich das an der Ecke der Rue de Vaugirard gespürt hatte und bei dem gelben Schein der Blendlaterne auf der Suche nach dem Hals der jungen Engländerin, doch was konnte mir all das ausmachen, wenn ich sie liebte, wenn der kleine Basilisk, der sich manchmal auf ihrem Busen wiegte, in seinem grünen Funkeln meine endlose Hörigkeit resümierte.

Irgendwann hörte ich auf zu reden, vielleicht hatte Juan mich gebeten zu schweigen, jedenfalls hatte er die Lampen ausgemacht und mir immer wieder sein Taschentuch gereicht, es aber vermieden, mir direkt ins Gesicht zu sehen, er war mit seiner Zigarette und seinem Glas beschäftigt, wartete darauf, daß die Müdigkeit und der Ekel vor mir selbst mich schließlich verzehren, so wie dieses Streichholz sich verzehrt, das er zwischen zwei Fingern langsam herunterbrennen ließ und es dann jäh wegwarf. Als ich mich einem Schweigen überließ, das im Innern weiter gegen die Dornen, die mir in der Kehle kratzten, ankämpfte, setzte er sich neben mich, trocknete mir das Gesicht, füllte mein Glas, ließ die Eisstückchen klirren. »Nimm einen kräftigen Schluck«, sagte er, »das ist immer noch das Beste für uns.« Sein mir bekanntes Parfüm, ein herbfrisches Kölnisch Wasser, mischte sich mit dem Duft des Whiskys. »Ich weiß nicht, ob du verstanden hast«, sagte ich ihm, »ich wollte dir nur klarmachen, daß nichts willkürlich ist, daß ich dich nicht aus Perversität habe leiden lassen, daß ich dich nicht aus Vergnügen getötet habe.« Ich spürte, wie seine Lippen meine Hand suchten und sie sanft küßten. »Ich kann so nicht lieben«, sagte ich ihm, »und es wäre unnütz, von der Gewohnheit, von der Routine etwas zu erhoffen. Wer weiß, ob Diana sich Aktäon nicht doch hingegeben hat, aber was zählt, ist, daß sie danach die Hunde auf ihn gehetzt hat, und wahrscheinlich hat sie es genossen, mit anzusehen, wie sie ihn zerrissen. Ich bin nicht Diana, aber ich spüre, daß es irgendwo in mir auch sprungbereite Hunde gibt, und ich möchte nicht, daß sie dich in Stücke reißen. Heutzutage macht man Injektionen intravenös, was ich natürlich symbolisch meine, und die Mythologie spielt sich in einem Wohnzimmer ab, wo man englische Zigaretten raucht, sich nicht minder symbolische Geschichten erzählt und jemanden tötet, lange bevor man ihn bei sich empfangen hat, ihm Whisky einschenkt und seinen Tod beweint, während er einem sein Taschentuch reicht. Wenn du willst, nimm mich, du siehst, ich verspreche dir nichts, ich bin immer die gleiche. Wenn du stärker zu sein glaubst, wenn du dir einbildest, du könntest mich ändern, dann nimm mich jetzt gleich. Es ist das mindeste, was ich dir geben kann, und es ist alles, was ich dir geben kann.« Ich spürte, wie er neben mir zitterte, ich bot ihm meinen von Worten schmutzigen Mund, war ihm dankbar, daß er mich zum Schweigen brachte, in seinen Armen ein gefügiges Objekt aus mir machte. Gegen Morgen schlief ich endlich ein (er lag in der Dunkelheit auf dem Rücken und rauchte); wenn die Zigarette aufglomm, konnte ich sein Gesicht sehen, ich kniff die Lider so fest zu, daß es mir weh tat, und sank schließlich in einen Schlaf ohne Bilder.

Als die grüne Plastikhülle fiel und die städtische Musikkapelle von Arcueil *Sambre et Meuse* intonierte, waren die ersten Kommentare, die mein Pareder vernahm, aber der hat ja weder Schild noch Schwert / ist ein Picasso / wo ist der Kopf? / sieht aus wie eine Krake / dis donc, ce type-là se fout de nos gueules / das da oben, ist das ein Koffer? / die rechte Hand hat er auf seinen Hintern gelegt / das ist nicht sein Hintern, das ist Gallien / welch Vorbild für die Jugend / es gibt keinen Anstand mehr / die haben gesagt, wir kriegen Limonade und Fähnchen / ça alors / jetzt verstehe ich Julius Cäsar / man darf nicht übertreiben, es waren andere Zeiten / unglaublich, daß Malraux so was zuläßt / ist er nackt oder was hat er da unten? / armes Frankreich / ich bin gekommen, weil ich diese vornehme Einladung auf türkisblauem Bütten erhalten habe, sonst, das schwöre ich bei allem, was mir heilig ist, wär's mir nicht im Traum eingefallen /

»Aber Tante, das ist moderne Kunst«, sagte Lila.

»Komm mir nicht mit deinen Futurismen«, sagte Madame Cinamomo. »Kunst ist Schönheit, und damit basta. Sie werden nicht das Gegenteil behaupten wollen, junger Mann.«

»Nein, nein, gnädige Frau«, sagte Polanco, der es genoß wie ein Ferkel.

»Nicht Sie habe ich gemeint, sondern diesen anderen jungen Mann da«, sagte Madame Cinamomo. »Sie und Ihre Kumpane, man weiß ja, daß Sie mit dem Schöpfer dieser Abscheulichkeit ein Herz und eine Seele sind, mein Gott, warum bin ich nur gekommen.«

Wie gewöhnlich aktivierten die Ansichten von Madame Cinamomo sogleich die Tendenz der Tataren, ihr die Dinge auf ihre eigene Weise zu erklären. »Guti guti guti«, sagte mein Pareder. »Sakra sakra benedi«, sagte Tell. »Poschos toketoke unkeli«, sagte Polanco. »Fetate tefate Zwirbelwirbel«, behauptete Marrast, der seine Statue natürlich verteidigen mußte. »Bisbis bisbis«, sagte Feuille Morte. »Guti guti«, sagte mein Pareder. »Ptak«, machte Calac, darauf vertrauend, daß der Einsilber die Diskussion beenden würde. »Honk honk honk«, sagte Marrast, der sie im Gegenteil weiterführen wollte. »Bisbis bisbis«, sagte Feuille Morte, beunruhigt über die Wendung, die diese Unterhaltung nahm. »Honk honk honk«, insistierte Marrast, der nie klein beigab. »Ptak«, machte Calac zufrieden, als er sah, daß Madame Cinamomo ihnen einen violett gestreiften Rücken zukehrte und Lila mit sich fortzog, die den Tataren aus immer weiterer Ferne traurig nachblickte.

Über all das und noch vieles andere sollten sie sich auf der Rückfahrt im Zug bei ihrer Müdigkeit und einer angenehmen gastrischen Benommenheit, die auf die viele Limonade zurückzuführen war, behaglich unterhalten; sie bedauerten nur, daß Marrast in Arcueil hatte zurückbleiben müssen, umgeben von Ratsherren, die nicht übel Lust haben mußten, ihm den Schädel einzuschlagen, was sie jedoch mit einem Bankett verhehlen würden. Die Tataren fanden die Statue des Helden großartig, und sie waren überzeugt, daß noch nie ein Wachsstein mit einer derart kalkulierten Aggressivität mitten auf einem Platz der Republik errichtet worden war, davon abgesehen, erschien ihnen die Idee, den Piedestal in der oberen Hälfte zu skulptieren, überaus logisch und bedurfte keines Kommentars, wenigstens nicht für Calac und Polanco, die den schüchternen Widerstand Tells zu brechen versuchten, für die Andersens kleine Meerjungfrau im Hafen von Kopenhagen der absolute Kanon in Dingen der Bildhauerei blieb.

Der Zug war fast leer und hatte die merkliche Tendenz, an jeder Station zu halten, ja sogar zwischen den Stationen, doch war niemand in Eile, und sie hatten sich in einem Wagen verteilt, wo die Abendsonne auf den Sitzen und Rückenlehnen allerlei kinetische Schauspiele bot, was der künstlerischen Stimmung, in der die Tataren sich befanden, sehr zuträglich war. Auf einer hinteren Bank saßen Nicole und Hélène und rauchten schweigend, nur gelegentlich tauchten sie aus ihrer Versunkenheit auf, um Bemerkungen über die Ansichten der Madame Cinamomo zu machen, über die Traurigkeit, mit der Lila sich vom Anblick Calacs hatte losreißen müssen, und über die Beflissenheit, mit der Boniface Perteuils Tochter all das bewundert hatte, was Polanco bei Enthüllungsfeierlichkeiten bewunderte. Man fühlte sich sehr wohl in diesem fast leeren Wagen, konnte rauchen, von einer Bank zur anderen gehen, mit den Freunden plaudern oder streiten und sich über die Gesichter von Celia und Austin amüsieren, die händchenhaltend die Vorstadtlandschaft betrachteten, als wäre es Arkadien; wir fühlten uns fast wie im *Cluny*, auch wenn uns Curro und der Kaffee fehlten und der arme Marrast wegen des verdammten Banketts in Arcueil hatte bleiben müssen; ein jeder vergnügte und zerstreute sich auf seine Weise, ganz zu schweigen von dem glorreichen Augenblick, als der Schaffner entdeckte, daß Calac keinen Fahrschein hatte, und er sich, zum Ergötzen von Polanco, Tell und meinem Pareder, verpflichtet sah, ihm ein riesiges gelbes Papier auszuhändigen betreffend Geldstrafe, Zuschlag und Verwarnung, all das mitten in Erinnerungen an Enthüllungen und Schiffbrüche, bis mein Pareder die Schnecke Oswald aus der Tasche zog und man doch mal sehen wollte (mit den obligatorischen Wetten), ob Oswald fähig wäre, die ganze seitliche Kante einer Rückenlehne hinaufzukriechen, bevor der Zug in Paris einträfe, wobei man überdies das poetische Element mit einbezog, das in der Idee bestand, seine senkrechte Fortbewegung in Relation zur Geschwindigkeit des Zuges sowie der imaginären Diagonale zu setzen, die sich aus den beiden sich kreuzenden Bewegungen und ihren respektiven Geschwindigkeiten ergab.

Wie jedesmal, wenn sie sich nach Reisen oder längerer Abwesenheit wieder trafen, waren die Tataren rappelig, zufrieden und streitsüchtig zugleich. Schon gegen Ende der Enthüllungszeremonie hatten sie über einen Traum meines Pareders disputiert, der Calacs Meinung nach eine verdächtige Ähnlichkeit mit einem Film von Milos Forman aufwies, und Tell hatte sich eingemischt, um das Ende des Traums zu modifizieren, womit sie das Dementi meines Pareders provozierte sowie die kollateralen Beiträge Polancos und Marrasts, die dem Traum Dimensionen gegeben hatten, die sein Urheber als reine Phantasie abtat. Das Schüttern des Zuges ließ sie nostalgisch und träumerisch werden, und jene, die einnickten und für Sekunden einen Traum hatten, waren nicht dazu aufgelegt, ihn den anderen zu erzählen. Polanco duselte vor sich hin und erinnerte sich mit einem Gefühl, das Rührung sein mußte, an die Anwesenheit von Boniface Perteuils Tochter bei der Enthüllungszeremonie, was bedeutete, daß seine Molly ihn trotz des Schiffbruchs immer noch liebte, doch die Kehrseite dieser sentimentalen Erinnerungen war der quälende Gedanke, daß er seine Arbeit verloren hatte und anfangen müßte, sich eine andere zu suchen. ›Taxifahrer‹, fiel Polanco ein, der sich immer einen guten Job aussuchte, auch wenn er dann einen x-beliebigen annahm. ›Ein Taxi haben und nachts mit suspekten Fahrgästen herumfahren, sich von ihnen zu den unglaublichsten Orten dirigieren lassen, denn es ist ja der Fahrgast, der bestimmt, wohin es gehen soll, und das Taxi kommt an unbekannte Orte und in Sackgassen, da passiert so manches, es ist immer etwas gefährlich nachts, aber danach, mein Junge, tagsüber schlafen ist das, wonach einen wie mich am meisten verlangt.‹

»Ich werde alle umsonst fahren«, verkündete Polanco, »wenigstens die ersten drei Tage, und dann hole ich die Fahne ein und hisse sie nicht mehr bis zum Sankt-Nimmerleins-Tag.«

»Wovon redet der?« fragte Calac meinen Pareder.

»Da er von einer Fahne redet, könnte es sein, daß er sich von dem Lokalpatriotismus von vorhin hat anstecken lassen«, sagte mein Pareder und feuerte Oswald an, der nach den ersten drei Zentimetern immer etwas verzagte. »Du wirst mir doch nicht schlappmachen, Brüderchen, deine Zuckelei wird mich sonst noch tausend Francs kosten. Da sieh, wie er reagiert, ich bin der Blücher der Mollusken, sieh nur diesen neuen Elan in seinen Fühlerchen.«

»Bisbis bisbis«, sagte Feuille Morte, die nicht gewettet hatte, aber sich verhielt, als hätte sie.

Mit einem Heft bewaffnet, machte sich Calac in einer Ecke Notizen zu einem Buch oder so was, und hin und wieder, zwischen zwei Zügen an seiner Zigarette, blickte er Hélène und Nicole an, die ihm gegenübersaßen, und lächelte ihnen zu, nicht weil ihm danach zumute war, sondern aus reiner Gewohnheit und weil es ihm nicht besonders guttat, Nicole anzusehen, vor allem aber, weil ihn die Literatur wieder völlig absorbiert hatte, und alles andere war Mottengestöber. In eben dem Moment kam ihm Polanco mit seinem Taxi, und Calac antwortete ihm grob, nie im Leben steige er in ein Taxi, das von so einem Plotzbrocken gefahren würde. Nicht einmal, wenn ich dich umsonst fahre? Selbst dann nicht, denn das wäre reine sentimentale Erpressung. Nicht mal fünfhundert Meter, um die Polsterung zu testen? Keine zwei Meter.

»Sie wirken hier störend, mein Herr«, sagte Polanco. »Dies ist wirklich nicht der Augenblick, ein Heft hervorzuholen und sich Notizen zu machen. Notizen von was eigentlich, möchte ich mal wissen.«

»Es wird Zeit«, sagte Calac, »daß jemand von dieser Kollektion von Anomalen Bericht gibt.«

»Et ta sœur«, sagte Tell, die sich nichts entgehen ließ.

»Laß ihn«, sagte Polanco geringschätzig, »man kann sich leicht vorstellen, was so ein mickriger Kondomikus schreibt. Sag mal, che, warum gehst du eigentlich nicht zurück nach Buenos Aires, denn da unten scheinst du ziemlich bekannt zu sein, man fragt sich nur warum?«

»Ich werd's dir erklären«, sagte Calac und klappte sein Heft wie einen japanischen Fächer zu, was ein Zeichen besonderer Wut war. »Es gibt ein Grundproblem, das ich nicht habe lösen können; da unten gibt's eine Menge Leute, die mir *in absentia* wohlgesinnt sind, aber wenn ich zurückkäme, hätte ich es mit allen sicher sehr schwer, ganz davon abgesehen, daß es auch eine Unzahl von Typen gibt, die mir übelwollen und entzückt wären zu sehen, wie schwer ich es mit denen habe, die mir wohlgesinnt sind.«

Auf diese Erklärung folgte, wie es sich gebührte, eine Minute Schweigen.

»Da hast du's«, reagierte Polanco angemessen, »wäre viel besser, du stiegest in mein Taxi, das ist bei weitem nicht so vertrackt. Findest du nicht auch, sleeping beauty?«

»Ich weiß nicht«, sagte Nicole, aus einer langen Träumerei erwachend, »aber ich, ja, ich würde in dein gelbes Taxi steigen, du bist ja so gut und du führest mich nach...«

»Als Adresse ist das ziemlich vage«, murmelte Calac und schlug sein Heft wieder auf.

»Ja, meine Schöne, ich werde dich fahren«, sagte Polanco,
»und diesen mickrigen Kondomikus lassen wir einfach am
Straßenrand stehen, es sei denn, du plädierst für ihn. Also gut,
einverstanden, soll er mit einsteigen, soll er mit einsteigen,
aber sag mir, was ist das für ein Leben?«

Warum auch nicht, warum sollte Calac nicht zusammen mit
Nicole ins Taxi steigen, und warum war das Taxi plötzlich
gelb? Seine Hand preßte das Heft, der Bleistift hatte innegehalten beim Wort innegehalten, so oft schon hatte Calac Nicole zu den absurdesten Orten begleitet, er hatte sich mit ihr
auf ein Sofa im Museum gesetzt, hatte ihr auf dem Bahnhof
Bonbons durchs Abteilfenster gereicht, sie hatten sogar darüber gesprochen, gemeinsam eine Reise zu machen, und obgleich sie die nicht gemacht hatten, freute es Calac doch, daß
Nicole ihn trotz Polancos Wut eingeladen hatte, mit ihr zusammen in das gelbe Taxi zu steigen. Er blickte sie einen Augenblick lächelnd an und suchte dann erneut hinter seinem
Heft Schutz, denn er merkte, daß Nicole wieder weit weg
war, immer noch etwas schwach und nicht dazu aufgelegt, an
den Spielen teilzunehmen, versunken in die Betrachtung der
Straße, die nach Norden hinaufführte (aber das sah Calac
nicht mehr) und an deren fernem Ende das Wasser des Kanals
schimmerte, ein trügerischer Glanz, denn die parallel verlau-
fenden Arkaden trafen sich am Horizont, und das Blinken
mochte auch von einem der Hochhäuser aus Aluminium und
Glas kommen und nicht vom Wasser des Kanals; da blieb
nichts anderes übrig, als sich unter den Arkaden auf den Weg
zu machen, auf der einen oder der anderen Straßenseite, und
Häuserblock um Häuserblock dem fernen Glanz entgegenzu-
gehen, der sicherlich der des Kanals im Abendlicht sein
würde. Es gab keinen Grund zur Eile, am Kanal angekommen, würde ich mich ohnehin schmutzig und erschöpft fühlen, denn in der Stadt war man immer müde und irgendwie
schmutzig, und vielleicht deshalb verlor man oft unendlich
viel Zeit in den Fluren des Hotels, die zu den Bädern führten,

wo es dann aber unmöglich war, sich zu baden, weil die Türen nicht schlossen oder es keine Handtücher gab, aber etwas sagte mir, daß es jetzt weder Gänge noch Aufzüge, noch Toiletten mehr geben würde, daß es diesmal keine Verzögerung geben würde und daß die Straße mit den Arkaden mich am Ende geradeso zum Kanal führen würde, wie die Schienen den Zug (aber das sah Nicole nicht mehr) von Arcueil nach Paris führten und wie die glänzende silbrige Spur, welche die Schnecke Oswald mühsam zog, ihn vom einen zum anderen Ende der Rücklehne des Sitzes führte, vor dem sich, im Licht immer genauerer Berechnungen, die sportlichen Gemüter erhitzten.

»Noch ein kleines Stückchen, Oswald, gib jetzt bloß nicht auf, in der Ferne sieht man schon das Glitzern der Lichterstadt«, ermutigte ihn mein Pareder. »Viereinhalb Zentimeter in achtunddreißig Sekunden, ein ausgezeichneter Durchschnitt; wenn er so weitermacht, kannst du schon mal deine tausend Francs zücken, in weiser Voraussicht habe ich ihm heute morgen eine Extraportion Salat gegeben, weil ich ahnte, daß die Enthüllung der Statue ihn in Schrecken versetzen würde, man sieht, daß sein Metabolismus darauf anspricht. Dieses Tierchen ist die Freude meines Lebens.«

»Wenn er diese schwarze Maserung erreicht, die aussieht wie die Spur eines ziemlich feisten Qualsters, wird er mit allen vier Fühlern abbremsen«, prophezeite Polanco.

»Wenn du dich da mal nicht täuschst«, sagte mein Pareder, »nichts mag er lieber als Spucke, auch wenn die trocken ist. Das letzte Stück des Parcours wird er in gestrecktem Galopp zurücklegen, er hat eine eiserne Moral.«

»Du spornst ihn ja auch immerzu an, da kann jeder gewinnen«, beschwerte sich Polanco. »Komm her, Feuille Morte, halte zu mir, der da macht sich seine flinke Zunge zunutze.«

»Bisbis bisbis«, sagte Feuille Morte solidarisch.

»Und diese da, die gerade über Lauten redet«, murrte Polanco. »Laß uns auch was von dir haben, Mädchen. Ach, wenn nur meine Molly hier wäre, die hat wenigstens Ka-wuppdich.«

Celia lächelte vage, sie schien nicht ganz verstanden zu haben und hörte Austin weiter zu, der sich nicht davon abbringen ließ, ihr die Unterschiede zwischen Bratschen, Harfen und Klavieren zu erklären. Sie konnte nicht umhin, Hélène anzusehen, obwohl sie den ganzen Nachmittag versucht hatte, ihr aus dem Wege zu gehen, schon seit ihrer Ankunft auf dem Platz in Arcueil, als Hélène die Tataren, just back from England, begrüßte und mit Nicole und Tell zu plaudern begann. Von seinem Ehrenplatz zwischen den Ratsherren aus hatte Marrast ihr ein Zeichen des Willkommens und des Dankes gemacht, und Hélène hatte ihm zugelächelt, wie um ihn am Fuße des Schafotts zu ermutigen. So trafen die Tataren einander wieder und waren glücklich, doch Celia, die sich an Austins Arm geklammert hatte, hielt zu den anderen Distanz, und als sie in den Zug stieg, hatte sie gewartet, bis Hélène einen Platz neben Nicole wählte, und sich dann am anderen Ende des Wagens einen Sitzplatz gesucht. »Hier«, hatte sie gesagt und auf eine Bank im Rücken der Tataren gezeigt, doch Austin wollte nicht mit dem Rücken zur Fahrtrichtung sitzen, und während er Celia die Unterschiede zwischen dem Cembalo und dem Klavichord erklärte, hatte er den Blick auf Hélène geheftet, die rauchte und ab und zu in eine Zeitschrift sah. Auch Nicole hatte in ihrer Schläfrigkeit dunkel gespürt, daß Austin Hélène anstarrte, und sich vage nach dem Grund gefragt, doch im selben Augenblick war es ihr schon gleichgültig.

»Bitte, sieh sie nicht so an«, hatte Celia gesagt.

»Ich will, daß sie Bescheid weiß«, sagte Austin.

Aber ja doch, mein Kleiner, wie sollte ich's nicht wissen, unvorstellbar, daß Celia geschwiegen haben sollte, schon als ich euch beide auf dem Platz in Arcueil sah, wußte ich, daß alles gesagt war, daß das gemeinsame Kopfkissen wieder einmal die alte Brücke der Vertraulichkeiten gewesen war, und irgendwann wird Austin sich auf einen Ellbogen gestützt haben, um sie anzusehen, wie er mich jetzt ansieht, mit dieser Härte im Blick, ob soviel geraubter Unschuld, und dann hat er sicher alles bis ins einzelne wissen wollen, und Celia wird sich mit den Händen das Gesicht bedeckt haben, und er wird die Hände dort weggenommen haben, um seine Fragen zu wiederholen, und so wird alles stückchenweise aus ihr herausgekommen sein, unter Küssen und Liebkosungen, und weder mußte sie um Vergebung bitten noch er ihr verzeihen, was ein untrügliches Zeugnis ist für dieses Leben glücklicher Dummköpfe, die Händchen hielten und die Schornsteine und Stationsvorsteher bewunderten, die von Arcueil bis Paris einander abwechselten. ›Und dann wird er ihr seinerseits die Geschichte mit Nicole erzählt haben‹, sagte sich Hélène, ›und Celia wird ein wenig geweint haben, weil sie Nicole immer sehr gemocht hat und nun meint, sie als Freundin verloren zu haben, uns beide, Nicole und mich verloren zu haben, und natürlich wird sie nicht auf die Idee kommen, daß sie, so seltsam es ist, Nicole schon verloren hatte, als sie mich verließ und zwischen jene und den jungen Engländer geriet, so wie der junge Engländer nicht auf die Idee kommen wird, daß er gar keinen Grund hat, mich zu hassen, da er Celia ja mir verdankt, und mein Pareder hat recht, wenn er sagt, daß Sartre verrückt ist und wir viel eher die Summe der Handlungen anderer als der eigenen sind. Und du da, der du mir den Rücken wendest, auf einmal weiser und trauriger als diese beiden, was wird dir soviel Voraussicht genützt haben, wenn du am Ende zu derselben verrückten Musik tanzt? Was tun, Juan, außer sich eine weitere Zigarette anzünden und sich von dem gekränkten Kleinen anstarren lassen, ihm die ganze Landkarte des Gesichts zeigen, damit er sie auswendig lernt.‹

»Da, dort auf der Wiese, sieh doch«, sagte Celia.

»Das ist eine Kuh«, sagte Austin. »Um auf die hydraulische Orgel zurückzukommen...«

»Schwarz und weiß!« sagte Celia. »Was ist die schön!«

»Ja, und sie hat sogar ein Kälbchen.«

»Ein Kälbchen? Austin, laß uns sofort aussteigen, um sie uns aus der Nähe anzusehen, ich hab noch nie eine richtige Kuh gesehen, ich schwör's dir.«

»Das ist nichts Besonderes«, sagte Austin.

»Gleich halten wir an einer Station, da steigen wir aus, ohne uns zu verabschieden, ohne daß sie's merken, wir können dann den nächsten Zug nehmen.«

Nicole öffnete halb die Augen, schemenhaft sah sie beide vorbeigehen und sagte sich, daß sie wohl in einen anderen Wagen gingen, wo sie mit sich allein sein konnten, sah sie so fern wie Marrast an diesem Nachmittag, als er nach den Reden, von Ratsherren umgeben, den Bankettsaal betrat, so fern wie Juan, der mit dem Rücken zur Bank stand, wo Oswalds Wettlauf diskutiert wurde, sah sie alle verschwommen und weit weg, Austin, der hinausging, Marrast in der Ferne, Juan, der ihr den Rücken kehrte, und im Grunde war es besser so, es erleichterte ihr das Gehen auf dieser ansteigenden Straße Richtung Norden, denn obgleich in der Stadt nie die Sonne schien, wußte man, daß der Kanal im Norden war, immer sprach man davon, zum Kanal hinaufzugehen, wiewohl wenige ihn kannten und nur wenige die flachen Schleppkähne gesehen hatten, die still der Mündung zuglitten, wo der Seeweg zu den mutmaßlichen Inseln begann. Das Gehen unter den Arkaden wurde immer mühsamer, aber Nicole war sicher, daß ihr dieser ferne Glanz den Kanal ankündigte und nicht von irgendeinem Hochhaus kam und daß er ihr zu verstehen geben würde, was sie zu tun hätte, wenn sie das Kanalufer erreichte, auch wenn sie es jetzt nicht wissen und auch niemanden danach fragen konnte, wo Hélène neben ihr saß und ihr manchmal eine Zigarette anbot oder über die Enthüllung der Statue sprach, und dabei wäre es so einfach gewesen, Hélène zu fragen, ob sie einmal bis zum Kanal gekommen sei oder ob sie, wie meistens, mit der Straßenbahn zurückkehren oder in ein Hotelzimmer gehen mußte und einmal mehr die Veranden, die Korbstühle und die Ventilatoren wiederfand.

»Dieser Statue fehlt Leben«, meinte Tell, die der kleinen Meerjungfrau aus Bronze treu blieb, »und bloß weil Vercingetorix einem Gorilla ähnelt, der ein Harmonium stemmt, wirst du mich nicht vom Gegenteil überzeugen. Glaub nicht, ich hätte es Marrast nicht gesagt, im Grunde gab er mir recht, doch ihn interessierte eigentlich nur, etwas von Nicole zu erfahren, und außerdem schien er durch die Reden ganz beduselt.«

»Armer Marrast«, sagte Juan und setzte sich mit Tell auf die Bank, die Celia und Austin verlassen hatten, »ich sehe ihn vor mir in diesem Salon voller Ratsherren und Stuck, was auf dasselbe hinausläuft, wie er, der Unglückliche, an fast kalten Lammrippchen nagt, die es auf solchen Banketts immer gibt, und dabei an uns denkt, die wir bequem auf diesen Kiefernholzbänken sitzen.«

»Wieviel Mitleid mit Marrast«, sagte Tell, »und für mich kein Wort der Ermunterung. Wenn ich daran denke, daß ich in London Tag und Nacht gekämpft habe, um diese Törin zu retten, und kaum hier angekommen, muß ich den da ertragen, der nicht begreifen will, mich hundertmal fragt, ob Nicole von sich aus zur Enthüllungsfeier gekommen ist oder ob ich ihr meine Dynamik aufgezwungen habe, genau so hat er sich auszudrücken beliebt. Der Arme starb vor Verlangen, in ihre Nähe zu kommen, aber er war umringt von Ratsherren, und Nicole hatte sich im Hintergrund gehalten, du kannst dir das ausmalen.«

»Ich verstehe nicht, warum du sie überhaupt mitgebracht hast«, sagte Juan.

»Sie hat darauf bestanden, sie hat gesagt, sie wolle Marrast nur von fern sehen, und sie hat das in einem Ton gesagt, der... Wirklich«, fügte Tell mit einem ominösen Seufzer hinzu, »alle hier sehen sich heute abend in einer Weise an, die in Kopenhagen nicht einmal Kierkegaard verstehen würde. Und du und die andere da...«

»Die Augen sind die einzigen Hände, die einigen von uns noch bleiben, meine Hübsche«, sagte Juan. »Streng dich nicht zu sehr an zu verstehen, dir würde die Limonade wieder hochkommen.«

»Verstehen, verstehen ... Verstehst du's vielleicht?«

»Ich weiß nicht, wahrscheinlich nicht. Jedenfalls nützt es mir nichts mehr.«

»Du hast mit ihr geschlafen, nicht wahr?«

»Ja«, sagte Juan.

»Und jetzt?«

»Wir sprachen von den Augen, glaube ich.«

»Ja, gewiß, aber du hast gesagt, sie seien Hände.«

»Ich bitt dich«, sagte Juan und strich ihr übers Haar. »Ein andermal, vielleicht, aber nicht jetzt. For old time's sake, my dear.«

»Natürlich, Juan, verzeih«, sagte Tell.

Juan strich ihr noch einmal übers Haar, was seine Art war, sie um Verzeihung zu bitten. Die wenigen unbekannten Fahrgäste waren gerade an einer ominösen Station ausgestiegen, die schwach beleuchtet war von fahlgelben Laternen zwischen Bäumen, Schuppen und Abstellgleisen, ein Licht, das traurig stimmte und die Dinge und Gesichter dort draußen verschwimmen ließ, während der Zug nach einem heiseren, unnötigen Pfiff langsam aus der Station fuhr und wieder in das Halbdunkel eintauchte, unterbrochen von jäh aufragenden Backsteinschloten, einem schon nachtverschleierten Baum oder einer weiteren schlecht beleuchteten Station, unnützen Halts, da jetzt niemand mehr zustieg, wenigstens nicht in den Wagen, wo nur wir wenigen zurückgeblieben waren, Hélène und Nicole, Feuille Morte und Oswald sowie Tell, Juan, Polanco und Calac, die ganze Clique mit Ausnahme von Marrast, der zwischen Ratsherren saß und sich diesen Wagen des Zugs vorstellte, ihn mitten im Bankett geradezu erfand, so daß er gewissermaßen mit den Tataren nach Paris fahren konnte, so wie ihm am Nachmittag während der Enthüllung vorgekommen war, daß er Nicoles Anwesenheit auf dem Platz geradezu erfand, Nicole mit dem lunaren Gesicht der Rekonvaleszentin, die am Arm der diplomierten nordischen Krankenschwester zum ersten Mal wieder in die Sonne ging, aber es war keine Erfindung von ihm gewesen, Malcontenta, du warst wirklich dort in der letzten Reihe, also warst du gekommen, um der Enthüllung meiner Statue beizuwohnen, du warst gekommen, du warst wirklich gekommen, Malcontenta, und einmal habe ich sogar gemeint, du lächeltest mir zu, um mich zu ermutigen, wie auch Hélène mir zugelächelt hat, um mich ein wenig vor den Ratsherren und dem Repräsentanten der Historischen Gesellschaft zu schützen, der sich in diesem Augenblick anschickt, zum Teufel mit ihm, das Andenken Vercingetorix' zu strapazieren, und auf der linken Seite stand Austin, mein ehemaliger Französischschüler, der mich natürlich nicht ansah, da man schließlich ein gentleman ist, und ich fragte mich / *Meine Damen und Herren: Der Lauf der Geschichte . . .* / ob dies auch der Lauf der Geschichte war, ob man, ausgehend von ein paar roten Häusern oder dem Stengel einer Pflanze zwischen den Fingern eines britischen Medicus, wirklich zu dem gelangte, was mich hier umgab, der Anwesenheit der Malcontenta / *Schon Michelet bemerkte . . .* / und daß nichts von alledem einen Sinn hatte, es sei denn, er entging mir geradeso wie dem illustren Redner der Sinn meiner Statue entgehen würde / *Cäsar wird den Helden demütigen, er wird ihn in Ketten nach Rom bringen, in den Kerker werfen und später enthaupten lassen . . .* / und er wahrscheinlich nicht verstehen würde, daß das, was meine Statue in die Höhe hält, sein eigener abgeschnittener, von der Geschichte ungeheuer geschwollener Kopf ist, verwandelt in zweitausend Jahre Schulaufsätze und Vorwände zu hohlen Reden, und da, Malcontenta, süßer Fratz, was blieb mir da anderes übrig, als dich weiterhin von fern zu betrachten, so wie ich dich an diesem Nachmittag inmitten der Tataren ansah, ohne daß mich der Lauf der Geschichte oder der Lautenspieler scherte und daß du so dumm sein konntest, Malcontenta, ohne daß mich irgend etwas scherte, bis kurz vor Schluß, als du den Kopf wandtest, denn das mußtest du schließlich tun, um mich der Wirklichkeit und diesem jämmerlichen Bankett zurückzugeben, genau am Schluß mußtest du den Kopf wenden und Juan, der verloren in der Menge stand, ansehen, um ihn mir zu zeigen, wie der Historiker den Lauf der Geschichte zeigte und wie der Pflanzenstengel sich allmählich zwischen den Fingern bog, die ihn entgegengenommen hatten, um ihn grün und aufrecht und hermodactylus zu erhalten bis in alle Ewigkeit. / (Applaus.)

Jemand tippte ihm auf die Schulter, ein Kellner sagte ihm, daß man ihn aus Paris anriefe. Es war absurd, so etwas zu erwarten. Marrast sagte es sich wieder und wieder, während er sich ins Büro führen ließ, ausgeschlossen, daß am anderen Ende der Leitung die Stimme Nicoles auf ihn wartete. Ganz ausgeschlossen, was dann auch ganz klar aus der Tatsache hervorging, daß es die Stimme von Polanco war und daß er auch nicht aus Paris anrief, sondern aus einer Telefonzelle eines Vorstadtbahnhofs mit einem Doppelnamen, an den Polanco sich nicht erinnerte und auch nicht mein Pareder oder Calac oder Tell, die sich offensichtlich auch in der Kabine drängten.

»Hör mal, sicher wirst du die Reden langsam satt haben, komm also her und trink ein Glas Wein mit uns«, sagte Polanco. »Das Leben besteht nicht nur aus Statuen, verstehst du.«

»Und ob ich verstehe«, sagte Marrast.

»Dann komm also her, wir warten hier auf dich, können Karten spielen oder so was.«

»Einverstanden«, sagte Marrast gerührt, »aber eins verstehe ich nicht, warum ruft ihr mich von einem Bahnhof aus an? Was sagst du? Oswald? Gib mir doch mal meinen Pareder, vielleicht verstehe ich ihn besser.«

Wir haben es ihm schließlich begreiflich machen können, aber es brauchte eine ganze Weile, denn die Verbindung war nicht besonders gut, und außerdem mußte man ihm die Vorgeschichte erklären, angefangen mit der Wette zwischen Polanco und meinem Pareder und der Glanzleistung Oswalds, der drauf und dran gewesen war zu gewinnen und den schwärzlichen Fleck, der Polancos letzte Hoffnung war, schon hinter sich gebracht hatte, ohne ihn überhaupt zu beachten, bis dann ein tressenbesetzter Typ auftauchte, uns mit einem den Umständen entsprechenden Gesichtsausdruck, in dem ein leichenhaftes Grinsen vorherrschte, auf die Pelle rückte und uns aufforderte, Oswald aus dem Fenster zu werfen, bei Zuwiderhandlung wir sofort aussteigen müßten.

»Herr Kontrolleur«, sagte Calac, der sich in solchen Fällen immer vorschnell einmischte, obgleich er bis zu dem Augenblick in sein Notizheft vertieft gewesen war, »die Unschuld dieses Spiels bedarf keines Beweises.«

»Haben Sie etwas damit zu tun?« fragte der Kontrolleur.

Calac antwortete nein, doch da die Schnecke Oswald für die französische Sprache im Moment nicht zugänglich sei, halte er es für opportun, sich zu ihrem offiziösen Vertreter zu erklären, um auf der völligen Harmlosigkeit ihres Spaziergangs über die Rücklehne zu bestehen.

»Das Tier fliegt aus dem Fenster, oder Sie steigen alle drei an der nächsten Station aus«, sagte der Kontrolleur, zog ein längliches Büchlein aus der Tasche und zeigte mit einem eher schmutzigen Finger auf einen unlesbaren Paragraphen. Mein Pareder und Polanco beugten sich über diesen inkriminierenden Text mit einem Eifer, der ihren sich ankündigenden Lachanfall kaschieren sollte, und erfuhren so von einer löblichen amtlichen Besorgnis um die Hygiene der Eisenbahnwagen. Natürlich haben wir den Typ sofort darauf hingewiesen, daß Oswald sauberer sei als seine Schwester, will sagen die Schwester von dem Typ, und mein Pareder forderte ihn auf, mit dem Finger doch mal über die Fährte zu fahren, um sich zu überzeugen, daß es da nicht die geringste Spur von Schleim gab, wovor der Typ sich jedoch hütete. Über all dem Palaver hatte der Zug an einer Station gehalten (ich glaube, Nicole stieg dort aus, denn danach stellten wir fest, daß sie nicht mehr da war, falls sie nicht in einen anderen Wagen gegangen war, um in Ruhe weiterzuschlafen, aber ich nehme eher an, daß sie ausgestiegen ist, um es Celia und dem Lautenspieler gleichzutun, plötzlich bekamen alle eine romantische Anwandlung, stiegen aus, um sich Kühe anzusehen oder Kleeblätter zu sammeln), aber die Diskussion hatte noch nicht einmal richtig begonnen, da fuhr der Zug wieder ab, ohne daß der Kontrolleur die Alternative Oswald-zum-Fensterraus / Wir-zur-Tür-raus schon hatte durchsetzen können. Freilich nützte uns das wenig, denn lange bevor wir die nächste Station erreichten, nämlich diese hier mit dem Doppelnamen, hielt uns der Typ weitere drei hygienische und gesundheitsfördernde Paragraphen unter die Nase, begann eine Art Protokoll in seinem Notizbuch, das mit einem Blatt Kohlepapier und einem am Rücken befestigten Bleistift versehen war, was ja wirklich sehr praktisch ist, und meinem Pareder schwante, daß die Sache mit dem plötzlichen Erscheinen eines Gendarmen enden würde, weshalb er sich kurzerhand Oswald schnappte und ihn liebevoll in seinen Käfig steckte, nicht ohne sich vorher eindeutig als Sieger des Wettlaufs erklärt zu haben, was Polanco nicht in Zweifel zu ziehen wagte, da Oswald nur noch zwei Zentimeter bis zum Ziel fehlten, während der Zug noch mitten durchs Gemüse fuhr. Uff! Nun weißt du, was hier los war.

»Feiglinge sind das«, informierte Tell Marrast. »Von dem Augenblick an, als mein Pareder Oswald einsteckte, welches Recht hatte da noch der Kontrolleur, uns aus dem Zug zu werfen? Warum haben sie sich das wie Schafe gefallen lassen?«

»Frauen sind immer blutrünstig«, sagte Calac unter beifälligem Grunzen Polancos und meines Pareders. »Komm zu uns, wir trinken ein Gläschen und fahren dann weiter nach Paris.«

»Einverstanden«, sagte Marrast, »aber ihr müßtet mir erst mal den Namen der Station verraten.«

»Geh und sieh nach«, sagte Polanco zu meinem Pareder.
»Auf dem Bahnsteig ist ein Schild, sooo groß.«

»Geh du doch, ich muß mich um Oswald kümmern, dieser Zwischenfall hat ihn ganz nervös gemacht.«

»Dann soll Tell gehen«, schlug die Stimme Calacs vor, und von diesem Augenblick an schienen sie zu vergessen, daß Marrast in Arcueil auf den Namen der Station wartete, und sie begannen endlos zu diskutieren, währenddessen Marrast alle Zeit hatte, sich Nicole vorzustellen, wie sie mitten in der Nacht allein nach Paris wanderte.

»Was seid ihr doch für Idioten«, sagte Marrast, »sie einfach aussteigen lassen, wo ihr doch genau wißt, daß sie noch schwach ist und schnell ermüdet.«

»Der beschwert sich über uns«, informierte Polanco die Gruppe.

»Gib mir Tell. Dummes Huhn, wozu hast du sie begleitet und sie den ganzen Nachmittag an der Hand gehalten, wenn du sie jetzt auf freiem Felde sich selbst überläßt?«

»Enthüllungsfeiern sind ihm nicht zuträglich«, berichtete Tell. »Er beschimpft mich, das Essen muß abscheulich gewesen sein.«

»Sag mir endlich, wie diese verdammte Station heißt.«

»Wie heißt die Station, Calac?«

»Weiß nicht«, sagte Calac. »Da hätten Sie auf den Bahnsteig gehen und nachsehen müssen, aber was kann man von so einem Plotzbrocken schon erwarten.«

»Gehen Sie doch selbst«, sagte Polanco. »Jeder mickrige Kondomikus ist automatisch ein Laufbursche. Nun machen Sie schon, mein Sohn, beeilen Sie sich.«

»Sie treffen gerade Anstalten, um nachzusehen«, erklärte Tell Marrast. »Du kannst mich inzwischen weiter beschimpfen, du hast genug Zeit dazu. Nebenbei möchte ich dich darauf hinweisen, daß sich Nicole, allein unterwegs, sicher wohler fühlt als bei uns, denn im Zug, das kann ich dir sagen, war eine sehr gespannte Atmosphäre. Willst du wissen, warum ich mit diesen da ausgestiegen bin? Niemand hat mich aus dem Zug geworfen, ich bin nur ausgestiegen, weil ich nicht länger mit ansehen konnte, wie die sich mit den Blicken duellierten und sich unnützerweise die Köpfe zerbrachen. Diese drei hier sind sicher noch verrückter, dafür aber gesünder, und es täte dir gut, herzukommen und alles andere unter den Tisch fallenzulassen.«

»Der Name der Station«, insistierte Marrast.

»Nun, es sieht so aus, als hätte sie keinen Namen«, informierte ihn mein Pareder. »Wir haben nämlich gerade festgestellt, daß es gar kein Bahnhof ist, sondern eine Art Rangierstation, wo die Heizer und Lokführer sich ablösen und sich in dem Apparat auf dem Bahnsteig ihre Stechkarten lochen lassen. Warte, warte, braus nicht gleich auf. Ein Typ hat Calac gerade gesagt, daß wir nicht einmal das Recht hätten, von dieser Kabine aus zu telefonieren, ich verstehe nicht, warum der Kontrolleur uns an einer Station ausgesetzt hat, wo wir nichts zu suchen haben. Moment, warte, gerade haben wir Genaueres erfahren. Die Station hat keinen Namen, weil es, wie ich dir schon sagte, keine richtige Station ist, aber die davor heißt Curvisy und die nächste hat einen prächtigen Namen, Lafleur-Amarranches, was sagst du dazu?«

Mein Pareder hängte den Hörer mit großer Würde ein, damit niemand argwöhne, daß Marrast vor ihm aufgelegt hatte.

»Er ist außer sich«, berichtete er. »Er ist völlig enthüllt, auch er. Das ist unverkennbar.«

»Nehmt mich mit, wenn ihr was trinken geht«, bat Tell. »Ich sehe schon, daß ich noch einmal Krankenschwester spielen muß, der Tropf dort meint, Nicole sei nicht fähig, allein zurechtzukommen. Aber da er vielleicht nicht ganz unrecht hat und wir schon einmal hier sind, könnten wir sie ja suchen. Wenn sie dort ausgestiegen ist, wo ihr meint, dürfte sie ganz in der Nähe sein.«

Sie begannen die Gleise entlangzugehen und blickten in der Dunkelheit suchend um sich; irgendwann gingen sie nahe an

Nicole vorbei, die die Tataren, während sie telefonierten, überholt hatte und sich nun, die Schuhe vom Nachttau ganz naß, an einen Baumstamm gelehnt ausruhte und rauchte und die Lichter von Paris in der Ferne betrachtete, die letzte Zigarette rauchte, die sie in ihrer Handtasche gefunden hatte, bevor sie weiterging, dem Lichterglanz entgegen.

Wie es in den bescheidenen Vorortzügen oft passiert, hatte man vergessen, die Beleuchtung einzuschalten, und der Wagen war in ein Halbdunkel getaucht, das der Rauch so vieler Zigaretten fast opak machte, eine weiche, behagliche Atmosphäre, die Hélènes Augen guttat. Vage hatte sie einen Augenblick lang darauf gewartet, daß Nicole zurückkomme, die sie auf der Suche nach der Toilette vermutete oder auf der Plattform zwischen zwei Wagen, um sich die elende Szenerie von Fabriken und Hochspannungsleitungen zu betrachten; aber Nicole kam nicht wieder, so wie auch Celia und Austin nicht wiederkamen, und Hélène rauchte weiter und stellte beiläufig fest, daß nur noch Feuille Morte und Juan im Wagen saßen, Feuille Morte von der Rücklehne eines Sitzes verborgen, und Juan, der sich manchmal schattenhaft bewegte, um aus einem Fenster zu sehen, der sich ihr erst näherte, als die Dunkelheit schon die Konturen im Wagen verwischte, und sich schweigend auf die Bank ihr gegenüber setzte.

»Die haben Feuille Morte ganz vergessen«, sagte ich zu ihm.

»Ja, die Arme sitzt ganz verloren dort in ihrer Ecke«, sagte Juan. »Sie waren so damit beschäftigt, sich mit dem Kontrolleur zu streiten, daß sie sie völlig vergessen haben.«

»Nimm du sie mit ins *Cluny* heute abend, wir sind die einzigen Überlebenden in diesem Zug.«

»Kommst du denn nicht?«

»Nein.«

»Hélène«, sagte Juan, »Hélène, gestern nacht…«

Es war eine Art zeremonieller Kreislauf, aufstehen, um ein Glas Wasser zu holen, eine Lampe an- oder ausmachen, eine Zigarette anzünden oder ausdrücken, sich endlos umarmen oder mit einem Ungestüm, das sie im gleichen Augenblick wieder voneinander entfernte, so als schüfe das Verlangen bittere Distanz. Und bei alldem immer ein lauerndes Schweigen, in dem die feindliche Zeit pochte, und dieser Eigensinn Hélènes, ihr Gesicht in der Beuge des Arms zu bergen, als wolle sie schlafen, während ihre Schultern vor Kälte zitterten und Juan mit unsicherer Hand nach dem Bettuch suchte, sie kurz zudeckte, sie sogleich wieder aufdeckte, sie zu sich herumdrehte oder auf ihrem gebräunten Rücken einen neuen Weg des Vergessens oder des Neubeginns erstreichelte.

Es konnte keinen Aufschub geben, denn sowie die Pausen über das momentan gestillte Verlangen hinaus andauerten, blickten wir uns wieder an und waren jene von vorher, fern des Wiedererkennens und der Versöhnung, auch wenn wir uns ein weiteres Mal unter Stöhnen und Liebkosungen wälzten, mit dem Gewicht unserer Körper das Pochen dieser anderen Zeit erstickten, die gleichgültig in der Flamme eines neuen Streichholzes, im Geschmack eines weiteren Schlucks Wasser wartete. Was uns sagen, das nicht oberflächlich oder illusorisch gewesen wäre, worüber reden, wenn wir nie auf die andere Seite hinübergingen und die Skizze vervollständigten, wenn wir einander weiter von Toten und Puppen aus suchten? Was Hélène sagen, wo ich mich selbst so fern fühlte, sie immer noch in der Stadt suchte, wie ich sie so lange in der Zone gesucht hatte, in der geringsten Veränderung ihres Gesichts, hoffend, daß etwas in ihrem fernen Lächeln allein mir gelte. Und trotzdem mußte ich es ihr sagen, denn hin und wieder redeten wir im Dunkeln, Mund an Mund, mit Worten, die aus Liebkosungen kamen oder diese unterbrachen, um uns erneut auf diese andere aufgeschobene Begegnung zurückzubringen, zu dieser Straßenbahn, in die ich nicht einmal ihretwegen eingestiegen war, wo ich aus reiner Extravaganz der Stadt, des Gesetzes der Stadt, auf sie gestoßen war und sie fast sofort wieder verlor, wie so oft in der Zone oder jetzt, an sie gepreßt und fühlend, wie sie sich immer wieder zurückzog, wie eine Welle, nicht greifbar. Und was antworten auf diese innere Unruhe, die mich suchte und in die Enge trieb wie seine Lippen, die sich auf die meinen preßten in einem endlosen Wiedererkennen, ich, die ich Juan in der Stadt nie getroffen hatte, die ich nichts wußte von dieser Verfolgung, die unterbrochen worden war von einem weiteren Irrtum, von dem Ungeschick, an einer anderen Straßenecke auszusteigen. Was half es mir, daß er mich verzweifelt an sich drückte, mir versprach, er würde weiter suchen, mich schließlich finden, wie wir uns auf dieser Seite gefunden hatten, wenn etwas am äußersten Rand aller Sprache und allen Denkens mir die Gewißheit einhämmerte, daß nichts dergleichen geschehen werde, daß ich irgendwann meinen Weg fortsetzen und das Paket zu dem Treffpunkt tragen müßte, und vielleicht erst dann, von dem Augenblick an, aber nein, auch dann nicht, selbst die tiefste seiner Liebkosungen würde mir diese Gewißheit nicht nehmen, diese Asche auf der Haut, wo der Schweiß der Nacht schon zu trocknen begann. Ich habe es ihm gesagt, ich habe ihm von dieser unbegreiflichen Mission gesprochen, die begonnen hatte, ohne zu beginnen, wie alles in der Stadt oder im Leben, ich habe ihm gesagt, daß ich mich mit jemandem in der Stadt treffen muß, und da muß er gedacht haben (sein Mund biß mich sanft, seine Hände suchten mich noch einmal), daß ich vielleicht dorthin kommen würde, daß ich schließlich zum letzten Treffen kommen würde, ich erriet an seiner Haut und an seinem Speichel, daß er immer noch diese Illusion hatte, die Verabredung wäre mit ihm und unsere getrennten Wege würden sich am Ende in einem der Zimmer des Hotels der Stadt treffen.

»Ich glaube nicht daran«, sagte Hélène. »Ich wünschte, es wäre so, aber ich glaube nicht daran. Dort wird es für mich immer dasselbe sein.«

»Aber jetzt, Hélène, jetzt, wo wir endlich . . .«

»Jetzt ist schon vorher, jetzt wird es Tag, und alles wird von neuem beginnen, wir werden wieder des anderen Augen sehen, werden verstehen.«

»Hier gehörst du zu mir«, murmelte Juan, »hier und jetzt, das ist die Wahrheit, die einzige Wahrheit. Was geht uns diese Verabredung an, die verfehlten Begegnungen? Weigere dich, dorthin zu gehen, lehne dich auf, wirf das verdammte Paket in den Kanal oder suche mich auch dort, so wie ich dich suche. Unmöglich, daß wir uns jetzt nicht begegnen. Man müßte uns töten, damit wir uns nicht begegnen.«

Ich spürte, wie sie sich zusammenzog, meinen Armen sich entzog, so als verschanzte sich in ihr etwas, weigerte sich nachzugeben. Uns war auf einmal kalt, wir hüllten uns in das schweißfeuchte Bettuch und spürten die Dämmerung heraufziehen, wir rochen unsere müden Körper, den Schleim der Nacht, die sich von uns zurückzog, uns zurückließ auf einem von der Brandung mit Schwemmholz und Scherben beschmutzten Strand. Alles war schon vorher, Hélène hatte es gesagt, und ihr lauer Körper lag schwer in meinen Armen wie eine abscheuliche Entsagung. Ich küßte sie, bis sie mir ihren Mund mit einem Stöhnen verweigerte, ich preßte sie an mich, stammelte ihren Namen, bat sie ein weiteres Mal, mir zu helfen, sie zu finden. Ich hörte sie kurz lachen, ihre Hand legte sich auf meinen Mund, um ihn von ihrem Gesicht fernzuhalten.

»Hier ist es leicht, etwas zu beschließen«, sagte Hélène, »aber womöglich leidest du in ebendiesem Augenblick, weil du nackt durch die Gänge des Hotels läufst und keine Seife hast, um dich zu waschen, während ich vielleicht dort angelangt bin, wo ich hingehen soll, und gerade das Paket abgebe, wenn es abgegeben werden muß. Was wissen wir dort von uns selbst? Warum es sich als ein Nacheinander vorstellen, wo alles vielleicht schon in der Stadt entschieden ist und dies hier der Beweis dafür ist?«

»Bitte«, sagte Juan, ihren Mund suchend. »Bitte, Hélène.«
Aber Hélène begann im Dunkeln wieder zu lachen, und Juan
warf sich zurück, tastete nach dem Lichtschalter, und aus
dem Nichts tauchte jäh Hélènes Haarpracht auf, in die sie
eine ihrer Hände gegraben hatte, er sah die Kurve ihrer kleinen gereckten Brüste, das Schamhaar und den kurzen, ge-
drungenen Hals, die schmalen, aber kräftigen Schultern, die
er auf das Laken niederdrücken mußte, um auf einen geschlossenen, harten Mund zu treffen, den er dazu brachte,
sich etwas zu öffnen, durch die Zähne hindurch zu klagen, die
ihn in die Lippen hätten beißen können, bis sie seiner Zunge
schließlich nachgab und die Küsse in eine einzige Klage mündeten. Der Pfeil des Lichts traf Hélènes ersterbendes Lachen,
und Juan sah in ihren aufgerissenen Augen, ihren geweiteten
Pupillen, einen Ausdruck primordialer Bosheit, eines unbe-
wußten Sichsträubens gegen ihr eigenes Verlangen, das jetzt
Zuflucht nahm zu ihren Beinen, die sich um seinen Körper
schlangen, zu ihren Händen, die ihn streichelten und heraus-
forderten, bis Juan sie auf den Bauch drehte, sich auf sie fallen
ließ, seinen Mund in ihr Haar tauchte und sie zwang, die
Schenkel zu spreizen, um hart in sie einzudringen und in ihr
zu bleiben, unter seinem ganzen Gewicht, tief innen bis zum
Schmerz, sich bewußt, daß Hélènes Klagen Lust und Weige-
rung zugleich war, eine grimmige Lust, die sie spasmodisch
schüttelte, wobei sie ihren Kopf hin und her wendete, unter
Juans Zähnen, die in ihr Haar bissen, unter Juans Körper, der
sie mit seinem ganzen Gewicht gefangenhielt. Und dann war
sie es, die sich auf ihn warf und sich mit einer einzigen Bewegung der Hüften pfählte und bei dieser Marter schrie, und am
Ende der Lust, auf ihm, an ihn gepreßt, ihr Haar über Juans
halb geschlossenen Augen, sagte sie ihm, ja, sie werde bei ihm
bleiben, er solle die Puppe auf den Müll werfen, er würde sie
von dem letzten verbleibenden Todesgeruch, den es in ihrer
Wohnung und in der Klinik gab, befreien, er solle ihr nie mehr
»bis dann« sagen, er solle sich nicht vereinnahmen lassen, er

solle sich vor sich selbst in acht nehmen, all das sagte sie ihm, während sie auf ihm lag, ihn mit unbegreiflicher Kraft niederdrückte, so als besitze sie ihn, und dann glitt sie zur Seite, glücklich und mit kurzem, trockenem Schlucksen weinend, das Juan beunruhigte in der Müdigkeit, die ihn überkam, in dem Frieden, der ihn erfüllte, all das gehört zu haben, all das gewesen zu sein, und zu denken, daß er Hélène jetzt nicht mehr in der Stadt suchen müßte, daß der tote junge Mann in gewisser Weise verziehen hatte und bei ihnen war und nie mehr »bis dann« sagen würde, denn es würde kein »dann« mehr geben, jetzt, wo Hélène bei ihm bleiben würde, zusammengekuschelt und schlafend und manchmal noch etwas zitternd, bis er sie zudeckte und zwischen die Augen küßte, wo es so schön war, sie zu küssen, und Hélène die Augen öffnete, ihm zulächelte und anfing, ihm bei einer weiteren Zigarette von Celia zu sprechen.

Sie war sicher, daß sie dort hinkommen würde, obgleich ihr das Gehen immer schwerer fiel; jetzt hatte sie die Gewißheit, daß dieser Glanz vom Kanal her kam und daß sie dort etwas erwartete, das Ruhe sein mußte. An einer Ecke hatten die Arkaden geendet, und sie fürchtete, auf die Abkürzungswege zu geraten, die zur Straße mit den hohen Trottoirs oder in einen Gang des Hotels führten. Über ein Pflaster aus weißen, glatten Steinen ging Nicole weiter in Richtung des Kanals, und irgendwann zog sie sich die nassen Schuhe aus, weil ihr die Füße weh taten; sie spürte die Wärme der Steine, die ihr half weiterzugehen. Sie bückte sich, strich mit der Hand über einen dieser glatten Steine und dachte, daß Marrast diese Steine gefallen hätten, vielleicht würde auch er einmal diese Straße hinaufgehen und sich die Schuhe ausziehen, um die Wärme des Pflasters zu spüren.
Es war niemand am Kanal, sein Wasser war ruhig und silbrig, es kamen keine Schleppkähne vorbei, und auch am gegen-

überliegenden Ufer, fern und dunstig, bewegte sich nichts. Nicole setzte sich auf den Kanalrand und ließ ihre Beine über dem Wasser baumeln, das vier oder fünf Meter unter ihr dahinglitt. Sie stellte betrübt fest, daß sie keine Zigaretten mehr hatte, kramte mit müder Hand in der Handtasche, da sie auf ihrem Grund oft noch plattgedrückte, aber brauchbare Zigaretten gefunden hatte. In diesen letzten Minuten – und sie wußte, daß es die letzten waren, auch wenn sie das nie so unverhohlen gedacht hatte, nicht einmal an jenem Nachmittag im *Gresham Hotel*, als sie nach langem Schlaf aufgewacht war und begriffen hatte, daß sie bis zum Kanal gehen mußte – überließ sie sich den Illusionen, die sie am Nachmittag im Zug nach Paris hartnäckig von sich gewiesen hatte. Jetzt konnte sie von fern Marrast zulächeln, der allein nach Paris zurückkehren würde, überdrüssig all der Reden und Lügen; sie konnte sich Juan zuwenden, der ihr im Zug den Rücken zugekehrt hatte, konnte ihn fortwährend ansehen, so als wäre er wirklich bei ihr und merkte, wie so oft, was mit ihr los war, holte seine Packung Zigaretten und das Feuerzeug hervor, böte ihr alles, was er ihr bieten konnte, mit dem Lächeln des Freundes wie an den Abenden im *Cluny*. Vielleicht deshalb, weil sie sich diesem Bild von Juan, wie er sich vorbeugt, um ihr eine Zigarette anzubieten, hingegeben hatte, war sie nicht besonders überrascht, als sie die gebrechliche Frau mit dem grauen Haar bemerkte, die sich ihr auf dem Kanalufer näherte, einen Augenblick ins Wasser sah, dann mit einer Hand in ihrer Tasche voller Krimskrams wühlte, ein längliches Zigarettenetui hervorholte und ihr eine Zigarette anbot, so als kennten sie sich, als kennten sich alle in der Stadt und könnten auf einen zukommen, sich auf den Rand des Kanals setzen, um zu rauchen und den ersten Schleppkahn zu betrachten, der jetzt im Osten auftauchte und plattnäsig, glatt und schwarz in absoluter Stille dahinglitt.

»Du siehst, es hat keinen Zweck, daß du die Puppe wegwirfst«, hatte Hélène gesagt. »Es würde nichts nützen, denn
irgendwie würde sie immer hierbleiben.« Es war noch nicht
Tag geworden, wir rauchten im Dunkeln, berührten uns nicht
mehr, nahmen es hin, daß die Nacht und das Delirium dieses
kalte und zähe Kontinuum waren, in dem die Worte schwam-
men. »Worüber beklagst du dich?« hatte Hélène gesagt. »Ich
mußte noch diese Karte ausspielen, und da liegt sie nun offen
vor dir auf dem Tisch, ein ehrliches Spiel, mein Lieber. Ich
spreche zu dir in Bildern, wie du das magst. Die Karte des
unschuldigen Mädchens, das die Puppe zerbrochen hat, sowie des kleinen unschuldigen und dummen Sankt Georg, der
deine Basilisken aufschlitzt.« Über der Glut der Zigarette ga-
ben ihre halbgeschlossenen Augen einer Müdigkeit nach, die
von soviel Leben hinter ihr kam.

»Aber dann, Hélène...«

»Du wolltest herkommen, wolltest unbedingt wissen«, sagte
sie, in ihrer Reglosigkeit verharrend. »Nimm also alles, und
beklage dich nicht, ich habe dir weiter nichts zu bieten.«

»Warum hast du mir nicht schon gestern abend von ihr erzählt, als wir hierherkamen?«

»Da waren wir nicht nackt«, sagte Hélène. »Was hast du erwartet, große Bekenntnisse auf der Türschwelle, wenn man
noch die Handschuhe anhat? Jetzt ja, jetzt sind wir wirklich
nackt, jetzt kennst du jede Pore meiner Haut. Ich mußte nur
noch von der Puppe übergehen zu Celia, dieser Schritt ist nun
getan. Es war nicht einfach, aber das ist jetzt egal; wer weiß,
ob ich nicht auch erwartet habe, dich hier zu finden, war es
doch das, was du wolltest, was etwas in mir auch wollte. Jetzt
weiß ich, daß dem nicht so war, und da blieb nur noch dies
übrig, dir das Ende erzählen, reinen Tisch machen. In gewisser Weise liebe ich dich, aber du solltest auch wissen, ob du
oder Celia, das ist für mich das gleiche, und auch das, was
morgen kommen mag, denn ich bin nicht ganz hier, etwas in
mir ist anderswo, und das weißt du auch.«

›In der Blutgasse‹, dachte Juan. Die Augen schließend, verscheuchte er das wieder aufgetauchte Bild, den Lichtkreis der Blendlaterne auf dem Boden, die Straßenecke, von der aus er weiter auf die Suche nach Hélène würde gehen müssen. Also Celia, doch was hatte sie bei Celia wohl gesucht? Obgleich er mit aller Kraft dagegen ankämpfte, spürte er, wie die Finger des Bildes sich über Hélène schlossen, und er hatte es immer gewußt, seit dem Heiligabend, schon an der Ecke der Rue de Vaugirard und gegenüber diesem Spiegel mit Girlanden hatte ich dich in gewisser Weise zu fassen gekriegt, hatte ich gewußt, was ich jetzt nicht wahrhaben will, ich hatte Angst und habe zu irgend etwas Zuflucht genommen, um nicht daran zu glauben, ich liebte dich zu sehr, um diese Halluzination zu akzeptieren, in der du nicht einmal präsent warst, in der du nur ein Spiegel warst oder ein Buch oder ein Schatten in einem Schloß, ich verlor mich in Analogien und in Flaschen Silvaner, ich erhaschte gerade nur einen Zipfel und zog es vor, nicht zu wissen, ich willigte ein, nicht wissen zu wollen, obgleich ich hätte wissen können, Hélène, alles sagte mir das, und jetzt wird mir bewußt, daß ich die Wahrheit hätte wissen können, daß ich hätte akzeptieren können, daß du die warst, die...

»Wer, Juan, wer?«

Aber er rauchte, ohne die Zigarette aus dem Mund zu nehmen, überließ sich unbeirrt einem Rausch von Worten in seinem Innern.

»Die siehst«, sagte ich zu ihm, »es hat keinen Zweck, daß du die Puppe wegwirfst. Es würde nichts nützen, denn irgendwie würde sie immer hierbleiben.«

Es würde nichts nützen, Taten und Worte würden nichts nützen, hatten nie etwas genützt zwischen Hélène und mir; vielleicht nur von einem anderen unfaßlichen Ort aus (aber er war nicht unfaßlich, er war der Aufzug oder eines der Zimmer mit einer rosa und grün gestreiften Tapete; mir blieb nur noch das, und das konnte ich nicht verlieren), nur so würden wir uns vielleicht treffen, auf andere Weise, jetzt wo sich unsere Haut so kalt anfühlte, der Schweiß getrocknet und säuerlich war, die Worte gesagt und wiederholt worden waren wie tote Fliegen.

»Nun ja, man kann sich irren, wie du siehst«, sagte Juan irgendwann. »Dann war es nicht hier, nicht in deiner Wohnung heute nacht. Ich muß dich weiter suchen, Hélène, es ist mir nicht mehr wichtig, wer du bist, ich muß rechtzeitig dort sein, ich muß jetzt gehen. Verzeih diese harten Worte, ich kann mich jetzt nicht um Eleganz kümmern. Ich gehe, es ist fast Tag.«

Im Halbdunkel sah ich, wie er aufstand, groß und nackt, mitten im Zimmer stehenblieb, sich nur schwer zurechtfand. Ich hörte die Dusche, wartete auf ihn, setzte mich im Bett auf, um eine Zigarette zu rauchen, knipste die Nachttischlampe an, damit er seine Sachen fände, und sah ihm zu, wie er sich mit knappen Bewegungen anzog. Die Krawatte band er sich nicht um, sondern steckte sie in seine Jackentasche und ging am Schrank vorbei, ohne auch nur einen Blick darauf zu werfen; an der Tür drehte er sich um und machte mit der linken Hand eine vage Geste, halb grüßend, halb abwartend, vielleicht auch nur eine automatische Geste, während die andere Hand schon nach der Türklinke griff. Ich hörte den Aufzug, die ersten Geräusche der Straße.

Um vier Uhr nachmittag sollte die Statue des Vercingetorix enthüllt werden. Juan fingerte in seiner Jackentasche nach einer Zigarette, obgleich er sicher war, daß er keine Zigaretten mehr hatte und warten mußte, bis ein Café aufmachte; er fühlte etwas Seidenes und zog seine Krawatte heraus, die er sich ansah, als erkenne er sie nicht wieder. Aber da war ganz unten im letzten Päckchen doch noch ein Zigarette. Er rauchte sie auf der Steinbank zwischen den Ligusterbüschen des kleinen Platzes am Kanal Saint-Martin und nahm sie

nicht aus dem Mund, während seine Finger aus dem blauen
Papier des Päckchens automatisch ein Schiffchen falteten; er
ging ans Ufer und warf es in den Kanal. Das Schiffchen fiel
aufrecht aufs Wasser und schwamm zwischen zwei Korken
und einem Zweig freundlich dahin. Juan sah ihm nach und
faßte sich ein oder zweimal an den Hals, so als täte er ihm
weh. Hätte er einen Taschenspiegel gehabt, hätte er sich seinen Hals angesehen, aber er mußte amüsiert denken, daß es
angesichts des schwarzen, schmutzigen Kanalwassers besser
war, keinen Spiegel bei sich zu haben. Er setzte sich wieder
auf die Bank, denn die Müdigkeit drückte ihn nieder, und
überlegte, ob er nicht hinübergehen sollte, um einen Kaffee zu
trinken und Zigaretten zu kaufen, wenn man gegenüber aufmachte, inzwischen aber wartete er darauf, daß die Strömung
das Schiffchen in die Mitte des Kanals treibe, so daß er es mit
den Augen verfolgen könnte, ohne sich vom Platz zu rühren.

»Kommst du denn nicht?«
»Nein.«
»Hélène«, sagte Juan, »Hélène, gestern nacht...«
Es kam jemand, der dem Kontrolleur ähnelte, der die Tataren
aus dem Zug gewiesen hatte; von der Tür aus warf er einen
Blick in den Wagen und zog sich empört zurück, denn Artikel
zwanzig bestimmte, daß bei Einbruch der Dunkelheit die Beleuchtung im Zug anzumachen sei. Feuille Morte mußte eingeschlafen sein, denn sie rührte sich nicht in ihrer Ecke; schon
seit geraumer Zeit fuhr der Zug ohne zu halten an den unzähligen Vorortstationen vorbei, die mit einem violetten Aufblit-
zen vorüberflogen, das Fenster und Bänke in einer stillen
Raserei wirbelnder Lichter und Schatten zersplitterte. Hélène
rauchte weiter und stellte beiläufig fest, daß nur noch Feuille
Morte und Juan im Wagen saßen, Feuille Morte von der Rük-
kenlehne eines Sitzes verborgen, und Juan, der sich manchmal schattenhaft bewegte, um aus einem Fenster zu sehen, der

sich ihr erst näherte, als die Dunkelheit schon die Konturen im Wagen verwischte, und sich schweigend auf die Bank ihr gegenüber setzte.

»Die haben Feuille Morte ganz vergessen«, sagte Hélène.

»Ja, die Arme sitzt ganz verloren dort in ihrer Ecke«, sagte Juan. »Sie waren so damit beschäftigt, sich mit dem Kontrolleur zu streiten, daß sie sie völlig vergessen haben.«

»Nimm du sie mit ins *Cluny* heute abend, wir sind die einzigen Überlebenden in diesem Zug.«

»Kommst du denn nicht?«

»Nein.«

»Hélène«, sagte Juan, »Hélène, gestern nacht…«

Der Kontrolleur tauchte erneut an der Tür auf, ging aber sogleich weiter und ließ die Tür offen. Einen Augenblick lang fegten die Lichter einer Station den Wagen, aber Hélène brauchte kein Licht, um von einem Wagen in den anderen zu gehen, obgleich sie am Anfang einige Mühe hatte, sich durch die schlafenden Leute und die Berge von Koffern und Bündel, welche die Gänge versperrten, einen Weg zu bahnen, doch schließlich erreichte sie eine Plattform und konnte dort aussteigen, wo sich auf der anderen Seite der Avenue der Erdhügel erhob, nahe der Tankstelle und ihrem ölverschmierten Parkplatz. Nun brauchte sie nur weiterzugehen, dann die zweite Straße rechts einzubiegen, um wie so oft den Eingang des Hotels zu erkennen, die Veranden mit den Bambusrouleaus im ersten Stock, die öden Gänge, die in die ersten leeren Zimmer führten; das Paket war unerträglich schwer geworden, doch jetzt wußte Hélène, daß nach diesem ersten Zimmer ein kleiner Flur kam, eine Biegung und dann die Tür, wo sie das Paket abliefern könnte, um danach in die Rue de la Clef zurückzukehren und bis Mittag zu schlafen.

Die Tür gab beim bloßen Druck der Finger nach und öffnete sich ins Dunkel. Das hatte Hélène nicht erwartet, denn das Hotel war immer erhellt gewesen, doch gleich würde sicher ein Licht angehen oder jemand würde sie beim Namen nennen. Sie tat zwei Schritte und gab der Tür einen Stoß, so daß sie sich hinter ihr schloß. Gern hätte sie das Paket auf einem Tisch oder auf dem Boden abgestellt, denn die Kordel schnitt ihr in die Finger; sie nahm das Paket in die andere Hand, erkannte hinten im Zimmer vage ein Bett, ging langsam darauf zu und wartete, daß man sie rufe. Sie hörte ihren Namen, aber die Stimme kam aus keiner bestimmten Richtung, oder doch, wie ganz aus der Nähe, aber sie kaum erreichend, so als hätte jemand im Fortgehen sie gerufen. Sie meinte, nur ihre Hand ausstrecken zu brauchen, um über das Haar dieser Stimme, über die kalte Stirn der Stimme des toten Jungen streichen zu können; also hatte Juan recht gehabt, die Verabredung war mit ihm, der tote Junge rief sie, damit alles wieder in Ordnung komme, damit sein absurdes »bis dann« einen Sinn bekomme und Juan nackt in dem Bett erwache, um das Paket entgegenzunehmen und dem Unflat, den es enthalten mußte, der in ihren verkrampften Fingern immer schwerer wog, ein Ende zu machen.

»Hier bin ich«, sagte Hélène.

Aus dem Schatten kam Austin, das kurze Schnappmesser, der ungeschickte Zirkelhieb. Jemand auf dem Bett, vielleicht eine Frau, stieß einen Schrei aus, ein einziges Mal. Hélène begriff nicht, woher es kam, wer dieses Feuer mitten in ihrer Brust entfacht hatte, aber sie konnte noch hören, wie das Paket auf dem Boden aufschlug, auch wenn sie nicht mehr hörte, wie sie selbst auf etwas fiel, das unter ihrem Gewicht zum zweiten Mal zerbrach. In der Dunkelheit bückte Austin sich automatisch und wischte das Messer an Hélènes Rocksaum ab. Jemand schrie erneut und floh durch eine Tür im Hintergrund des Zimmers. Hélène lag auf dem Rücken, ihre Augen waren weit geöffnet.

Auch er war ausgestiegen, nachdem ihm eine gelbe Lichtgarbe gezeigt hatte, daß der Wagen leer war, nur Feuille

Morte schlief noch auf ihrer Bank, und es war logisch, daß der Weg, den er einzuschlagen hatte, an dieser Straßenecke begann, wo er seine Suche dummerweise aufgegeben hatte, um in die Domgasse zu Tell zurückzukehren. Von den vielen Straßenbahngleisen, die sich dort kreuzten, mußte er denen folgen, das war jetzt klar, die direkt auf den großen Platz führten, dann in eine der ersten Seitenstraßen einbiegen, bis zu der Ecke gehen, wo alles eindeutig war, und links abbiegen, die Straße der Arkaden hinter sich lassen, um die Veranden des Hotels zu erkennen und leicht ironisch zu konstatieren, daß sich nichts geändert hatte, daß er ein weiteres Mal durch Gänge und Zimmer laufen würde, ohne festes Ziel, aber auch ohne zu zögern, von einem Zimmer ins andere, um dann auf den schmalen Flur vor dem Aufzug zu gelangen, der unzählige Stockwerke hinauffahren und über hohe Brücken dahingleiten würde, die einem das Panorama der Stadt mit dem Glanz des Kanals im Norden zeigen, um dann erneut ins Hotel einzufahren, und irgendwann würde er den Aufzug verlassen und eine Tür finden, die in ein Zimmer mit geblümter oder gestreifter Tapete führt, würde mehrere ineinandergehende Zimmer durchqueren bis zu einer letzten Tür, die in ein Zimmer ähnlich den anderen führt, aber wo eine Nachttischlampe gerade nur den Knauf der hinteren Tür, die Messingfüße eines Bettes, die geöffneten Augen Hélènes beleuchtete.

Juan machte eine Geste, als verscheuche er eine Fliege von ihrem Gesicht. Er brauchte nicht neben Hélène hinzuknien, um das zerdrückte Paket zu erkennen, dessen Schnur sich gelöst hatte und aussah wie ein weiteres Rinnsal Blut. Die hintere Tür stand weit offen, er erkannte sie wieder; er ging durch diese Tür, gelangte über eine Treppe hinaus auf die Straße und machte sich auf den Weg in Richtung Norden. Schon bald erreichte er den Kanal; die Avenue mündete direkt auf den Quai mit den glatten Steinen, die den blendenden Saum des Wassers bildeten. Von Osten her näherte sich geräuschlos ein schwarzer Schleppkahn, und auf dem flachen Deck war deutlich Nicoles Silhouette zu erkennen. Juan fragte sich mit völliger Gleichgültigkeit, warum Nicole auf diesen Schleppkahn gegangen war, warum sie an Bord eines wracken Kahns gen Westen fuhr. Nicole erkannte Juan, rief ihm etwas zu und streckte dabei die Arme nach ihm aus, und Juan sagte sich, daß sich Nicole vielleicht ins Wasser stürzen wollte, in diese enge kabbelige Rinne zwischen dem riesigen Schlepper und dem Quai, und daß er dann auch ins Wasser springen müßte, um sie zu retten, denn man konnte eine Frau doch nicht einfach ertrinken lassen. Da bemerkte er eine zweite Silhouette auf dem Kahn, die kleine Gestalt von Frau Marta, die sich Nicole von hinten näherte, sie liebevoll am Arm nahm und ihr etwas ins Ohr sagte, und obgleich man ihre Worte vom Quai aus unmöglich verstehen konnte, war leicht zu erraten, was dort geschah, wie Frau Marta Nicole die Vorzüge eines ruhigen und preiswerten Hotels pries, wie sie Nicole langsam vom Rand des Schleppkahns fortzog und sie mit sich nahm, um sie dem Direktor des Hotels vorzustellen, wo man ihr ein herrliches Zimmer im dritten Stock mit Blick auf die alten Gassen geben würde.

Als sie sich schließlich Feuille Mortes erinnerten, blickten sie sich gegenseitig vorwurfsvoll an, aber mein Pareder baute einer endlosen Diskussion vor.

»Wie in den Western werden wir eher ankommen als der Zug«, sagte mein Pareder mit großer moralischer Autorität. »Ruf ein Taxi, und wir holen Feuille Morte ab. Bei der allmählichen Auflösung der Gruppe im Zug ist die Arme womöglich ganz allein zurückgeblieben und weiß vor Angst nicht ein noch aus.«

»Rufen Sie ein Taxi, Monsieur«, sagte Polanco zu Calac. Und zur größten Überraschung Polancos rief Calac, ohne zu protestieren, tatsächlich eins. Tell und sie alle waren wegen

Feuille Morte wirklich sehr bedrückt und schwiegen fast die ganze Fahrt über, bis sie am Bahnhof Montparnasse ankamen, wo sie erleichtert feststellten, daß der Zug aus Arcueil erst in acht Minuten einlaufen würde. Während sie sich strategisch auf dem Bahnsteig verteilten, um Feuille Morte bei all den Leuten nicht zu übersehen, zündete sich mein Pareder nahe dem Ausgang eine Zigarette an und betrachtete eine Laterne, die unendlich viele Insekten anzog; es war vergnüglich zu sehen, wie sie rasche Polyeder bildeten, die nur größte Aufmerksamkeit oder ein Lidschlag für einen Augenblick festzuhalten vermochte, um sogleich neue Kombinationen einzugehen, worin sich einige weiße Falter, verschiedene Mücken und eine Art behaarter Käfer besonders hervortaten. Mein Pareder hätte sein ganzes Leben damit zubringen können, vorausgesetzt, es fehlte ihm nicht an Zigaretten; kaum ließ man ihn allein, neigte er zu der Ansicht, daß es für ihn im Grunde nie etwas anderes gab, daß es nichts Schöneres gab, als eine ganze Nacht oder das ganze Leben lang unter einer Laterne zu stehen und die Insekten zu beobachten. Er sah auf dem Bahnsteig den Rettungstrupp kommen mit Feuille Morte in der Mitte, wohlbehalten und putzmunter, die Polanco umarmte, Tell küßte, den Platz mit Calac wechselte, der seinerseits Tell Platz machte, so daß Polanco manchmal in der Mitte war, flankiert von Feuille Morte und Tell, und dann wieder Feuille Morte, umrahmt von ihren Rettern.

»Bisbis bisbis«, sagte Feuille Morte.